婉约词全解

〔典藏版〕

惠淇源 选解

复旦大学出版社

目录

前　言

我国词坛是一个群芳竞艳、姹紫嫣红的百花园。多彩多姿、千娇百媚的婉约词，为我国古典诗歌增添了无限光彩，也为我国文学的发展起着继往开来的作用。自唐五代以来，直至近代，婉约词继承民歌的优良传统，不断推陈出新，形成了自己的特色。

首先是它具有“可歌性”。婉约词是一种配乐歌唱的新体诗，从其诞生之日起，就跟音乐结下了不解之缘。《旧唐书·温庭筠传》曾记载飞卿“能逐弦吹之音，为侧艳之词”。天才的作家们既有文学素养，又都洞晓音律。每填一阕，往往锤字炼句，审音度曲，把如画的意境、精练的语言和美妙的音乐紧密结合起来，既表情达意，又悦耳动听，具有感人的艺术魅力。婉约词便是在此基础上发展起来的。“一曲新词酒一杯”，这些温柔香艳之曲、怀人赠别之调，又多是歌伎舞女们在花间樽前、轻歌曼舞中弹唱的。一曲之后，余音绕梁，沁人心脾。“杨柳岸，晓风残月。”(柳永《雨霖铃》)便只合十七八女郎，执红牙板，浅斟低唱。

这类“旖旎近情，铺叙展衍”的新曲，往往使闻者销魂。婉约词音节谐婉，“语工而入律”。情调柔美，容易为人们所接受。唐五代词早就具有这一特点。欧阳炯在《花间集序》中说：“……绮筵公子，绣幌佳人，递叶叶之花笺，文抽丽锦；举纤纤之玉指，拍按香檀。不无清绝之辞，用助娇娆之态。”两宋时期，婉约词空前繁荣，风靡全国。柳永的词，“凡有井水饮处”，即能歌之，可见当时传播之广。直至近代，婉约词依然具有“可歌性”。这是它的突出特点。

言情，是婉约词的传统题材，也是婉约词的主要特点。它以情动人，道尽人间的悲欢离合、喜怒哀乐。文采灿烂的《花间集》，就是一部言情之作。五代词人韦庄，善于运用各种抒情手法，成功地抒写自己对生活的感受。晏殊的《珠玉词》，抒情委婉，如明珠美玉，光艳照人。欧阳修是一位领袖儒林、肩负文统道统的中心人物，在他的诗文里，只能看到他严肃的卫道面孔，而他的抒情小词，却写得婉媚轻柔，情致缠绵。清代著名词人纳兰性德，工文章，精骑射，而小词却委婉传情，凄恻动人。盖“情有文不能达，诗不能道者，而独于长短句中可以委婉形容之”（查礼《铜鼓书堂词话》）。作家们把肺腑中的真情、悲愁与欢愉，通过抒情的婉约词，曲折细腻地透露出来，赢得古今无数读者的同情与共鸣。

爱情是人们生活的重要部分。抒写爱情，反映在封建礼教统治下，人们对爱情的热烈追求，对幸福生活的向往，以及遭到迫害、受到挫折时的悲愁与哀怨，也就成为婉约词的重要内容。它首先表现在对爱情的大胆追求与歌颂。敦煌曲子词《菩萨蛮》的作者，大胆坦率而又委婉曲折地写出“枕前发尽千般愿，要休且待青山烂……”，表达了爱情永恒不变的心愿。冯延巳的《长命女》，写夫妻祝酒陈愿，地久天长，永不分离。韦庄的《思帝乡》“妾拟将身嫁与，一生休。纵被无情弃，不能羞”，歌颂了天真少女对爱情的热烈追求。李清照的名作《醉花阴》“薄雾浓云愁永昼”，是对爱情的表露，抒写她美满幸福的爱情生活。

多情的词人，往往通过抒写离愁别恨，歌颂爱情的真挚。“西城杨柳弄春柔。动离忧，泪难收。犹记多情，曾为系归舟。”（秦观《江城子》）离歌一曲，动人心魄。柳永的名作《雨霖铃》，抒写了浓烈感人的游子离情。“执手相看泪眼，竟无语凝咽。”淋漓尽致地描绘出与情人阔别、流落江湖的痛苦心境。苏轼的《江城子》“十年生死两茫茫”，抒写了他对亡妻“不思量，自难忘”的一片真情。“从别后，忆相逢，几回魂梦与君同”（晏幾道《鹧鸪天》），写当日的相亲相爱、别后的相思相忆，凄婉哀怨而又妩媚风流，轻柔自然。欧阳修的《踏莎行》“候馆梅残”、《蝶恋花》“庭院深深深几许”等抒情小词，虽是儿女私情、离愁别绪，却写得清丽婉媚，情深意长。“夜夜相思更漏残，伤心明月凭阑干，想君思我锦衾寒……”（韦庄《浣溪沙》），写爱情生活的回忆、离别相思的痛苦，洋溢着真情实感。

在长期的封建社会中，妇女特别是那些被压在社会底层的歌伎们的不幸遭遇和文人失意的痛苦，也常常在婉约词中如泣如诉地表现出来。柳永仕途坎坷，长期浪迹于下层社会，他的词往往以极大的同情，表现歌伎们所身受的痛苦和精神面貌，以及与她们的爱恋之情。“恨薄情一去，音书无个”，“悔当初不把雕鞍锁”，“镇相随，莫抛躲，针线闲拈伴伊坐”（《定风波慢》），词中既写出歌伎们所遭受的身心折磨，又表现出她们对爱情的热烈追求、对自由幸福生活的向往。“销魂。当此际，香囊暗解，罗带轻分，谩赢得、青楼薄幸名存……”全词倾诉了“黯然销魂”的无限伤离之情，显示了婉约词“状难状之景，达难达之情，而出之自然”的艺术效果。

婉约词也往往抒写感时伤世之情。作家们把家国之恨、身世之感，或打入艳情，或寓于咏物，表面看似抒写爱情，描摹物象，实际上却别有寄托。“多少恨，昨夜梦魂中。还似旧时游上苑……”（《望江南》）“春花秋月何时了，往事知多少。小楼昨夜又东风，故国不堪回首月明中。”（《虞美人》）“剪不断，理还乱，是离愁。别是一般滋味在心头。”（《相见欢》）“流水落花春去也，天上人间。”（《浪淘沙》）李煜在词中以鲜明的形象、炽烈的感情，借花月春风，抒写亡国之恨。宋徽宗的《燕山亭》，委婉悲痛地写出了国亡被俘后的无限感慨。辛弃疾的《摸鱼儿》“更能消几番风雨，匆匆春又归去”，运用比兴手法，以“美人香草”喻君子贤人，以男女喻君臣，抒写家国之事、身世之感，情致缠绵，哀婉含蓄。词人们又往往借咏燕、咏柳、咏梅、咏杨花等，寄寓身世之感，抒难以明言之意。如陆游的《咏梅》词，以梅花自喻，意在言外，引人深思。作家们常以花草、闺房、送春、惜春为题材，表现自己的生活情趣，寄寓他们对美好事物的爱恋以及受到挫折时的悲伤情绪。“无可奈何花落去，似曾相识燕归来”（晏殊《浣溪沙》），抒写了惜春伤春之情、怀恋歌姬之感，表现了作者的淡淡哀愁。此词温润秀洁，风流蕴藉，言情闲雅而不轻薄，辞语工丽而不淫艳，最为人们所赞赏。

战争破坏了和平安定的生活，给人民带来巨大的灾难。国破家亡之恨、生离死别之情，不断在婉约词中反映出来。蒋兴祖女的《减字木兰花》“渐近燕山，回首乡关归路难”，将自己被掳离乡北去的无限痛苦心情，表现得淋漓尽致，生动地反映了那个离乱时代的社会生活和人民身受的痛苦。

婉约词的又一特点是“以美取胜”。它以美的语言、美的形象、美的意境，展现自然美与生活美，歌颂人物的心灵美。作家们把美的语言、美的形象、美的意境和谐地统一起来，创作出大量具有诗情画意的绝妙好词。“问君能有几多愁？恰似一江春水向东流。”（李煜《虞美人》）“车如流水马如龙，花月正春风。”（李煜《望江南》）“帘外雨潺潺，春意阑珊。”（李煜《浪淘沙令》）“舞低杨柳楼心月，歌尽桃花扇底风。”（晏幾道《鹧鸪天》）“醉别西楼醒不记。春梦秋云，聚散真容易。”（晏幾道《蝶恋花》）凡此，皆美妙动人，绚丽多彩。往往片时佳景，一语留住；万端情绪，一语吐出。一首词，可因一妙句而千古流芳。“红杏枝头春意闹”（《玉楼春》），作者宋祁因而得到“红杏尚书”的美誉；“云破月来花弄影”（《天仙子》），作者张先遂有“张三影”之称；“一川烟草，满城飞絮，梅子黄时雨”（《青玉案》），贺铸因而被称为“贺梅子”。还有李清照的“莫道不销魂，帘卷西风，人比黄花瘦”（《醉花阴》），“雁字回时，月满西楼”、“一种相思，两处闲愁”、“才下眉头，却上心头”（《一剪梅》），“梧桐更兼细雨，到黄昏、点点滴滴”（《声声慢》），等等。

爱美是人之天性。美的艺术形式，是沟通人类感情的桥梁。创造美的意境，是婉约词的基本特征。李清照《如梦令》“常记溪亭日暮”，就是一幅优美的图画，把读者带入美的意境。“无言独上西楼，月如钩，寂寞梧桐深院锁清秋”（李煜《相见欢》），创造了凄凉而又幽美的意境。“春无踪迹谁知，除非问取黄鹂，百啭无人能解，因风飞过蔷薇”（黄庭坚《清平乐》），作者通过奇妙的想象，把惜春之情、寻春之意熔铸在一起，意境极美。苏轼的《蝶恋花》“花褪残红青杏小。燕子飞时，绿水人家绕”，全词绘出暮春景色，在美的意境中蕴含着伤春情绪。王渔洋在《花草蒙拾》中曾称赞道：“‘枝上柳绵’，恐屯田（柳永）缘情绮靡，未必能过。”苏轼《江城子》“小轩窗，正梳妆，相顾无言，惟有泪千行”，人物的形象美和生活美，在这美的意境中再现出来，鲜明、真切，如在眼前。“料得年年肠断处，明月夜，短松冈”，凄凉意境，令人销魂断肠。作者以美的语言、美的形象以造成意境美，使读者陶醉在美的享受之中。纳兰性德怀念亲人、歌咏自然的小令，清新婉丽，格高韵远，极富情味与美感。他的《长相思》“山一程，水一程，身向榆关那畔行……”，在塞外风光的描绘中，透露出离愁别恨、一片乡思，于情景交融之中，展现出美的意境。

婉约词是按照美的法则来反映生活的。作家们用精练的语言、真挚的感情、美丽动人的艺术形象，反映具有一定典型意义的社会生活，创作了大量的优秀作品，华彩纷呈，百卉竞妍，千姿百态，丰富多彩，为我国人民所喜爱，世代传诵，历久不衰。以上仅就婉约词的特点，略作阐述。

本书从唐五代以至晚清，选取了有代表性的部分优秀作品。共选 257 家词人的作品 518 首。书中有作者简介、注释、评解、集评。在编写过程中，曾参阅了夏承焘、唐圭璋、俞平伯、龙榆生以及薛砺若等先生的有关著述，并得到出版社有关同志的多方面帮助，在此一并致谢。

由于水平和资料有限，在选词、注释、作者简介和评解中，肯定有不当或错误之处，殷切期望读者、专家们批评教正。

好 时 光

唐玄宗

宝髻偏宜宫样，莲脸嫩，体红香。眉黛不须张敞画①，天教入鬓长。　　莫倚倾国貌②，嫁取个，有情郎。彼此当年少，莫负好时光。

【作者简介】

唐玄宗李隆基，睿宗李旦第三子。天宝间，安禄山反，幸蜀。太子即位，尊为上皇。谥曰“明皇”。

【注释】

① 张敞：汉宣帝时，为京兆尹。曾为妻子画眉。后来成为夫妻恩爱的典故，传为佳话。　② 倾国：极言妇女之美貌。

【评解】

此词取篇末三字为名。词中着意描写一位倾国丽人，莲脸修眉，年轻貌美，希望她能及时“嫁取个”多情郎君，莫辜负“好时光”。这首小令抒情委婉，描写细腻，对后世词风有一定影响。

【集评】

南卓《羯鼓录》：上（玄宗）洞晓音律，由之天纵。凡是丝管，必造其妙。若制作曲调，随意而成，不立章度。取适短长，应指散声，皆中点指。至于清浊变转，律吕呼召，君臣事物，迭相制使，虽古之夔、旷，不能过也。

顾梧芳《尊前集序》:音婉旨远,妙绝千古。

《开元轶事》:明皇谙音律,善度曲。尝临轩纵击,制一曲曰《好时光》。方奏时,桃李俱发。后所度诸曲皆失传,唯“好时光”一阕仅存。

刘毓盘《词史》:玄宗皇帝好诗歌,精音律,多御制曲。今传者有《好时光》一词。

调 笑 令　　王 建

团扇[1],团扇,美人并来遮面[2]。玉颜憔悴三年,谁复商量管弦[3]? 弦管,弦管,春草昭阳路断[4]。

【作者简介】

王建,字仲初,唐代颍川人。代宗大历十年(775)进士,官陕州司马。所作《宫词》百首,以诗纪事,是其创格。与韩愈、张籍齐名。著有《王司马集》。

【注释】

① 团扇:圆形的扇子,古代歌女在演唱时常用以遮面。 ② 并:作“伴”字解。 ③ 管弦:用丝竹做的乐器,如琴、箫、笛。 ④ 昭阳:汉代宫殿名。

【评解】

这首小令，描写宫廷歌女的痛苦生活。“谁复”一句，描述被摈弃后百无聊赖的愁苦况味。“弦管”一转，说明春虽再来，而自身却再无被召幸的希望。“路断”，绝望之词，情极哀婉。

【集评】

顾起纶《花庵词选跋》：王仲初古《调笑》，融情会景，犹不失题旨。

汪砢玉《珊瑚网》：杨元诚家所藏王建亲书《宫词》一百二十首，极其婉转夭丽，今人罕能及。

黄昇《花庵词选》：仲初以《宫词》百首著名，三台令、转应曲，其余技也。

俞陛云《唐五代两宋词选释》：此词节短韵长，独弹古调，以“团扇”起笔，《诗经》之比体也。意随调转，如“弦管”、“管弦”句，音节亦流动生姿，倘使红牙按拍，应怨入落花矣。

陈廷焯《白雨斋词话》：王仲初《调笑令》云：“弦管，弦管，春草昭阳路断。”结语凄怨，胜似《宫词》百首。

许彦周《彦周诗话》：张籍、王建乐府、宫词皆杰出，所不能追逐李、杜者，气不胜也。

忆　江　南

白居易

江南好，风景旧曾谙[1]。日出江花红胜火，春来江水绿如蓝[2]。能不忆江南？

【作者简介】

白居易，字乐天，自号香山居士，太原（今属山西）人。唐德宗贞元十六年（800）进士。历任翰林学士等官。由于他反对苛政，以诗歌指斥权贵，被贬为江州司马，后又知苏、杭，以刑部尚书致仕。他最工于诗，是中唐新乐府运动的中坚。在民间词的影响下，倚声填词，通俗平易，清新隽丽，流传较广。

【注释】

① 谙：熟悉。　② 蓝：蓼科植物。其叶可制青绿色颜料。

【评解】

这首小令写出了对江南的美好回忆。作者以比喻手法，描绘了江南水乡的秀丽风光。“江花红胜火”，“江水绿如蓝”，色彩明丽，写尽江南春色。全词以平易的语言表现了优美的情韵，唤起人们对祖国河山和美好事物的无限热爱。

【集评】

王方俊《唐宋词赏析》：作者抓住了景物的特点，运用贴切的比喻和工整的对偶句，把明媚、艳丽、温馨、柔美而富有生气、诗情画意般的江南水乡春色，凝练成寥寥十四个字，成为千古传诵、脍炙人口的佳句。读之，令人心驰神往。

《唐宋词鉴赏集》：《忆江南》属小令，只有二十七字，三韵，但在白居易手中，运用得流转自然，既有词的意境，又有浓郁的民歌风味。既通俗易懂，色彩鲜明，又讲究音律，刻意求工。按韵，这首词的结构是两句、两句、一句。作者把头、身体和尾巴有机地结合起来，创造了自己独特的风格。

日人近藤元粹《白乐天诗集》卷五云：诗余上乘。

长 相 思

白居易

汴水流①，泗水流②，流到瓜州古渡头③。吴山点点愁④。　思悠悠⑤，恨悠悠，恨到归时方始休。月明人倚楼。

【注释】

① 汴水：源于河南，东南流入安徽宿州、泗县，与泗水合流，入淮河。② 泗水：源于山东曲阜，经徐州后，与汴水合流入淮河。③ 瓜州：在今江苏省扬州市南面。④ 吴山：泛指江南群山。⑤ 悠悠：深长的意思。

【评解】

这首《长相思》，写一位女子倚楼怀人。在朦胧的月色下，映入她眼帘的山容水态，都充满了哀愁。前三句用三个“流”字，写出水的蜿蜒曲折，也酿造成低徊缠绵的情韵。下面用两个“悠悠”，更增添了愁思的绵长。全词以“恨”写“爱”，用浅易流畅的语言、和谐的音律，表现人物的复杂感情。特别是那一派流泻的月光，更烘托出哀怨忧伤的气氛，增强了艺术感染力，显示出这首小词言简意富、词浅味深的特点。

【集评】

俞陛云《唐五代两宋词选释》：此词若“晴空冰柱”，通体虚明，不着迹象，而含情无际。由汴而泗而江，心逐流波，愈行愈远，直到天末吴山，仍是愁痕点点，凌虚着想，音调复动宕入古。第四句用一“愁”字，而前三句皆化“愁”痕，否则汴、泗交流，与人何涉耶！结句盼归时之人月同圆，昔日愁眼中山色江光，皆入倚楼一笑矣。

黄昇《花庵词选》：此词上四句，皆谈钱塘景。

《词谱》卷二：《长相思》，唐教坊曲名。此词“汴水流”一首为正体，其余押韵异同，皆变格也。此词前后段起二句，俱用叠韵。

《删补唐诗选脉笺释会通评林》卷六十引黄昇云：乐天此调，非后世作者所能及。

黄氏《蓼园词选》引沈际飞云：“点点”字俊。

《白香词谱笺》卷一谢朝征云：黄叔旸云：此词上四句皆谈钱唐

景。又云:非后世作者所及。按泗水在今徐州府城东北,受汴水合流而东南入邳州。韩愈诗"汴泗交流郡城角"是也。瓜州即瓜州渡,在今扬州府南,皆属江北地,与钱唐相去甚远。叔旸谓谈钱唐景,未知何指。

陈廷焯《放歌集》卷一:"吴山点点愁",五字精警。

忆 江 南

刘禹锡

春去也,多谢洛城人[①]。弱柳从风疑举袂[②],丛兰浥露似霑巾[③]。独坐亦含颦[④]。

【作者简介】

刘禹锡,字梦得,洛阳人。唐德宗贞元九年(793)登进士第,官监察御史。晚年为检校礼部尚书兼太子宾客。他是一位具有进步思想的政治家、文学家。早期流放于巴山楚水之时,曾深入民间,学习当地民歌,创制不少新词,如《杨柳枝》《竹枝词》等。词中描绘了地方风光,反映了人民疾苦,歌颂了劳动妇女健康的爱情。他的词轻柔流畅,语语可歌。今存《刘梦得集》,词作集于两卷乐府中。

【注释】

① 多谢:殷勤致意的意思。洛城人:即洛阳人。 ② 袂(mèi):衣袖。

③ 浥(yì):沾湿。 ④ 颦(pín):皱眉。

【评解】

这首词,作者曾自注:“和乐天(即白居易)春词,依《忆江南》曲拍为句。”词中写的是一位洛阳少女的惜春之情。她一边惋惜春天的归去,一边又觉得春天对她也有无限依恋之情。诗人通过拟人化手法,不写人惜春,却从春恋人着笔。杨柳依依,丛兰洒泪,写来婉转有致,耐人寻味。最后“独坐亦含颦”,以人惜春收束全词,更增添了全词的抒情色彩。

这首小词,抒发了惜春、伤春之情。构思新颖,描写细腻,手法多变,充分体现了诗人乐府小章的“清新流畅、含思婉转”的艺术特色。

【集评】

况周颐《蕙风词话》:唐贤为词,往往丽而不流,与其诗不甚相远也。刘梦得《忆江南》“春去也”云云,流丽之笔,下开北宋子野、少游一派。

俞陛云《唐五代两宋词选释》:作伤春词者,多从送春人着想。此独言春将去而恋人,柳飘离袂,兰浥啼痕,写春之多情,别饶风趣,春犹如此,人何以堪!

沈雄《古今词话》:“春去也”云云,刘宾客词也。一时传唱,乃名为《春去也》曲。

陈廷焯《别调集》卷一:婉丽。

潇　湘　神

刘禹锡

斑竹枝[①]，斑竹枝，泪痕点点寄相思。楚客欲听瑶瑟怨[②]，潇湘深夜月明时。

【注释】

① 斑竹：即湘妃竹。相传舜崩苍梧，娥皇、女英二妃追至，哭啼极哀，泪染于竹，斑斑如泪痕，故谓“斑竹”。　② 瑶瑟：以美玉装饰成的瑟。古代之弦乐器。

【评解】

刘禹锡《潇湘神》一曲，借咏斑竹以寄怀古之幽思。“深夜月明”，潇湘泛舟。诗人触景生情，怀古抒情。全词哀婉幽怨，思绪缠绵，体现了梦得词的风格特色。

【集评】

黄庭坚《山谷琴趣外篇》：刘梦得《竹枝》九章，词意高妙，元和间诚可以独步。道风俗而不俚，追古昔而不愧，比之杜子美《夔州歌》，所谓同工而异曲也。昔子瞻闻余咏第一篇，叹曰：“此奔轶绝尘，不可追也。”

俞陛云《唐五代两宋词选释》：此九疑怀古之作。当湘帆九转时，访英、皇遗迹，而芳草露寒，五铢珮远，既欲即而无从，则相思所寄，惟斑竹之“泪痕”；哀音所传，惟夜寒之“瑶瑟”，亦如萼绿华之来无定所也。贾至诗“白云明月吊湘娥”，与此词之“深夜月明”同其幽怨。

谪　仙　怨　　　　刘长卿

晴川落日初低[1]，惆怅孤舟解携。鸟向平芜远近[2]，人随流水东西。　　白云千里万里，明月前溪后溪。独恨长沙谪去[3]，江潭春草萋萋。

【作者简介】

刘长卿，字文房，唐代河间（今属河北）人。开元中进士。历任监察御史，终随州刺史。据《全唐诗话》载：长卿以诗驰声上元、宝应间。皇甫湜云："诗未有刘长卿一句，已呼宋玉为老兵矣；语未有骆宾王一字，已骂宋玉为罪人矣。"其名重如此。著作有集。

【注释】

① 晴川：指在阳光照耀下的江水。　② 平芜：指草木繁茂的原野。③ 长沙：这里用汉代贾谊谪迁长沙的典故。　④ 萋萋：草盛貌。

【评解】

长卿任鄂岳观察使期间，遭权臣吴仲孺诬奏，贬为潘州南巴尉，寻除睦州司马。去国怀乡之思，有感而发。"白云千里万里"，"人随流水东西"。祖别筵上，歌此一曲，委婉含蓄地表露了怀才不遇、远离乡国的感慨。全词写眼前之景，抒不尽之意，情思悠远，内涵丰富，耐人寻味。

【集评】

毛先舒《填词名解》:《谪仙怨》,明皇幸蜀,路感马嵬事,索长笛制新声,乐工一时竞习。其调六言八句,后刘长卿、窦弘余多制词填之。疑明皇初制此曲时,第有调无词也。说详康骈《剧谈录》。案此调即唐人六言律,盖权舆于《回波乐》词而衍之,郭茂倩《乐府》称《回波乐》为商调曲,疑此调亦商调也。

俞陛云《唐五代两宋词选释》:长卿由随州左迁睦州司马,于祖筵之上,依江南所传曲调,撰词以被之管弦。"白云千里",怅君门之远隔;"流水东西",感谪宦之无依,犹之昌黎南去,拥风雪于蓝关;白傅东来,泣琵琶于浔浦,同此感也。

梦 江 南 二首　　温庭筠

千万恨,恨极在天涯。山月不知心里事,水风空落眼前花。摇曳碧云斜。

梳洗罢,独倚望江楼。过尽千帆皆不是,斜晖脉脉水悠悠[1]。肠断白蘋洲[2]。

【作者简介】

温庭筠,本名岐,字飞卿,唐代太原人。少负才名,然屡试不第。又好讥讽权贵，多犯忌讳，因而长期抑郁，终生不得志。他精通音律，熟悉词调，在词的格律形式上起了规范化的作用，艺术成就远在晚唐其他词人之上。其词题材较狭窄，多红香翠软，开“花间词”派香艳之风。有些词在意境的创造上，表现出杰出的才能。他善于选择富有特征的景物构成艺术境界，表现人物情思，文笔含蓄，耐人寻味。有《温庭筠诗集》《金荃集》，存词七十余首。

【注释】

① 斜晖：偏西的阳光。脉脉：相视含情的样子。后多用以寄情思。② 白蘋洲：长满了白色蘋花的小洲。

【评解】

《梦江南》是温庭筠的名作。写思妇的离愁别恨。第一首，写思妇深夜不寐，望月怀人。第二首，写思妇白日倚楼，愁肠欲断。两首词以不同场景塑造同一类人物，一个是深夜不寐，一个是晨起登楼，都写得朴素自然，明丽清新，没有刻意求工，雕琢辞句，却能含思凄婉，臻于妙境。刻画人物形象生动、传神，揭示人物心理细腻、逼真，足见作者技巧纯熟，既擅雕金镂玉的瑰丽之作，又有凝练的绝妙好词。

【集评】

《唐宋词鉴赏集》：温庭筠《梦江南》，情真意切，清丽自然，是温词中别具一格的精品。

张燕瑾《唐宋词选析》:这首词刻画了一个满怀深情盼望丈夫归来的思妇形象,充分揭示了她希望落空之后的失望和痛苦心情,表现了诗人对不幸妇女的同情。同时也寄寓着诗人遭受统治阶级排挤,不受重用的悲凉心情,也是感慨怀才不遇的作品。

黄叔旸云:飞卿词流丽,宜为《花间集》之冠。

李冰若《栩庄漫记》:"摇曳"一句,情景交融。

陈廷焯《别调集》:低回宛转。

俞陛云《唐五代两宋词选释》:"千帆"二句,窈窕善怀,如江文通之"黯然魂消"也。

更 漏 子

温庭筠

柳丝长,春雨细,花外漏声迢递[①]。惊塞雁,起城乌,画屏金鹧鸪[②]。 香雾薄[③],透帘幕,惆怅谢家池阁[④]。红烛背[⑤],绣帘垂,梦长君不知。

【注释】

① 迢递:远远传来。 ② 画屏:有画的屏风。 ③ 香雾:香炉里喷出来的烟雾。 ④ 谢家:东晋谢安的家族。这里泛指仕宦人家。 ⑤ 红烛背:指烛光熄灭。

【评解】

这首词描写古代仕女的离情。上段写更漏报晓的情景，下段述夜来怀念远人的梦思。先以柳丝春雨、花外漏声，写晓色迷蒙的气象。再写居室禽鸟为之惊动的情景。不独城乌塞雁，即画上鹧鸪，似亦被惊起。这种化呆为活、假物言人的写法，实即指人亦闻声而动。夜来怀人，写薰香独坐之无聊，灭烛就寝之入梦。通首柔情缱绻，色彩鲜明。

【集评】

胡仔《苕溪渔隐丛话》：庭筠工于造语，极为绮靡，《花间集》可见矣。《更漏子》一词尤佳。

《花间集评注》引尤侗云：飞卿《玉楼春》、《更漏子》，最为擅长之作。

俞陛云《唐五代两宋词选释》：《更漏子》与《菩萨蛮》词同意。“梦长君不知”即《菩萨蛮》之“心事竟谁知”、“此情谁得知”也。前半词意以乌为喻，即引起后半之意。塞雁、城乌，俱为惊起，而画屏上之鹧鸪，仍漠然无知，犹帘垂烛背，耐尽凄凉，而君不知也。

陈廷焯《白雨斋词话》：“惊塞雁”三句，此言苦者自苦，乐者自乐。

菩 萨 蛮 温庭筠

小山重叠金明灭[①],鬓云欲度香腮雪[②]。懒起画娥眉,弄妆梳洗迟[③]。　　照花前后镜,花面交相映。新帖绣罗襦[④],双双金鹧鸪[⑤]。

【注释】

① 小山重叠:为古代女子重重叠叠的发式。金明灭:头饰明灭隐现的情景。 ② 鬓云:像云朵似的鬓发。度:覆盖。香腮雪:雪白的面颊。 ③ 弄妆:梳妆打扮。 ④ 罗襦:丝绸短袄。 ⑤ 鹧鸪:这里指绘有鹧鸪的图案。

【评解】

这首《菩萨蛮》,为了适应宫廷歌伎的声口,也为了点缀皇宫里的生活情趣,把妇女的容貌写得很美丽,服饰写得很华贵,体态也写得十分娇柔,仿佛描绘了一幅唐代仕女图。

词的上片,写晨妆梳洗时的娇慵姿态;下片写妆成后的情态,暗示了人物孤独寂寞的心境。全词委婉含蓄地揭示了人物的内心世界,并成功地运用反衬手法。鹧鸪双双,反衬人物的孤独;容貌服饰的描写,反衬人物内心的寂寞空虚。表现了作者的词风和艺术成就。

【集评】

张惠言《词选》:此感士不遇也。篇法仿佛《长门赋》,而用节节逆叙。此章从梦晓后领起"懒起"二字,含后文情事。"照花"四句,

《离骚》初服之意。

陈廷焯《白雨斋词话》：飞卿词如“懒起画娥眉，弄妆梳洗迟”，无限伤心，溢于言表。

张燕瑾《唐宋词选析》：这首《菩萨蛮》不仅称物芳美，也具有“其文约，其词微”的特点，富有暗示性，容易使人产生种种联想。

《中国历代诗歌名篇赏析》：在这首词里，作者将许多可以调和的颜色和物件放在一起，使它们自己组织配合，形成一个意境，一个画面，让读者去领略其中的情意，这正是作者在创造词的意境上，表现了他的独特的手法。

《唐宋词鉴赏辞典》：飞卿为晚唐诗人，而《菩萨蛮》十四首乃词史上的一段丰碑，雍容绮绣，罕见同俦，影响后来，至为深远，盖曲子词本是民间俗唱与乐工俚曲……至飞卿此等精撰，始有意与刻意为之，词之为体方得升格，文人精意，遂兼入填词，词与诗篇分庭抗礼，争华并秀。

《唐宋词鉴赏辞典》：旧解多以小山为“屏”，其实未允。又：小山指眉，是唐五代盛行的一种画眉样式，旧解多以为是指屏风上雕画的小山。

南 歌 子　　温庭筠

手里金鹦鹉，胸前绣凤皇。偷眼暗形相[①]，不如从嫁与[②]，作鸳鸯。

【注释】

① 暗形相：暗中打量。　② 从嫁与：就这样嫁给他。

【评解】

待嫁的女子，带着心爱的金鹦鹉，穿起了绣着凤凰的彩衣，暗中左顾右盼，偷偷打量，心想就这样嫁给他，作一生的鸳鸯吧。这首小令，明丽自然而富于情韵，具有浓郁的民歌风味。一说“手里金鹦鹉，胸前绣凤皇”二句指贵公子，即拟嫁与之人，亦通。

【集评】

胡国瑞《论温庭筠词的艺术风格》：因为感情的充沛，使那浓丽的辞藻适当地发挥了它们光辉作用。这首词所描写的青年男女恋爱情节及其所表现的既缠绵而又真率，颇有民歌风味的余风，这应是它所以令人感到新鲜活泼的重要原因。

李冰若《栩庄漫记》：“不如从嫁与，作鸳鸯”，盖有乐府遗风。

夏承焘《唐宋词欣赏》：温庭筠写爱情的词，最明朗的像“偷眼暗形相，不如从嫁与，作鸳鸯”，他至多只能说到这样，与韦庄的作品比较起来，仍是婉约含蓄的。

酒泉子　　司空图

买得杏花，十载归来方始坼[1]。假山西畔药阑东，满枝红。　　旋开旋落旋成空[2]，白发多情人更惜。黄昏把酒祝东风，且从容[3]。

【作者简介】

司空图，字表圣，河中虞乡（今山西永济东）人。唐懿宗咸通末年进士，官至中书舍人。黄巢起义后，隐居中条山王官谷。朱温代唐后，召其任礼部尚书，不食而死。他是晚唐著名的山水诗人，词亦清雅可爱。著有《一鸣集》。

【注释】

① 坼（chè）：裂开。　② 旋：俄顷之间。　③ 从容：舒缓，不急进。

【评解】

司空图生于晚唐，身经乱世，对眼前事物易生感慨。这首小词，感时伤世，借花抒怀。明知满枝红杏“旋开旋落旋成空”，却依然从容酹酒，遥祝东风，愿留春光暂驻。画意诗情，深深吸引了读者。

【集评】

计有功《唐诗纪事》：司空图隐王官谷。每岁时祠祷歌舞，与闾里耆老相乐。有《酒泉子》词云云。

俞陛云《唐五代两宋词选释》：表圣为唐末完人。此词借花以书感。明知花落成空，而酹酒东风，乞驻春光于俄顷，其志可哀。表圣有绝句云："故国春归未有涯，小栏高槛别人家。五更惆怅回孤枕，犹自残灯照落花。"与此词同慨，隐然有黍离之怀也。

杨 柳 枝

司空图

桃源仙子不须夸①，闻道惟裁一片花②。何似浣纱溪畔住③，绿阴相间两三家。

【注释】

① 桃源：桃花源。 ② 一片花：陶渊明《桃花源记》谓桃源洞外有桃花林，"芳草鲜美，落英缤纷"云云。 ③ 浣纱溪：又名若耶溪，在浙江绍兴市南，即西施浣纱处。

【评解】

江南山青水秀，风光旖旎，胜似传说中的桃源仙境。词人用淡雅的笔墨，传达出人间春色的无限情韵。司空图诗宗王维山林隐逸之风，其词亦然，清新自然，雅洁可爱。

浣　溪　沙　　　张　曙

枕障薰炉隔绣帷[①]，二年终日苦相思。杏花明月始应知。　　天上人间何处去？旧欢新梦觉来时。黄昏微雨画帘垂。

【作者简介】

张曙，小字阿灰，四川成都人。侍郎张祎之从子。唐昭宗龙纪元年(889)进士，官至拾遗。曙工诗善词，才名籍甚，颇为乡里所重。

【注释】

① 薰炉：炉烟熏香。薰，香草，亦香气也。绣帷：锦绣的帷幔。帷，屏幔，帐幕。

【评解】

这首小词，委婉地抒写了相思之苦。眼前房帷依旧，花月如常，而斯人隔绝已两年。人间天上，何处寻觅！“旧欢新梦觉来时。黄昏微雨画帘垂。”此情此景，益增相思。全词情思缠绵，真挚感人。

【集评】

孙光宪《北梦琐言》：唐张祎侍郎，朝望甚高。有爱姬早逝，悼念不已。因入朝未回，其犹子右补阙曙，才俊风流，因增大阮之悲，乃制《浣溪纱》，其词曰：“枕障薰炉隔绣帷”云云。

俞陛云《唐五代两宋词选释》：第三句问消息于杏花，以年计也；诉愁心于明月，以月计也。乃申言第二句二年相思之苦。下阕新愁旧恨，一时并集，况“帘垂”、“微雨”之时，与玉谿生“更无人处帘垂地”句相似，殆有帷屏之悼也。

陈廷焯《别调集》：婉约，对法活泼。

梧　桐　影

吕　岩

落日斜，秋风冷。今夜故人来不来？教人立尽梧桐影。

【作者简介】

吕岩，字洞宾，唐代京兆（今陕西西安）人。咸通举进士，曾两为县令。值黄巢起义，携家入终南山学道，不知所终。

【评解】

夕阳西沉，秋风萧瑟，期待故人之来，心情焦急。词中人搔首踟蹰，徘徊徜徉，其久盼不至而又不忍离去的缱绻之情、微嗔之意，呼之欲出。北宋柳永《倾杯》词中“愁绪终难整，又是立尽、梧桐碎影”，即袭此意。

【集评】

周紫芝《竹坡诗话》:大梁景德寺峨眉院壁间,有吕洞宾题字。其语云:“落日斜,西风冷。幽人今夜来不来?教人立尽梧桐影。”字画飞动,如翔鸾舞凤,非世间笔也。宣和间,余游京师,犹及见之。

陈岩肖《庚溪诗话》亦载此事,与此小异,“落日斜”作“明月斜”。

菩 萨 蛮

无名氏

牡丹含露真珠颗,美人折向庭前过。含笑问檀郎[①],花强妾貌强?　　檀郎故相恼,须道花枝好。一面发娇嗔,碎挼花打人[②]。

【注释】

① 檀郎:晋代潘岳小名檀奴,姿仪美好,旧因以“檀郎”或“檀奴”作为对美男子或所爱慕的男子之称。 ② 挼(ruó):揉搓。

【评解】

这首《菩萨蛮》,生动地描绘了折花美女天真娇痴的神态,讴歌了男女间的爱情。写得流丽自然,而又细腻入微,具有浓郁的生活气息和民歌风味。

【集评】

杨慎《词品》：此词无名氏，唐宣宗尝称之，盖又在《花间》之先也。（《词品》此词“美人”作“佳人”，“须道”作“只道”，“一面”作“一向”。）

醉　公　子

无名氏

门外猧儿吠[①]，知是萧郎至[②]。刬袜下香阶[③]，冤家今夜醉[④]。　　扶得入罗帏，不肯脱罗衣。醉则从他醉，还胜独睡时。

【注释】

① 猧(wō)：一种供玩赏的小狗。　② 萧郎：泛指女子所爱恋的男子。
③ 刬(chǎn)袜：只穿着袜子着地。　④ 冤家：女子对男子的爱称。

【评解】

这首词题为《醉公子》，即咏醉公子。诗人着意于“醉”，刻画人物内心活动，极有层次，写得辗转多姿，曲折有致。于朴素自然中，体现深厚的情味。

【集评】

沈雄《古今词话》引《怀古录》:此唐人词也。前辈谓读此可悟诗法。或以问韩子苍,子苍曰:“只是转折多耳。且如喜其至,刬袜下阶,是一转矣。而苦其今夜醉,又是一转。喜其入罗帏,又是一转。不肯脱罗衣,又是一转。后两句是自为开释,又是一转。虽与诸家不同,直是赋醉公子也。”

梦江南

皇甫松

兰烬落[①],屏上暗红蕉[②]。闲梦江南梅熟日,夜船吹笛雨萧萧[③]。人语驿边桥[④]。

【作者简介】

皇甫松,一名嵩,字子奇,睦州新安(今浙江淳安)人。唐工部郎中皇甫湜之子。工诗词,尤擅竹枝小令,能自制新声。

【注释】

① 兰烬:因烛光似兰,故称。烬,物体燃烧后剩下的部分。 ② 暗红蕉:谓更深烛尽,画屏上的美人蕉模糊不辨。 ③ 萧萧:同“潇潇”,形容雨声。 ④ 驿:驿亭,古时公差或行人暂歇处。

【评解】

烛光暗淡，画屏模糊，词人于梦中又回到了梅熟时的江南，仿佛又于静谧的雨夜中，听到船中笛声和驿边人语，亲切无比，情味深长。

【集评】

俞陛云《唐五代两宋词选释》：调寄《梦江南》，皆其本体。江头暮雨，画船闻歌，语语带六朝烟水气也。

王国维《人间词话》：情味深长，在乐天（白居易）、梦得（刘禹锡）上也。

陈廷焯《云韶集》：梦境化境。词虽盛于宋，实唐人开其先路。

卓人月《古今词统》徐士俊评：末二句是中晚唐警句。

采 莲 子

皇甫松

船动湖光滟滟秋[①]，贪看年少信船流[②]。无端隔水抛莲子[③]，遥被人知半日羞。

【注释】

① 滟滟：水光摇曳晃动。 ② 信船流：任船随波逐流。 ③ 无端：无故。

【评解】

一、二句以三四词写采莲秋湖，情态淳朴天真，一如荷之出水，不沾尘染。词中句末原有小字“举棹”和“年少”，均为传唱时的和声，以加强词的音乐效果。

【集评】

万树《词律》：“竹枝”之音，起于巴蜀。唐人之作，皆言蜀中风景。后人因效其体，于各地为之，非古也。皇甫子奇亦有四句体。所用“竹枝”、“女儿”，乃歌时群相随和之声。犹《采莲子》之有“举棹”、“年少”等字。

元好问《遗山集附录》：皇甫松以《竹枝》、《采莲》排调擅场，而才名远逊诸人。《花间集》所载，亦止小令短歌耳。

况周颐《餐樱庑词话》：写出闺娃稚憨情态，匪夷所思，是何笔妙乃尔。

如　梦　令

李存勖

曾宴桃源深洞，一曲舞鸾歌凤[1]。长记别伊时，和泪出门相送。如梦，如梦，残月落花烟重。

【作者简介】

后唐庄宗李存勖，本姓朱邪氏，其先沙陀部人，赐姓李氏。武帝李克用之长子。天祐五年(908)嗣晋王位。后即帝位，继唐正统。灭梁，都洛阳。在位四年，兵乱，中流矢亡。

《五代史补》：庄宗为公子时，雅好音律，又能自撰曲子词。其后凡用军，前后队伍皆以所撰词授之，使揭声而唱，谓之“御制”。

【注释】

① 一曲舞鸾歌凤：一本作“一曲清歌舞凤”。鸾凤，鸾鸟和凤凰，古代传说中吉祥美丽的鸟。

【评解】

那次宴会中“舞鸾歌凤”的欢乐和别“伊”时“和泪相送”的情景，依然如在眼前。回忆起来，真是“如梦”一般。眼前的“残月落花”，更引起了别后的相思；如烟的月色，给全词笼上了迷蒙孤寂的气氛。这首小令，抒情细腻，婉丽多姿，辞语美，意境更美。

【集评】

胡仔《苕溪渔隐丛话》：东坡言《如梦令》曲名本唐庄宗制，一名“忆仙姿”，嫌其不雅，改云“如梦”。庄宗作此词，卒章云“如梦，如梦，和泪出门相送”，取以为之名。

张宗橚《词林纪事》引查初白云：叠二字最难，唯此词恰好。

俞陛云《唐五代两宋词选释》：五代词嗣响唐贤，悉可被之乐章，重在音节谐美，不在雕饰字句。而能手作之，声文并茂。此词“残月落花”句以闲淡之景，寓浓丽之情，遂启后代词家之秘钥。

王士禛原编、郑方坤删补《五代诗话》引褚人获《坚瓠集》云：李存勖搽画粉墨，与敬新磨等日閙优场，粗犷之极，岂有清思者？乃其作《如梦令》词云：“曾宴桃源深洞”云云，抑何婉丽如此？

一　叶　落

李存勖

一叶落，褰珠箔[1]，此时景物正萧索[2]。画楼月影寒，西风吹罗幕。吹罗幕，往事思量着。

【注释】

① 褰(qiān)：揭起。珠箔：珠帘。　② 萧索：萧条、冷落。

【评解】

秋风落叶，景物萧索。触景怀人，能不勾起往事的回忆！“思量着”，余味无限，耐人寻思。这首小词借景抒情，睹物思人。“画楼月影”，“落叶西风”，意境优美，情韵绵长。

【集评】

《词谱》：后唐庄宗能自度曲，此其一也。此调他无作者。

俞陛云《唐五代两宋词选释》：庄宗《一叶落》词，其佳处在结句，与《如梦令》同一机局，“残月落花”句，寓情于景，用兴体也。“往事思量”句，直抒其意，用赋体也。因悲愁而怀旧，情耶怨耶？在“思量”两字中索之。

阳　台　梦

李存勖

薄罗衫子金泥凤[①]，困纤腰怯铢衣重[②]。笑迎移步小兰丛，亸金翘玉凤[③]。　　娇多情脉脉，羞把同心捻弄[④]。楚天云雨却相和，又入阳台梦[⑤]。

【注释】

① 金泥凤：这里指罗衫的花色点缀。　② 铢衣：衣之至轻者。多指舞衫。③ 亸(duǒ)：下垂。金翘、玉凤：皆古代妇女的首饰。　④ 同心：即古代男女表示爱情的“同心结”。　⑤ 阳台：宋玉《高唐赋序》记楚襄王尝游云梦台馆，梦一妇人来会，自云巫山之女，在“阳台之下”。旧时因称男女欢会之所为“阳台”。

【评解】

诗人着意描写了女子的服饰、体态，抒发内心的思慕之情。这首小词轻柔婉丽，对后世词风不无影响。

【集评】

刘瑞潞《唐五代词钞小笺》:《阳台梦》亦庄宗自度曲也。取末三字为名。

孙光宪《北梦琐言》:庄宗《阳台梦》云“薄罗衫子金泥凤”,旧本有改“凤”字为“缝”字者。

浣溪沙

李璟

手卷真珠上玉钩[1],依前春恨锁重楼。风里落花谁是主?思悠悠!　青鸟不传云外信[2],丁香空结雨中愁[3]。回首绿波三楚暮[4],接天流。

【作者简介】

李璟,字伯玉,史称南唐中主。好读书,多才艺。“时时作为歌诗,皆出入风骚”,具有较高的文学艺术修养。经常与其宠臣如韩熙载、冯延巳等饮宴赋诗,于是适用于歌筵舞榭的词,便在南唐获得了发展的机会。他的词,感情真挚,风格清新,语言不事雕琢,对南唐词坛产生过一定的影响。存词五首,其中《南唐二主词》收四首,《草堂诗余》收一首。

【注释】

① 真珠:代指珠帘。 ② 青鸟:传说曾为西王母传递消息给武帝。这里指带信的人。云外:指遥远的地方。 ③ 丁香结:丁香的花蕾。此处诗人用以象征愁心。 ④ 三楚:指南楚、东楚、西楚。三楚地域,说法不一。这里用《汉书·高帝纪》注引孟康之说:江陵(今湖北江陵一带)为南楚,吴(今江苏苏州市吴中区一带)为东楚,彭城(今江苏徐州市铜山区一带)为西楚。“三楚暮”,一作“三峡暮”。

【评解】

这首词借抒写男女之间的怅恨来表达作者的愁恨与感慨。上片写重楼春恨,落花无主。下片进一层写愁肠百结,固不可解。有人认为这首词非一般的对景抒情之作,可能是在南唐受后周严重威胁的情况下,李璟借小词寄托其彷徨无措的心情。

李璟的词,已摆脱雕饰的习气,没有晦涩之病。词语雅洁,感慨深沉。

【集评】

阮阅《诗话总龟》引《翰苑名谈》云:“青鸟不传云外信,丁香空结雨中愁”,思清句雅可爱。

胡仔《苕溪渔隐丛话》引《漫叟诗话》:李璟有曲云“手卷真珠上玉钩”,或改为“珠帘”,非所谓遇知音者。

黄氏《蓼园词选》:清和宛转,词旨秀颖。

王方俊《唐宋词赏析》:全词情景融为一体,气象雄伟,意境深沉委婉,留有余韵,可称词中之神品,不为过誉。

浣 溪 沙 李 璟

菡萏香销翠叶残①，西风愁起绿波间。还与韶光共憔悴②，不堪看。　　细雨梦回鸡塞远③，小楼吹彻玉笙寒④。多少泪珠何限恨，倚阑干。

【注释】

① 菡萏：荷花的别名。　② 韶光：美好的时光。　③ 梦回：梦醒。鸡塞：即鸡鹿塞，汉时边塞名，故址在今内蒙古。这里泛指边塞。　④ 吹彻：吹到最后一曲。彻，大曲中的最后一遍。

【评解】

这首词，写一个女子的悲秋念远之情，充满了感伤和哀怨，从而反映了封建时代夫妻离别给妇女带来的痛苦。全词借景抒情，情景交融，前写悲秋，后写念远，构思新颖，自然贴切，体现了南唐词坛清新自然、不事雕琢的特色。

【集评】

王国维《人间词话》：大有“众芳芜秽”、“美人迟暮”之感。

张燕瑾《唐宋词选析》：不仅十分贴切地描绘了深秋的景色，也含蓄地表达出人物的心情，具有情景相生的艺术效果。

俞陛云《唐五代两宋词选释》：荆公尝问山谷曰：“江南词何者最好？”山谷以“一江春水向东流”为对。荆公曰：“未若‘细雨梦回鸡塞远，小楼吹彻玉笙寒’为妙。”冯延巳对中主语，极推重“小楼”

七字，谓胜于己作。

陈廷焯《白雨斋词话》：南唐中宗《山花子》云：“还与韶光共憔悴，不堪看。”沉之至，郁之至，凄然欲绝。后主虽善言情，卒不能出其右也。

王闿运《湘绮楼词选》：选声配色，恰是词语。

黄氏《蓼园词选》：按“细雨梦回”二句，意兴清幽，自系名句。结末“倚阑干”三字，亦有说不尽之意。

谒　金　门

冯延巳

风乍起[①]，吹绉一池春水。闲引鸳鸯香径里[②]，手挼红杏蕊[③]。　　斗鸭阑干独倚[④]，碧玉搔头斜坠[⑤]。终日望君君不至，举头闻鹊喜。

【作者简介】

冯延巳，一名延嗣，字正中，广陵（今江苏扬州）人。多才艺，工诗词。仕南唐，李璟时为宰相。他的词虽也写妇女、相思之类的题材，但不像花间派那样雕章琢句。他能用清新的语言，着力刻画人物内心的活动和哀愁，他运用“托儿女之辞，写君臣之事”的传统手法，隐约流露出对南唐王朝国势的关心与忧伤，对温庭筠以来的婉约词风有所发展。

【注释】

① 乍:忽然。 ② 闲引:无聊地逗引着玩。 ③ 挼:揉搓。 ④ 斗鸭:以鸭相斗为欢乐。斗鸭阑和斗鸡台,都是官僚显贵取乐的场所。 ⑤ 碧玉搔头:碧玉簪。

【评解】

冯延巳擅长以景托情、因物起兴的手法,蕴藏个人的哀怨,词作写得清丽、细密、委婉、含蓄。这首脍炙人口的怀春小词,在当时就很为人称道,尤其“风乍起,吹绉一池春水”,是传诵古今的名句。词的上片,以写景为主,点明时令、环境及人物活动。下片以抒情为主,并点明所以烦愁的原因。

【集评】

据马令《南唐书》卷二十一载,当时中主李璟曾戏问冯延巳:“吹绉一池春水,干卿何事?”冯答道:“未如陛下‘小楼吹彻玉笙寒’。”中主悦。

俞陛云《唐五代两宋词选释》:“风乍起”二句破空而来,在有意无意间,如柴浮水,似沾非著,宜后主盛加称赏。此在南唐全盛时作。“喜闻鹊报”句,殆有束带弹冠之庆及效忠尽瘁之思也。

黄氏《蓼园词选》引沈际飞云:闻鹊报喜,须知喜中还有疑在,无非望泽幸希宠之心,而语自清隽。

贺裳《皱水轩词筌》：南唐主（李璟）语冯延巳曰："'风乍起，吹绉一池春水'，何与卿事？"冯曰："未若'细雨梦回鸡塞远，小楼吹彻玉笙寒'。不可使闻于邻国。"然细看词意，含蓄尚多。又，"无凭谙鹊语，犹得暂心宽"，韩偓语也。冯延巳去偓不多时，用其语曰："终日望君君不至，举头闻鹊喜。"虽窃其意，而语加蕴藉。

陈秋帆《阳春集笺》：考古今词家选籍，如《尊前集》、《花庵词选》、《草堂诗余》、《花草粹编》、《历代诗余》、《全唐诗》、《唐五代词选》、《词林纪事》等，均作冯词，尤为可证。

鹊　踏　枝

冯延巳

谁道闲情抛掷久[①]？每到春来，惆怅还依旧。日日花前长病酒[②]，不辞镜里朱颜瘦。　　河畔青芜堤上柳[③]，为问新愁，何事年年有？独立小桥风满袖，平林新月人归后。

【注释】

① 闲情：闲愁。实际指爱情、相思。　② 病酒：饮酒过量，醉酒。　③ 青芜：丛生的青草。

【评解】

这首《鹊踏枝》，把“闲情”写得缠绵悱恻，难以排遣。词的上片着重写爱情。词中人物为相思所苦，憔悴不堪；下片着重写景，而杨柳依依牵愁，畔草青青惹恨。全词情景交融，意蕴深婉。这首词并不着意刻画人物的外在形象，也不经心描写具体景物或情事，而是把笔墨集中在创造缠绵凄恻的感情境界上，形成了冯词的独特风格。

【集评】

王国维《人间词话》：深美闳约。

陈廷焯《白雨斋词话》：可谓沉着痛快之极，然却是从沉郁顿挫来，浅人何足知之。

冯煦《阳春集序》：翁（延巳）俯仰身世，所怀万端，缪悠其辞，若显若晦，揆之六义，比兴为多。若《三台令》、《归国谣》、《蝶恋花》（即《鹊踏枝》）诸作，其旨隐，其词微，类劳人思妇、羁臣屏子，郁伊怆怳之所为。翁何致而然耶？周师南侵，国势岌岌；中主既昧本图，汶暗不自强……翁负其才略，不能有所匡捄，危苦烦乱之中，郁不自达者，一于词发之。

王方俊《唐宋词赏析》：这首词是描写相思之情的，隐约地流露出作者对南唐王朝衰败的关心和忧伤。

谭献《谭评词辨》：此阕叙事。

长 命 女　　冯延巳

春日宴，绿酒一杯歌一遍[1]。再拜陈三愿。一愿郎君千岁，二愿妾身长健，三愿如同梁上燕，岁岁长相见。

【注释】

① 绿酒：古时米酒酿成未滤时，面浮米渣，呈淡绿色，故名。

【评解】

词写春日开宴，夫妇双方祝酒陈愿。词以妇人口吻，用语明白如话，带有民歌情调。末两句以梁燕双栖喻夫妻团圆，天长地久。全词浅近而又含蓄。

【集评】

沈雄《柳塘词话》：冯正中乐府，思深语丽，韵逸调新，多至百首。有杂入《六一集》中者，而其《阳春集》特为言情之作。此词清新明丽，语浅情深，有民歌风味，无亡国哀音。

徐釚《词苑丛谈》：南唐宰相冯延巳，有乐府一章，名《长命女》云："春日宴，绿酒一杯歌一遍。……"其后有以其词改为《雨中花》云："我有五重深深愿。第一愿且图久远。二愿恰如雕梁双燕，岁岁得长相见。三愿薄情相顾恋。第四愿永不分散。五愿奴留收因结果，做个大宅院。"味冯公之词，典雅丰容，虽置在古乐府，可以无愧。一遭俗子窜易，不惟句意重复，而鄙恶甚矣。

阮郎归 冯延巳

南园春半踏青时，风和闻马嘶。青梅如豆柳如眉，日长蝴蝶飞[①]。　　花露重，草烟低，人家帘幕垂。秋千慵困解罗衣[②]，画梁双燕栖。

【注释】

① 日长：春分之后，白昼渐长。《春秋繁露》："春分者，阴阳相半也。故昼夜均而寒暑平。"　② 慵困：懒散困乏。

【评解】

前人谓"冯词如古蕃锦，如周、秦宝鼎彝，琳琅满目，美不胜收"。此词写仲春景色，豆梅丝柳，日长蝶飞，花露草烟，秋千慵困，画梁双燕，令人目不暇接。而人物踏青时的心情，则仅于"慵困""双燕栖"中略予点写，显得雍容蕴藉。

【集评】

俞陛云《唐五代两宋词选释》：南园美景如画，春色撩人。写景句含婉转之情，可谓情景两得。词家之妙诀也。

清平乐 冯延巳

雨晴烟晚，绿水新池满。双燕飞来垂柳院，小阁画帘高卷。　　黄昏独倚朱阑，西南新月眉弯。砌下落花风起①，罗衣特地春寒②。

【注释】

① 砌：台阶。　② 特地：特别。

【评解】

双燕穿柳，池水新绿，已经春满人间。这首小词，通过江南春景的描写，委婉含蓄地反衬出人物内心的孤寂。独倚朱阑，那楼头新月、砌下落花，不禁勾起相思之情。全词以景托情，词语雅洁，意境清新。“罗衣特地春寒”，雅丽含蓄，饶有韵致，令人揽撷不尽。

【集评】

俞陛云《唐五代两宋词选释》：纯写春晚之景。“花落春寒”句论词则秀韵珊珊，窥词意，或有忧谗自警之思乎？

唐圭璋《唐宋词简释》：此词纯写景物，然景中见人，娇贵可思。初写雨后池满，是阁外远景；次写柳院燕归，是阁前近景。人在阁中闲眺，颇具萧散自在之致。下片，写倚阑看月，微露怅意。着末，写风振罗衣，芳心自警。通篇俱以景物烘托人情，写法极高妙。

采　桑　子　　冯延巳

花前失却游春侣，独自寻芳。满目悲凉，纵有笙歌亦断肠。　　林间戏蝶帘间燕，各自双双。忍更思量[1]，绿树青苔半夕阳。

【注释】

① 忍：那堪，怎忍。

【评解】

正当春花怒放，携手观赏时，失却了“游春侣”！独自寻芳的心情，纵有笙歌，也不免愁肠欲断。眼前蝶戏林间，燕穿帘栊，更使人不堪思量。词中用“各自双双”反衬人物的孤寂。“绿树青苔半夕阳”韵味无限，耐人寻思。全词情景相渗，构思新颖，风流蕴藉，雅淡自然，体现了冯词的特色。

【集评】

俞陛云《唐五代两宋词选释》：通首仅寓孤闷之怀。江左自周师南侵，朝政日非，延巳匡救无从，怅疆宇之日蹙，“夕阳”句寄慨良深，不得以绮语目之。

唐圭璋《唐宋词简释》：此首触景感怀，文字疏隽。上片径写独游之悲，笙歌原来可乐，但以无人偕游，反增凄凉。下片因见双蝶、双燕，又兴起己之孤独。“绿树”句，以景结，正应“满目悲凉”句。

喜 迁 莺

和 凝

晓月坠，宿云披，银烛锦屏帷①。建章钟动玉绳低②，宫漏出花迟③。　　春态浅，来双燕，红日渐长一线。严妆欲罢啭黄鹂④，飞上万年枝。

【作者简介】

和凝，字成绩，郓州须昌（今山东东平）人。少好学，年十九，登进士第。初仕后唐，继为后晋宰相。凝生平为文章，长于短歌艳曲，有“曲子相公”之称。有集百卷。其长短名句《红叶稿》，又名《香奁集》。

【注释】

① 锦屏帷：锦绣的帷屏。　② 建章：汉代宫名。这里泛指宫阙。贾至《早朝大明宫》诗：“千条弱柳垂青琐，百啭流莺绕建章。”玉绳：星名。　③ 宫漏：古时宫禁中用以计时之铜壶滴漏。　④ 严妆：装束整齐。

【评解】

和凝当后晋全盛之时，身居相位，故而他的词多承平“雅”“颂”之声。这首小词，抒写了宫中生活的情景。上片以“晓月坠”“宿云披”“钟声”“宫漏”生动地描绘了春宫破晓时的景色。正像他在《薄命女》词中所写的天曙之状：“宫漏穿花声缭绕，窗里星光少。”生动形象，情词俱佳。下片写晨起理妆之所见所感，红日渐长，鸟啼燕飞，春意浅上花枝，隐约地透露了人物的情思。这首词意境新，语言美。

【集评】

沈际飞《草堂诗余》:此词与《小重山》词意相似,乃承平《雅》、《颂》声也。

孙光宪《北梦琐言》:和凝少年时,好为曲子词,布于汴、洛。洎入相,专托人收拾焚毁不暇。契丹入夷门,号为“曲子相公”。

河满子　　和凝

正是破瓜年纪[1],含情惯得人饶[2]。桃李精神鹦鹉舌[3],可堪虚度良宵[4]。却爱蓝罗裙子,羡他长束纤腰。

【注释】

① 破瓜:旧时文人拆“瓜”字为二八字以纪年,谓十六岁。诗文中多用于女子。　② 饶:饶恕。这里有怜爱之意。　③ 桃李精神鹦鹉舌:伶牙俐齿,美丽多姿。　④ 可堪:哪堪。

【评解】

一位体态轻盈、艳丽多情的少女,眉目含情,风采动人。诗人通过这首小词,表达了自己的爱慕之情。全词描写细腻,抒情委婉，自是《香奁集》中之佳作，表现了和凝词的特色。

【集评】

徐釚《词苑丛谈》：晋宰相和凝，少年好为曲子。契丹入彝门，号为“曲子相公”。有《河满子》词曰“正是破瓜年纪”云云，亦《香奁》佳句也。

李冰若《栩庄漫记》：“却爱蓝罗裙子，羡他长束纤腰。”为和词名句。其源盖出于张平子《定情诗》，陶公《闲情赋》尚在其后。

忆 江 南

李 煜

多少恨，昨夜梦魂中。还似旧时游上苑[①]，车如流水马如龙[②]。花月正春风。

【作者简介】

李煜，南唐后主，字重光。中主李璟之子。在位十七年。降宋后，被太宗赵光义赐牵机药毒死。他是南唐最后一个皇帝，也是一个具有极高文化修养的文人。工书善画，洞晓音律，诗词文章无不擅长。他在我国文学史上的地位，主要决定于他独特的艺术成就。他用清丽精练的语言，表达复杂的思想感情，使词成为抒情言志的新体诗，对后世词坛有较大影响。

【注释】

① 上苑:古代皇帝的花园。 ② 车如流水马如龙:极言车马众多。

【评解】

这首记梦小词,是李煜降宋被囚后的作品,抒写了梦中重温旧时游娱生活的欢乐和梦醒之后的悲恨,以梦中的乐景抒写现实生活中的哀情。“车如流水马如龙。花月正春风”,游乐时环境的优美、景色的绮丽,倾注了诗人对往昔生活的无限深情。这首小词,“深哀浅貌,短语长情”,在艺术上达到高峰。“以梦写醒”“以乐写愁”“以少胜多”的高妙手法,使这首小词获得耐人寻味的艺术生命。

【集评】

张燕瑾《唐宋词选析》:统观这首小词,构思新颖,环环相扣,通首都用白描手法,语言明净流畅。

《唐宋词鉴赏集》:李煜笔下这个欢乐而又使他悲苦的梦,可以使作品置身于唐宋诗词作家创造的形形色色的“梦”的画廊之中。

俞陛云《唐五代两宋词选释》:“车水马龙”句为时传诵。当年之繁盛,今日之孤凄,欣戚之怀,相形而益见。

陈廷焯《别调集》:后主词一片忧思,当领会于声调之外,君人而为此词,欲不亡国也得乎?

捣 练 子

李 煜

深院静，小庭空，断续寒砧断续风[1]。无奈夜长人不寐，数声和月到帘栊[2]。

【注释】

① 寒砧(zhēn)：寒夜捣帛声。砧，捣衣石。古代秋来，家人捣帛为他乡游子准备寒衣。 ② 栊：窗户。

【评解】

秋风送来了断续的寒砧声，在小庭深院中，听得格外真切。夜深了，月光和砧声穿进帘栊，更使人联想到征人在外，勾起了绵绵的离恨和相思，因而长夜不寐，愁思百结。“砧声不断”，“月到帘栊”，从景中透露出愁情，情景交融，轻柔含蓄，耐人寻思。这首小令，语言新，意境新，给人以极美的艺术享受。

【集评】

俞陛云《唐五代两宋词选释》：曲名《捣练子》，即以咏之，乃唐词本体。首二句言闻捣练之声，院静庭空，已写出幽悄之境。三句赋捣练，四、五句由闻砧者说到砧声之远递。通首赋捣练，而独夜怀人情味，摇漾于寒砧断续之中，可谓极此题能事。杨升庵谓旧本以此曲名《鹧鸪天》之后半首，尚有上半首云：“塘水初澄似玉容，所思还在别离中。谁知九月初三夜，露似珍珠月似弓。”案《鹧鸪天》调，唐人罕填之。况塘水四句，全与捣练无涉，升庵之说未确。但露珠月弓，传诵词苑，自是佳句。

王方俊《唐宋词赏析》：通篇无点题之笔，但处处写离情，情包含在景中，从景中透露出感情，极为含蓄，意境清新，是李词中内容较健康的词作。

相见欢[①]

李煜

无言独上西楼，月如钩。寂寞梧桐深院锁清秋[②]。

剪不断，理还乱，是离愁。别是一般滋味在心头。

【注释】

① 此词一名“乌衣啼”，亦有人认为乃孟昶所作。 ② 清秋：凄清的秋色。

【评解】

这首小词，通过写景，抒写离愁。上片写秋夜“独上西楼”的景色，下片写凄凉寂寞的心境。“剪不断，理还乱，是离愁”，把抽象的离愁别恨具体化、形象化。全词写得精练、深刻而又自然。用简短朴素的语言，创造出极美的意境，表达真实的思想感情，正是这首词的杰出成就，也是作者卓越艺术才能的体现。

【集评】

黄昇《花庵词选》:此词最凄婉,所谓"亡国之音哀以思"。

陈廷焯《白雨斋词话》:思路凄惋,词场本色。

沈际飞《草堂诗余续集》:七情所至,浅尝者说破,深尝者说不破。破之浅,不破之深。"别是一般滋味在心头"句妙。

唐圭璋《唐宋词简释》:此词写别愁,凄惋已极。"无言独上西楼"一句,叙事直起,画出后主愁容。其下两句,画出后主所处之愁境。举头见新月如钩,低头见桐阴深锁,俯仰之间,万感萦怀矣。此片写景亦妙,惟其桐阴深黑,新月乃愈显明媚也。下片,因景抒情。换头三句,深刻无匹,使有千丝万缕之离愁,亦未必不可剪,不可理,此言"剪不断,理还乱",则离愁之纷繁可知。所谓"别是一般滋味",是无人尝过之滋味,惟有自家领略也。后主以南朝天子,而为北地幽囚;其所受之痛苦、所尝之滋味,自与常人不同,心头所交集者,不知是悔是恨,欲说则无从说起,且亦无人可说,故但云"别是一般滋味"。究竟滋味若何,后主且不自知,何况他人?此种无言之哀,更胜于痛哭流涕之哀。

俞陛云《唐五代两宋词选释》:后阕仅十八字,而肠回心倒,一片凄异之音,伤心人固别有怀抱。

浪淘沙 李煜

帘外雨潺潺[1],春意阑珊[2],罗衾不耐五更寒[3]。梦里不知身是客,一晌贪欢[4]。　　独自莫凭栏,无限江山,别时容易见时难。流水落花春去也,天上人间。

【注释】

① 潺潺:水声,这里借以形容雨声。 ② 阑珊:将尽;衰落。 ③ 罗衾:丝绸被子。 ④ 一晌:片刻。

【评解】

这首词把惨痛欲绝的国亡家破的感情,通过伤别与惜春表现出来。上片通过梦醒前后两种境界的对照,抒写诗人当时的生活感受。下片写凭栏远眺的情怀。“春去也”三字,包含了多少留恋、惋惜和无可奈何的悲哀!“流水落花”“天上人间”,构成了一种意境,含有不尽的余味,留给读者以想象的广阔天地。这首词语语沉痛,字字泪珠,以歌当哭,千古哀音。

【集评】

《乐府纪闻》:后主归宋后与故宫人书云:“梦里不知身是客,一晌贪欢”,“流水落花春去也,天上人间”……旧臣闻之,有泣下者。七夕,在赐第作乐。太宗闻之怒,更得其词,故有赐牵机药之事。

蔡絛《西清诗话》:南唐李后主归朝后,每怀江国,且念嫔妾散落，郁郁不自聊。尝作长短句云："帘外雨潺潺"云云，含思凄惋，未几下世。

王方俊《唐宋词赏析》：这首词的艺术成就是很高的，自然率真，直写观感，直抒胸臆，因之有极强的艺术感染力。它不仅在旧时曾为人传诵，现在看来也是我国诗歌艺术宝库中的一件珍品。

俞陛云《唐五代两宋词选释》：言梦中之欢，益见醒后之悲，昔日歌舞《霓裳》，不堪回首。结句"天上人间"三句，怆然欲绝：此归朝后所作。尤极凄黯之音，如峡猿之三声肠断也。

唐圭璋《唐宋词简释》：此首殆后主绝笔，语意惨然。五更梦回，寒雨潺潺，其境之黯淡凄凉可知。"梦里"两句，忆梦中情事，尤觉哀痛。换头宕开，两句自为呼应，所以"独自莫凭栏"者，盖因凭阑见无限江山，又引起无限伤心也。此与"心事莫将和泪说，凤笙休向泪时吹"，同为悲愤已极之语。"别时"一句，说出过去与今天之情况。自知相见无期，而下世亦不久矣。故"流水"两句，即承上申说不久于人世之意，水流尽矣，花落尽矣，春归去矣，而人亦将亡矣。将四种了语，并合一处作结，肝肠断绝，遗恨千古。

唐圭璋《南唐二主词汇笺》引郭麐云：绵邈飘忽之音，最为感人深至。李后主之"梦里不知身是客，一晌贪欢"，所以独绝也。

王闿运《湘绮楼词选》：高妙超脱，一往情深。

虞美人　　李　煜

春花秋月何时了[1]，往事知多少！小楼昨夜又东风，故国不堪回首月明中。　　雕栏玉砌应犹在[2]，只是朱颜改[3]。问君能有几多愁？恰似一江春水向东流。

【注释】

① 春花秋月：代指岁月的更替。　② 雕栏玉砌：指南唐豪华的宫殿楼阁等建筑物。　③ 朱颜：红润的脸色。

【评解】

李煜由南唐国君变为宋朝囚犯，失去了人身自由，这一残酷的现实，使他"日夕以泪洗面"，产生了他特有的悲和愁。他以词倾泻了真实感受。"问君能有几多愁？恰似一江春水向东流"，贴切生动地将抽象的感情形象化、具体化，造成良好的艺术效果，成为李词的主要特点，对后代词家颇有影响。有人说李煜词是"血泪之歌"，"一字一珠"，并非过誉。

【集评】

俞陛云《唐五代两宋词选释》：亡国之音，何哀思之深耶！传诵禁廷，不加悯而被祸，失国者不殉宗社，而任人宰割，良足伤矣。《后山诗话》谓秦少游词"飞红万点愁如海"出于后主"一江春水"句。《野客丛书》又谓白乐天之"欲识愁多少，高于滟滪堆"、刘禹锡之"水流无限似侬愁"，为后主所祖，但以水喻愁，词家意所易到，屡见载籍，未必互相沿用。就词而论，白、刘、秦诸家之以水喻愁，不若后主之“春江”九字，真伤心人语也。

唐圭璋《唐宋词简释》：此首感怀故国，悲愤已极。起句，追维往事，痛不欲生；满腔恨血，喷薄而出：诚《天问》之遗也。“小楼”句承起句，缩笔吞咽；“故国”句承起句，放笔呼号。一“又”字惨甚。东风又入，可见春花秋月一时尚不得遽了。罪孽未满，苦痛未尽，仍须偷息人间，历尽磨折。下片承上，从故国月明想入，揭出物是人非之意。末以问答语，吐露心中万斛愁恨，令人不堪卒读。通首一气盘旋，曲折动荡，如怨如慕，如泣如诉。

王方俊《唐宋词赏析》：这首千古传诵、脍炙人口的名作《虞美人》，被前人誉为“词中之帝”，是李煜囚居汴京时所作。据王铚《默记》载：“归朝（指李煜降宋后），郁郁不乐，见于词语。”本词就是抒写这种怀念故国之情，哀叹亡国之痛的情怀的。

蝴 蝶 儿

张 泌

蝴蝶儿，晚春时。阿娇初着淡黄衣[1]。倚窗学画伊。　　还似花间见，双双对对飞。无端和泪拭燕脂[2]。惹教双翅垂。

【作者简介】

张泌，字子澄，淮南人。初官句容尉，南唐后主征为监察御史。累官至内史舍人。随后主降宋。泌为花间词人，词风与温、韦相近。

【注释】

① 阿娇：汉武帝的陈皇后名阿娇，此泛指少女。 ② 无端：无故。

【评解】

晚春时节，蝴蝶翻飞。少女倚窗学画，初如花间所见，翩翩成双；忽而无故拭泪，使得画面蝴蝶双翼下垂。全篇不言恋情，只摄取学画者情绪的细微变化，遂将少女难言的心事和盘托出。此即所谓手拨五弦，目送飞鸿之法，收到不以言传而以意会之效。

【集评】

李调元《雨村词话》：张舍人泌，词如其诗。《花间集》所载，皆可入选。更工于用字，如"还似花间见，双双对对飞"。

俞平伯《唐宋词选释》：这首词不写真的蝴蝶，而写画的蝴蝶；画上的蝴蝶却处处当作真蝴蝶去写，又关合作画人的情感。

陈廷焯《云韶集》：妮妮之态，一一绘出。干卿甚事，如许钟情耶？

浣 溪 沙　　张 泌

独立寒阶望月华，露浓香泛小庭花[1]。绣屏愁背一灯斜。　　云雨自从分散后，人间无路到仙家。但凭魂梦访天涯。

【注释】

① 泛：透出。

【评解】

这首春夜怀人的小词，抒写了作者对心上人的深切怀念与刻骨相思。月明之夜，花香四溢，独立寒阶，睹景思人。词的上片着重写景，下片着重抒情。当初一别，人间既难再见，便只有在梦中寻访，以慰相思。这首词委婉含蓄，情味深长而又真挚感人。

【集评】

《花间集》：张子澄时有幽艳语，"露浓香泛小庭花"是也。时遂有以《浣溪沙》为《小庭花》者。

况周颐《餐樱庑词话》：张子澄词，其佳者能蕴藉有韵致，如《浣溪沙》诸阕。

南歌子　　张泌

柳色遮楼暗，桐花落砌香[1]。画堂开处远风凉。高卷水精帘额[2]，衬斜阳。

【注释】

① 砌：台阶。　② 水精帘：透明精致的珠帘。水精，即水晶，光亮透明的物体。

【评解】

春天又到江南，杨柳遮楼，落花飘香，画堂春风，景色撩人。而眼前珠帘高卷，斜阳夕照，更使人情思绵绵，无法排遣。这首小词，通篇写景，委婉含蓄地透露了人物的感情。正所谓“状难写之景如在目前，含不尽之意见于言外”，给人以美的艺术享受。

【集评】

俞陛云《唐五代两宋词选释》：此词写明丽之韶光。“帘额斜阳”尤推佳句。柳暗花明，春色恼人耳。

许昂霄《词综偶评》：此初日芙蓉，非镂金错彩也。

菩萨蛮　　韦庄

人人尽说江南好，游人只合江南老[1]。春水碧于天，画船听雨眠。　　垆边人似月[2]，皓腕凝霜雪[3]。未老莫还乡，还乡须断肠[4]。

【作者简介】

韦庄，字端己，唐末京兆杜陵（今西安市东南）人。黄巢破长安，庄逃至南方。唐昭宗乾宁元年（894）进士及第，为校书郎。五代时，庄为蜀宰相。他是花间词人，与温庭筠齐名。《历代词人考略》称赞他们的词作“熏香掬艳，眩目醉心，尤能运密入疏，寓浓于淡，花间群贤，殆鲜其匹”。周济说：“端己词清艳绝伦。”他的词风格较温词清新明朗。著有《浣花词》一卷。

【注释】

① 游人：这里指漂泊江南的人，即作者自谓。　合：应当。　② 垆边人：这里指当垆卖酒的女子。　③ 皓腕：洁白的手腕。　④ 须：必定。　断肠：形容非常伤心。

【评解】

这首词描写了江南水乡的风光美和人物美，表现了诗人对江南水乡的依恋之情，也抒发了诗人飘泊难归的愁苦之感，写得情真意切，具有较强的艺术感染力。在谋篇布局上，上片开首两句与结拍两句抒情，中间四句写景、写人。纯用白描写法，清新明丽，真切可感。起结四句虽直抒胸臆，却又婉转含蓄，饶有韵致。

【集评】

张惠言《词选》:此章述蜀人劝留之辞,江南即指蜀。中原沸乱,故曰:“还乡须断肠。”

俞陛云《唐五代两宋词选释》:端己奉使入蜀,蜀王羁留之,重其才,举以为相,欲归不得,不胜恋阙之思。此《菩萨蛮》词,乃隐寓留蜀之感。“江南好”指蜀中而言。皓腕相招,喻蜀主縻以好爵;还乡断肠,言中原板荡,阻其归路。“未老莫还乡”句犹冀老年归去。

唐圭璋《唐宋词简释》:此首写江南之佳丽,但有思归之意。起两句,自为呼应。人人既尽说江南之好,劝我久住,我亦可以老于此间也。“只合”二字,无限凄怆,意谓天下丧乱,游人漂泊,虽有乡不得还,虽有家不得归,惟有羁滞江南,以待终老。“春水”两句,极写江南景色之丽。“垆边”两句,极写江南人物之美。皆从一己之经历,证明江南果然是好也。“未老”句陡转,谓江南纵好,我仍思还乡,但今日若还乡,目击离乱,只令人断肠,故惟有暂不还乡,以待时定。情意宛转,哀伤之至。

李冰若《栩庄漫记》:端己此首自是佳词,其妙处如芙蓉出水,自然秀艳。

陈廷焯《云韶集》:风流自赏,决绝语,正是凄楚语。

思 帝 乡

韦 庄

春日游，杏花吹满头。陌上谁家年少，足风流[1]？妾拟将身嫁与，一生休[2]。纵被无情弃[3]，不能羞。

【注释】

① 足：足够，十分。 ② 一生休：这一辈子就算了。 ③ “纵被”两句：即使被遗弃，也不在乎。

【评解】

作者以白描手法，清新明朗的笔触，勾出了一位天真烂漫、热烈追求爱情的少女形象。这首词语言质朴多情韵，无辞藻堆砌现象，却有浓郁的民歌风味，在花间词中独具一格。

【集评】

徐育民《历代名家词赏析》：作者是一位具有封建思想的文人，敢于道出冲破封建礼教束缚的词语，写出这样明快的佳篇，不能不归之于学习民歌的结果。

夏承焘《唐宋词欣赏》：像韦庄这类酣恣淋漓近乎元人北曲的抒情作品，在五代文人词里是很少见的；只有当时的民间词如敦煌曲子等，才有这种风格。这是韦庄词很可注意的一个特点。

李冰若《栩庄漫记》：爽隽如读北朝乐府“阿婆不嫁女，那得孙儿抱”诸作。

贺裳《皱水轩词筌》：小词以含蓄为佳，亦有作决绝语而妙者。

如韦庄“谁家年少，足风流”之类是也。

菩　萨　蛮　　韦　庄

洛阳城里春光好①，洛阳才子他乡老②。柳暗魏王堤③，此时心转迷。　　桃花春水渌④，水上鸳鸯浴。凝恨对斜晖⑤，忆君君不知。

【注释】

① 春：一作“风”。　② 洛阳才子：西汉时洛阳人贾谊，年十八能诵诗书，长于写作，人称洛阳才子。这里指作者本人，作者早年寓居洛阳。　③ 魏王堤：即魏王池。唐代洛水在洛阳溢成一个池，成为洛阳的名胜。太宗贞观中赐给魏王李泰，故名魏王池。有堤与洛水相隔，因称魏王堤。　④ 渌：一本作“绿”，水清的样子。　⑤ 凝恨：愁恨聚结在一起。

【评解】

这首《菩萨蛮》词，是写作者身在江南，回忆他四十七岁时从长安到洛阳，次年离开洛阳这段生活的。上片写回忆。洛阳的春日美景，回忆起来，勾起令人迷惘的乡思。“洛阳才子他乡老”又流露了作者的无限伤感。下片写江南春景，抒发内心的感慨。全词写景妍秀，抒情自然，二者巧妙结合，写景采用白描写法，通过具体事物来展现感情，颇能体现韦词的风格。

【集评】

张惠言《词选》：此章致思唐之意。

俞陛云《唐五代两宋词选释》：此《菩萨蛮》词，致其乡国之思。洛地风景，为唐初以来都城胜处，魏堤柳色，回首依依。结句言"忆君君不知"者，言君门万里，不知羁臣恋主之忱也。

唐圭璋《唐宋词简释》：此首忆洛阳之词，身在江南，还乡固不能，即洛阳亦不得去，回忆洛阳之乐，不禁心迷矣。起两句，述人在他乡，回忆洛阳春光之好。"柳暗"句，又说到眼前景色，使人心恻。末句对景怀人，朴厚沉郁。

陈廷焯《白雨斋词话》：端己《菩萨蛮》四章，惓惓故国之思，而意婉词直，一变飞卿面目，然消息正自相通。

《唐五代四大名家词》乙篇丁寿田等云：结尾二语，怨而不怒，无限低徊，可谓语重心长矣。

女 冠 子 韦 庄

昨夜夜半，枕上分明梦见。语多时，依旧桃花面，频低柳叶眉。　　半羞还半喜，欲去又依依。觉来知是梦,不胜悲。

【评解】

这首《女冠子》,记述了一对恋人离别之后在梦中相见的情景。他俩把臂欷歔,说不尽的离愁别苦。“语多时,依旧桃花面”,特别是“频低柳叶眉”、“欲去又依依”的神态音容,宛在眼前。然而,夜长梦短,梦醒之后,更令人不胜伤悲。此词不似多数花间词之浓艳,而是在清淡中意味深远,耐得咀嚼。所谓“意婉词直”“似直而纡”,别具风味。

【集评】

况周颐《历代词人考略》:运密入疏,寓浓于淡。

周济《介存斋论词杂著》:端己词,清艳绝伦。初日芙蓉春月柳,使人想见风度。

唐圭璋《唐宋词简释》:此首通篇记梦境,一气赶下。梦中言语,情态皆真切生动。着末一句翻腾,将梦境点明,凝重而沉痛。韦词结句多畅发尽致,与温词之多含蓄者不同。

浣 溪 沙　　　　韦 庄

夜夜相思更漏残,伤心明月凭阑干。想君思我锦衾寒[1]。　　咫尺画堂深似海[2]，忆来惟把旧书看。几时携手入长安？

【注释】

① 衾：被子。锦衾：丝绸被子。　② 咫尺：比喻距离很近。

【评解】

自从与心上人分离之后，令人朝思暮想，彻夜无眠。月下凭阑，益增相思。不知几时才能再见，携手共入长安。这首词，叙离别相思之情，含欲言不尽之意，缠绵凄恻，幽怨感人。

【集评】

沈雄《古今词话》：韦庄为蜀王所羁。庄有爱姬，姿质艳美，兼工词翰。蜀王闻之，托言教授宫人，强夺之去。庄追念悒怏，作《荷叶杯》、《浣溪沙》诸词，情意凄怨。

刘瑞潞《唐五代词钞小笺》：此词亦为姬作也，末致思归之意。

俞陛云《唐五代两宋词选释》：端己相蜀后，爱妾生离，故乡难返，所作词本此两意为多。此词冀其"携手入长安"，则两意兼有。端己哀感诸作，传播蜀宫，姬见之益恸，不食而卒。惜未见端己悼逝之篇也。

张燕瑾《唐宋词选释》：词中"想君思我锦衾寒"句，一句叠用两个动词，代对方想到自己，透过一层，曲而能达。句法亦新。

忆 江 南

牛 峤

红绣被，两两间鸳鸯。不是鸟中偏爱尔[1]，为缘交颈睡南塘。全胜薄情郎。

【作者简介】

牛峤，字松卿，一字延峰，陇西(今甘肃东南部)人。唐宰相牛僧孺之后。僖宗乾符五年(878)进士及第。历官拾遗、补阙、尚书郎。王建镇西川，辟为判官。前蜀开国，拜给事中。峤工诗擅词，其《杨柳枝》词，见称于时。

【注释】

① 尔：这里指鸳鸯。

【评解】

借对鸳鸯的吟咏与艳羡，表露内心对“薄情郎”的眷恋与怨恨。这首小词，语言清浅而寄寓殊深，颇具民歌风味。

【集评】

沈雄《古今词话》引姜夔语：牛松卿《望江南》词，一咏燕，一咏鸳鸯，是咏物而不滞物者也。词家当法此。

沈雄《古今词话》：牛峤之《忆江南》“不是鸟中偏爱尔，为缘交颈睡南塘”，其下可直接“全胜薄情郎”，此即救尾对也。

菩 萨 蛮

牛 峤

舞裙香暖金泥凤，画梁语燕惊残梦。门外柳花飞，玉郎犹未归[1]。　　愁匀红粉泪，眉剪春山翠[2]。何处是辽阳？锦屏春昼长。

【注释】

① 玉郎：对男子的爱称。　② 翠：青绿色曰翠。指眉修饰得很美。

【评解】

落花满径，柳絮随风，呢喃双燕，惊扰残梦。这恼人的春色，撩人愁思。这首词描景写人，细腻柔和，宛转多姿，表现了晚唐五代的词风。

【集评】

张惠言《词选》：章法绝妙。“惊残梦”一点以下，纯是梦境，章法似《西洲曲》。

俞陛云《唐五代两宋词选释》：晚唐五代之际，神州云扰，忧时之彦，陆沉其间，既谠论之不容，借俳语以自晦，其心良苦。此词哀思绮恨，殆与温飞卿《菩萨蛮》词略同。乃感士之不遇，兼怀君国也。

唐圭璋《唐宋词简释》：此首，首句形容服饰之盛，次句言燕语惊梦。以下言梦醒凝望，柳花乱飞，遂忆及远人未归。换头，言勉强梳洗，愁终难释。“何处”两句，更念及远人所在之处，愈增相思；

相思无已，故倍觉春昼之长。写来声情顿挫，自臻妙境。

陈廷焯《词则·大雅集》：温丽芊绵，飞卿流亚。

李冰若《栩庄漫记》：全词流丽动人。

生查子　　牛希济

春山烟欲收[①]，天澹星稀小。残月脸边明，别泪临清晓。　　语已多，情未了。回首犹重道：记得绿罗裙，处处怜芳草。

【作者简介】

牛希济，牛峤之侄，陇西（今甘肃东南部）人。才思敏捷，工诗词，词风与牛峤相近。仕蜀。王衍时，为起居郎，累官翰林学士。入唐后，明宗拜为雍州节度副使。

【注释】

① 烟：此指春晨弥漫于山前的薄雾。

【评解】

恋人相别，自有一番难言的缠绵之情。此词用清峻委婉的语言，描摹出一种深沉悱恻的情绪。上片写晨景，末句方点出“别泪”，为下片“语已多，情未了”张本。歇拍两句，从江总妻诗“雨过草芊芊，连云锁南陌。门前君试看，是妾罗裙色”中化出，颇见构思之巧、寓意之挚。

【集评】

俞陛云《唐五代两宋词选释》：牛希济《生查子》言清晓欲别，次第写来，与《片玉词》之“泪花落枕红绵冷”词格相似。下阕言行人已去，犹回首丁宁，可见眷恋之殷。结句见天涯芳草，便忆及翠裙，表“长勿相忘”之意。五代词中希见之品。

唐圭璋《唐宋词简释》：此首写别情。上片别时景，下片别时情。起写烟收星小，是黎明景色。“残月”两句，写晓景尤真切。残月映脸，别泪晶莹，并当时人之愁情，都已写出。换头记别时言语，悱恻温厚。着末揭出别后难忘之情，以处处芳草之绿，而联想人罗裙之绿，设想似痴，而情则极挚。

李冰若《栩庄漫记》：“记得绿罗裙，处处怜芳草”，词旨悱恻温厚，而造句近乎自然。岂飞卿辈所可企及？“语已多，情未了，回首犹重道”，将人人共有之情和盘托出，是为善于言情。

临　江　仙

牛希济

峭碧参差十二峰，冷烟寒树重重。瑶姬宫殿是仙踪[1]。金炉珠帐，香霭昼偏浓[2]。　　一自楚王惊梦断[3]，人间无路相逢。至今云雨带愁容。月斜江上，征棹动晨钟[4]。

【注释】

① 瑶姬：神女。　② 霭：云气，烟雾。这里指香炉的熏烟。　③ 楚王惊梦：即楚王与巫山神女相遇之事。　④ 征棹：即征帆。谓远行之舟。棹，摇船的用具，这里指舟船。

【评解】

这首《临江仙》词，吟咏的是楚王神女相遇的故事。上片着重写景。峭碧参差的巫山十二峰，乃神女居住之所。金炉珠帐，云烟缭绕，描绘出凄清美妙的仙境。下片抒情。船行巫峡时，斜月照人。古代传说的一段风流佳话，触动了诗人的情思。咏古抒怀，为词的发展开拓了新路。

【集评】

吴任臣《十国春秋》：希济素以诗辞擅名，所撰《临江仙》二阕有云："月斜江上，征棹动晨钟。"特为词家之隽。

李冰若《花间集评注》引仇山村曰：希济《临江仙》，芊绵温丽极矣！自有凭吊凄怆之意，得咏史体裁。

李冰若《栩庄漫记》：全词咏巫山神女事，妙在结二句，使实处俱化空灵矣。

南　乡　子

李　珣

乘彩舫[1]，过莲塘，棹歌惊起睡鸳鸯。带香游女偎伴笑，争窈窕[2]，竞折团荷遮晚照[3]。

【作者简介】

李珣，字德润，梓州（今四川三台）人。据黄休复《茅亭客话》载：其先世为波斯人。其妹为王衍昭仪。珣是五代前蜀秀才，事蜀主王衍，国亡不复仕。李珣有诗名，“所吟诗句，往往动人”，多感慨之音。他的词，《花间集》收录三十七首，《全唐诗》收录五十四首。词风清新俊雅，朴素中见明丽，颇似韦庄词风。况周颐《餐樱庑词话》说他“清疏之笔，下开北宋人体格”。

【注释】

① 彩舫：结彩小舟。　② 窈窕：姿态美好。　③ 团荷：圆形荷叶。

【评解】

李珣共有《南乡子》词十七首，描绘南国水乡的风土人情，具有鲜明的地方色彩、强烈的生活气息和浓厚的民歌风味。这是其中的一首，写的是南国水乡少女的一个生活片断。莲塘泛彩舟，棹歌惊睡鸳，游女带香，竞折团荷，笑遮晚照而犹不忘自呈其姿容。词作将时令景物、人物动态写得句明字净，绘声绘色，引人入胜。诗人对南国水乡风物人情的热爱，充溢字里行间，读来饶有兴味，颇耐咀嚼。

【集评】

俞陛云《唐五代两宋词选释》:咏南荒风景,惟李珣《南乡子》词有十七首之多。荔子轻红,桄榔深碧,猩啼暮雨,象渡瘴溪,更萦以艳情,为词家特开新采。

况周颐《蕙风词话》:句中绝无曲折,却极形容之妙。

况周颐《餐樱庑词话》引周草窗语:李珣、欧阳炯辈,俱蜀人,各制《南乡子》数首,以志风土,亦《竹枝》体也。

茅暎《词的》:景真意趣。

李冰若《栩庄漫记》:"竞折团荷遮晚照",以浅语写景而极生动可爱。

巫山一段云 李　珣

古庙依青嶂①,行宫枕碧流②。水声山色锁妆楼③,往事思悠悠。　云雨朝还暮④,烟花春复秋⑤。啼猿何必近孤舟,行客自多愁⑥。

【注释】

① 古庙:指巫山神女之庙。　青嶂:草木丛生、高耸入云的山峰。　② 行

宫:古代天子出行时住的宫室。这里指楚王的细腰宫。 ③ 妆楼:指宫女的住处。 ④ 云雨朝还暮:宋玉《高唐赋》说,楚王梦一神女,自称“妾旦为朝云,暮为行雨,朝朝暮暮,阳台之下”。 ⑤ 烟花:泛指自然界艳丽的景物。 ⑥ 行客:指途经巫山之过客。

【评解】

这首词,借写孤舟经过巫山的所见所感,抒发怀古伤今之情。上片写船行巫山之所见,下片写由眼前景物而引起对悠悠往事的具体联想。通篇情景相生,抒怀古之情而隐含伤今之意。寓意深远含蓄,词风清丽委婉。

【集评】

黄昇《唐宋诸贤绝妙词选》:唐词多缘题所赋,《临江仙》则言仙事,《女冠子》则述道情,《河渎神》则咏祠庙,大概不失本题之意。尔后渐变,去题远矣。如此二词,实唐人本来词体如此。

唐圭璋等《唐宋词选注》:本词内容与调名相合,写的是巫山景色:古庙靠山,行宫傍水,听到水声,见到山色。由眼前景物联想起悠悠往事:楚国神女,朝云暮雨,景物更换,几经春秋。想到这里,即使不必听到猿啼,也就足以使旅客生愁了。通首怀古,而伤今之意也隐然言外。

陈廷焯《云韵集》:“啼猿”二语,语浅情深。不必猿啼,行客已自多愁,又况闻猿啼乎?

浣 溪 沙

薛昭蕴

粉上依稀有泪痕，郡庭花落欲黄昏①。远情深恨与谁论？　　记得去年寒食日，延秋门外卓金轮②。日斜人散暗销魂。

【作者简介】

薛昭蕴，字澄州，河中宝鼎（今山西万荣县）人。王衍时，官至侍郎。擅诗词，才华出众。孙光宪《北梦琐言》：薛澄州昭蕴，即保逊之子也，恃才傲物，亦有父风。每入朝省，弄笏而行，旁若无人。好唱《浣溪沙》词。

【注释】

① 郡庭：郡斋之庭。　② 延秋门：长安禁苑中宫亭二十四所，西面二门，南曰延秋门，北曰元武门。　卓：立也。　金轮：车轮。

【评解】

又是落花满庭、夕阳斜照的时候了，而心上人却一去不归。远情深恨，向谁诉说！回想起来，不觉愁思百结，令人销魂。全词写得孤寂冷落，含蓄委婉地表露了离别相思之情。

【集评】

俞陛云《唐五代两宋词选释》：此词纪初别，泪痕界粉，起句便从对面着笔，则“日斜人散”，销魂者不独一人也。全词情殷语婉，六朝之余韵也。作者《谒金门》词结句云“早是相思肠欲断，忍教频梦见”，情致与此相似。

陈廷焯《云韶集》：日斜人散，对此者谁不销魂？

生　查　子

魏承班

烟雨晚晴天，零落花无语。难话此时心，梁燕双来去。　　琴韵对薰风，有恨和情抚。肠断断弦频，泪滴黄金缕[1]。

【作者简介】

魏承班，其父魏宏夫为前蜀王建养子，赐姓名王宗弼，封齐王。承班为驸马都尉，官至太尉。元好问曰：魏承班词，俱为言情之作，大旨明净，不更苦心刻意以竞胜者。

【注释】

① 黄金缕：谓衣上所饰也。一为古曲名。

【评解】

落花无语，梁燕双飞。临风抚琴，泪滴罗裳。这首词通过暮春景物的描绘，抒发了诗人惜春、怀人之情，清新隽雅，语婉情深，乃

《花间集》中之佳作。

【集评】

沈雄《古今词话》:《柳塘词话》:魏承班词,较南唐诸公更淡而近,更宽而尽,人人喜效为之。愚按:“难话此时心,梁燕双来去”,亦为弄姿无限,只是一腔摹出。

俞陛云《唐五代两宋词选释》:此词上阕花落燕飞,有《珠玉词》“无可奈何花落去,似曾相识燕归来”之意。下阕怀旧而兼悼逝,殆有凤尾留香之感耶!

华钟彦《花间集注》:“难话此时心,梁燕双来去”二句,隽语也,隽不在言,而有不尽之意。

李冰若《栩庄漫记》:魏词浅易,此却蕴藉可诵。

玉 楼 春

魏承班

寂寂画堂梁上燕,高卷翠帘横数扇[①]。一庭春色恼人来,满地落花红几片。　愁倚锦屏低雪面[②],泪滴绣罗金缕线。好天凉月尽伤心[③],为是玉郎长不见。

【注释】

① 翠帘:窗帘。　横数扇:打开几扇窗户。　② 雪面:粉面。　③ 凉月:

疑为“良夜”之讹。　尽：犹“竟”。

【评解】

暮春时节，梁燕双飞，落红满地。愁倚锦屏，春色恼人。好天良夜而玉郎不见，不禁泪滴绣衫。小词通过春景的描绘，抒写春宵怀人之情。意境优美，婉丽多姿。

【集评】

沈雄《古今词话》引元好问语：魏承班俱为言情之作，大旨明净，不更苦心刻意以竞胜者。

陈廷焯《别调集》：凄警。语意爽朗。

满　宫　花

尹　鹗

月沉沉，人悄悄，一炷后庭香袅。风流帝子不归来[①]，满地禁花慵扫。　离恨多，相见少，何处醉迷三岛[②]？漏清宫树子规啼，愁锁碧窗春晓。

【作者简介】

尹鹗，成都人。事前蜀王衍，为翰林校书，累官至参卿。与李珣友善。鹗性狡黠，工诗擅词。其词明浅动人，简净柔丽。亦《花间集》中之珍品。

【注释】

① 帝子：当指妃子言。“风流帝子”四字，《历代诗余》作“草深辇路”。
② 三岛：泛指仙境。

【评解】

沉沉月夜，悄无声息，落花遍地而“帝子”不归，使人愁锁碧窗，离恨满怀。又听得杜鹃声声，隔窗传来，更增人愁思。这首词，抒写了寂寞冷清的宫廷生活。诗人写景抒怀，寄寓良深。

【集评】

尤袤《全唐诗话》：尹鹗工小词，有《满宫花》云“月沉沉，人悄悄”云云，盖伤蜀之亡也。

俞陛云《唐五代两宋词选释》：此词写宫怨。诗人身值乱离，怀人恋阙，每缘情托讽，宛转、清丽。

沈雄《古今词话》引张炎语：参卿词，以明浅动人，以简净成句者也。

陈廷焯《云韵集》：绮丽风华，仿佛仲初宫词。

临　江　仙

尹　鹗

深秋寒夜银河静，月明深院中庭。西窗幽梦等闲成。逡巡觉后[1]，特地恨难平。　　红烛半条残焰短[2]，依稀暗背锦屏。枕前何事最伤情？梧桐叶上，点点露珠零。

【注释】

① 逡巡：欲进不进、迟疑不决的样子。　② 半条：一作“半消”。

【评解】

深秋寒夜，西窗梦醒，红烛半残，明月照人。院中露滴梧桐的声音，断断续续地传来，使人更加伤凄。这首闺怨小词，通过景物的描写，委婉含蓄地透露了人物内心的幽怨悲凉之情。

【集评】

沈雄《古今词话》引《柳塘词话》：尹鹗《杏园芳》第二句“教人见了关情”，末句“何时休遣梦相萦”，遂开柳屯田俳调。至其《临江仙》云：“西窗幽梦等闲成。逡巡觉后，特地恨难平。”流递于后，令读者不能为怀。岂必曰《花间》、《尊前》，句皆婉丽也！

俞陛云《唐五代两宋词选释》：《满宫花》、《临江仙》二词，一写宫怨，一写闺怨。其时身值乱离，怀人恋阙，每缘情托讽。二词皆清丽为邻。《临江仙》之结句，尤有婉约之思。

诉衷情　　顾夐

永夜抛人何处去[1]？绝来音。香阁掩，眉敛，月将沉。争忍不相寻[2]？　　怨孤衾[3]。换我心，为你心。始知相忆深。

【作者简介】

顾夐，前蜀王建时给事内廷，后擢茂州刺史。入后蜀，累迁至太尉。工诗词。其词真挚热烈，婉丽动人。

【注释】

① 永夜：长夜。　② 争忍：怎忍。　寻：寻思。　③ 衾(qīn)：被子。

【评解】

这首小词，情词真挚热烈，感人肺腑。

【集评】

王士禛《花草蒙拾》：顾太尉"换我心，为你心。始知相忆深"，自是透骨情语。徐山民"妾心移得在君心，方知人恨深"，全袭此。然已为柳七一派滥觞。

王士禛《五代诗话》引《知本堂读杜》：杜陵《月夜》诗，明是公忆鄜州之闺中及小儿女，却代闺中忆己。明是公忆闺中，久立月下而泪不干，却云何时偕闺中倚幌，双照泪痕。身在长安，神游鄜州，恍若身亦在鄜州，神驰长安矣。曩读顾夐《诉衷情》词云："换我心，为你心。始知相忆深。”是此一派神理。

陈廷焯《云韵集》:元人小曲,往往脱胎于此。

醉 公 子

顾 敻

漠漠秋云澹[①],红藕香侵槛[②]。枕倚小山屏,金铺向晚扃[③]。　　睡起横波慢,独望情何限!衰柳数声蝉,魂销似去年。

【注释】

① 澹:“淡”的异体字,浅、薄之意。　② 槛:窗户下或长廊旁的栏杆。　③ 金铺:门上之铺首。作龙蛇诸兽之形,用以衔环。　扃:门窗箱柜上的插关。这里是关门之意。

【评解】

又像去年那样,窗外云淡风轻,藕香侵槛。闭门倚枕,无限情思。院中衰柳上寒蝉数声,令人魂销。这首词,通过景物描写,抒发了离人相思之情。诗人掌握初秋景物的特征,着意描绘,写得婉转含蓄,情思绵绵。

【集评】

吴任臣《十国春秋》：敻善小词，有《醉公子》曲，为一时艳称。

王士禛《五代诗话》引《花间集》：顾敻《醉公子》词云："衰柳数声蝉，魂销似去年。"陈声伯爱之，拟作一绝句云："拥被忽听门外雨，山中又作去年秋。"甚脱化。

俞陛云《唐五代两宋词选释》：此词意境与《杨柳枝》相似。《醉公子》之"小山屏"一句，言室内孤寂之况；"衰柳蝉声"言室外萧瑟之音。乃言玉郎一去，相逢之难，其本意也。以词句论，"红藕"、"秋云"之写景，"倚枕"、"横波"之含情，胜于《杨柳枝》调。其"衰柳"、"魂销"二句，尤神似《金荃》。

李冰若《栩庄漫记》："衰柳"二句，语淡而味永，韵远而神伤。

醉花间

毛文锡

休相问，怕相问，相问还添恨。春水满塘生，鸂鶒还相趁[①]。　昨夜雨霏霏，临明寒一阵。偏忆戍楼人[②]，久绝边庭信。

【作者简介】

毛文锡，字平珪，南阳（今河南沁阳）人。年十四登进士第，后事王蜀(前蜀)为翰林学士承旨、礼部尚书,随王衍降后唐。后复事孟蜀(后蜀)。工小词,作品收入《花间集》。

【注释】

① 鸂(xī)鶒(chì):水鸟。　趁:乘便,乘机。　② 戍楼:古时边防驻军筑以望远者。

【评解】

征人远戍,虽曰“休相问”,心中却自难忘。而昨夜风雨,黎明轻寒,不觉更加思念远方征人。他久无音信,实在让人牵念。这首小词,辞语浅易,而情思缠绵,写得极有韵致。

【集评】

俞陛云《唐五代两宋词选释》:此词言已拼得不相闻问。人苦独居,不及相趁之鸂鶒,而晓来过雨,忽念征人远戍,寒到君边,虽言“休相问”,安能不问?越抛开,越是缠绵耳。

况周颐《餐樱庑词话》:语淡而真,亦轻清,亦沉着。

更　漏　子

毛文锡

春夜阑[①],春恨切,花外子规啼月。人不见,梦难凭,红纱一点灯。　　偏怨别，是芳节，庭下丁香千结[2]。宵雾散，晓霞晖，梁间双燕飞。

【注释】

① 阑：残，尽，晚。　② 丁香结：此处谓固结不开，犹人之愁固结不解。

【评解】

子规声声，夜月沉沉，已经是夜阑人静的时候了。而人既不见，梦又难凭，独对孤灯，彻夜无眠。转眼“宵雾散，晓霞晖”，梁间双燕，令人益增愁思。这首春宵怀人的小词，情景兼融，婉丽多姿，为《花间》名篇之一。

【集评】

俞陛云《唐五代两宋词选释》：此词上阕言春夜之怀人。质言之，人既不见，虚索之梦又无凭，则当前相伴，惟此一点纱灯，照我迷离梦境耳。下阕言春日之怀人，霞明雾散，见燕双而人独也。

李冰若《栩庄漫记》：文锡词质直寡味，如此首之婉而多怨，绝不概见，应为其压卷之作。

定风波　　阎选

江水沉沉帆影过[1]，游鱼到晚透寒波。渡口双双飞白鸟，烟袅[2]，芦花深处隐渔歌。　　扁舟短棹归兰浦，人去，萧萧竹径透青莎。深夜无风新雨歇，凉月，露迎珠颗入圆荷。

【作者简介】

阎选，孟蜀时布衣。以小词供奉南唐后主，人称为“阎处士”。其词与毛文锡相伯仲。《花间集》收阎词八首。

【注释】

① 沉沉：深沉。　② 烟袅：云烟缭绕。袅，形容烟之状态。

【评解】

江水沉沉，白鸟双飞，枫叶芦花，征帆渐远。“人去”之后，惟见园荷滴露，冷月照人，莎满荒径，凄凉冷落。这首词着意描绘了萧索的秋景。通过景物描写，委婉含蓄地流露了诗人的无限感怀。

【集评】

俞陛云《唐五代两宋词选释》：此词纯是写景，惟“人去”二字见本意。在陆则莎满径荒，在水则露寒月冷，一片萧寥之状，殆有感于王根、樊重之家，一朝零落，人去堂空，作者如燕子归来凭吊耶？

南　乡　子　　欧阳炯

画舸停桡[1]，槿花篱外竹横桥[2]。水上游人沙上女，回顾，笑指芭蕉林里住。

【作者简介】

欧阳炯，五代后蜀词人，益州华阳（今四川成都）人。善吹长笛，工词，曾任前蜀中书舍人。前蜀亡，又任后蜀翰林学士等。后蜀亡，仕宋，任散骑常侍。曾为赵崇祚所编《花间集》作序，说明编选的宗旨。

【注释】

① 画舸：彩饰之游船。　桡：船桨。　② 槿花：一种落叶灌木，紫色浅花，南方民间多用以代替篱笆。

【评解】

《花间集》收欧阳炯《南乡子》八首，此其二。词写舸中游人与沙岸上女子的搭话，笑语可闻，情态宛然。全词风格清新婉丽，情感健康纯朴，气氛欢悦和谐。起句优美多姿，结句饶有余思，为词家所称赏。

【集评】

汤显祖评《花间集》：（欧阳炯《南乡子》）诸起句无一重复，而结语皆有余思，允称合作。

尤袤《全唐诗话》：欧阳炯《南乡子》词最工。

李冰若《栩庄漫记》:写景纪俗之词,与李珣可谓笙磬同音者矣。俨然一幅画图。

俞陛云《唐五代两宋词选释》:欧阳炯《南乡子》词写蛮乡新异景物,以妍雅之笔出之,较李珣《南乡子》词尤佳。

南　乡　子　　欧阳炯

路入南中[1],桄榔叶暗蓼花红[2]。两岸人家微雨后,收红豆[3],树底纤纤抬素手[4]。

【注释】

① 南中:古地区名,可以泛指我国南方,也可以专指云、贵、川一带。这里是指南粤。 ② 桄榔:常绿高大乔木,多产在南国。 蓼花:这里指水蓼,花淡红色或白色。 ③ 红豆:朱红色,古人常用以象征爱情或相思。 ④ 纤纤素手:古代指女子柔细的手。

【评解】

欧阳炯《南乡子》具有南粤浓烈的乡土气息,把南国风光写得富有诗情画意,引人入胜。南国的秋天,景色佳丽,一阵细雨,桄榔树浓荫遮暗,淡红的蓼花掩映其间。就在这风光如画的环境里,一双纤纤素手正在树下采撷红豆。全词色彩艳丽,语言清新,不故作愁苦之态。这些都是欧词艺术上的特点。

【集评】

况周颐《历代词人考略》：欧阳炯词，艳而质，质而愈艳，行间句里，却有清气往来。大概词家如炯，求在晚唐五代，亦不多觏。

《唐宋词鉴赏集》：欧词《南乡子》主要写南粤景色。这是诗词园地的新天地。这里有“海南”红光艳发的石榴，有越王台前的刺桐花，有“认得行人惊不起”的孔雀，有“芭蕉林里”的人家。词中的妇女虽然还是花间美人，但已经洗去脂粉。她们或者“竞携藤笼采莲来”，或者“竞折团荷遮晚照”，或者就像这首词写的那样，女子正在桄榔树下采撷红豆。总之欧阳炯笔下的南国风光，不仅在唐五代词里别开生面，就是在宋以前的诗歌中也是不可多得的。

卓人月《古今词统》引徐士俊语：致极清丽，入宋不可复得。

江　城　子　　欧阳炯

晚日金陵岸草平[①]，落霞明[②]，水无情。六代繁华[③]，暗逐逝波声[④]。空有姑苏台上月[⑤]，如西子镜[⑥]，照江城[⑦]。

【注释】

① 金陵:今江苏南京。 ② 落霞:晚霞。 ③ 六代:指吴、东晋、宋、齐、梁、陈六朝,均建都于金陵。 ④ 暗逐逝波声:默默地随江水东流的声音消逝了。 ⑤ 姑苏台:在苏州市西南姑苏山上。春秋时吴王阖闾所筑。夫差于台上立春宵宫,为长夜之饮。 ⑥ 西子:即西施。春秋时由越王勾践献给吴王夫差的美女。 ⑦ 江城:指金陵,古属吴地。

【评解】

此词是五代词中写怀古题材较早的一首,把金陵的景象与词人眼见古都兴衰而慨然兴叹的悲凉情感形象地描绘并抒写出来,情景交融,寓意深刻。全词感情色彩极浓,写景抒情,真切动人,具有较强的艺术感染力。

【集评】

郑振铎《插图本中国文学史》:(欧阳炯)为《花间》里堪继温、韦之后的一个大作家。

王方俊《唐宋词赏析》:本词写景与抒情巧妙地结合在一起,使全词情景交融,可谓天衣无缝。

陈廷焯《词则・大雅集》:于伊郁中饶蕴藉。

李冰若《栩庄漫记》:此词妙处在"如西子镜"一句,横空牵入,遂尔推陈出新。

清 平 乐　毛熙震

春光欲暮，寂寞闲庭户。粉蝶双双穿槛舞，帘卷晚天疏雨。　含愁独倚闺帏，玉炉烟断香微[①]。正是销魂时节，东风满树花飞。

【作者简介】

毛熙震，蜀人。后蜀孟昶时，官至秘书监。通音律，工诗词。词“多新警而不为儇薄”（周密《齐东野语》）。《栩庄漫记》谓其词“浓丽处似学飞卿，然亦有清淡者，要当在毛文锡上，欧阳炯、牛松卿间耳”。《花间集》收其词二十九首。

【注释】

① 烟断香微：言无心往香炉内添香，故“烟断香微”。正是愁人情态。

【评解】

暮春时节，庭户寂寞，粉蝶穿槛，疏雨黄昏，东风送暖，落红成阵。此情此景，令人魂销。闺中人独自含愁，哪里还有心肠料理玉炉香烟！这首词通过春景的描写，含蓄地透露了人物内心的离别相思之情。诗人以风华之笔运幽丽之思，全词写得清新柔美，婉转多姿。

【集评】

尤袤《全唐诗话》：熙震有《清平乐》词云“含愁独倚闺帏，玉炉烟断香微，东风满树花飞”，为人所传诵。

俞陛云《唐五代两宋词选释》：此词仅为清稳之作，结意含蓄，自是正轨。

陈廷焯《别调集》：情味宛然。又《云韶集》：“东风”六字精湛，凄艳。

定　西　番　　毛熙震

苍翠浓阴满院[1]，莺对语，蝶交飞，戏蔷薇。　斜日倚阑风好，余香出绣衣。未得玉郎消息，几时归？

【注释】

① 苍翠：青绿色。指枝叶繁茂。

【评解】

春风和煦，绿荫满院，蔷薇盛开，莺啼蝶飞，风光绮丽而玉郎未归。黄昏倚阑，不觉勾起了绵绵相思。这首春日怀人的小词，写得情殷语婉，纡回不尽。

【集评】

《花间集注》：“戏”是嘲弄之意。而“蔷薇”则是作者的“自喻”。

周密《齐东野语》:中多新警而不为儇薄者也。

俞陛云《唐五代两宋词选释》:上、下阕之结句,皆善用迂回之笔。

风 流 子 孙光宪

茅舍槿篱溪曲[①],鸡犬自南自北。菰叶长[②],水葓开[③],门外春波涨绿。听织,声促,轧轧鸣梭穿屋。

【作者简介】

孙光宪,五代词人,字孟文,陵州贵平(今四川仁寿县东北)人。后唐时为陵州判官。后又在南平国任御史大夫等职。降宋后,任黄州刺史。《花间集》共收他的词六十一首,是五代词人中存词最多的一位。著有《北梦琐言》等。

【注释】

① 槿篱:密植槿树作为篱笆。 溪曲:小溪弯曲处。 ② 菰(gū):多年生草本植物,多生于我国南方浅水中。春天生新芽,嫩茎名茭白,可作蔬菜。秋天结实如米曰菰米,可煮食。 ③ 水葓(hóng):即荭草。

【评解】

这是一首较早描写水乡农舍风光的词。作者以白描手法,描绘出一幅典型的具有水乡特色的农舍图。春水绿波，曲溪澄碧，在槿篱茅舍中传出了织布的声音。这首小词内容丰富，凡水乡农家具有代表性的东西，皆写入词中，有景有声，虽无一字描写人物，但从井然有序的庭院景物及织机声，可以想见男耕女织的勤劳情况及水乡农事繁忙的景象。全词朴实无华，具有浓厚的生活气息，表达了作者爱慕水乡的思想感情。

【集评】

李冰若《栩庄漫记》：《花间集》中忽有此淡朴咏田家耕织之词，诚为异采。盖词境至此，已扩放多矣。

汤显祖评《花间集》：词人藻，美人容，都在尺幅中矣。

酒　泉　子　　孙光宪

空碛无边[①]，万里阳关道路[②]。马萧萧[③]，人去去，陇云愁[④]。　　香貂旧制戎衣窄[⑤]，胡霜千里白[⑥]。绮罗心，魂梦隔，上高楼。

【注释】

① 空碛(qì)：空旷的大沙漠。　② 阳关道路：原指阳关通往西北地区的

大道，这里泛指通往边塞的道路。 ③ 萧萧：马鸣声。 ④ 陇：陇山，古代防御吐蕃侵扰的军事要地。 ⑤ 香貂戎衣：用貂皮缝制的战袍。 ⑥ 胡霜：胡地的寒霜。

【评解】

这首《酒泉子》抒写了征人怀乡思亲之情。上片写出征途中的愁苦，下片写征人对妻子的怀念。以征戍生活为题材，从一个侧面反映了当时的边塞战争给人民带来的离别之苦。这种题材，在《花间集》中是罕见的。从艺术上看，全词境界开阔，于苍凉之中又见缠绵之思。而两地相思之情，同时见于笔端，深得言情之妙。

【集评】

汤显祖评《花间集》：三叠文之《出塞曲》，而长短句之《吊古战场文》也。再读，不禁鼻酸。

华钟彦《花间集注》："绮罗"三句，承上香貂戎衣，言畴昔之盛，魂梦空隔也。

菩 萨 蛮

孙光宪

木棉花映丛祠小[①]，越禽声里春光晓。铜鼓与蛮歌[②]，南人祈赛多[③]。 客帆风正急，茜袖偎樯立[④]。

极浦几回头，烟波无限愁。

【注释】

① 木棉：落叶乔木，产于两广。 ② 铜鼓、蛮歌：皆以娱神之歌乐。 ③ 祈赛：皆祀神也。祈，求。赛，报。 ④ 茜：绛红色。

【评解】

木棉花开，春光大好。铜鼓蛮歌声中，忽见一帆，飘然而来，船上红袖偎樯，顷刻间消失在烟波江上。几番回头，令人不胜怅惘。这首词生动逼真地描绘出南国风光，具有浓厚的生活气息。

【集评】

《花间集注》：彭羡门《广州竹枝词》云："木棉花上鹧鸪啼，木棉花下牵郎衣。欲行未行不忍别，落红没尽郎马蹄。"深得此词之意。

俞陛云《唐五代两宋词选释》：铜鼓声中，木棉花下，正蛮江春好之时。忽翠袖并船，惊鸿一瞥，方待回头，顷刻隔几重烟浦，其惆怅何如。"正是客心孤回处，谁家红袖倚江楼"，文人之遐想，有此相似者。

李冰若《栩庄漫记》：南国风光，跃然纸上。

临 江 仙

徐昌图

饮散离亭西去，浮生长恨飘蓬①。回头烟柳渐重重。

淡云孤雁远，寒日暮天红。　今夜画船何处？潮平淮月朦胧。酒醒人静奈愁浓！残灯孤枕梦，轻浪五更风。

【作者简介】

徐昌图，莆阳（今属福建）人，与兄昌嗣并有才名。仕闽，节度使陈洪进归宋，令昌图奉表入汴。太祖授为国子博士。工诗词，词作选入《尊前集》。

【注释】

① 浮生：一生。古人谓“人生世上，虚浮无定”，故曰“浮生”。　飘蓬：飘浮无定之意。

【评解】

黄昏送别，孤帆远征。回头重重烟柳，淡云暮烟。待到酒醒人静，只见孤枕残灯，淮月朦胧。晨风轻浪，离愁更浓。这首词抒写了离别之痛、相思之苦。风格柔丽，抒情婉转。语言美，意境尤美。

【集评】

沈雄《古今词话》：《尊前集》有徐昌图《临江仙》、《河传》二首，俱唐音也。

沈雄《柳塘词话》：有以徐昌图之《临江仙》为仙侣，而牛希济之《临江仙》为南吕者，其宫调自别，亦可也。

俞陛云《唐五代两宋词选释》：写江行夜泊之景。“暮天”二句晚霞如绮，远雁一绳。“轻浪”二句风起深宵，微波拍舵，淰淰有声，状水窗风景宛然，千载后犹想见客中情味也。昌图爵里无考，选词家有列入唐词末者。

菩　萨　蛮

无名氏

敦煌曲子词

枕前发尽千般愿，要休且待青山烂。水面上秤锤浮，直待黄河彻底枯。　白日参辰现[1]，北斗回南面[2]。休即未能休[3]，且待三更见日头。

【注释】

① 参辰：即参星与商星。二星相背而出，永不相遇，更不会在白日同时出现。　② 北斗：由七颗星组成，位置永远在天空的西北方。　③ 休：休弃，这里指爱情决裂。

【评解】

这首词以丰富而大胆的想象，运用委曲婉转的表现手法，在誓言中并不直接、明显地抒写对爱情的专一，而是以精练的语言，几经转折地描写了自然界不可能出现的多种现象，委婉地抒发了爱情永恒不变的心愿。含蓄、新奇而真切，有独创一格之妙。

【集评】

《中国历代诗歌名篇赏析》:整首词声调十分和谐,适于歌唱;语言朴素自然,感情真挚坦率,完全是民歌的情调。

《唐宋词鉴赏集》:此词委婉地发愿,真挚的爱情,确实是一首表现爱情永固的好民歌。

点 绛 唇

王禹偁

雨恨云愁,江南依旧称佳丽。水村渔市,一缕孤烟细[①]。　　天际征鸿,遥认行如缀[②]。平生事,此时凝睇[③],谁会凭栏意[④]?

【作者简介】

王禹偁(chēng),字元之,山东巨野人。宋太宗太平兴国八年(983)进士。历任长洲知县、翰林学士等职,是宋初著名文学家。提倡“韩柳文章李杜诗”。他的诗风格清丽平易,在北宋诗坛颇有影响。存词只有一首。

【注释】

① 孤烟:炊烟。　② 行如缀:排成行的大雁,一只接一只,如同缀在一起。③ 凝睇:凝视。睇,斜视的样子。　④ 会:理解。

【评解】

这首词是王禹偁任长洲知县时的作品。词中描绘了江南水乡的风物景色,抒发了他壮年时的抱负和怀才不遇的感慨。全词借景抒情言志,写得委婉含蓄。风格清丽,感情质朴。

【集评】

冯金伯《词苑萃编》引《词苑》:清丽可爱,岂止以诗擅名。

《唐宋词赏析》:此词把握住水乡景物的特征,用清淡自然的笔触,描绘出一幅色彩暗淡的风景图,隐约流露出作者客居异乡,抑郁愁闷的心情。

《唐宋词选注》:王禹偁的作品以诗文为主,在仅存的这首小词中,他描绘了江南水乡的景色,抒写出游子的客愁,写得委婉细致。词末透露作者的怀才不遇之感,不同于一般的艳词。

玉 楼 春

钱惟演

城上风光莺语乱,城下烟波春拍岸。绿杨芳草几时休,泪眼愁肠先已断。　　情怀渐变成衰晚,鸾镜朱颜惊暗换。昔年多病厌芳樽[1],今日芳樽唯恐浅。

【作者简介】

钱惟演,字希圣,吴越王钱俶之子。归宋后,历任翰林学士等职。擅诗词,是西昆体的主要诗人。风格清新、香艳、婉转、细腻。其诗词在当时曾有一定影响。

【注释】

① 芳樽:对酒杯的美称。这里指饮酒。

【评解】

绿杨芳草,烟波拍岸,花间蝶舞,枝上莺啼,又是春光烂漫的时候了。流光似水,物换星移。随着岁月的流逝,不觉朱颜暗换,情怀已非当年。眼前恼人春色,益令人断肠。这首词通过春光春色的描写,婉转含蓄地抒发了诗人内心的无限感伤之情。

【集评】

冯金伯《词苑萃编》引黄叔旸语:此公暮年之作,词极凄惋。

胡仔《苕溪渔隐丛话》:公谪汉东日,撰《玉楼春》词曰:"城上风光莺语乱"云云,每酒阑歌之则泣下。

踏莎行　　寇準

春色将阑[1],莺声渐老。红英落尽青梅小。画堂人静雨濛濛，屏山半掩余香袅[2]。　　密约沉沉[3]，离情杳杳[4]。菱花尘满慵将照[5]。倚楼无语欲销魂，长空黯淡连芳草。

【作者简介】

寇凖，字平仲，华州下邽（今陕西渭南）人。宋太宗时进士，真宗时官至宰相。著有《巴东集》。他的词留存到今天的仅有四首，都是伤时惜别之作，而且写得情致缠绵。

【注释】

① 阑：晚，尽。这里是说春光即将逝去。　② 屏山：屏风。　袅：指炉烟缭绕上升。　③ 沉沉：这里意为长久。谓二人约会遥遥无期。　④ 杳杳：幽远。指别后缠绵不断的相思情意。　⑤ 菱花：指镜子。

【评解】

这首词即景写闺情，上片描绘暮春季节，微雨濛濛、寂寥无人的景象。下片写两地音书隔绝，闺中人倚楼远望，只见芳草连天，阴云蔽空，心中更觉忧郁愁苦。词风婉丽凄恻，清新典雅。

【集评】

靳极苍《唐宋词百首详解》：这首词也是依托之作。倚楼少妇比自己，所望密约者为朝廷。依本传所载，更以为罢知青州时所作。但无佐证，谨附此意供参考。

唐圭璋等《唐宋词选注》：《四库提要》称寇凖的诗作“含思凄惋，绰有晚唐之致”。“含思凄惋”，亦可用来评他的词。

苏 幕 遮　　范仲淹

碧云天，黄叶地，秋色连波，波上寒烟翠。山映斜阳天接水。芳草无情，更在斜阳外。　黯乡魂[1]，追旅思[2]。夜夜除非，好梦留人睡。明月楼高休独倚。酒入愁肠，化作相思泪。

【作者简介】

范仲淹，字希文，苏州吴县(今江苏苏州)人。宋真宗大中祥符八年(1015)进士及第。宋仁宗时，任参知政事。为人正直有气节。他提出的“先天下之忧而忧，后天下之乐而乐”的主张，已成为国人自励的名言。他存留的词作不多，却能以边塞风光入词，抒发爱国情怀，对词的发展有一定影响。

【注释】

① 黯乡魂：思念家乡，心情颓丧。黯，形容心情的忧郁。　② 追旅思：往事的追忆引起了羁旅的愁怀。

【评解】

这首词通过秋景的描绘，抒写词人的离乡之愁、去国之忧。碧云、黄叶、翠烟，是用色泽渲染夕阳下的秋景，借以加深印象。乡魂、旅思、愁肠、相思泪，用来映衬出触景生情、夜不能寐的客子离恨。秋景的动人，适足以反衬出客愁的深长。有人认为这首词主要是“丽语”“柔情”，也有人提出其中有寄托，如张惠言说：“此去国之情。”

【集评】

《词苑》：范文正公《苏幕遮》词云“碧云天”云云，公之正气塞天地，而情语入妙至此。

彭孙遹《金粟词话》：范希文《苏幕遮》一调，前段多入丽语，后段纯写柔情，遂成绝唱。

许昂霄《词综偶评》：铁石心肠人亦作此消魂语。

唐圭璋《唐宋词简释》：此首，上片写景，下片抒情。上片，写天连水，水连山，山连芳草；天带碧云，水带寒烟，山带斜阳。自上及下，自近及远，纯是一片空灵境界，即画亦难到。下片，触景生情。“黯乡魂”四句，写在外淹滞之久与乡思之深。“明月”一句陡提，“酒入”两句拍合，“楼高”点明上片之景为楼上所见。酒入肠化泪亦新。足见公之真情流露也。

李佳《左庵词话》：希文，宋一代名臣，词笔婉丽乃尔，比之宋广平赋梅花，才人何所不可。不似世之头巾气重，无与风雅也。

御 街 行

范仲淹

纷纷坠叶飘香砌[1]。夜寂静，寒声碎[2]。真珠帘卷玉楼空，天淡银河垂地。年年今夜，月华如练[3]，长是人千里。　　愁肠已断无由醉。酒未到，先成泪。残灯明灭枕头攲[4]，谙尽孤眠滋味[5]。都来此事[6]，眉间心上，无计相回避。

【注释】

① 香砌：砌是台阶，因上有落花，所以称为香砌。　② 寒声碎：寒风吹动落叶，发出细碎的声音。　③ 练：素色的绸。　④ 攲（qī）：倾斜的样子。　⑤ 谙：熟悉。　⑥ 都来：即算来。

【评解】

这是一首写秋夜离人相思的词。历来评词者都认为本词情景兼融。上片主要写景，而寓情其中；下片全部抒情，末三句一往情深。李清照的"此情无计可消除，才下眉头，却上心头"（《一剪梅》）即从这里脱胎。

【集评】

杨慎《升庵词话》：范文正公、韩魏公勋德望重，而范有《御街行》词，韩有《点绛唇》词，皆极情致。予友朱良规尝云："天之风月，地之花柳，与人之歌舞，无此不成三才。"虽戏语，亦有理也。

李攀龙《草堂诗余隽》：月光如昼，泪深于酒，情景两到。

唐圭璋《唐宋词简释》：此首从夜静叶落写起，因夜之愈静，故愈觉寒声之碎。"真珠"五句，极写远空皓月澄澈之境。"年年今夜”与“夜夜除非”之语，并可见久羁之苦。“长是人千里”一句，说出因景怀人之情。下片即从此生发，步步深婉。酒未到已先成泪，情更凄切。

长 相 思　　林 逋

吴山青，越山青，两岸青山相对迎，谁知离别情[①]？　君泪盈，妾泪盈，罗带同心结未成[②]，江边潮已平[③]。

【作者简介】

林逋，字君复，钱塘（今浙江杭州）人。长期隐居西湖的孤山。死后谥“和靖先生”。工诗词，风格淡远、婉丽。他的诗多反映其隐居生活及恬淡的心境。

【注释】

① 谁知离别情：一作“争忍有离情”。　② 同心结：将罗带系成连环回文样式的结子，象征定情。　③ 潮已平：指江水已涨到与岸相齐。

【评解】

这首小词寄离情别意于山容水态之中，颇有民歌风味。上片写景，景中衬情；下片抒情，以情托景。上下片和谐对称，不仅词中有画，而且画中有意，真实地表达出离愁别恨。是一首明白如画而又含蓄不尽的佳作。

【集评】

彭孙遹《金粟词话》：林处士妻梅子鹤，可称千古高风矣。乃其惜别词如“吴山青，越山青”一阕，何等风致。《闲情》一赋，讵必玉瑕珠颣耶？

王方俊《唐宋词赏析》：这首短词，寓情于景，将送行妇女的离愁别恨融于对山水无情的怨意之中，别具一格。

点 绛 唇

林 逋

金谷年年[1]，乱生春色谁为主？余花落处，满地和烟雨。　又是离歌，一阕长亭暮。王孙去[2]，萋萋无数[3]，南北东西路。

【注释】

① 金谷：地名，在今河南洛阳市西。谷中有水。古代风景名胜地。
② 王孙：贵人之子孙。也是草名。　③ 萋萋：草盛貌。

【评解】

林逋的《点绛唇》是一首咏草的杰作，以拟人手法，写得情思绵绵，凄楚哀婉。语言美，意境更美，为历代读者传诵。

【集评】

薛砺若《宋词通论》：林逋的《点绛唇》为词中咏草的杰作，词境极冷艳凄楚，与欧阳修的《少年游》、梅尧臣的《苏幕遮》，都为咏春草的绝唱。

浣 溪 沙

晏 殊

一曲新词酒一杯，去年天气旧亭台。夕阳西下几时回？　　无可奈何花落去，似曾相识燕归来。小园香径独徘徊[①]。

【作者简介】

晏殊，字同叔，抚州临川（今江西抚州市）人。十四岁以神童召试，赐进士出身。宋仁宗朝，官至宰相。《宋史》本传说他“文章赡丽，应用不穷，尤工诗，闲雅有情思”。他是北宋初期的重要词人，词风和婉明丽，风流蕴藉。著有《珠玉词》。

【注释】

① 香径:散发着落花香味的小路。

【评解】

此词悼惜残春,感伤年华的飞逝,又暗寓怀人之意。上片天气、亭台、夕阳,依稀去年光景;下片花落燕归,更是触目伤情,抑郁难解,只有徘徊香径而已。词中“无可奈何花落去,似曾相识燕归来”一联,属对工巧,思致缠绵,成为后世传诵的名句。诗人善于以工丽的词语描写景物,情文并茂,音律谐婉,创造了情致缠绵、凄婉隽丽的意境,给人以美的享受。

【集评】

杨慎《批点草堂诗余》:“无可奈何”二语工丽,天然奇遇。

卓人月《古今词统》:实处易工,虚处难工,对法之妙无两。

沈际飞《草堂诗余正集》:“无可奈何花落去”,律诗俊语也,然自是天成一段词,著诗不得。

唐圭璋《唐宋词简释》:此词谐不邻俗,婉不嫌弱。明为怀人,而通体不着一怀人之语,但以景衬情。上片三句,因今思昔。现时景象,记得与昔时无殊。天气也、亭台也、夕阳也,皆依稀去年光景。但去年人在,今年人杳,故骤触此景,即引起离索之感。“无可”两句,属对工整,最为昔人所称。盖既伤花落,又喜燕归,燕归而人不归,终令人抑郁不欢。小园香径,惟有独自徘徊而已。余味殊隽永。

浣 溪 沙

晏 殊

一向年光有限身①，等闲离别易消魂②。酒筵歌席莫辞频。　满目山河空念远，落花风雨更伤春。不如怜取眼前人③。

【注释】

① 一向：即一晌，一会儿。　② 等闲：平常。　③ 怜取眼前人：元稹《会真记》载崔莺莺诗："还将旧来意，怜取眼前人。"

【评解】

这是宴会上即兴之作。下片首两句虽然仍是念远伤春，但气度较大，从放眼河山到风雨惜别，引出眼前人，并与上片别宴离歌前后呼应。

【集评】

唐圭璋《唐宋词简释》：此首为伤别之作。起句，叹浮生有限；次句，伤离别可哀；第三句，说出借酒自遣、及时行乐之意。换头，承别离说，嘹亮入云，意亦从李峤"山川满目泪沾衣"句化出。"落花"句，就眼前景物，说明怀念之深。末句，用唐诗意，忽作转语，亦极沉痛。

蝶恋花　　晏殊

槛菊愁烟兰泣露[①]。罗幕轻寒，燕子双飞去[②]。明月不谙离恨苦，斜光到晓穿朱户[③]。　　昨夜西风凋碧树[④]。独上高楼，望尽天涯路。欲寄彩笺兼尺素[⑤]，山长水阔知何处？

【注释】

① 槛(jiàn)：栏杆。　② 飞去：一作“来去”。　③ 斜光：残月的清光。　④ 凋碧树：使得树木绿叶枯落。　⑤ 尺素：书信。

【评解】

这是首写离愁别恨的名作。上片写庭院及室内景物，下片写词人登楼望远时的所见所感。写秋意但不凄苦，抒离情愁而不哀，写富贵之家但又不言“金玉锦绣”，临秋而望远，极目天涯，境界极为辽阔，较南唐的离愁别恨之作都有新意。词中还隐约含蓄地表示有难言之意，给读者留出想象的余地。

【集评】

徐育民《历代名家词赏析》：作者工于词语，炼字精巧，善于将主观感情熔于景物描写之中。菊愁、兰泣、幕寒、燕飞、树凋、西风、路远、山长、水阔，这一切景物都充满了凄楚、冷漠、荒远的气氛，从而很好地表达了离愁别恨的主题。从词的章法结构来讲，以时间变化为经线，以空间转移为纬线，层次井然，步步深入。

《宋词名篇赏析》：这首《蝶恋花》写出了闺中人秋日怀人的气氛，而没有堆金垛玉，铺排锦绣。是他深婉含蓄、“风流蕴藉”（王灼《碧鸡漫志》）词风的一首代表作。

王国维《人间词话》：古今之成大事业、大学问者，经过三种之境界：“昨夜西风凋碧树。独上高楼，望尽天涯路。”此第一境也（按：这是用来作比喻，说对于大事业大学问，须有百折不挠的精神，才能有所成就）。

采　桑　子　　　晏　殊

时光只解催人老，不信多情。长恨离亭[1]。滴泪春山酒易醒。　　梧桐昨夜西风急，淡月笼明。好梦频惊。何处高楼雁一声。

【注释】

① 离亭：古代送别之所。

【评解】

韶华易逝，流光催人，转眼春去秋来。西风落叶，高楼雁声，益增人离愁别恨。这首词意境优美,柔丽而富诗意,且蕴含着一种凄婉的情绪。

【集评】

薛砺若《宋词通论》:此词虽在凄伤中,却无丝毫怨毒的意思,此即其抒情的温厚处。这种作风,欧阳修、秦观及晏幾道,都很受他的影响。

清平乐　　晏殊

金风细细[①],叶叶梧桐坠。绿酒初尝人易醉[②],一枕小窗浓睡。　紫薇朱槿花残[③],斜阳却照阑干。双燕欲归时节,银屏昨夜微寒。

【注释】

① 金风:秋风。　② 绿酒:美酒。　③ 紫薇、朱槿:两种花卉,皆花色艳丽。

【评解】

金风梧桐,小窗人醉,斜阳残花,双燕欲归。这首小词通过对秋景的着意描绘,委婉含蓄地抒发了诗人的清寂之思,犹如微风之拂轻尘，晓荷之扇幽香。全词于平易之境，抒闲适之情，清新雅洁，饶有韵致。

【集评】

俞陛云《唐五代两宋词选释》：纯写秋末景色，惟结句略含清寂之思，情味于言外求之，宋初之高格也。

唐圭璋《唐宋词简释》：此首以景纬情，妙在不着意为之，而自然温婉。“金风”两句，写节候景物。“绿酒”两句，写醉卧情事。“紫薇”两句，紧承上片，写醒来景象。庭院萧条，秋花都残，痴望斜阳映阑，亦无聊之极。“双燕”两句，既惜燕归，又伤人独，语不说尽，而韵特胜。

踏 莎 行

晏 殊

小径红稀[1]，芳郊绿遍。高台树色阴阴见[2]。春风不解禁杨花，濛濛乱扑行人面。　翠叶藏莺，珠帘隔燕[3]。炉香静逐游丝转。一场愁梦酒醒时，斜阳却照深深院。

【注释】

① 红稀：花儿稀少。红，指花。　② 阴阴见：暗暗显露。　③ “翠叶”二

句:意谓莺燕都深藏不见。这里的莺燕暗喻“伊人”。

【评解】

暮春傍晚,酒醒梦回,只见斜阳深院而不见伊人。怅惘之情,通过景物描写隐约地表露出来。全词除“一场愁梦酒醒时”句外,都是写景,委婉细致,景中寓情,达到不露痕迹的程度。这首词温柔细腻,缠绵含蓄,很少用直写的方法。这种“闲雅有情思”的词风,表现男女相思往往若隐若现,曲折往复,清隽婉约,不一语道破。既不追求镂金错彩的雕饰,也少浓艳的脂粉气。

【集评】

俞陛云《唐五代两宋词选释》:此词或有白氏讽谏之意。杨花乱扑,喻谗人之高张;燕隔莺藏,喻堂帘之远隔,宜结句之日暮兴嗟也。

唐圭璋《唐宋词简释》:此首通体写景,但于景中见情。上片写出游时郊外之景,下片写归来后院落之景。心绪不宁,故出入都无兴致。起句写郊景红稀绿遍,已是春事阑珊光景。“春风”句,似怨似嘲,将物做人看,最空灵有味。“翠叶”二句,写院落之寂寞。“炉香”句,写物态细极静极。“一场”两句,写到酒醒以后景象,浑如梦寐,妙不着实字,而闲愁可思。

诉 衷 情

晏 殊

芙蓉金菊斗馨香，天气欲重阳。远村秋色如画，红树间疏黄。　　流水淡，碧天长，路茫茫。凭高目断[1]，鸿雁来时，无限思量。

【注释】

① 目断：望至视界所尽处，犹言凝神眺望。

【评解】

这首小令，抒写登楼怀远，极有情致。上片描绘红树金菊，秋色如画；下片写水远天长，情思无限。“路茫茫”句以下，“鸿雁”隐露渴盼信息，“无限思量”申叙眷念之殷切，均含而不露。开头写景，着意点染色彩。全词和婉雅丽，极有情味。

蝶 恋 花

欧阳修

庭院深深深几许？杨柳堆烟，帘幕无重数。玉勒雕鞍游冶处，楼高不见章台路[1]。　　雨横风狂三月暮[2]，门掩黄昏，无计留春住。泪眼问花花不语，乱红飞过秋千去[3]。

【作者简介】

欧阳修，字永叔，号醉翁，晚号六一居士，庐陵（今江西吉安）人。在北宋的文学革新运动中，作出了一定的贡献。诗文之外，欧阳修也擅长填词，其词清新雅丽，挥洒自如。虽没有摆脱"裁花剪叶"的传统风习，词中描写的多是离愁别恨、儿女情长、惜春赏花、时序代谢，却摒弃了花间派的"镂玉雕琼"，洗刷了晚唐五代以来的脂粉气，使词的风格向"清疏峻洁"方面发展。清人冯煦说他"疏隽开子瞻（苏轼），深婉开少游"，可见他在词史上有启后之功。

【注释】

① 楼高不见章台路：是说在高楼上看不到游冶的处所。章台：古代妓女居住之处。　② 雨横：雨势很猛。　③ 乱红：零乱的落花。

【评解】

这首词的着眼点，并不是单纯的景色描绘和外貌的刻画，而是借暮春黄昏、雨骤风狂，透露出楼头思妇的内心苦闷。作者善于以形象的语言抒写感情上的各种变化，虽然不出闺情范围，但情韵已较花间词为胜。

【集评】

李清照《临江仙》词序：欧阳公作《蝶恋花》，有"庭院深深深几许"之句，予酷爱之。用其语作"庭院深深"数阕。

俞陛云《唐五代两宋词选释》：此词帘深楼迥及"乱红飞过"等

句，殆有寄托，不仅送春也。或见《阳春集》，李易安定为六一词。易安云："此词余极爱之。"乃作"庭院深深"数阕，其声即旧《临江仙》也。

王又华《古今词论》引毛先舒曰：永叔词云："泪眼问花花不语，乱红飞过秋千去。"此可谓层深而浑成。何也？因花而有泪，此一层意也；因泪而问花，此一层意也；花竟不语，此一层意也；不但不语，且又乱落，飞过秋千，此一层意也。人愈伤心，花愈恼人，语愈浅而意愈入，又绝无刻画费力之迹，谓非层深而浑成耶？

生　查　子

欧阳修

去年元夜时[①]，花市灯如昼。月上柳梢头，人约黄昏后。　　今年元夜时，月与灯依旧。不见去年人，泪湿春衫袖。

【注释】

① 元夜：即上元节之夜，也叫"元宵"。唐代以来元夜有观灯的风俗。

【评解】

词的上片，回忆去年观灯时的欣悦的心情；下片写今年元夜观灯，触目感怀，不胜悲伤。这首词的特点是语言平淡，风味隽永，表达了人物十分细腻的深情。词中运用今昔对比，抚今思昔，触景生情。感情真挚，不需作任何雕饰，而这首词便成为非常感人的抒情上品。它体现了真实、朴素与美的统一。

【集评】

虢寿麓《历代名家词百首赏析》：这首词是节日怀旧之作。通过前后对比，逼出"泪湿春衫"一语，见其伤感之甚。文章以错综见妙。

薛砺若《宋词通论》：他的抒情作品，哀婉绵细，最富弹性。

《唐宋词鉴赏集》：这首小词，在"清切婉丽"中，却显得平淡隽永，别具一格。

踏莎行

欧阳修

候馆梅残[①]，溪桥柳细，草薰风暖摇征辔[②]。离愁渐远渐无穷，迢迢不断如春水[③]。　　寸寸柔肠，盈盈粉泪，楼高莫近危栏倚[④]。平芜尽处是春山[⑤]，行人更在春山外。

【注释】

① 候馆:迎候宾客的馆舍。 ② 薰:香气。 征:远行。 辔:这里指坐骑。 ③ 迢迢:形容路遥远而绵长。 ④ 危栏:高楼的栏杆。 ⑤ 平芜:平坦的草地。

【评解】

这是一首写离情的佳作。在抒写游子思乡的同时,联想到闺中人相忆念的情景,写出了两地相思之情。上片写马上征人,以景为主,融情于景;下片写闺中思妇,以抒情为主,情寓景中。构成了清丽缠绵的意境。这首词表现出欧词深婉的风格,是其具有代表性的一首。

【集评】

李攀龙《草堂诗余隽》:春水写愁,春山骋望,极切极婉。

王世贞《艺苑卮言》:"平芜尽处是春山,行人更在春山外。"此淡语之有情者也。

俞陛云《唐五代两宋词选释》:唐宋人诗词中,送别怀人者,或从居者着想,或从行者着想,能言情婉挚,便称佳构。此词则两面兼写。前半首言征人驻马回头,愈行愈远,如春水迢迢,却望长亭,已隔万重云树。后半首为送行者设想,倚阑凝睇,心倒肠回,望青山无际,遥想斜日鞭丝,当已出青山之外,如鸳鸯之烟岛分飞,互相回首也。以章法论,"候馆"、"溪桥"言行人所经历;"柔肠"、"粉泪"言思妇之伤怀,情同而境判,前后阕之章法井然。

唐圭璋《唐宋词简释》:此首,上片写行人忆家,下片写闺人忆外。起三句,写郊景如画,于梅残柳细、草薰风暖之时,信马徐行,一何自在。“离愁”两句,因见春水之不断,遂忆及离愁之无穷。下片言闺人之怅望。“楼高”一句唤起,“平芜”两句拍合。平芜已远,春山则更远矣,而行人又在春山之外,则人去之远,不能自睹,惟存想像而已。写来极柔极厚。

采桑子

欧阳修

群芳过后西湖好①,狼籍残红②。飞絮濛濛,垂柳阑干尽日风。　笙歌散尽游人去,始觉春空③。垂下帘栊,双燕归来细雨中。

【注释】

① 群芳过后:谓百花凋谢。西湖:指颍州(今安徽省阜阳市)西湖。② 狼籍:散乱的样子。残红:落花。　③ 春空:春去后的空虚寂寞。

【评解】

这是词人晚年退居颍州时写的十首《采桑子》中的第四首,抒写了作者寄情湖山的情怀。虽写残春景色,却无伤春之感,而是以疏淡轻快的笔墨描绘了颍州西湖的暮春景色，创造出一种清幽静谧的艺术境界，而词人的安闲自适，也就在这种境界中自然地表现出来。情景交融，真切动人。词中很少修饰，特别是前后两结，纯用白描，却颇耐寻味。

【集评】

刘永济《词论》：小令尤以结语取重，必通首蓄意、蓄势，于结句得之，自然有神韵。如永叔《采桑子》前结“垂柳阑干尽日风”，后结“双燕归来细雨中”，神味至永，盖芳歇红残，人去春空，皆喧极归寂之语，而此二句则至寂之境，一路说来，便觉至寂之中，真味无穷，辞意高绝。

唐圭璋《唐宋词简释》：此首上片言游冶之盛，下片言人去之静。通篇于景中见情，文字极疏隽。风光之好，太守之适，并可想像而知也。

俞陛云《唐五代两宋词选释》：西湖在宋时，极游观之盛。此词独写静境，别有意味。

采 桑 子

欧阳修

残霞夕照西湖好[1]，花坞蘋汀[2]。十顷波平，野岸无人舟自横。　　西南月上浮云散，轩槛凉生[3]。莲芰香清[4]，水面风来酒面醒。

【注释】

① 西湖：指颍州西湖。　② 坞：湖岸凹入处。　汀：水中洲。　③ 轩槛：长廊前木栏杆。　④ 芰(jì)：即菱。

【评解】

夕阳西下，余晖满湖。词人凭槛观赏湖景，花坞蘋汀，一望波平。其时一轮明月生自西南，清光拂槛，清凉中带来莲菱的芳香，也抹去了词人脸上的酒热。夏夕湖上风光，被此词摄其神髓。

渔 家 傲　　欧阳修

花底忽闻敲两桨，逡巡女伴来寻访[1]。酒盏旋将荷叶当[2]。莲舟荡，时时盏里生红浪[3]。　　花气酒香清厮酿[4]。花腮酒面红相向[5]。醉倚绿荫眠一饷[6]。惊起望，船头阁在沙滩上[7]。

【注释】

① 逡巡：宋元俗语，犹顷刻，一会儿。　② 当：代替。　③ “时时”句：谓

莲花映入酒杯，随舟荡漾，显出红色波纹。　④ 清斯酿：清香之气，混成一片。斯，相互。　⑤ 花腮：指荷花。　⑥ 饷：即一晌，片刻。　⑦ 阁：搁。

【评解】

欧阳修以《渔家傲》词调共作六首采莲词，此词为其中之一。花底敲桨，荷叶当盏，花影人面，醉倚绿荫，风格清新婉丽，又巧用俗语，化俚为雅，妙趣盎然。

临　江　仙

晏幾道

梦后楼台高锁，酒醒帘幕低垂。去年春恨却来时[①]。落花人独立，微雨燕双飞。　　记得小蘋初见[②]，两重心字罗衣。琵琶弦上说相思。当时明月在，曾照彩云归[③]。

【作者简介】

晏幾道，字叔原，号小山，临川（今江西抚州市）人，晏殊第七子。晚年家境中落，生活贫困。他的词既继承了花间派精雕细琢、用色浓艳的特点，又接受了南唐白描影响，多写爱情、离别之作，带有感伤情调。著有《小山词》，存词二百六十首。

【注释】

① 春恨:春日离别的情思。却来:又来。 ② 小蘋:是晏幾道朋友家歌女的名字。 ③ 彩云:这里指小蘋。

【评解】

这是一首感旧怀人、伤离恨别之作,最能表现作者流连歌酒、无意仕途的心境及曲折深婉的词风。上片写今日之相思。先写景,后言情,即景抒情;下片补叙初见歌女小蘋时的情景。这首词,通篇用形象抒情,以境界会意,词人怀念歌女小蘋的难言的相思之情,寓于暮春的景物描绘之中,词尽而意未尽,蕴藉含蓄,轻柔自然,感情深挚,优美动人。

【集评】

谭献《复堂词话》:名句千古,不能有二。所谓柔厚在此。

陈廷焯《白雨斋词话》:小山词如“去年春恨却来时,落花人独立,微雨燕双飞”,又“当时明月在,曾照彩云归”,既闲婉,又沉着,当时更无敌手。

俞陛云《唐五代两宋词选释》:前二句追昔抚今,第三句融合言之,旧情未了,又惹新愁。“落花”二句正春色恼人,紫燕犹解“双飞”,而愁人翻成“独立”。论风韵如微风过箫,论词采如红蕖照水。下阕回忆相逢,“两重心字”,欲诉无从,只能借凤尾檀槽,托相思于万一。结句谓彩云一散,谁复相怜,惟明月多情,曾照我相送五铢仙佩,此恨绵绵,只堪独喻耳。

唐圭璋《唐宋词简释》：此首感旧怀人，精美绝伦。一起即写楼台高锁，帘幕低垂，其凄寂无人可知。而梦后酒醒，骤见此境，尤难为怀。盖昔日之歌舞豪华，一何欢乐，今则人去楼空，音尘断绝矣。即此两句，已似一篇《芜城赋》。

鹧　鸪　天

晏幾道

彩袖殷勤捧玉钟，当年拚却醉颜红[1]。舞低杨柳楼心月，歌尽桃花扇底风[2]。　从别后，忆相逢，几回魂梦与君同。今宵剩把银釭照[3]，犹恐相逢是梦中。

【注释】

① 拚却：不顾惜，宁愿。　② “舞低”二句：描写歌女当年与同伴狂欢的情景，月在长舞中西沉，风在欢歌中停息。　③ 剩：更。银釭（gāng）：银灯。

【评解】

词写别后重逢，宛转曲折。上片追忆当年欢宴，轻歌曼舞，通宵达旦；下片先写别后相忆，接写今宵重逢，“剩把”、“犹恐”四字，将微妙的感情表现得极为生动：两人在证实不是梦境时的心情，可以推见。这首词以相逢抒别恨，抒情细腻，词情婉丽，曲折有致。

【集评】

胡仔《苕溪渔隐丛话》引《雪浪斋日记》:叔原原工小词,如"舞低杨柳楼心月,歌尽桃花扇底风",不愧六朝宫掖体。

赵令畤《侯鲭录》引晁补之云:晏叔原不蹈袭人语,而风度闲雅,自是一家。如"舞低杨柳楼心月,歌尽桃花扇底风",自可知此人必不生于三家村中也。

陈廷焯《白雨斋词话》:"从别后,忆相逢"云云,曲折深婉,自有艳词,更不得不让伊独步。

黄苏《蓼园词评》:"舞低"二句,比白香山"笙歌归院落,灯火下楼台",更觉浓至。

唐圭璋《唐宋词简释》:此首为别后相逢之词。上片追溯当年之乐,"彩袖"一句,可见当年之浓情蜜意。"拼醉"一句,可见当年之豪情。换头"从别后"三句,言别后相忆之深,常萦魂梦。"今宵"两句,始归到今日相逢。老杜云:"夜阑更秉烛,相对如梦寐",小晏用之,然有"剩把"与"犹恐"四字呼应,则惊喜俨然,变质直为宛转空灵矣。上言梦似真,今言真似梦,文心曲折微妙。

蝶恋花 晏幾道

醉别西楼醒不记。春梦秋云[①],聚散真容易。斜月半窗还少睡，画屏闲展吴山翠[②]。　　衣上酒痕诗里字。点点行行，总是凄凉意。红烛自怜无好计，夜寒空替人垂泪。

【注释】

① 春梦秋云：指时间短暂，去后无迹。　② “斜月半窗”两句：写夜里酒醒，只见斜月半窗，映照着屏风上的翠峰，心头感慨万千，难以入睡。

【评解】

这首词也是写离别之感，但却更广泛地慨叹于过去欢情之易逝，今日孤怀之难遣，将来重会之无期，所以情调比其他一些伤别之作，更加低徊往复，沉郁悲凉。词境含蓄蕴藉，情意深长。

【集评】

《唐宋词鉴赏集》：这首词真称得上既隐且秀，可以“使玩之者无穷，味之者不厌矣”！

唐圭璋《唐宋词简释》：此首写别情凄婉。一起写醒时情况，迷离惝恍，已撇去无限别时情事。“春梦”两句，叹人生聚散无常。一“真”字，见慨叹之深。“斜月”两句自言怀人无眠，惟有空时对画屏凝想。一“还”字，见无眠之久；一“闲”字，见独处之寂。下片“衣上”两句，从“醉别西楼”来，酒痕墨痕，是别时情态，今人去痕留，感伤何极。“自怜”、“空替”等字，皆能于空际传神。

点 绛 唇

晏幾道

花信来时[1]，恨无人似花依旧。又成春瘦，折断门前柳。　天与多情，不与长相守。分飞后[2]，泪痕和酒，占了双罗袖。

【注释】

① 花信:谓花之消息。　② 分飞:离别。

【评解】

春回大地，百花萌发，柳枝折尽而人未归来。相思绵绵，为君消瘦。天既赐予“多情”，却又不使“相守”！使人酒入愁肠，泪湿春衫。这首小词以抒情为主，词采工丽，轻柔自然，有很强的艺术感染力。

【集评】

俞陛云《唐五代两宋词选释》:此词前四句谓春色重归，乃花发而人已去，为伊消瘦，折尽长条，四句曲折而下，如清溪之宛转。下阕谓天畀以情而吝其福，畀以相逢而不使相守。既无力回天，但有酒国埋愁，泪潮湿镜，双袖飘零，酒晕与泪痕层层渍满，则年来心事可知矣。

天　仙　子

张　先

时为嘉禾小倅[①]，以病眠不赴府会。

水调数声持酒听[②]，午醉醒来愁未醒。送春春去几时回？临晚镜，伤流景[③]，往事后期空记省。　　沙上并禽池上瞑[④]，云破月来花弄影。重重帘幕密遮灯，风不定，人初静，明日落红应满径。

【作者简介】

张先，字子野，乌程（今浙江湖州）人。宋仁宗天圣八年（1030）进士，官至尚书都官郎中，晚年退居吴兴、杭州一带。工于词，与柳永齐名。长于锻炼字句，因善于用“影”字，世称“张三影”。著有《张子野词》。

【注释】

① 嘉禾小倅（cuì）：嘉禾，宋时郡名，今浙江嘉兴市。小倅，小官。倅，副职。　② 水调：曲调名。　③ 流景：逝去的光阴。景，日光。　④ 并禽：成对的鸟儿。这里指鸳鸯。

【评解】

这首词通过惜春伤春情绪的描写，感叹年华易逝和孤独寂寞的处境。叹老嗟卑，是封建时代诗词中常见的内容，但由于作者长于炼句，精雕细琢，使本词所写春天夜景颇有新意。“临晚镜，伤流景”，词人的感慨与暮春景色交融，深沉而含蓄。

【集评】

沈祖棻《宋词赏析》：张先在嘉禾作判官，约宋仁宗庆历元年，年五十二。据题，这首词当作于此年。但词中所写情事，与题很不相干。此题可能是时人偶记词乃何地何时所作，被误认为词题，传了下来。

沈际飞《草堂诗余正集》：“云破月来”句，心与景会，落笔即是，着意即非，故当脍炙。

杨慎《批点草堂诗余》：“云破月来花弄影”，景物如画，画亦不能至此，绝倒绝倒！

黄氏《蓼园词评》：听“水调”而愁，为自伤卑贱也。“送春”四句，伤其流光易去，而后期茫茫也。“沙上”二句，言其所居岑寂，以沙禽与花自喻也。“重重”三句，言多障蔽也。结句仍缴送春本题，恐其时之晚也。

王国维《人间词话》：“云破月来花弄影”，着一“弄”字而境界全出矣。

唐圭璋《唐宋词简释》：此首不作发语之语，而自然韵高。中间自午至晚，自晚至夜，写来情景宛然。

王方俊《唐宋词赏析》：全词将词人慨叹年老位卑，前途渺茫之情与暮春之景有机地交融在一起，工于锻炼字句，体现了张词的主要艺术特色。

陈师道《后山诗话》:尚书郎张先善著词,有云:"云破月来花弄影"、"帘幕卷花影"、"堕轻絮无影",世称诵之,谓之"张三影"。

沈祖棻《宋词赏析》:叹老嗟卑,是封建社会不得志的文人的常见的情绪,其中也包含有一些优秀人物在那种黑暗时代被迫无所作为的愤惋,对于今天的读者来说,是有其认识作用的。

一丛花令

张 先

伤高怀远几时穷[①]?无物似情浓。离愁正引千丝乱[②],更东陌、飞絮蒙蒙。嘶骑渐遥,征尘不断,何处认郎踪? 双鸳池沼水溶溶,南北小桡通[③]。梯横画阁黄昏后,又还是、斜月帘栊。沉恨细思,不如桃杏,犹解嫁东风。

【注释】

① 穷:尽,这里有了结之意。 ② 引:招致。 ③ 桡:船桨。这里引申为船。桡,一作"桥"。

【评解】

这首词写的是闺中人春日登楼引起的相思与愁恨。上片写别后愁怀,下片是回忆当年。最后三句借羡慕桃杏犹解嫁东风,叹息人不如物。词中以桃杏喻人,以无情比有情,设想新颖,颇有艺术魅力。

【集评】

刘逸生《宋词小札》:这首《一丛花》,比较深刻地体贴了少女的心情,反过来衬托自己对她的怀念,却是写得很成功的。

范公偁《过庭录》:张先子野郎中《一丛花》词云:“怀高望远几时穷?无物似情浓。……沉思细恨,不如桃杏,犹解嫁东风。”一时盛传。永叔尤爱之,恨未识其人。子野家南地,以故至都,谒永叔,阍者以通。永叔倒屣迎之,曰:“此乃‘桃杏嫁东风’郎中。”

青门引　　张先

乍暖还轻冷,风雨晚来方定。庭轩寂寞近清明,残花中酒[1],又是去年病。　　楼头画角风吹醒,入夜重门静。那堪更被明月,隔墙送过秋千影。

【注释】

① 中酒:喝醉了酒。

【评解】

这是一首春日怀人之作。从气候的忽冷忽暖、风雨时至，联系到人的思想活动。不说酒意被角声所惊而渐醒，却说是被风吹醒。入夜月明人静，只见隔墙送来秋千之影，隐约点出醉酒的原因。含蓄婉转，丽辞腻声，表现出张词的风格。

【集评】

俞陛云《唐五代两宋词选释》：残春病酒，已觉堪伤，况情怀依旧，愁与年增，乃加倍写法。结句之意，一见深夜寂寥之景，一见别院欣戚之殊。梦窗因秋千而忆凝香纤手，此则因隔院秋千而触绪有怀，别有人在，乃侧面写法。

沈际飞《草堂诗余正集》：怀则多触，触则愈怀，未有触之至此极者。

黄氏《蓼园词评》：落寞情怀，写来幽隽无匹，不得志于时者，往往借闺情以写其幽思。角声而曰“风吹醒”，“醒”字极尖刻。至末句“那堪送影”，真是描神之笔，极希窅渺之致。

玉　楼　春

宋　祁

东城渐觉春光好，縠皱波纹迎客棹[①]。绿杨烟外晓寒轻，红杏枝头春意闹。　　浮生长恨欢娱少[②]，肯爱千金轻一笑？为君持酒劝斜阳，且向花间留晚照。

【作者简介】

宋祁，字子京，湖北安陆人。仁宗时，与兄宋庠同时中进士。曾官翰林学士等职。他的词多写诗酒欢会，善雕琢，笔力工巧，在炼字方面对后世词家有一定影响。今传词《宋景文公长短句》。

【注释】

① 縠皱：即绉纱，喻水的波纹。　② 浮生：指飘浮无定的短暂人生。

【评解】

这首词是当时誉满词坛的名作。词中赞美明媚的春光，表达了及时行乐的情趣。上片写春日绚丽的景色，颇有精到之处，尤其是“红杏枝头春意闹”，点染得极为生动；下片抒写寻乐的情趣。全词想象新颖，颇具特色。

【集评】

王国维《人间词话》：“红杏枝头春意闹”，着一“闹”字，而境界全出。

沈雄《古今词话》：人谓“闹”字甚重，我觉全篇俱轻，所以成为“红杏尚书”。

唐圭璋《唐宋词简释》：此首随意落墨，风流闲雅。起两句，虚写春风春水泛舟之适。次两句，实写景物之丽。绿杨红杏，相映成趣，而“闹”字尤能撮出花繁之神，宜其擅名千古也。下片一气贯注，亦是劝人轻财寻乐之意。

锦 缠 道

宋 祁

燕子呢喃，景色乍长春昼。睹园林万花如绣，海棠经雨胭脂透。柳展宫眉[①]，翠拂行人首[②]。　　向郊原踏青[③]，恣歌携手。醉醺醺尚寻芳酒。问牧童遥指孤村，道杏花深处，那里人家有。

【注释】

① 宫眉：古代皇宫中妇女的画眉。这里谓柳叶如眉。　② 翠：指柳叶之色。　③ 踏青：即游春。

【评解】

这是一首春日记游词。上片写浓丽的春景，下片写郊原踏青。燕子呢喃，万花如绣，柳展宫眉，海棠红透，迷人的春色，使游人如醉如痴，因而醉醺醺还向杏花深处去寻芳酒。这首词色彩绚丽，组织工妍，极尽春日游乐的酣畅。

【集评】

薛砺若《宋词通论》：在晏氏父子与欧、秦等集中，咏春之作，总不免为离情愁绪所萦绕，而深透着诗人悲惋的意绪。在宋祁与张先的词中，则只见春日之酣乐，令人心醉，如宋祁的《锦缠道》和《玉楼春》词，写春郊之明媚，春意之撩人，均浮现在纸上。

鹧　鸪　天　　　宋　祁

画毂雕鞍狭路逢[①]，一声肠断绣帘中。身无彩凤双飞翼，心有灵犀一点通[②]。　　金作屋，玉为笼，车如流水马游龙。刘郎已恨蓬山远[③]，更隔蓬山几万重。

【注释】

① 画毂：彩车。　② 心有灵犀一点通：谓两心相通。灵犀，犀牛角。③ 蓬山：仙山，想象中的仙境。

【评解】

路上的意外相逢，使人意惹情牵。而伊人一去，蓬山万里，音容隔阻。绵绵相思，何时能已！这首小词以抒情为主。上片回忆途中相逢，下片抒写相思之情。柔情丽语，风流妩媚，轻柔儇巧。

【集评】

黄昇《唐宋诸贤绝妙词选》：子京过繁台街，逢内家车子。中有褰帘者曰："小宋也。"子京归，遂作此词。都下传唱，达于禁中。仁宗知之，问内人第几车子，何人呼小宋。有内人自陈："顷侍御宴，见宣翰林学士，左右内臣曰：小宋也。时在车子偶见之，呼一声尔。"上召子京，从容语及，子京惶惧无地。上笑曰："蓬山不远。"因以内人赐之。

雨霖铃

柳 永

寒蝉凄切[①]。对长亭晚，骤雨初歇。都门帐饮无绪[②]，留恋处，兰舟催发。执手相看泪眼，竟无语凝噎[③]。念去去、千里烟波，暮霭沉沉楚天阔。　　多情自古伤离别。更那堪、冷落清秋节。今宵酒醒何处？杨柳岸、晓风残月。此去经年[④]，应是良辰好景虚设。便纵有、千种风情[⑤]，更与何人说。

【作者简介】

柳永，字耆卿，初名三变，崇安（今福建武夷山市）人。他一生仕途坎坷，到晚年才中进士。在北宋著名词人中，他的官位最低，但在词史上却占有重要地位。他是北宋第一个专力写词的作者，也是第一个大量写作慢词的词人。他能自制新曲，音律谐婉。他的词，铺叙展衍，不事雕饰。在宋词的发展中，有开疆拓土之功。他的词通俗浅近，旖旎近情，深受人们的喜爱。

【注释】

① 凄切：凄凉急促。　② 都门：指汴京。　帐饮：设帐置酒宴送行。③ 凝噎：喉咙哽塞，欲语不出的样子。　④ 经年：年复一年。　⑤ 风情：风流情意。

【评解】

柳永仕途失意，四处漂泊。这首词就是他离汴京、前往浙江时“留别所欢”的作品。词以悲秋景色为衬托，抒写与所欢难以割舍的离情。上片写送别的情景，深刻而细致地表现话别的场面。下片写设想中的别后情景，表现了双方深挚的感情。全词如行云流水，写尽了人间离愁别恨。词人以白描手法写景、状物、叙事、抒情，感情真挚，词风哀婉。

【集评】

李攀龙《草堂诗余隽》：“千里烟波”，惜别之情已骋；“千种风情”，相期之愿又赊。真所谓善传神者。

贺裳《皱水轩词筌》：柳屯田“今宵酒醒何处？杨柳岸、晓风残月”，自是古今俊句。

周济《宋四家词选》：清真词多从耆卿夺胎，思力沉挚处，往往出蓝。然耆卿秀淡幽艳，是不可及。

唐圭璋《唐宋词简释》：此首写别情，尽情展衍，备足无余，浑厚绵密，兼而有之。宋于庭谓柳词多“精金粹玉”，殆谓此类。词末余恨无穷，余味不尽。

俞文豹《吹剑录》：柳郎中词只合十七八女郎，执红牙板，歌“杨柳岸、晓风残月”。

昼 夜 乐

柳 永

洞房记得初相遇[①]。便只合、长相聚[②]。何期小会幽欢，变作别离情绪。况值阑珊春色暮[③]。对满目、乱花狂絮。直恐好风光，尽随伊归去。　一场寂寞凭谁诉？算前言、总轻负。早知恁地难拚[④]，悔不当初留住。其奈风流端正外，更别有、系人心处。一日不思量，也攒眉千度。

【注释】

① 洞房：深邃的住室。后多用以指妇女所居的闺阁。　② 只合：只应该。③ 阑珊：将残、将尽之意。　④ 恁地难拚：这样地难过。难拚，指难以和离愁相拚。

【评解】

这是一首回忆从前欢聚和别后相思的词。上片写当年的欢聚与别情，下片写刻骨的相思与内心的悔恨。那个人，不仅风流端正，更兼密意柔情，惹人相思。词中惜春、惜别，感情真挚，反映了封建时代沦为社会下层妇女的遭遇与苦恼。

【集评】

艾治平《宋词名篇赏析》："洞房"在柳词中屡见，是指妓女的住所。柳永常出入于"娼馆酒楼间"，他描述她们生活的作品，有些是传出了她们的苦闷和心声的。这首词就是这样。

靳极苍《唐宋词百首详解》:这首词是抒写一个少妇,新婚离别后对丈夫的追怀想念不置之情。

八声甘州

柳 永

对潇潇暮雨洒江天[1],一番洗清秋。渐霜风凄紧,关河冷落[2],残照当楼。是处红衰翠减[3],苒苒物华休[4]。惟有长江水,无语东流。　　不忍登高临远,望故乡渺邈[5],归思难收。叹年来踪迹,何事苦淹留[6]?想佳人、楼头颙望[7],误几回、天际识归舟。争知我、倚阑杆处,正恁凝愁[8]。

【注释】

① 潇潇:形容风雨急骤。 ② 关河:关口和航道。 ③ 是处:处处,到处。 ④ 苒苒:渐渐,慢慢。 ⑤ 渺邈:渺茫、遥远。 ⑥ 淹留:久留。 ⑦ 颙(yóng)望:举头凝望。 ⑧ 恁:如此。

【评解】

这首词写的是登临所见而引起的思乡怀人之情。上片写登临所见到的残秋景色，主要写景。下片写登临所感，抒游子思乡之情，情景交融。词中通过层层铺叙，写尽了他乡游子的羁旅哀愁，感情真挚强烈而又转折跌宕，顿挫有致。全词充溢着浓重的感伤情调。柳永仕途坎坷，一生潦倒，漂泊失意的经历，使他对羁旅行役的生活深有体会。这首《八声甘州》乃有感之作，为柳词中的名篇。

【集评】

赵令畤《侯鲭录》引苏轼云：世言柳耆卿曲俗，非也。如《八声甘州》云："霜风凄紧，关河冷落，残照当楼"，此语于诗句不减唐人高处。

唐圭璋《唐宋词简释》：此首亦柳词名著。一起写雨后之江天，澄澈如洗。"渐霜风"三句，更写风紧日斜之境，凄寂可伤。以东坡之鄙柳词，亦谓此三句"唐人佳处，不过如此"。"是处"四句，复叹眼前景物凋残，惟有江水东流，自起首至此，皆写景。"叹年"两句，自问自叹，为恨极之语。"想"字贯至"收"处，皆是从对面着想，与少陵之"香雾云鬟湿"作法相同。

俞陛云《唐五代两宋词选释》：结句言知君忆我，我亦忆君。前半首之"霜风"、"残照"，皆在凝眸怅望中也。

刘逸生《宋词小札》：《八声甘州》是柳永名作之一，属于游子思乡的一段题材，不一定是作者本人在外地思念故乡妻子而写。据我看，为了伶工演唱而写的可能性还大些。然而，对景物的描写，情感的抒述，不仅十分精当，而且笔力很高，实可称名作而无愧。

定风波

柳 永

自春来，惨绿愁红，芳心是事可可[1]。日上花梢，莺穿柳带，犹压香衾卧。暖酥消[2]，腻云亸[3]，终日厌厌倦梳裹。无那！恨薄情一去，音书无个。　早知恁么，悔当初、不把雕鞍锁。向鸡窗、只与蛮笺象管[4]，拘束教吟课。镇相随[5]，莫抛躲。针线闲拈伴伊坐。和我，免使年少，光阴虚过。

【注释】

① 是事可可：凡事不在意，一切事全含糊过去。 ② 暖酥消：脸上搽的油脂消散了。 ③ 腻云亸(duǒ)：头发散乱。亸，下垂貌。 ④ 蛮笺象管：纸和笔。蛮笺，古代四川产的彩色笺纸。象管，象牙做的笔管。 ⑤ 镇：镇日，整天。

【评解】

这首词以深切的同情，抒写了沦落于社会下层的歌伎们的思想感情，反映了她们对幸福生活的追求与向往，以及内心的烦恼与悔恨。上片融情入景，以明媚的春光反衬人物的厌倦与烦恼情绪。下片通过细腻的心理刻画，反映歌伎对自由幸福生活的渴望与追求。这首词是柳永俚词的代表作之一。全词运用通俗的语言，不加雕饰，把人物的生活情态与心理活动刻画得细致入微，颇能体现柳词的特色。

【集评】

张燕瑾《唐宋词赏析》：柳永的身世处境，使他对处于社会下层的妓女的生活，有着很深的了解，对她们的思想感情也有着很深的了解。因而，词里刻画的许多妇女形象栩栩如生，描绘她们的心理活动，显得格外生动、真切。《定风波》就是一首描写很成功的以妇女为主人公的词。

艾治平《宋词名篇赏析》：这首词的语言生动地体现出柳永"俚词"的特点。柳永在语言上的"俚"和他"变旧声，作新声"，制作了大量的慢词一样，是他在词的发展上作出的贡献。

玉　蝴　蝶　　柳　永

望处雨收云断，凭阑悄悄，目送秋光。晚景萧疏，堪动宋玉悲凉[1]。水风轻、蘋花渐老，月露冷、梧叶飘黄。遣情伤，故人何在，烟水茫茫。　　难忘，文期酒会，几孤风月，屡变星霜[2]。海阔山遥，未知何处是潇湘[3]。念双燕、难凭远信，指暮天、空识归航。黯相望。断鸿声里，立尽斜阳。

【注释】

① 堪动宋玉悲凉：宋玉《九辩》："悲哉秋之为气也。" ② 星霜：星一年一周天，霜每年而降，因称一年为一星霜。 ③ 潇湘：原是潇水和湘水之称，后泛指所思之处。

【评解】

此首风格与《八声甘州》相近，为柳词名篇。词中抒写了对远方故人的怀念。上片以景为主，景中有情。诗人面对凄凉的秋景，凭栏远望，触景生情，写出了思念故人的惆怅与哀感。下片插入回忆，以情为主，而情中有景。妙合无垠，声情凄婉。以昔日之欢会反衬长期分离之苦，从而转到眼前的思念。波澜起伏，错落有致。

【集评】

俞陛云《唐五代两宋词选释》："水风"二句善状萧疏晚景，且引起下文离思。"情伤"以下至结句黯然魂销，可抵江淹《别赋》，令人增《蒹葭》怀友之思。

唐圭璋《唐宋词简释》：此首"望处"二字，统撮全篇。起言凭阑远望，"悄悄"二字，已含悲意。"晚景"二句，虚写晚景足悲。"水风"两对句，实写蘋老、梧黄之景。"遣情伤"三句，乃折到怀人之感。下片，极写心中之抑郁。"难忘"两句，回忆当年之乐。"几孤"句，言文酒之疏。"屡变"句，言经历之久。"海阔"两句，言隔离之远。"念双燕"两句，言思念之切。末句，与篇首相应。"立尽斜阳"，伫立之久可知，羁愁之深可知。

采 莲 令

柳 永

月华收[1]，云淡霜天曙。西征客、此时情苦。翠娥执手送临歧[2]，轧轧开朱户。千娇面、盈盈伫立，无言有泪，断肠争忍回顾？　　一叶兰舟，便恁急桨凌波去。贪行色、岂知离绪。万般方寸，但饮恨，脉脉同谁语[3]？更回首、重城不见，寒江天外，隐隐两三烟树。

【注释】

① 月华收：指月亮落下，天将晓。　② 临歧：到了岔路口。此指临别。③ 脉脉：含情貌。

【评解】

斜月西沉，霜天破晓，执手相送，情何以堪！这首送别词，既表现了送行者的无限依恋，也抒写了行人的感怀。把送别和别后相思的情景层层铺开，深刻细致地写出了人物的感受。最后以景结情，倍觉有情。全词铺叙展衍，层次分明而又曲折婉转。不仅情景"妙合"，而且写景、抒情、叙事自然融合，完美一致，体现了柳词的特色。

【集评】

唐圭璋《唐宋词简释》：此首，初点月收天曙之景色，次言客心临别之凄楚。"翠娥"以下，皆送行人之情态。执手劳劳，开户轧轧，无言有泪，记事既生动，写情亦逼真。“断肠”一句，写尽两面依依之情。换头，写别后舟行之速。“万般”两句，写别后心中之恨。“更回首”三句，以远景作收，笔力千钧。上片之末言回顾，谓人。此则谓舟行已远，不独人不见，即城亦不见，但见烟树隐隐而已。一顾再顾，总见步步留恋之深。屈子云：“过夏首而西浮兮，顾龙门而不见。”收处仿佛似之。

《唐宋词鉴赏集》：况周颐《蕙风词话》云：“盖写景与言情，非二事也。善言情者，但写景而情在其中，此等境界，惟北宋词人往往有之。”从这首词的结句很可以看出这一特点，它在情景交融方面，的确达到了很高的境界，在这一点上，也可以说它“高处不减唐人”。

蝶恋花

柳永

伫倚危楼风细细[①]。望极春愁[②]，黯黯生天际[③]。草色烟光残照里。无言谁会凭阑意。　拟把疏狂图一醉。对酒当歌，强乐还无味。衣带渐宽终不悔，为伊消得人憔悴。

【注释】

① 伫：久立。　② 望极：极目远望。　③ 黯黯：迷蒙不明。

【评解】

这首《蝶恋花》把漂泊异乡的落魄感受，同怀恋意中人的缠绵情思结合起来。上片写春日登楼引起的愁思；下片写“春愁”的执着缠绵，无可排遣，并点明了“春愁”的具体内容。全词写得激情回荡，执着诚笃，颇能显示柳词的抒情特色。

【集评】

唐圭璋《唐宋词简释》：此首，上片写境，下片抒情。“伫倚”三句，写远望愁生。“草色”两句，实写所见冷落景象与伤高念远之意。换头深婉。“拟把”句，与“对酒”两句呼应。“强乐无味”，语极沉痛。“衣带”两句，更柔厚。与“不辞镜里朱颜瘦”语，同合风人之旨。

王国维《人间词话》：古今之成大事业、大学问者，必经过三种之境界：“昨夜西风凋碧树。独上高楼，望尽天涯路”，此第一境也。“衣带渐宽终不悔，为伊消得人憔悴”，此第二境也。

俞陛云《唐五代两宋词选释》：长守尾生抱柱之信，拚减沈郎腰带之围，真情至语。

离 亭 燕　　　　张 昪

一带江山如画，风物向秋潇洒[1]。水浸碧天何处断？

霁色冷光相射[2]。蓼屿荻花洲[3]，掩映竹篱茅舍。
云际客帆高挂，烟外酒旗低亚[4]。多少六朝兴废事，尽入渔樵闲话。怅望倚层楼，寒日无言西下。

【作者简介】

张昇，字杲卿，陕西韩城人。宋真宗大中祥符八年（1015）中进士，累官参知政事。卒赠司徒兼侍中，谥“康节”。他的词以《离亭燕》为最有名。

【注释】

① 潇洒：爽朗萧疏。 ② 霁色：雨后初晴的景色 ③ 蓼屿：长有蓼草的小岛。 ④ 低亚：低垂。

【评解】

秋景潇洒，江山如画。蓼屿荻洲，茅舍竹篱。云际帆移，酒旗低垂。词人倚楼怅望，一带江山尽收眼底。而六朝兴废，悠悠万事，已成了渔樵闲话。此词写江南秋色兼抒怀古之情。上片赏玩江山美景，下片感怀六朝兴衰，落寞凄凉，引人遐想。

【集评】

薛砺若《宋词通论》：此词于冷隽中寓悲凉之感。阕中如“霁色冷光相射”，“寒日无言西下”句，尤觉冷艳触人心目，而语意无穷。

况周颐《历代词人考略》：张康节《离亭燕》云：“怅望倚层楼，寒日无言西下。”秦少游《满庭芳》云：“凭阑久，疏烟淡日，寂寞下芜城。”两歇拍意境相若，而张词尤极苍凉萧远之致。

苏 幕 遮

梅尧臣

露堤平，烟墅杳①。乱碧萋萋②，雨后江天晓。独有庾郎年最少。窣地春袍③，嫩色宜相照。　　接长亭，迷远道。堪怨王孙④，不记归期早。落尽梨花春又了。满地残阳，翠色和烟老。

【作者简介】

梅尧臣，字圣俞，安徽宣城人。仁宗召试，赐进士。官至尚书都官员外郎，参加编修《唐书》。他的创作以诗为主，有《宛陵集》。词作不多，以《苏幕遮》最为欧阳修称赏。

【注释】

① 墅：田庐、圃墅。杳：幽暗，深远，看不到踪影。　② 萋萋：形容草生长茂盛。　③ 窣地：拂地，拖地。窣，突然，出其不意。　④ 王孙：贵族公子。这里指隐士。淮南小山《招隐士》：“王孙游兮不归，春草生兮萋萋。”

【评解】

雨后天晓，露烟凄迷，芳草如茵，嫩色相照。梅尧臣这首咏草词，以拟人化手法，委婉地描绘了春草的形象和特色。意新语工，为前人所未道者。结尾两句，意境幽美，极有韵味。这首词正如他在论诗中所说的“能状难写之景如在目前，含不尽之意见于言外”，最为欧阳修所称赏。

【集评】

吴曾《能改斋漫录》：梅圣俞在欧阳公座，有以林逋草词“金谷年年，乱生青草谁为主”为美者，圣俞因别为《苏幕遮》一阕，云“露堤平”云云，欧公击节赏之。

夜行船　　谢绛

昨夜佳期初共，鬓云低，翠翘金凤[①]。尊前和笑不成歌，意偷传，眼波微送。　　草草不容成楚梦，渐寒深翠帘霜重。相看送到断肠时，月西斜，画楼钟动。

【作者简介】

谢绛，字希深，家居富阳（今浙江杭州市西南）。宋真宗大中祥符八年（1015）进士及第。仁宗朝累官知制诰。有诗文集。

【注释】

① 翠翘金凤：古代妇女首饰。

【评解】

这首惜别词，上片回忆昨夜欢会，着重描绘人物情态；下片写今日送别，着重以景衬情。轻艳柔和，风流蕴藉，表现了谢词的风格。

【集评】

薛砺若《宋词通论》：据《富春遗事》载，希深居富阳小隐山，别筑室曰“读书堂”，构双松亭于前。倚山临江，杂植花果，沼荷稻圩，环流布种，颇称幽人之居。其词亦“有词藻然轻黠”，与众特异，如《夜行船》。

蝶 恋 花

李 冠

遥夜亭皋闲信步[①]，才过清明，渐觉伤春暮。数点雨声风约住[②]，朦胧淡月云来去。　桃杏依稀香暗度，谁在秋千，笑里轻轻语？一寸相思千万绪，人间没个安排处。

【作者简介】

李冠，字世英，历城（今山东济南）人，以文学著称。官乾宁主簿。有《东皋集》。其词以《蝶恋花》最为婉约多姿。

【注释】

① 亭皋：这里指城郊有宅舍的地方。 ② 风约住：下了几点雨又停住，就像雨被风管束住似的。

【评解】

时节已过清明，桃杏芳香依然。小雨之后，淡月朦胧。信步亭皋，忽闻秋千架上，笑语轻盈，勾起了心中的千万缕相思。诗人把惜春、伤春与怀人的思绪，融为一体。全词写得轻柔纤巧，婉丽多姿。

【集评】

薛砺若《宋词通论》：此词与张先、宋祁作风极相类，设混于子野词中，几乎无从辨认。

刘逸生《宋词小札》：这首词写一个青年人常会碰到的意外和因此惹起的无端烦恼。事情本是琐细的。他在春夜的闲行中偶然听到隔墙的笑语声，如此而已。但正因其琐细，要写得委婉动人，又实在不易。作者的高明之处，就在于恰当地安排了一个同青年人的伤春情怀十分和谐的环境和气氛，然后让那感情自然地伸展开去。

贺 圣 朝

叶清臣

满斟绿醑留君住[1]，莫匆匆归去。三分春色二分愁，更一分风雨。　　花开花谢，都来几许[2]？且高歌休诉。不知来岁牡丹时，再相逢何处？

【作者简介】

叶清臣，字道卿，苏州长洲(今江苏苏州)人。宋仁宗天圣初进士，历官翰林学士，权三司使。有诗文集。《全宋词》存其词二首。

【注释】

① 绿醑：美酒。　② 都来几许：都算在一起才有多少时间呀。

【评解】

这首词是酒席筵前留别之作。满斟美酒，劝友人尽情欢乐。全词精心铺叙，情意殷切，表现了诗人伤春惜别的情怀，也流露出人生萍寄之感。

【集评】

薛砺若《宋词通论》：词中"三分春色二分愁，更一分风雨"句，则为东坡《水龙吟》"一池萍碎，春色三分，二分尘土，一分流水"，及贺方回《青玉案》"一川烟草，满城风絮，梅子黄时雨"的蓝本了。

蝶　恋　花　　苏　轼

花褪残红青杏小。燕子飞时，绿水人家绕。枝上柳绵吹又少，天涯何处无芳草[①]。　　墙里秋千墙外道。墙外行人，墙里佳人笑。笑渐不闻声渐悄，多情却被无情恼。

【作者简介】

苏轼，字子瞻，号东坡居士，眉州眉山（今属四川）人。宋仁宗嘉祐二年（1057）中进士，曾任翰林学士等职。在文学上，他是一位诗、词、文均有很深造诣的全能作家。他的词突破了“词为艳科”的局限，扩大了词的题材，冲破了声律的束缚。苏轼在词的创作上取得的成就是多方面的。他的创作实践，对词的发展产生了广泛而深远的影响。有《东坡乐府》传世。

【注释】

① “天涯”句：指芳草长到天边。

【评解】

苏轼的词，以豪放著称。这首《蝶恋花》，代表了他词作清新婉约的一面，表现诗人创作上的多方面才能。这首词借惜春伤情，抒写诗人远行途中的失意心境。上片惜春，下片抒写诗人的感伤。面对残红褪尽、春意阑珊的景色，诗人惋惜韶光流逝，感慨宦海沉浮，把自己的身世之感注入词中。艺术构思新颖，使寻常景物含有深意，别有一种耐人寻味的情韵。

【集评】

王士禛《花草蒙拾》："枝上柳绵"，恐屯田（柳永）缘情绮靡，未必能过。孰谓坡但解作"大江东去"耶？髯直是轶伦绝群。

俞陛云《唐五代两宋词选释》：絮飞花落，每易伤春，此独作旷达语。下阕墙内外之人，干卿底事，殆偶闻秋千笑语，发此妙想，多情而实无情，是色是空，公其有悟耶？

唐圭璋等《唐宋词选注》：本词是消春之作。不过，作者还借"何处无芳草（知音）"以自慰自勉。"多情却被无情恼"，也不仅仅局限于对"佳人"的相思。

水　龙　吟

苏　轼

次韵章质夫杨花词[①]

似花还似非花，也无人惜从教坠。抛家傍路，思量却是[②]，无情有思。萦损柔肠，困酣娇眼[③]，欲开还闭。梦随风万里，寻郎去处，又还被、莺呼起。　　不恨此花飞尽，恨西园、落红难缀。晓来雨过，遗踪何在？一池萍碎。春色三分，二分尘土，一分流水。细看来，不是杨花，点点是离人泪。

【注释】

① 次韵：依照别人的原韵和诗或词。 章质夫：名楶(jié)，字质夫，福建浦城人，历仕哲宗、徽宗两朝，为苏轼好友，其咏杨花词《水龙吟》是传诵一时的名作。 ② “思量”二句：指杨花看似无情，实际却自有其愁思。 思：意思，思绪。 ③ “困酣”二句：用美女困倦时眼睛欲开还闭之态来形容杨花的忽飘忽坠、时起时落。

【评解】

这首咏物词，当作于苏轼贬黄州时期。其间，诗人的好友章质夫有咏杨花词《水龙吟》一首，盛传一时，诗人因依原韵和了这首词寄去，并嘱“不以示人”。词中通过丰富的想象和独特的艺术构思，运用拟人化手法，把咏物和写人有机地结合在一起，“即物即人，两不能别”。全词写得声韵谐婉，情调幽怨缠绵，反映了苏词婉约的一面。

【集评】

王国维《人间词话》：东坡《水龙吟》咏杨花，和韵而似原唱；章质夫词，原唱而似和韵。才之不可强也如是。又，咏物之词，自以东坡《水龙吟》为最工。

朱弁《曲洧旧闻》：章质夫杨花词，命意用事，潇洒可喜。东坡和之，若豪放不入律吕，徐而视之，声韵谐婉，反觉章词有织绣工夫。

魏庆之《诗人玉屑》：章质夫咏杨花词，东坡和之。晁叔用以为："东坡如毛嫱、西施，净洗脚面，与天下妇人斗好，质夫岂可比！"是则然也。余以为质夫词中，所谓"傍珠帘散漫，垂垂欲下，依前被、风扶起"，亦可谓曲尽杨花妙处。东坡所和虽高，恐未能及。诗人议论不公如此耳。

唐圭璋等《唐宋词选注》：本词是和作。咏物拟人，缠绵多态。词中刻画了一个思妇的形象。萦损柔肠，困酣娇眼，随风万里，寻郎去处，是写杨花，亦是写思妇，可说是遗貌而得其神。而杨花飞尽化作"离人泪"，更生动地写出她候人不归所产生的幽怨。能以杨花喻人，在对杨花的描写过程中，完成对人物形象的塑造。这比章质夫的闺怨词要高一层。

贺 新 郎 苏 轼

乳燕飞华屋。悄无人、桐阴转午，晚凉新浴。手弄生绡白团扇，扇手一时似玉。渐困倚，孤眠清熟。帘外谁来推绣户，枉教人、梦断瑶台曲[1]，又却是，风敲竹。石榴半吐红巾蹙。待浮花浪蕊都尽，伴君幽独。秾艳一枝细看取，芳心千重似束。又恐被、秋风惊绿[2]。若待得君来向此，花前对酒不忍触。共粉泪，两簌簌[3]。

【注释】

① 瑶台：传说昆仑山仙人所居之处。曲：深处。 ② 秋风惊绿：秋风起后，榴花凋谢，剩下的绿叶，禁不住摧残。 ③ 簌簌：纷纷落下的样子。

【评解】

这首《贺新郎》借咏名花佳丽，以抒诗人的感怀，寄意高远，构思奇妙。上片咏佳人，隐约流露出人物的孤独心境；下片写石榴，然后将人物与石榴合写，亦花亦人，巧妙新颖。全词以华美艳丽的形象，婉曲缠绵的情韵，曲折含蓄地表达了诗人的情怀。

苏轼在新旧两派当权时，均不愿随声附和，取媚求进，因而或遭新党排挤，或为旧党不容。曾两次出任杭州。词中以榴花比托“幽独”的佳人，联系自己的心情和处境，借咏物曲折传出自己的心声，手法极为高妙。

【集评】

黄氏《蓼园词评》：末四句是花是人，婉曲缠绵，耐人寻味不尽。

俞陛云《唐五代两宋词选释》：此词极写其特立独行之概。以上阕“孤眠”之“孤”字，下阕“幽独”之“独”字，表明本意。“新浴”及“扇手”喻其身之洁白，焉能与浪蕊浮花为伍，犹屈原不能以皓皓之白，入汶汶之世也。下阕“芳心千重似束”句及“秋风”句言已深闭退藏，而人犹不恕，极言其忧谗畏讥之意。对花真赏，知有何人，惟有沾襟之粉泪耳。

胡仔《苕溪渔隐丛话》引杨湜《古今词话》，记苏轼任职杭州时，曾在西湖宴会。群妓毕集，而秀兰迟到，一府僚为此发怒。东坡即席写《贺新郎》为秀兰解围。针对此说，胡仔评论道：“野哉，杨湜之言，真可入《笑林》。东坡此词，冠绝古今，托意高远，宁为一娼而发邪！”

《唐宋词鉴赏集》：词人写作受到生活现象的触发，或从现实中摄取某些现象，这是可能的，但决不是生活的简单记录。把一首词的内容完全坐实到一个官场的风流故事上，刻板地句句索隐，这显然是附会之谈，不足凭信。

薛砺若《宋词通论》：此词写来极纡回缠绵，一往情深。丽而不艳，工而能曲，毫无刻画斧斫之痕。

唐圭璋《唐宋词简释》：此首不必为官妓秀兰而作，写情景俱高妙。写花写人，是二实一。

阮郎归　　苏轼

初夏

绿槐高柳咽新蝉，薰风初入弦[1]。碧纱窗下水沉烟，棋声惊昼眠。　　微雨过，小荷翻，榴花开欲然。玉盆纤手弄清泉[2]，琼珠碎却圆。

【注释】

① 薰风：夏季的东南风。　② 玉盆：指荷叶。

【评解】

高柳新蝉、薰风微雨、池荷榴花、琼珠清泉，交织成一幅初夏的美丽图景；抚琴、下棋、昼眠、嬉水，传达出人物风雅悠闲的生活情趣。歇拍二句，写弄水叶面，琼珠碎而复圆，更觉清新可爱。

【集评】

杨湜《古今词话》：观者叹服此词八句状八景，音律一同，殊不散乱，人争宝之。刻之琬琰，挂于堂室之间也。

俞陛云《唐五代两宋词选释》：写闺情而不着妍辞，不作情语，自有一种闲雅之趣。

浣溪沙　　苏轼

春情

道字娇讹苦未成[1]，未应春阁梦多情。朝来何事绿鬟倾[2]。　　彩索身轻长趁燕[3]，红窗睡重不闻莺。困人天气近清明。

【注释】

① “道字”句：吐字不清，苦于言不成句。　② 绿鬟：古代少女发式。绿，黑色。　③ 彩索：彩色的秋千绳索。　趁燕：追赶空中的飞燕。这里形容秋千上的少女身轻如燕。

【评解】

此词描写春闺少女的慵困情态。作者围绕“春困”这一侧面，着意描写少女娇慵的神情意态，构思新颖，不落陈套。全词轻柔细腻，情致缠绵，清丽谐婉，多彩多姿，为苏轼婉约词的佳作之一。

【集评】

贺裳《皱水轩词筌》：“彩索身轻常趁燕，红窗睡重不闻莺”，如此风调，令十七八女郎歌之，岂在“晓风残月”之下？

江城子　　苏轼

乙卯正月二十日夜记梦

十年生死两茫茫。不思量，自难忘。千里孤坟，无处话凄凉。纵使相逢应不识，尘满面，鬓如霜。　　夜来幽梦忽还乡[1]。小轩窗[2]，正梳妆。相顾无言[3]，惟有泪千行。料得年年肠断处，明月夜，短松冈。

【注释】

① 幽梦：梦境隐约，故云幽梦。　② 小轩窗：意指小房的窗下。③ 顾：看。

【评解】

这是苏轼为悼念原配妻子王弗而写的一首悼亡词，表现了绵绵不尽的哀伤和思念。上片写诗人对亡妻的深沉的思念，是写实；下片记述梦境，抒写了诗人对亡妻执着不舍的深情。全词情意缠绵，字字血泪，既写了王弗，又写了诗人自己。词中采用白描手法，出语如话家常，却字字从肺腑镂出，自然而又深刻，平淡中寄寓着真淳。这首词思致委婉，境界层出，情调凄凉哀婉，为脍炙人口的名作。

【集评】

张燕瑾《唐宋词选析》：晁无咎曾经说苏轼之词“短于情”，由这首《江城子》来看，这种说法是不正确的。陈后山曰：“风韵如东坡，而谓不及于情，可乎？”

艾治平《宋词名篇赏析》：从这首词看，苏轼追求的似是一种更高的生活情趣，是能够互通衷曲的人生知己，因此他虽写的只是个人生活范围的感伤，却不粘不滞，冰清玉洁，在悼亡词中是不可多得的佳作。

唐圭璋《唐宋词简释》：此首为公悼亡之作。真情郁勃，句句沉痛，而音响凄厉，诚后山所谓“有声当彻天，有泪当彻泉”也。

王方俊《唐宋词赏析》：本词通篇采用白描手法，娓娓诉说自己的心情和梦境，抒发自己对亡妻的深情。情真意切，全不见雕琢痕迹；语言朴素，寓意却十分深刻。

浣 溪 沙

苏 轼

万顷风涛不记苏[1]，雪晴江上麦千车[1]。但令人饱我愁无。　　翠袖倚风萦柳絮，绛唇得酒烂樱珠。尊前呵手镊霜须[3]。

【注释】

① 苏:即苏州,今江苏苏州市。这里指自己在苏州的田地被风潮扫荡但却并不介意。 ② “雪晴”二句:想象黄州一带由于大雪而明年将获得“麦千车”的大丰收,而“人饱”将使“我愁”消除。 ③ 镊(niè):拔除。 霜须:白须。

【评解】

苏轼被贬到黄州,适逢天降大雪。本词即为此所作,表示对“雪兆丰年”的欣喜。这首词以乐景写忧思,以艳丽衬愁情,手法奇特巧妙。全词境界鲜明,情思深婉,收到了言在此而意在彼、言有穷而情无尽的艺术效果。

【集评】

《唐宋词鉴赏集》:这首小词,抒发了词人关心和同情人民疾苦的思想,表现了内心深处的忧虑。从艺术感受来看,上阕比较显露,下阕更为深婉,而上阕的情思抒发,似乎在为下阕的无声形象作提示。这样,上下两阕的重点,就自然地都落在最末一句上,彼此呼应,互为表里。

《唐宋词选注》:词中表示出“雪兆丰年”的欣喜,“但令人饱我愁无”,是与杜甫“安得广厦千万间,大庇天下寒士俱欢颜”同一胸怀。说明恶劣的处境并没有使他悲观绝望。

西　江　月

苏　轼

梅花

玉骨那愁瘴雾[①]，冰姿自有仙风。海仙时遣探芳丛，倒挂绿毛幺凤[②]。　　素面常嫌粉涴[③]，洗妆不褪唇红。高情已逐晓云空，不与梨花同梦[④]。

【注释】

① 瘴雾：南方山林中的湿热之气。　② 倒挂绿毛：似鹦鹉而小的珍禽。幺凤：鸟名，即桐花凤。　③ 涴：玷污。　④ "不与"句：苏轼自注："诗人王昌龄，梦中作梅花诗。"

【评解】

此词据《耆旧续闻》《野客丛书》记载，乃苏轼为悼念死于岭外的歌妓朝云而作。词中所写岭外梅花玉骨冰姿，素面唇红，高情逐去，不与梨花同梦，自有一种风情幽致。

【集评】

杨慎《词品》：古今梅词，以坡仙"绿毛幺凤"为第一。

俞陛云《唐五代两宋词选释》：《冷斋夜话》谓东坡在惠州作《梅花》时，时侍儿名朝云者，新亡，"其寓意为朝云作也"。

浣　溪　沙　　　　苏　轼

元丰七年十二月二十四日，从泗州刘倩叔游南山[1]

细雨斜风作小寒，淡烟疏柳媚晴滩。入淮清洛渐漫漫[2]。　雪沫乳花浮午盏，蓼茸蒿笋试春盘[3]。人间有味是清欢。

【注释】

① 泗州：今安徽泗县。　南山：在泗州附近，淮河南岸。　② 洛：安徽洛河。　③ 蓼茸：蓼菜嫩芽。　试春盘：旧俗立春日馈赠亲友，以蔬菜水果、糕饼等装盘，谓“春盘”。因时近立春，故此云“试”。

【评解】

这是一首记游小词。上片写山行俯瞰所见，其人在山中，自不待言；下片言午餐，雪沫乳花，蓼茸蒿笋，山野风味盎然。

减字木兰花　　　　苏　轼

二月十五日夜，与赵德麟小酌聚星堂

春庭月午，摇荡香醪光欲舞[1]。步转回廊，半落梅花婉婉香[2]。　　轻烟薄雾，怎是少年行乐处。不似秋光，只与离人照断肠。

【注释】

① 香醪：美酒佳酿。　② 婉婉：形容香味醇清和美。

【评解】

皓月当空，与友人小酌堂前，梅香阵阵，月色溶溶，如此春宵，确是少年行乐的佳境；不像秋光那样，只照着断肠的离人。词的意境宛如一杯醇酒，饮之令人欲醉。据陈师道《后山诗话》载，苏公居颍，春夜对月。王夫人云春月可喜，秋月使人生愁。公谓此意前未及，遂作此词云。

江 城 子

苏 轼

湖上与张先同赋[1]

凤凰山下雨初晴[2]。水风清，晚霞明。一朵芙蓉，开过尚盈盈。何处飞来双白鹭？如有意，慕娉婷。　　忽闻江上弄哀筝。苦含情，遣谁听？烟敛云收，依约是湘灵[3]。欲待曲终寻问取[4]，人不见，数峰青。

【注释】

① 张先：字子野，乌程（今浙江湖州）人。 ② 凤凰山：在杭州南。 ③ 湘灵：传说中的湘水之神。 ④ “欲待”三句：用钱起《省试赋湘灵鼓瑟》诗“曲终人不见，江上数峰青”句。

【评解】

据张邦基《墨庄漫录》载：东坡在杭州，一日游西湖，见湖心有一彩舟渐近，中有一女风韵娴雅，方鼓筝，二客竞目送之。一曲未终，人翩然不见。公因作此长短句戏之。全词上片写景，下片写人，情景交融，和婉轻倩，曲折含蓄，情韵无限。

少 年 游　　苏 轼

润州作

去年相送，余杭门外[1]，飞雪似杨花。今年春尽，杨花似雪，犹不见还家。　　对酒卷帘邀明月[2]，风露透窗纱。恰似姮娥怜双燕，分明照、画梁斜。

【注释】

① 余杭门：宋代杭州城北三座城门之一。 ②“对酒”句：写月下独饮。

【评解】

这是一首托为思妇怀念远人的词。作者于熙宁六年（1073）冬，自杭州至镇江，到次年春尚迟留未归，有感而写此词。上片说去年离家是在飞雪似杨花的冬天，现在已是杨花似雪的暮春，尚无返回的消息，巧妙地把眼前的杨花与去年的雪花联系起来。下片写对酒邀月，明月却偏照着画梁双燕，衬托作者久居客地的孤寂凄凉。

【集评】

王文诰《苏诗总案》：熙宁七年甲寅四月，有感雪中行役，作《少年游》词。又，公以去年十一月发临平（今杭州市东北），及是春尽，犹行役未归，故托为此词耳。

胡云翼《宋词选》："恰似姮娥怜双燕"三句，是以月里嫦娥的怜爱双燕，反衬自己无人怜惜的孤寂。

满 庭 芳

秦 观

山抹微云，天粘衰草，画角声断谯门①。暂停征棹，聊共引离尊[②]。多少蓬莱旧事[③]，空回首、烟霭纷纷[④]。斜阳外，寒鸦数点，流水绕孤村。　　消魂[⑤]，当此际，香囊暗解，罗带轻分。谩赢得、青楼薄幸名存[⑥]。此去何时见也？襟袖上、空惹啼痕。伤情处，高城望断，灯火已黄昏。

【作者简介】

秦观，字少游、太虚，号淮海居士，高邮（今属江苏）人。宋神宗元丰八年（1085）进士。文才为苏轼赏识，是“苏门四学士”之一。在新旧党争中屡遭贬谪，死于放还途中的藤州。他的词，风格接近李煜和柳永，在婉约词中成就最高。他善于以长调抒写柔情，语言淡雅，委婉含蓄，留有余韵，多是男女离愁别恨及身世伤感之作。词集有《淮海词》。

【注释】

① 谯(qiáo)门:城门。　② 引:举。　尊:酒杯。　③ 蓬莱旧事:男女爱情的往事。　④ 烟霭:指云雾。　⑤ 消魂:形容因悲伤或快乐到极点而心神恍惚不知所以的样子。　⑥ 谩:徒然。　薄幸:薄情。

【评解】

这首词写词人与他所眷恋的一个女子的离别情景，充满了低沉婉转的感伤情调。上片描写别时的景色及对往事的回忆，下片抒写离别时的留恋、惆怅之情。全词把凄凉秋色、伤别之情融为一体。通过对凄凉景色的描写，用婉转语调表达伤感的情绪，是这首词的主要艺术特色。

【集评】

周济《宋四家词选》：将身世之感打并入艳情，又是一法。

谭献《复堂词话》："山抹微云"阕，淮海在北宋，如唐之刘文房。下阕不假雕琢，水到渠成，非平钝所能借口。

徐育民《历代名家词赏析》：全词层次井然，步步深入，分别在江边征棹之中，看的是野外苍茫之景；由饮酒到话别，到解囊相赠，由泪染襟袖到征棹远逝，灯火朦胧，真是满纸凄凉色，一派伤别情，不愧是婉约派代表作。

吴曾《能改斋漫录》引晁无咎评"本朝乐章"：近世以来，作者皆不及秦少游，如"斜阳外，寒鸦数点，流水绕孤村"，虽不识字人，亦知是天生好言语。

《唐宋词百首详解》：就全词来说，景是引人的，情是悱恻的，景中有情，景以表情；情寓于景，情融于景，亦景亦情。

唐圭璋《唐宋词简释》：此首写别情，缠绵凄婉。"山抹"两句，写别时所见景色，已是堪伤。"画角"一句，写别时所闻，愈加肠断。"高城"两句，以景结，回应"谯门"，伤情无限。

江城子　　秦观

西城杨柳弄春柔[1]，动离忧，泪难收。犹记多情、曾为系归舟。碧野朱桥当日事，人不见，水空流。　韶华不为少年留[2]，恨悠悠，几时休。飞絮落花时候、一登楼。便做春江都是泪，流不尽，许多愁。

【注释】

① “西城”三句：写看见早春柳丝轻柔，触动自己的离恨，因而流泪不止。② 韶华：青春年华。

【评解】

这是一首怀人伤别的佳作。上片从“弄春柔”、“系归舟”的杨柳，勾起了对“当日事”的回忆，想起了两人在“碧野朱桥”相会的情景，产生眼前“人不见”的离愁。下片写年华老去而产生的悠悠别恨。“便做”三句，表现了离愁的深长。全词于清丽淡雅中，含蕴着凄婉哀伤的情绪。

【集评】

薛砺若《宋词通论》：少游既是一个情种，自不免因落拓的宦途、羁旅的生涯，和失恋的萦绕所侵袭，因而使他变为一个伤心厌世的词人，所以他的词往往含蕴着极浓厚的凄婉情绪。

俞陛云《唐五代两宋词选释》：结尾两句与李后主之“恰似一江

春水向东流”、徐师川之“门外重重叠叠山，遮不断愁来路”，皆言愁之极致。

鹊　桥　仙

秦　观

纤云弄巧[①]，飞星传恨，银汉迢迢暗度。金风玉露一相逢[②]，便胜却、人间无数。　　柔情似水，佳期如梦，忍顾鹊桥归路[③]。两情若是久长时，又岂在、朝朝暮暮。

【注释】

① 纤云弄巧：是说纤薄的云彩变化多端，呈现出许多细巧的花样。② 金风：秋风，秋天在五行中属金。　玉露：秋露。这句是说他们七夕相会。③ 忍顾：怎么忍心回顾。

【评解】

《鹊桥仙》原是为咏牛郎、织女的爱情故事而创作的乐曲。本词的内容也正是咏此神话。上片写佳期相会的盛况，下片则是写依依惜别之情。这首词将抒情、写景、议论融为一体，意境新颖，设想奇巧，独辟蹊径。写得自然流畅而又婉约蕴藉，余味隽永。

【集评】

张燕瑾《唐宋词选析》:秦观的这首《鹊桥仙》独具丰采,是富有创造精神的好作品。它既没有慨叹会少离多,也没有抒发脉脉的相思,却自出机杼,歌颂坚贞不渝、诚挚不欺的爱情。

沈祖棻《宋词赏析》:这首词上、下片的结句,都表现了词人对于爱情的不同一般的看法。他否定了朝欢暮乐的庸俗生活,歌颂了天长地久的忠贞爱情。这在当时,是难能可贵的。

王成怀《冰清玉洁之景　表里澄澈之美——读秦观〈鹊桥仙〉》(载《文史知识》1982 年第 12 期):秦观的这首《鹊桥仙》上片以"金风玉露一相逢,便胜却人间无数"发抒感慨,下片词人将意思翻进一层,道出了"两情若是久长时,又岂在朝朝暮暮"的爱情真谛。这字字珠玑,落地若金石声的警策之语,正是这首词流传久远,历久而不衰的关键所在。

踏莎行　　秦观

雾失楼台,月迷津渡[①]。桃源望断无寻处。可堪孤馆闭春寒[②],杜鹃声里斜阳暮。　　驿寄梅花[③],鱼传尺素。砌成此恨无重数。郴江幸自绕郴山[④],为谁流下潇湘去。

【注释】

① 津渡:渡口。 ② 可堪:哪堪。 ③ 驿寄梅花:引用陆凯寄赠范晔的诗:“折梅逢驿使,寄与陇头人。江南无所有,聊赠一枝春。”作者以远离故乡的范晔自比。 ④ 郴(chēn):郴州,今湖南郴州市。 幸自:本身。

【评解】

这首词是作者因坐党籍连遭贬谪时所写,表达了失意人的凄苦和哀怨的心情,流露了对现实政治的不满。上片写旅途中所见景色,景中见情;下片抒发诗人内心的苦闷和愁恨心情。词意委婉含蓄,寓有作者身世之感。

【集评】

王国维《人间词话》:少游词境,最为凄婉。至“可堪孤馆闭春寒,杜鹃声里斜阳暮”,则变而凄厉矣。

唐圭璋《唐宋词简释》:此首写羁旅,哀怨欲绝。起写旅途景色,已有归路茫茫之感。末引“郴江”、“郴山”,以喻人之分别,无理已极,沉痛已极,宜东坡爱之不忍释也。

王方俊《唐宋词赏析》:这首词层次极为分明。开头两句都以对句起,都是平叙;中间第三句一顿;末两句是中心所在。虽是小词,用的是慢词作法。

如梦令　　秦观

莺嘴啄花红溜，燕尾点波绿皱。指冷玉笙寒[①]，吹彻小梅春透[②]。依旧，依旧，人与绿杨俱瘦。

【注释】

① 玉笙：珍贵的管乐器。　② 小梅：乐曲名。唐《大角曲》里有《大梅花》《小梅花》等曲。

【评解】

这是一首春日怀人之作。眼前莺嘴啄花，燕尾点波的春光春色，触动了怀人的心绪。"小梅"一曲，传出了绵绵相思之情。这首词构思新颖，轻柔典雅，工丽含蓄。

【集评】

俞陛云《唐五代两宋词选释》：这首纪别之作，句最工丽。

虢寿麓《历代名家词百首赏析》：词分两截。前截两句，描摹美妙的春光，以莺燕去铺写。莺用嘴啄花，现出红溜；燕用尾剪波，荡起绿皱。组织工整，色彩鲜明。用一"剪"字，尤为形象。后截四句，写人的活动和形容。活动是吹笙，形容是消瘦。妙在写吹笙时，用"寒"、"透"等词，状出了演奏的情况；写消瘦时，用"绿杨"作比衬，更为深刻。

千　秋　岁[1]　　秦　观

水边沙外，城郭春寒退。花影乱，莺声碎。飘零疏酒盏，离别宽衣带。人不见，碧云暮合空相对。　忆昔西池会，鹓鹭同飞盖[2]。携手处，今谁在？日边清梦断，镜里朱颜改。春去也，飞红万点愁如海。

【注释】

① “汲古阁本”题作“谪虔州日作”。　② 鹓鹭：古代常以鹓鹭喻百官。这里指好友如云，宾朋群集。

【评解】

这是一首感事伤别之作。春回大地而人却“不见”，眼前“花影乱”，耳边“莺声碎”，这情景对一个失意飘零的人，更会勾起回忆与哀伤。昔日与众友人欢聚的地方，如今还有谁在？抚今追昔，愈觉韶华易逝，流光似水。诗人触景伤情，感慨万千。全词写得凄凉哀婉，工丽自然。“飞红万点愁如海”句，尤为人们所称赏。

【集评】

曾季貍《艇斋诗话》：少游“水边沙外，城郭春寒退”词，为张芸叟作。有简与芸叟云：“古者以代劳歌，此真所谓劳歌。”又，秦少游词云：“春去也，落红万点愁如海。”今人多能歌此词。方少游作此词时，传至予家丞相（曾布），丞相曰：“秦七必不久于世，岂有愁如海而可存乎?”已而少游果下世。少游第七,故云秦七。

曾敏行《独醒杂志》:少游谪古藤,意忽忽不乐。过衡阳,孔毅甫为守,与之厚,延留,待遇有加。一日,饮于郡斋,少游作《千秋岁》词,毅甫览至“镜里朱颜改”之句,遽惊曰:“少游盛年,何为言语悲怆如此!”遂赓其韵以解之。居数日,别去,毅甫送之于郊,复相语终日。归谓所亲曰:“秦少游气貌大不类平时,殆不久于世矣!”未几,果卒。

俞陛云《唐五代两宋词选释》:《冷斋诗话》谓少游此词,“想见其神情在绛阙道山之间”,乃和其韵。《后山诗话》云:世称秦词“愁如海”为新奇,不知李后主已云“问君能有几多愁,恰似一江春水向东流”,但以江为海耳。夏闰庵云:此词以“愁如海”一语生色,全体皆振,乃所谓警句也。如玉田所举诸句,能似此者甚罕。少游殁于藤州,山谷过其地,追和此调以吊之。

桃源忆故人　　秦　观

玉楼深锁多情种[①],清夜悠悠谁共[②]?羞见枕衾鸳凤,闷则和衣拥。　　无端画角严城动[③],惊破一番新梦。窗外月华霜重,听彻梅花弄[④]。

【注释】

① 玉楼:指华丽的楼台。一本作“秦楼”。 ② 悠悠:长久之意。 ③ 无端:无缘无故的意思。 严城:戒备森严的城市。 ④ 梅花弄:即《梅花三弄》,古琴曲,内容写傲霜雪之梅花。

【评解】

此首写困居高楼深院、与外界隔绝的妇女。长夜漫漫,谁与共处?而“枕衾鸳凤”,最易惹人愁思。和衣闷卧,刚入梦境,却又被城头角声惊醒。唯见窗外月华霜重,又断续传来《梅花三弄》,令人愁不忍听。这首词抒写了幽闺深锁、独居无聊的苦闷,情思缠绵,意境凄婉。

【集评】

虢寿麓《历代名家词百首赏析》:此咏古代仕女冬夜闺情。上段写独居的苦闷,下段写百无聊赖的远思。“深锁”一语,揭露封建社会对妇女的迫害。“玉楼”,是她们狭隘孤清的天地。“多情”,是她多愁善感的人生。这句为全篇总冒,下即扣定冬夜写。总之,一片凄凉境地,无限幽怨情思,宛转描来,非常深刻。

况周颐《蕙风词话》:若以其(少游)词论,直是初日芙蓉,晓风杨柳,倩丽之桃李,容犹当之有愧色焉。

夏敬观《吷庵手校淮海词跋》:少游词清丽婉约,辞情相称,诵之回肠荡气,自是词中上品。

西　江　月

司马光

宝髻松松绾就，铅华淡淡妆成[1]。红烟翠雾罩轻盈[2]，飞絮游丝无定。　　相见争如不见[3]，有情还似无情。笙歌散后酒微醒，深院月明人静。

【作者简介】

司马光，字君实，陕州夏县（今属山西）人。宋仁宗宝元元年（1038）中进士，累官资政殿学士等职。主修《资治通鉴》。卒赠太师、温国公。谥“文正”。

【注释】

① 铅华：铅粉。　② “红烟翠雾”二句：形容珠翠冠的盛饰，皆为妇女的头饰。　③ 争：怎。

【评解】

这首词抒写了对所爱的切望之情。上片写佳人装饰之美，以词丽胜；下片写作者的眷念之情，以意曲工。表现出作者对所爱的深切系念。全词轻倩婉丽，笔墨精妙。

【集评】

靳极苍《唐宋词百首详解》：这首词是事后的追想，时间该是月明之夜，地点是深院之中。“飞絮游丝”句很形象。“深院月明人静”句，渲染气氛很好。我原以为这是作者的游戏笔墨，不一定必有其事。又按作者曾被外放知永安军，知许州，曾因和王安石政见不合，“绝口不论事”。依此，此篇该是依托之作，“佳人”比宋王。

清 平 乐

黄庭坚

春归何处？寂寞无行路。若有人知春去处，唤取归来同住。　　春无踪迹谁知？除非问取黄鹂①。百啭无人能解，因风飞过蔷薇②。

【作者简介】

黄庭坚，字鲁直，自号山谷道人，晚号涪翁，江西修水人。进士出身。宋神宗时为国子监，以诗为苏轼所称赏，和秦观、张耒、晁补之齐名，后人并称为“苏门四学士”。在新旧党争中被一再谪贬，死于宜州。他是江西诗派的大师。词和秦观齐名。今传有《山谷词》。

【注释】

① 问取：问。　② 因风：趁着风势。

【评解】

这首词写的是惜春之情。用笔委婉曲折，层层加深惜春之情。直至最后，仍不一语道破，结语轻柔，余音袅袅，言虽尽而意未尽。

作者以拟人的手法，构思巧妙，设想新奇，创造出优美的意境。全词俏丽新警，婉转含蓄，表现了山谷词的风格。

【集评】

薛砺若《宋词通论》：山谷词尤以《清平乐》为最新，通体无一句不俏丽，而结句“百啭无人能解，因风飞过蔷薇”，不独妙语如环，而意境尤觉清逸，不着色相。为山谷词中最上上之作，即在两宋一切作家中，亦找不着此等隽美的作品。

虢寿麓《历代名家词百首赏析》：这是首惜春词。耳目所触，莫非初夏景物，而春实已去。飘然一结，淡雅饶味。通首思路回环，笔情跳脱，全以神行出之，有峰回路转之妙。

画堂春　　黄庭坚

本意

东风吹柳日初长。雨余芳草斜阳。杏花零落燕泥香。睡损红妆①。　宝篆烟销龙凤②，画屏云锁潇湘③。夜寒微透薄罗裳。无限思量。

【注释】

① 睡损红妆:语带双关,实写闺人睡起慵困貌,用拟人法写杏花零落状。 ② 宝篆烟销龙凤:古代盘香,有做成龙凤形的,点燃后,烟篆四散,龙凤形也逐渐消失,故云。 ③ 画屏云锁潇湘:屏风上的潇湘山水图中的白云,把潇湘地区锁住了。有不放远方游人回来之意。

【评解】

这是一首抒写春闺思远的词。上片写暮春景色,下片写离人愁思。词中用“东风”衬托“柳”,见其婀娜多姿;用“雨余”“斜阳”衬托“草”,见其嫩绿鲜美。而杏花糁径,燕啄香泥,屏画潇湘,白云深锁,寒夜失眠,更引起闺中人的无限思量。全词以景衬人,婉转细腻地抒写了闺中人的绵绵情思。

【集评】

靳极苍《唐宋词百首详解》:“睡损红妆”句,表少妇的闲愁,非常委婉,和结尾处“无限思量”互相足成,笔法很好。

虢寿麓《历代名家词百首赏析》:这首是描写闺情之作。绮情艳语,图写工致。

浣 溪 沙

晁端礼

清润风光雨后天,蔷薇花谢绿窗前。碧琉璃瓦欲生烟。　　十里闲情凭蝶梦[1]，一春幽怨付鲲弦[2]。小楼今夜月重圆。

【作者简介】

晁端礼，名一作元礼，字次膺，其先澶州清丰（今属河南）人，徙家彭门（今属江苏徐州）。宋神宗熙宁六年（1073）进士，两为县令，忤上官，坐废。晚以承事郎为大晟府协律。其词集有《闲斋琴趣外篇》。

【注释】

① 蝶梦：《庄子·齐物论》："昔者，庄周梦为蝴蝶。"后因称梦为"蝶梦"。
② 鲲弦：即鹍弦。《乐府杂记》："贺怀智以鹍鸡筋作琵琶弦，用铁拨弹。"

【评解】

这首词上片写夏日雨后，风光清润。绿窗前蔷薇初谢，琉璃瓦如美玉生烟。下片抒情，闲情寄梦，幽怨入曲，而结以小楼月圆，不尽之情复归于写景，弥觉隽永。

【集评】

薛砺若《宋词通论》：端礼与周美成同官大晟府，于当日审定旧调，创制新词，有参助之功，他的词亦与美成为近，惟才情较弱。

踏　莎　行　　晁端礼

萱草阑干[1]，榴花庭院。悄无人语重帘卷。屏山掩梦不多时[2]，斜风细雨江南岸。　　昼漏初传，林莺百啭。日长暗记残香篆[3]。洞房消息有谁知[4]？几回欲问梁间燕。

【注释】

① 萱草：即黄花菜，夏秋开花，古人以为能使人忘忧。　② 屏山：画有山峦的屏风。　③ 香篆：焚香出烟，袅袅如篆字。　④ 洞房消息：内室中的动静。

【评解】

这首词写一侍女，夏梦片刻，醒后犹细味梦中江南游程，但漏传莺啭，不禁又挂念需在炉中添香。而主人室内动静如何，则颇费猜疑。全词表现人物内心的寂寞无聊，婉转含蓄，细致入微。

【集评】

薛砺若《宋词通论》：端礼当年亦系一位慢词作家，集中自创之调亦甚多，以补大乐中徵调之阙者。

盐角儿　　晁补之

亳社观梅[1]

开时似雪，谢时似雪，花中奇绝。香非在蕊，香非在萼，骨中香彻。　　占溪风，留溪月。堪羞损、山桃如血。直饶更[2]、疏疏淡淡，终有一般情别。

【作者简介】

晁补之，字无咎，巨野（今属山东）人。生于宋仁宗皇祐五年（1053）。受知于苏轼，举进士，元祐中为著作郎。他是“苏门四学士”之一。他的词多追摹东坡，不喜作艳语，而“神姿高秀”，为当时杰出作家。

【注释】

① 亳社：指亳州的祠庙。此词作于宋哲宗绍圣二年（1095），作者从济州知州贬为亳州通判。　② 直饶：即使。

【评解】

上片写梅花色香，用重句而略更数字，两联似对非对，遣词灵动；下片以山桃作比，更托出梅花高洁标格。词人亦寄托了自己的志趣和情操。

【集评】

冯煦《蒿庵论词》：晁无咎为苏门四学士之一，所为诗余，无子瞻之高华，而沉咽则过之。

张尔田《忍寒词序》：学东坡者，必自无咎始，再降则为叶石林，此北宋正轨也。

《宋史 · 文苑传》：补之才气飘逸，嗜学不知倦，文章温润典缛，其凌丽奇卓出于天成。

忆 王 孙

李重元

春词

萋萋芳草忆王孙[①]，柳外楼高空断魂。杜宇声声不忍闻[②]。欲黄昏，雨打梨花深闭门。

【作者简介】

李重元，生平不详，宋徽宗宣和前后（约 1122 年）在世，工词。南宋黄昇《唐宋诸贤绝妙词选》卷七录其《忆王孙》（春、夏、秋、冬）词四首。

【注释】

① 萋萋：草茂盛貌。 王孙：旧诗词中对贵族青年的称呼，也泛指隐居之人。淮南小山《招隐士》："王孙游兮不归，春草生兮萋萋。" ② 杜宇：即杜

鹃鸟。

【评解】

此词抒写春闺相思。见芳草而念王孙，登楼眺望而不见伊人归来。眼前雨打梨花，窗外杜宇声声，春色恼人，动人愁思。结尾两句，渲染出黄昏时分的凄恻气氛，伤离意绪，也就浮现纸上。全词委婉曲折，轻柔细腻。

【集评】

虢寿麓《历代名家词百首赏析》：这是写闺人春日思念丈夫的词。芳草是触动情怀的季节；高楼是触动情怀的地方；杜鹃啼唤，是触动情怀的声音；黄昏，指明时候；雨打梨花，指情境。由于情景逼人，闺人念远的苦思可以想见。

忆 王 孙　　李重元

夏词

风蒲猎猎小池塘[1]，过雨荷花满院香。沉李浮瓜冰雪凉。竹方床，针线慵拈午梦长[2]。

【注释】

① 风蒲:风吹蒲柳。蒲柳,即水杨。 猎猎:风声。 ② 慵:懒。

【评解】

小池雨后,风蒲猎猎生响,荷花满院生香。词中女主人浸着瓜果,懒于针线,竹床昼寝,午梦方长。小令画出一幅具有夏令特色的仕女图,颇有风致。

卜 算 子 王 观

送鲍浩然之浙东

水是眼波横[①],山是眉峰聚[②]。欲问行人去那边,眉眼盈盈处[③]。 才始送春归,又送君归去。若到江南赶上春,千万和春住。

【作者简介】

王观,字通叟,北宋高邮(今属江苏)人。宋仁宗嘉祐二年(1057)进士。曾著《扬州赋》《芍药谱》。有《冠柳词》,今有赵万里辑本。

【注释】

① 眼波横:形容眼神流动如横流的水波。 ② 眉峰:形容眉弯如山峰。聚:指双眉蹙皱,状如双峰相并。这两句说水是横流的眼波,山是蹙皱的眉峰。③ 盈盈:脉脉含情。这两句是先问行人到哪里去,回答是要到山水明秀的地方去。

【评解】

这是一首浸润着真挚感情的送别词,表现了作者新巧的艺术构思和形象地刻画离情别意的艺术手段。上片以眼波和眉峰来形容水和山,以眉眼盈盈处来显示浙东山水的清秀;下片写暮春送客又兼送春,并祝愿友人与春同在,表现送行人的一片深情。

【集评】

《唐宋词鉴赏集》:诗贵缘情。这首小词正是用它所表现的真挚感情来打动读者的心弦的。且不必问题目云云,它那从民间营养吸取来的健康情调、鲜明语言、民歌的艺术技巧引起读者的美感和共鸣,使它臻于词的上乘。

吴曾《能改斋漫录》:王逐客送鲍浩然游浙东,作长短句云:"水是眼波横"云云。韩子苍在海陵,送葛亚卿诗断章云:"今日一杯愁送春,明日一杯愁送君。君应万里随春去,若到桃源问归路。"诗、词意同。

踏 莎 行

毛 滂

元夕

拨雪寻春，烧灯续昼[1]。暗香院落梅开后。无端夜色欲遮春，天教月上官桥柳[2]。　　花市无尘，朱门如绣。娇云瑞雾笼星斗。沉香火冷小妆残[3]，半衾轻梦浓如酒。

【作者简介】

毛滂，字泽民，衢州江山（今属浙江）人。哲宗元祐间任杭州法曹（司法官）。受知东坡。徽宗政和中，任嘉禾（浙江嘉兴）知州。有《东堂词》。

【注释】

① 烧灯：即燃灯。　② 官桥：在山东滕州东南四十五里，跨薛河。③ 沉香：水沉木制成的薰香。

【评解】

腊梅开后，白雪残存，词人拨雪寻春，乃至燃灯续昼，其雅兴已似痴。月上柳梢，云雾笼星，沉香烟消，其梦境又如醉。词写得清丽婉转，韵味淳郁，上下片两结句尤觉尖新。

【集评】

薛砺若《宋词通论》：泽民的作风很潇洒明润，他与贺方回适得其反。贺氏浓艳,毛则以清疏见长;贺词沉郁,毛则以空灵自适。

生　查　子　　　毛　滂

春晚出山城,落日行江岸。人不共潮来,香亦临风散。　　花谢小妆残[1],莺困清歌断。行雨梦魂消,飞絮心情乱。

【注释】

① 花谢小妆残:形容落花飞絮,春色将暮。

【评解】

这是一首暮春怀人之作。上片写山城春晚,江岸落日,潮来而人不来的惆怅心情;下片写落花飞絮,莺困歌歇,撩人心绪的情景。抒情委婉,细腻含蓄。

【集评】

薛砺若《宋词通论》:这是一首隐约不露的情歌,为《东堂集》中很少见的作品。我们说过,他是一个俯仰自乐、不沾世态的风雅作家。为什么他也在"愁眉"、"相觑"、"心情乱",竟动了凡心呢?这个问题除非让他自己来解答,别人是无从代为辨析的。他或者正如一个修道的尼姑，本是个清净的身子，无端的却动了“思凡”的念头——幸而我们这位毛先生毕竟是理智战胜了感情，尚未演到第二幕的实行“下山”。这或者因为他是一个法曹，头脑总要较凡人冷静些啊！

临　江　仙

毛　滂

都城元夕

闻道长安灯夜好，雕轮宝马如云[①]。蓬莱清浅对觚棱[②]。玉皇开碧落[③]，银界失黄昏。　　谁见江南憔悴客，端忧懒步芳尘。小屏风畔冷香凝。酒浓春入梦，窗破月寻人。

【注释】

① 雕轮：指华丽的车辆。　② 觚棱：殿堂上最高的地方。这里借指京城。③ 碧落：道家称天空曰“碧落”。

【评解】

这首词通过对京华元夕的着意描绘，抒写自己当时的情怀。上片写都城元夜的繁华热闹，灯火通明如白昼；下片抒写“江南憔悴客”懒步芳尘，不愿追欢逐乐，而因酒入梦的幽独心情。“窗月寻人”，意境优美，余意不尽。

【集评】

薛砺若《宋词通论》：这是在柳、苏、秦、贺的词集中找不出的一种潇洒而明润的风调。像“酒浓春入梦，窗破月寻人”的诗句，尤极明倩韵致，风度萧闲，令人百读不厌。

张宗橚《词林纪事》引柯寓匏云：泽民“酒浓春入梦，窗破月寻人”，真词家佳境也。

玉 楼 春　　毛 滂

己卯岁元日

一年滴尽莲花漏[①]，碧井酴酥沉冻酒[②]。晓寒料峭尚欺人，春态苗条先到柳。　　佳人重劝千长寿，柏叶椒花芬翠袖。醉乡深处少相知，只与东君偏故旧[③]。

【注释】

① 莲花漏：一种状如莲花的铜制漏水计时器，相传为庐山僧惠远所造。

② 酴酥:即屠苏,酒名。 ③ 东君:春神。

【评解】

莲花滴水送走了旧的一年。在井悬冻酒、晓寒侵人之时,柳枝的苗条身姿,已透露出了新春气息。虽有佳人歌女劝酒佐兴,可词人却为早春的物候所惊,犹如见到了久别重逢的故旧。构思新颖,饶有情致。

【集评】

张宗橚《词林纪事》引楼敬思语:泽民诗文,有闲暇自得、清美可口之语。一吟一咏,莫不传唱人间。曼声歌之,不禁低徊欲绝也。

薛砺若《宋词通论》:其词明倩韵致,风度潇闲,令人百读不厌。后来如白石、玉田诸人,作风尤与此为近。

惜 分 飞

毛 滂

富阳僧舍代作别语[①]

泪湿阑干花着露[②],愁到眉峰碧聚。此恨平分取[③],更无言语、空相觑[④]。 断雨残云无意绪,寂寞朝朝暮暮。今夜山深处，断魂分付、潮回去。

【注释】

① 富阳：今浙江杭州市富阳区。 ② 阑干：眼泪纵横的样子。 ③ 取：助词，即“着”。 ④ 觑：细看。

【评解】

这首词抒写离别时的情态与别后的心绪。上片描绘临别之时无言相对，只见恋人泪眼如露滴花上，愁眉似碧峰簇聚；下片形容别后情绪低落，夜深不寐，由于怕听潮声而吩咐“潮回去”。款款写来，一往情深而又隐隐含露。

【集评】

周煇《清波杂志》：语尽而意不尽，意尽而情不尽，何酷似少游也。

薛砺若《宋词通论》：东坡守钱塘时，泽民曾作过他的刑掾（当时所谓法曹，即今司法官）。秩满辞去，因恋于歌妓琼芳，遂作了一首《惜分飞》。

唐圭璋《唐宋词简释》：此首别词，起两句即言别离之哀。“泪湿”句，用白居易“玉容寂寞泪阑干，梨花一枝春带雨”诗意，花着露犹春带雨也。“此恨”写别时情态，送行者与被送者，俱有离恨，故曰“平分取”。“今夜”两句，始说出现时现地之思念，人不得去，惟有魂随潮去，情韵特胜。

秋 蕊 香　　张 耒

帘幕疏疏风透，一线香飘金兽[①]。朱栏倚遍黄昏后，廊上月华如昼。　　别离滋味浓于酒，著人瘦。此情不及墙东柳，春色年年如旧。

【作者简介】

张耒，字文潜，楚州淮阴（今江苏淮安市淮阴区）人。熙宁进士，曾任太常少卿等职。为“苏门四学士”之一。有《柯山集》五十卷，其词集名《柯山诗余》。

【注释】

① 金兽：香炉。

【评解】

本词抒写春闺相思之情。上片写眼前景色：疏帘风透，金炉香飘，独倚朱栏，唯见月明如昼；下片抒写相思：年年柳色，春光如旧，而人却逐渐消瘦，谙尽别离滋味。全词写得清新婉丽，曲折含蓄。

【集评】

吴曾《能改斋漫录》：右史张文潜初官许州，喜官妓刘淑奴，张作《少年游》令云云，其后去任，又为《秋蕊香》以寓意云云。元祐诸公皆有乐府，惟张仅见此二词。味其句意，不在诸公下矣。

菩萨蛮　　舒亶

画船捶鼓催君去，高楼把酒留君住。去住若为情[1]，西江潮欲平。　　江潮容易得，只是人南北。今日此尊空，知君何日同？

【作者简介】

舒亶（dǎn），字信道，号懒堂，北宋明州慈溪（今属浙江）人。英宗治平二年（1065）进士。神宗时做过知制诰、御史中丞。曾与李定劾奏苏轼作诗讥讪时事。徽宗时任龙图阁待制。有集，不传。

【注释】

① 若为情：何以为情，难为情。

【评解】

这是一首留别与怀人之作。上片写送别时的情景，临别依依，行者与送行者相互留恋，却终于分离；下片写别后的怀念，“知君何日同”，表现出难言的相思之情。

【集评】

曾季貍《艇斋诗话》：舒信道亦工小词，如云“画船椎鼓催君去”云云，亦甚有思致。

王灼《碧鸡漫志》：舒信道、李元膺，思致妍密，要是波澜小。

丁绍仪《听秋声馆词话》：舒亶字信道，与苏门四学士同时，词亦不减秦、黄。

徐釚《词苑丛谈》：舒信道名亶，神宗朝御史，与李定同陷东坡于罪者。尝作《菩萨蛮》词云云，王阮亭极赏此。尝曰："此等语乃出渠辈之手，岂不可惜。"

水 龙 吟

章 楶

杨花

燕忙莺懒芳残，正堤上柳花飘坠。轻飞乱舞，点画青林，全无才思。闲趁游丝，静临深院，日长门闭。傍珠帘散漫，垂垂欲下，依前被、风扶起。　兰帐玉人睡觉，怪春衣雪沾琼缀[1]。绣床渐满，香球无数，才圆却碎。时见蜂儿，仰粘轻粉，鱼吞池水。望章台路杳[2]，金鞍游荡，有盈盈泪。

【作者简介】

章楶（jié），字质夫，北宋浦城（今属福建）人。英宗治平二年（1065）进士及第，哲宗朝历任集贤殿修撰，知渭州。徽宗立，拜同知枢密院事。卒谥“庄简”。他的《水龙吟》词,为吟柳花绝唱,最为东坡所称赏。

【注释】

① 雪沾琼缀:落满了柳絮。 ② 章台路杳:汉代长安有章台街。后人常以“章台”为歌妓聚居所。这三句是说,闺中人看不见丈夫游荡的章台路,独居寂寞,只有暗自流泪。

【评解】

这首咏絮词,上片写暮春季节,风吹柳絮的情景;下片写杨花四处飘落。通过拟人手法,委婉含蓄地表露了离情。作者准确地把握物象,着意刻画,并注入了自己的思想感情。全词写得婉丽工巧,新颖别致,把杨花描绘得栩栩如生,成为绝唱。

【集评】

苏轼《与章质夫三首》之一:柳花词妙绝,使来者何以措词?

黄昇《花庵词评》:“傍珠帘散漫”数语,形容尽矣。

薛砺若《宋词通论》:《水龙吟》为吟柳花绝唱,最为东坡所称赏。词中如“傍珠帘散漫,垂垂欲下,依前被风扶起。……绣床渐满,香球无数,才圆却碎。时见蜂儿,仰粘轻粉,鱼吞池水”,刻画柳絮,可谓工细委婉之至。

王国维《人间词话》:东坡《水龙吟》咏杨花,和韵而似原唱;章质夫词,原唱而似和韵。才之不可强也如是!

魏庆之《诗人玉屑》:余以为质夫词中,所谓“傍珠帘散漫,垂垂欲下,依前被、风扶起”,亦可谓曲尽杨花妙处。东坡所和虽高,恐未能及。

忆 故 人

王 诜

烛影摇红向夜阑[1],乍酒醒、心情懒。尊前谁为唱阳关[2],离恨天涯远。　　无奈云沉雨散,凭阑干、东风泪眼。海棠开后,燕子来时,黄昏庭院。

【作者简介】

王诜,字晋卿,北宋太原人,后徙居开封。尚英宗女魏国大长公主,为驸马都尉。能书画属文,与苏轼友善,因坐党籍被谪。近人赵万里始将其词汇成一卷。

【注释】

① 夜阑:夜深。　② 阳关:即《阳关曲》。王维诗:“西出阳关无故人。”

【评解】

此词写宴别。上片写宴会上的情景,下片写别后相思。海棠开后,谁与共赏?双燕来时,庭院寂然。时值黄昏,更觉凄凉。全词工丽婉曲，新颖别致。

【集评】

薛砺若《宋词通论》：黄山谷云：晋卿乐府，清丽幽远，工在江南诸贤季孟之间。

吴曾《能改斋漫录》：都尉《忆故人》词云："烛影摇红向夜阑"云云，徽宗喜其词意，犹以不丰容宛转为憾，遂令大晟府别撰腔。周美成增益其词，而以首句为名，谓之"烛影摇红"云。

蝶恋花

赵令畤

卷絮风头寒欲尽[①]，坠粉飘香，日日红成阵。新酒又添残酒困，今春不减前春恨。　　蝶去莺飞无处问，隔水高楼，望断双鱼信[②]。恼乱横波秋一寸[③]，斜阳只与黄昏近。

【作者简介】

赵令畤，字德麟，宋太祖次子燕王德昭玄孙。元祐中签书颍州公事。坐与苏轼交通，罚金，入党籍。绍兴初，袭封安定郡王，同知行在大宗正事。有《侯鲭录》。

【注释】

①“卷絮”句:意思是说落花飞絮,天气渐暖,已是暮春季节。 ②双鱼:书简。古诗:“客从远方来,遗我双鲤鱼。呼儿烹鲤鱼,中有尺素书。” ③秋一寸:即眼目。

【评解】

这是首春日怀人词。上片写暮春景色。落红成阵,柳絮纷飞。春色恼人,杯酒难解。新酒残酒,也难消新愁与旧愁。下片抒写怀人的情思。蝶去莺飞,江水隔阻,秋波望断,全无消息。而时近黄昏,更觉心绪烦乱。全词抒情细腻,婉丽多姿。

【集评】

李攀龙《草堂诗余隽》:妙在写情语,语不在多,而情更无穷。

沈际飞《草堂诗余正集》:恨春日又恨黄昏,黄昏滋味更觉难尝耳。又,斜阳在目,各有其境,不必相同。一云“却照深深院”,一云“只送平波远”,一云“只与黄昏近”,句句沁人,毛孔皆透。

薛砺若《宋词通论》:德麟词以婉柔胜,风格近少游。

唐圭璋《唐宋词简释》:此首起三句,言风吹花落之多。“新酒”两句,言愁恨之深。“蝶去”三句,言望信之切。“恼乱”两句,点出斜阳在目,感伤无限。盖风格清丽,绝似小山。若非小山之作,亦可追步小山。

蝶　恋　花　　　赵令畤

欲减罗衣寒未去，不卷珠帘，人在深深处。红杏枝头花几许？啼痕止恨清明雨。　　尽日沉烟香一缕[1]，宿酒醒迟[2]，恼破春情绪[3]。飞燕又将归信误，小屏风上西江路。

【注释】

① 沉烟：即沉水香，俗称沉香，是一种珍贵香料。　② 宿酒：昨晚饮过酒，表示饮后而睡。　③ 恼破：恼煞。

【评解】

这首深闺怀人词，语不多，情无限。含蓄蕴藉，神情宛然。缱绻缠绵而又不粘不滞，疏秀淡雅，正表现了这首词的特色。

【集评】

俞陛云《唐五代两宋词选释》：上段警拔不足而静婉有余，下段以闲淡之笔，写怀人心事。结处风华掩映，含蓄不尽。德麟为安定郡王，天水氏固多才子也。

李攀龙《草堂诗余隽》：托杏写兴，托燕传情，怀春几许衷肠。

唐圭璋《唐宋词简释》：此首写闺情，清超绝俗。起三句，画出绣阁姝丽惆怅自怜之态，欲减罗衣而又未减，盖以寒犹未去也。为恐极目生愁，故珠帘不卷。"红杏"两句，因雨惜花，帘虽未卷，然料想花枝经雨，必已零落殆尽，故惜花而又恨雨。换头三句，极写凄寂之况。"宿酒醒迟",可见恨深酒多,一时难醒,而醒来空对一缕沉香,仍是无聊已极。"飞燕"两句,更深一层,叹人去无信,空对屏风怅望。因见屏风上之西江路,遂忆及人去之远,余韵殊胜。

渔　家　傲　　　　朱　服

东阳郡斋作

小雨纤纤风细细,万家杨柳青烟里。恋树湿花飞不起。愁无际,和春付与东流水。　　九十光阴能有几?金龟解尽留无计[①]。寄语东阳沽酒市[②],拼一醉,而今乐事他年泪。

【作者简介】

朱服,字行中,乌程(今浙江吴兴)人,北宋神宗熙宁六年(1073)进士。哲宗朝历官中书舍人、礼部侍郎。徽宗朝加集贤殿修撰,知广州,黜袁州。坐苏党,贬海州,到东阳郡时曾作有一首《渔家傲》,颇寓凄怆遣谪之情。

【注释】

① 金龟:唐三品以上官佩金龟。　② 东阳:今浙江金华市。

【评解】

这首小词，借惜春伤春以抒怀。上片写春景。细雨如丝，烟笼杨柳，水流花落，春光将尽，眼前景色，惹人愁思。下片抒情。流光似水，浮生如梦，唯有酒中寻乐，醉里忘忧，表现了诗人的感伤情绪。

【集评】

《乌程旧志》：乌程朱行中，历官礼部侍郎，坐与苏轼游，贬海州团练副使。至东阳郡斋，作《渔家傲》以寄意云云。读其词想见其人，不愧为苏轼党也。

况周颐《蕙风词话》：白石词“少年事情老来悲”，宋朱服句“而今乐事他年泪”，二语合参，可悟一意化两之法。

唐圭璋《唐宋词简释》：此首亦上景下情作法。起两句，写雨中杨柳。“恋树”三句，写花落水流，皆令人生愁之景象。下片，写浮生若梦，惟有及时行乐。“而今乐事他年泪”句，一意化两，感伤无限。

清　平　乐　　　陈师道

秋光烛地，帘幕生秋意。露叶翻风惊鹊坠，暗落青林红子。　　微行声断长廊，薰炉衾换生香[1]。灭烛却延明月，揽衣先怯微凉。

【作者简介】

陈师道，字无己，一字履常，号后山居士，彭城（今江苏徐州）人。生于宋仁宗皇祐五年（1053）。元祐中，经苏轼推荐，授徐州教授。卒于徽宗建中靖国元年（1101）。有《后山词》一卷。

【注释】

① 薰炉：香炉。

【评解】

这首词着意描绘了初秋情景。上片写秋意。露叶翻风，秋光烛地，青林红子暗落，大地一派秋色。下片借景抒情。长廊微行，薰炉生香，灭烛延月，清光微凉。全词写得轻柔灵巧，平易自然，颇有韵致。

【集评】

薛砺若《宋词通论》：相传无己平时出行，觉有诗思，便急归拥被卧，苦思呻吟，或累日而后起，故当时有“闭门觅句”之称。他的词很纤细，平易而少气魄。最足代表他的词风的，则是他的《清平乐》。

卜算子　　李之仪

我住长江头，君住长江尾。日日思君不见君，共饮长江水。　此水几时休？此恨何时已[1]？只愿君心似我心，定不负相思意。

【作者简介】

李之仪，字端叔，沧州无棣（属山东）人。北宋神宗朝进士。曾从苏轼于定州幕府，后历任枢密院编修官。徽宗初年，以文章获罪，被贬到太平州（今安徽当涂）。他的词以小令见长，有《姑溪词》。

【注释】

① 已：完结。

【评解】

同住长江边，同饮长江水，却因相隔两地而不能相见，此情如水长流不息，此恨绵绵终无绝期，只能对空遥祝君心永似我心，彼此不负相思情意。语极平常，感情却深沉真挚。设想很别致，深得民歌风味，以情语见长。

【集评】

毛晋《跋姑溪词》：《姑溪词》一卷，凡四十调，共八十有八阕。中多次韵，小令更长于淡语、景语、情语。至若“我住长江头”云云，直是古乐府俊语矣。

《唐宋词鉴赏集》:李之仪的这首词,是一阕歌颂坚贞爱情的恋歌。有较高的艺术性,很耐人寻味。

薛砺若《宋词通论》:李之仪的词,很隽美俏丽,另具一种独特的风调。他的《卜算子》,写得极质朴晶美,宛如《子夜歌》与《古诗十九首》的真挚可爱。

减字木兰花　　王安国

画桥流水,雨湿落红飞不起①。月破黄昏,帘里余香马上闻。　　徘徊不语,今夜梦魂何处去?不似垂杨,犹解飞花入洞房。

【作者简介】

王安国,字平甫,江西临川人。安石之弟。举进士,宋神宗熙宁初,除西京国子教授,终秘阁校理。著有《王校理集》。

【注释】

① 落红:即落花。

【评解】

这是一首伤别词。上片写男方别后的恋意。画桥流水,雨湿落花，皆是马上所见。触景伤情，不觉勾起对帘中人的怀念。下片写女方的深闺幽怨。结尾两句，因物寄怨，抒写离情。全词造语工丽，蕴含不尽之意。

【集评】

薛砺若《宋词通论》：他的词虽不多见，然较介甫蕴藉婉媚多矣。

虢寿麓《历代名家词百首赏析》：这首词咏男女伤别。通首构思细腻，词藻华腴。

虞美人　　李廌

玉阑干外清江浦[1]，渺渺天涯雨[2]。好风如扇雨如帘，时见岸花汀草涨痕添。　　青林枕上关山路[3]，卧想乘鸾处[4]。碧芜千里思悠悠，惟有霎时凉梦到南州[5]。

【作者简介】

李廌（zhì），字方叔，华州（今陕西渭南市华州区）人。父李惇与苏轼同年举进士。他曾以文章谒苏轼于黄州，苏轼认为他的文章笔墨澜翻，有飞沙走石之势，拊其背曰："子之才，万人敌也。抗之以高节，莫之能御也。"著有《济南集》，已佚，有《永乐大典》辑本。

【注释】

① 清江浦:又名沙河,在今江苏淮安市北淮河与运河会合处。 ② 渺渺:形容雨大,迷濛一片。 ③ 青林:喻梦魂。 ④ 乘鸾:秦穆公女弄玉好乐,萧史善箫,穆公为筑凤楼,二人吹箫,凤凰来集,遂乘而仙去。 ⑤ 南州:南方。

【评解】

潇洒中见深情。上片写近水楼台风雨漫天而来的情景,下片写闲卧枕上、游目骋怀时的思想活动。碧芜千里,凉梦霎时,飘逸清新而又回肠荡气,情意绵绵。词中写初夏雨景,颇具特色。

【集评】

况周颐《蕙风词话》:李方叔《虞美人》过拍云:"好风如扇雨如帘,时见岸花汀草涨痕添。"春夏之交,近水楼台,确有此景。"好风"句绝新,似乎未经人道。歇拍云:"碧芜千里思悠悠,惟有霎时凉梦到南州。"尤极淡远清疏之致。

青 玉 案

贺 铸

凌波不过横塘路[1],但目送,芳尘去[2]。锦瑟华年谁与度[3]?月台花榭[4],琐窗朱户[5],只有春知处。 碧云冉冉蘅皋暮[6],彩笔新题断肠句[7]。试问闲愁都几许[8]？一川烟草[9]，满城风絮，梅子黄时雨。

【作者简介】

贺铸，字方回，号庆湖遗老，卫州（今河南卫辉市）人，北宋王室外戚。曾做过泗州、太平州通判，晚年退居苏州。性格豪爽。能诗文，尤工词，其词善于锤炼字句，自云笔端能驱使李商隐、温庭筠。风格绮丽，但也有豪放之作。

【注释】

① 凌波：形容女子步态轻盈。 ② 芳尘去：指美人已去。 ③ 锦瑟华年：指美好的青春时期。锦瑟，饰有彩纹的瑟。 ④ 月台：赏月的平台。 花榭：花木环绕的房子。 ⑤ 琐窗：雕绘连琐花纹的窗子。 朱户：朱红的大门。⑥ 蘅皋：长着香草的沼泽中的高地。 ⑦ 彩笔：比喻有写作的才华。事见南朝江淹故事。 ⑧ 都几许：共有多少。 ⑨ 一川：遍地。

【评解】

这首词通过对暮春景色的描写，抒发作者所感到的“闲愁”。上片写路遇佳人而不知所往的怅惘情景，也含蓄地流露其沉沦下僚、怀才不遇的感慨。下片写因思慕而引起的无限愁思。全词虚写相思之情，实抒悒悒不得志的“闲愁”。立意新奇，能兴起人们无限想象，为当时传诵的名篇。

【集评】

周紫芝《竹坡诗话》：贺方回尝作《青玉案》，有“梅子黄时雨”之句，人皆服其工，士大夫谓之“贺梅子”。

罗大经《鹤林玉露》：贺方回云：“试问闲愁都几许？一川烟草，满城风絮，梅子黄时雨。”盖以三者比愁之多也，尤为新奇，兼兴中有比，意味更长。

沈谦《填词杂说》：贺方回《青玉案》：“试问闲愁知几许？一川烟草，满城风絮，梅子黄时雨。”不特善于喻愁，正以琐碎为妙。

先著、程洪《词洁》：工妙之至，无迹可寻，语句思路，亦在目前，而千人万人不能凑泊。

沈际飞《草堂诗余正集》：叠写三句闲愁，真绝唱！

刘熙载《艺概》：贺方回《青玉案》词收四句云：“试问闲愁都几许？一川烟草，满城风絮，梅子黄时雨。”其末句好处，全在“试问”句呼起，及与上“一川”二句并用耳。

王方俊《唐宋词赏析》：贺铸晚年退隐至苏州，并在城外十里处横塘有住所，词人常往来其间。这首词写于此时此地。词中写路遇一女子，而引起了作者对生活的感慨。

浣　溪　沙

贺　铸

楼角初销一缕霞，淡黄杨柳暗栖鸦，玉人和月摘梅花。　　笑捻粉香归洞户[1]，更垂帘幕护窗纱，东风寒似夜来些[2]。

【注释】

① 洞户：室与室之间相通的门户。　② 些：句末语气词，是古代楚地的方言。

【评解】

这首词全篇写景，却又能寄情于言外，句句绮丽，字字清新，无句不美。上片写室外景色，展现一幅清丽澹雅的图画，使人有超然世外之感。下片写室内情景：玉人捻香归户，低垂帘幕，微感春寒。全词写景潇洒出尘，风格颇与“花间”相近。

【集评】

胡仔《苕溪渔隐词话》：词句欲全篇皆好，极为难得。如贺方回“淡黄杨柳暗栖鸦”，秦处度“藕叶清香胜花气”二句，写景咏物，可谓造微入妙；若其全篇，皆不逮此矣。

艾治平《宋词名篇赏析》：此词不作情语，寄情言外。它能给你一种美的享受，是远在那些脂香粉腻的“花间词”之上的。

唐圭璋《唐宋词简释》：此首全篇写景，无句不美。“楼角”一句，写残霞当楼，是黄昏入晚时之景。“淡黄”一句，写新柳栖鸦，于余红初消之中，有淡黄杨柳相映，而淡黄杨柳之中，更有栖鸦相映，境地极美。“玉人”一句，写新月、月下玉人、月下梅花，皆是美境，以境衬人，故月美花美，而人更美。下片因外间寒生，乃捻花入户，记事生动活泼，如闻如见。“更垂”一句，显出人之华贵矜宠。收句露出寒意，文笔空灵。

薄　幸

贺　铸

淡妆多态，更滴滴频回盼睐[①]。便认得琴心先许[②]，欲绾合欢双带[③]。记画堂风月逢迎，轻颦浅笑娇无奈。向睡鸭炉边，翔鸾屏里，羞把香罗暗解。　自过了烧灯后[④]，都不见踏青挑菜。几回凭双燕，丁宁深意，往来却恨重帘碍。约何时再？正春浓酒困，人闲昼永无聊赖。厌厌睡起，犹有花梢日在。

【注释】

① 滴滴：形容眼波不时注视的样子。　睐：斜望。　② 琴心：以琴声达意。　③ 绾：盘结。　合欢带：与“同心结”同意。　④ 烧灯：指元宵节。

【评解】

这首怀人之作，可能是通过对男女恋情的吟咏，别有寄托。上片追忆前欢，抒写当初相遇时的情景。下片写别后相思之苦。全词铺叙详尽，情致委曲，在北宋慢词艺术上有较高成就。

【集评】

李攀龙《草堂诗余隽》：凡闺情之词，淡而不厌，哀而不伤，此作当之。

周济《宋四家词选》：耆卿于写景中见情，故淡远；方回于言情中布景，故秾至。

俞陛云《唐五代两宋词选释》：上阕追叙前欢，下阕言紫燕西来，已寄书多阻，姑借酒以消磨永昼。乃酒消睡醒，仍日未西沉，清昼悠悠，遣愁无计，极写其无聊之思。原题云：《忆故人》，知其眷恋之深，调用《薄倖》，殆其自谓耶？

沈雄《古今词话》引张文潜曰：贺铸东山乐府妙绝一世，盛丽如游金张之堂，妖冶如揽西施之袪，幽索如屈宋，悲壮如苏李。

鹧鸪天　　贺铸

重过阊门万事非[①]，同来何事不同归。梧桐半死清霜后[②]，头白鸳鸯失伴飞。　原上草，露初晞[③]，旧栖新垅两依依[④]。空床卧听南窗雨，谁复挑灯夜补衣。

【注释】

① 阊门:本为苏州西门,这里代指苏州。　② 梧桐半死:比喻丧偶。③ 原上草,露初晞:比喻死亡。晞,干掉。　④ 旧栖:旧居。　新垅:新坟。

【评解】

这首悼亡词充满了诗人对亡妻的怀念之情。上片写妻子死后诗人的凄凉和孤零,开始即以"万事非"写出不堪回首的慨叹。下片写诗人对妻子的怀念。"挑灯夜补衣",再现了亡妻日夜辛劳、甘于过清苦生活的场面。以此为结,突出表现了诗人对亡妻深沉的悼念之情。全词写得哀婉柔丽,真挚感人。

【集评】

张燕瑾《唐宋词选析》:贺铸退居苏州,本来就心情抑郁,"闲愁"颇多,亦颇大;在苏州又死去了妻子,这就给他布满阴霾的心头又增添了一层乌云。这首悼念亡妻的词作,出语沉痛,感情深挚,很能感动人。

谒　金　门

贺　铸[①]

花满院,飞去飞来双燕。红雨入帘寒不卷,晓屏山六扇。　　翠袖玉笙凄断,脉脉两蛾愁浅[②]。消息不知郎近远，一春长梦见。

【注释】

① 编按：《全宋词》系此首《谒金门》于陈克名下，并案曰："此首误入王惠庵本《东山词》。"此处仍从惠书原貌。 ② 两蛾：双眉，双目。蛾，即蛾眉。

【评解】

这是一首春闺怀人之作。上片写景，落花飞燕，撩人愁思。下片抒情，玉笙凄断，脉脉含愁，郎君虽无消息，一春却长梦见。全词抒情委婉，思绪缠绵。词彩绚丽，隽美多姿。

【集评】

俞陛云《唐五代两宋词选释》：此词前、后阕分写情景，以高浑出之，不事雕饰，五代遗韵也。

踏莎行　　贺铸

杨柳回塘[1]，鸳鸯别浦[2]。绿萍涨断莲舟路。断无蜂蝶慕幽香，红衣脱尽芳心苦[3]。　　返照迎潮[4]，行云带雨。依依似与骚人语[5]。当年不肯嫁春风[6]，无端却被秋风误。

【注释】

① 回塘:环曲的水塘。 ② 别浦:水流的叉口。 ③ 红衣:此指红荷花瓣。 芳心:莲心。 ④ 返照:夕阳的回光。 ⑤ 骚人:诗人。 ⑥“当年”句:韩偓《寄恨》诗云:“莲花不肯嫁春风。”

【评解】

此词咏秋荷,于红衣脱尽、芳心含苦时,迎潮带雨,依依人语,自有一种幽情盘结其间,令人魂断。前人谓贺铸“戏为长短句,皆雍容妙丽,极幽闲思怨之情”,以此词观之,可谓知言。

【集评】

陈廷焯《白雨斋词话》:骚情雅意,哀怨无端。

沈祖棻《宋词赏析》:这首词是咏荷花的,暗中以荷花自比。诗人咏物,很少止于描写物态,多半有所寄托。因为在生活中,有许多事物可以类比,情感可以相通,人们可以利用联想,由此及彼,发抒文外之意。

《宋史·文苑传》:(贺铸)喜谈当世事,可否不少假借,虽贵要权倾一时,小不中意,极口诋之无遗辞。人以为近侠。……竟以尚气使酒,不得美官,悒悒不得志。

眼儿媚　　王雱

杨柳丝丝弄轻柔，烟缕织成愁。海棠未雨，梨花先雪，一半春休。　　而今往事难重省，归梦绕秦楼[1]。相思只在，丁香枝上[2]，豆蔻梢头[3]。

【作者简介】

王雱，字元泽，北宋王安石之子。举进士，累官天章阁待制兼侍讲，迁龙图阁直学士。早卒。

【注释】

① 秦楼：秦穆公女弄玉与其夫萧史所居之楼。此指王雱妻独居之所。② 丁香：常绿乔木，春开紫或白花，可做香料。　③ 豆蔻：草本植物，春日开花。

【评解】

相传因王雱多病，父安石令雱妻独居楼上，后王雱病卒，妻别嫁。这首词抒写春半相思之情。景极工而情极婉。柳烟织愁，梦绕秦楼，已可概括其意；更加以“海棠未雨”“相思只在”诸句，愈见愁浓思深。全词轻柔婉媚，细腻含蓄，情思缠绵，欲言不尽。

【集评】

薛砺若《宋词通论》：王雱词虽不多见，然较介甫蕴藉婉媚多矣。足见当年临川王氏家学一斑。

点　绛　唇　　苏　过

高柳蝉嘶，采菱歌断秋风起。晚云如髻，湖上山横翠。　　帘卷西楼，过雨凉生袂。天如水，画阑十二，少个人同倚。

【作者简介】

苏过，字叔党，苏轼季子。家颍昌，营湖阴水竹数亩，名"小斜川"，自号斜川居士，有《斜川集》。叔党翰墨文章，能传其家学，故当时有"小坡"之称。

【评解】

这首词通过初秋景物的描写，委婉含蓄地表露了怀人之情。上片写景。高柳蝉嘶，湖山横翠，秋风菱歌，晚云如髻，一派清秋景色。下片抒情。帘卷西楼，雨后生凉，独自倚栏，益增怀人秋思。全词构思清新，秀媚有致。

【集评】

王明清《挥麈后录》：苏过字叔党，东坡先生季子也。翰墨文章，能世其家，士大夫以"小坡"目之。靖康中，得倅真定，赴官次河北，道遇绿林，胁使相从，叔党曰："若曹知世有苏内翰乎？我即其子。肯随尔辈求活草间耶？"通夕痛饮，翌日视之，卒矣。惜乎，世不知其节也。

薛砺若《宋词通论》：苏叔党当时有"小坡"之称。他的《点绛唇》作得很秀媚有致。

菩萨蛮　　魏夫人

溪山掩映斜阳里，楼台影动鸳鸯起。隔岸两三家，出墙红杏花。　　绿杨堤下路，早晚溪边去。三见柳绵飞，离人犹未归。

【作者简介】

魏夫人，襄阳（今属湖北）人，道辅之姊，丞相曾布之妻，封鲁国夫人。她的词得力于《花间集》，其婉柔蕴藉处，极近少游。

【评解】

这首词抒写离人相思之情。上片着意描写春景。楼台影动，鸳鸯惊起，杏花出墙，斜阳掩映，溪山如画，春色满眼。下片借景抒情。每日在溪头路边徘徊，虽已三见柳絮纷飞，而离人犹未归来。对此良辰美景，不禁触动绵绵相思之情。全词婉柔蕴藉，优美自然。

【集评】

张宗棣《词林纪事》引朱熹云：本朝妇人能文者，惟魏夫人及李易安二人而已。

王弈清等《历代词话》引《雅编》：魏夫人，曾子宣丞相内子，有《江城子》、《卷珠帘》诸曲，脍炙人口。其尤雅正者，则有《菩萨蛮》云云，深得《国风·卷耳》之遗。

薛砺若《宋词通论》：她虽不能与易安并论，但在女作家中，确为超群出众之才。词中名句如“隔岸两三家，出墙红杏花”，即与并时诸贤相较，亦为出色当行之作。

好 事 近

魏夫人

雨后晓寒轻，花外早莺啼歇。愁听隔溪残漏①，正一声凄咽。　　不堪西望去程赊②，离肠万回结。不似海棠阴下，按凉州时节③。

【注释】

① 残漏：漏声将尽。　残，阑也，垂尽之意。　漏，古计时之器。　② 赊：远也。　③ 凉州：乐曲。

【评解】

这是一首伤离之作。雨后轻寒，晓莺啼歇，隔溪残漏凄咽，撩人愁思。上片着重写景，借景抒情。下片抒写别后的相思。去路遥远，不堪西望，离绪满怀，柔肠百结。全词清新雅丽，含蓄凄婉。

【集评】

薛砺若《宋词通论》：魏夫人词见于《词综》者仅《菩萨蛮》、《好事近》、《点绛唇》三阕。她的天才，也由此仅存的三阕，略一窥见。她深得力于《花间集》，其婉柔蕴藉处，极近少游。

点 绛 唇

魏夫人

波上清风，画船明月人归后。渐消残酒，独自凭栏久。　　聚散匆匆，此恨年年有。重回首，淡烟疏柳，隐隐芜城漏。

【评解】

此词上片写景。明月清风，画船载酒，转眼夜阑人散，残酒渐消，独自凭栏，不胜怅惘。下片抒情。叹人生聚散匆匆，别恨年年，那淡烟疏柳，芜城残漏，益增慨叹。这首词，清新雅洁，幽怨缠绵，表现了魏词的特色。

【集评】

薛砺若《宋词通论》:她(魏夫人)在女作家中,确为超群出众之才。词中名句如“愁听隔溪残漏,正一声凄咽”,“淡烟疏柳,隐隐芜城漏”,即与并时诸贤相较,亦为出色当行之作。

谒 金 门

李清臣

杨花落,燕子横穿朱阁。苦恨春醪如水薄[①],闲愁无处着。　　绿野带红山落角,桃杏参差残萼。历历危樯沙外泊[②],东风晚来恶。

【作者简介】

李清臣,字邦直,籍贯不详。举进士,历官翰林学士、尚书右丞。宋徽宗初立,入为门下侍郎,出知大名府。其词作颇精工。

【注释】

① 春醪(láo):酒名。　醪:浊酒。　② 危樯:指舟船。

【评解】

这首词通过景物描写,抒发作者的惜春情怀。上片写暮春季节,燕子穿阁,杨花飘落,而春醪味薄,难解闲愁。下片写桃杏凋残，绿野草长。晚来风急，又不知花落多少。全词含蓄细腻地表达了作者惜春伤春之情，婉转柔媚，新颖别致。

【集评】

薛砺若《宋词通论》：李清臣《谒金门》一词，亦甚婉媚。

柳梢青

僧仲殊

岸草平沙，吴王故苑，柳袅烟斜[1]。雨后寒轻，风前香软，春在梨花。　　行人一棹天涯[2]。酒醒处、残阳乱鸦。门外秋千，墙头红粉，深院谁家。

【作者简介】

僧仲殊，字师利，俗姓张，名挥，北宋安州（今湖北安陆）人。曾举进士，因事出家。住苏州承天寺、杭州吴山宝月寺。能文，善歌词，皆操笔力就。苏轼曾与之交往。著有《宝月集》。

【注释】

① 柳袅：柳枝柔弱细长貌。　② 棹：摇船工具，这里指船。

【评解】

作者着意写景，以景抒情。上片写春景，梨花带雨，柳袅烟斜，表现了风和香软的江南春色。下片写行人，轻舟一叶，浪迹天涯，待到酒醒处，唯见残阳乱鸦。而那墙头红粉，秋千深院，究是谁家？全词清丽和婉，含蓄蕴藉。

【集评】

俞陛云《唐五代两宋词选释》："雨后"三句及"秋千"三句，景与人分写，俱清丽为邻。而观其"残阳乱鸦"句，寄情在一片苍凉之境，知丽景秾春，固不值高僧一笑也。

南　柯　子

僧仲殊

十里青山远，潮平路带沙。数声啼鸟怨年华。又是凄凉时候、在天涯。　　白露收残暑，清风衬晚霞。绿杨堤畔闹荷花。记得年时沽酒、那人家。

【评解】

这首词通篇写景。十里青山，数声鸟啼，残暑白露，清风晚霞，有声有色地表现了江南的夏季景色。词中上、下片的结句，委婉含蓄地提到人，而且引起对往事的回忆。全词清新雅洁，优美柔和，饶有意味。

【集评】

薛砺若《宋词通论》:黄花庵称仲殊《诉衷情》一调"篇篇奇丽,字字清婉,高处不减唐人风致"。然尚不及其《柳梢青》、《南柯子》二词更为清逸也。在他的词里,只感到一种出家人的清逸和婉情绪,东坡所谓"此僧胸中无一毫发事者",可以看出他的为人。

小重山 僧祖可

谁向江头遗恨浓,碧波流不断,楚山重。柳烟和雨隔疏钟。黄昏后,罗幕更朦胧。　　桃李小园空,阿谁犹笑语,拾残红?珠帘卷尽夜来风。人不见,春在绿芜中①。

【作者简介】

僧祖可,字正平,北宋丹阳(今属江苏)人,苏伯固之子,养直之弟。住庐山,被恶疾,人号"癞可"。有《东溪集》《瀑泉集》。工诗,长短句尤佳。曾与陈师道、谢逸等结江西诗社。

【注释】

① 芜:众草丛生之处。

【评解】

这首词通篇描写暮春景色，隐隐含露惜春之意。烟柳疏钟，碧波东流，风卷珠帘，桃李园空，转眼春色将尽，对此能无感触！全词清丽隽雅，委婉含蓄。

【集评】

薛砺若《宋词通论》：祖可《小重山》词最为《东溪诗话》所称赏。

青　玉　案

释惠洪

绿槐烟柳长亭路，恨取次、分离去[①]。日永如年愁难度。高城回首，暮云遮尽，目断知何处。　解鞍旅舍天将暮，暗忆丁宁千万句。一寸柔肠情几许？薄衾孤枕，梦回人静，彻晓潇潇雨[②]。

【作者简介】

释惠洪，字觉范，俗姓彭，北宋筠州（今江西高安）人。少年时尝为县小吏，黄山谷喜其聪慧，教令读书。后为海内名僧。以医识张天觉。大观中入京，乞得祠部牒为僧，往来郭天信之门。政和元年（1111），张、郭得罪，觉范决配朱崖。著有《石门文字禅》《筠溪集》《冷斋夜话》等。

【注释】

① 取次:即次第也。 ② 彻晓:直到天明。

【评解】

此词情景交融,抒写伤别、怀人的心情。上片写恨别,离人远去,回首高城,无限怅惘。下片写别后的怀念,梦回人静,夜雨潇潇,益觉凄凉。通篇写得凄婉细腻,情思绵绵。

【集评】

薛砺若《宋词通论》:其(惠洪)诗词多艳语,为出家人未能忘情绝爱者。如"十分春瘦绿何事,一掬乡心未到家"(《上元宿岳麓寺诗》),"海风吹梦,岭猿啼月,一枕相思泪"(《青玉案·谪海外作》),以及这首《青玉案》"一寸柔肠情几许?薄衾孤枕,梦回人静,侵晓潇潇雨"皆是。

徐釚《词苑丛谈》:宋人小词,僧徒惟二人最佳:觉范之作类山谷,仲殊之作似《花间》。

千秋岁

释惠洪

半身屏外,睡觉唇红退。春思乱,芳心碎。空余簪髻玉，不见流苏带[①]。试与问，今人秀整谁宜对？　　湘浦曾同会，手搴轻罗盖[②]。疑是梦，今犹在。十分春易尽，一点情难改。多少事，却随恨远连云海。

【注释】

① 流苏带：古时妇女衣饰佩用之物。　② 手搴轻罗盖：手擎着轻轻的绮罗伞盖。

【评解】

此词生动地描写一位独处空闺的少妇怀春、叹春的心理、情态。上片描绘少妇春睡时娇懒倦慵的神情体态。缠绵卧榻，半身屏外，唇红残退，春思缭乱。枕上“空余簪髻玉”，身上“不见流苏带”。下片着意人物内心的刻画。追忆往事，令人魂销，“十分春易尽，一点情难改”。结尾两句，情思绵绵，余韵不尽。全词抒情委婉，描写细腻，曲折婉转，柔媚多姿，字里行间流露出作者对所写人物的同情。

鱼 游 春 水

无名氏

秦楼东风里，燕子还来寻旧垒。余寒犹峭[①]，红日薄侵罗绮。嫩草方抽碧玉茵，媚柳轻窣黄金缕[2]。莺啭上林，鱼游春水。　　几曲阑干遍倚，又是一番新桃李。佳人应怪归迟，梅妆泪洗。凤箫声绝沉孤雁，望断清波无双鲤[3]。云山万重，寸心千里。

【作者简介】

胡仔《苕溪渔隐丛话》引《复斋漫录》：政和中，一中贵人使越州回，得辞于古碑阴，无名无谱，亦不知何人作也。录以进御，命大晟府填腔，因词中语，赐名《鱼游春水》。

【注释】

① 峭：尖厉。　② 窣：突然钻出来。　③ 双鲤：谓书札也。

【评解】

这是一首春日怀人之作。上片写景。东风杨柳，碧草如茵，莺啼燕飞，鱼游春水，春天又到人间。下片抒情。桃李争艳，春色如画，而阑干倚遍，望断清波，游人未归，令人思念不已。全词和婉秀美，抒情细腻，绮丽多姿。

【集评】

薛砺若《宋词通论》：此词作得颇为婉丽，极秀美可爱，惜不知作者姓氏。

江亭怨　无名氏

帘卷曲阑独倚，江展暮云无际。泪眼不曾晴，家在吴头楚尾[①]。　数点落花乱委，扑漉[②]沙鸥惊起。诗句欲成时，没入苍烟丛里。

【注释】

① 吴头楚尾：豫章地居吴之上游、楚之下游，如首尾相衔接。　② 扑漉：拍翅声。

【评解】

这是一首思乡之作。上片写登楼远望的情景。独倚曲阑，江天无际，家在何处？下片着意抒情。落花数点，惊起沙鸥，一片乡思，没入苍烟丛里。全词融情入景，以景抒情，写得婉曲柔美，幽雅别致。

【集评】

薛砺若《宋词通论》：词境极冷隽幽倩，如子规啼月、哀猿夜啸，为一切词家所无之境。即两宋最大手笔，亦不能写得如此凄冷动人。

《词综》《词谱》俱引《冷斋夜话》云：黄鲁直登荆州亭，见亭柱间有此词。夜梦一女子云："有感而作。"鲁直惊语曰："此必吴城小龙女也。"

张宗橚《词林纪事》：考《冷斋夜话》并无此记载。

薛砺若《宋词通论》：大约向来以为系龙女所作者，以词境过于凄冷，殊不类人间语，因有此传说耳。

凤栖梧　　无名氏

绿暗红稀春已暮[①]，燕子衔泥，飞入垂杨处。柳絮欲停风不住，杜鹃声里山无数。　　竹杖芒鞋无定据，穿过溪南，独木横桥路。樵子渔师来又去，一川风月谁为主？

【注释】

① 绿暗红稀：花落叶茂，春光将尽。

【评解】

这首词着意描写暮春景色，飘逸清雅，意境极美。上片写景。燕子穿杨，绿暗红稀，杜鹃声中，春色将阑。下片写人。竹杖芒鞋，信步所之，与樵子渔父共赏这一川风月。通篇清幽闲雅，饶有韵致，表现出一种超尘出世的气度。

【集评】

薛砺若《宋词通论》：此词口吻，似隐逸方外之士所作，旷逸之气，流露纸上。

鹧鸪天　　窃杯女子

月满蓬壶灿烂灯[①]，与郎携手至端门[②]。贪看鹤阵笙箫举，不觉鸳鸯失却群[3]。　　天渐晓，感皇恩，传宣赐酒饮杯巡。归家恐被翁姑责，窃取金杯作照凭。

【作者简介】

据《宣和遗事》载，此词作者为宋徽宗时元夕观灯之女子。

【注释】

① 蓬壶：即蓬莱。古代传说为仙人所居。　② 端门：宫殿南面正门。③ 鸳鸯失群：夫妻分散。

【评解】

张宗橚《词林纪事》引《宣和遗事》：宣和间，上元张灯，许士女纵观，各赐酒一杯。一女子窃所饮金杯，卫士见之，押至御前。女诵《鹧鸪天》词云云，道君大喜，遂以杯赐之，令卫士送归。

词中记述宣和年间元夕观灯的盛况。上片写京都的繁华。元宵节日，灯月交辉，歌舞腾欢，笙乐通宵。下片写观灯女子饮酒窃杯的一段话。这首小词，反映了当时都市生活的繁华，也反映了当时的佳风之盛。通篇以一个民间女子的口吻，写得婉转自然，颇具特色。

蝶　恋　花

周邦彦

月皎惊乌栖不定。更漏将残，轣辘牵金井[1]。唤起两眸清炯炯[2]，泪花落枕红绵冷。　　执手霜风吹鬓影。去意徘徊，别语愁难听。楼上阑干横斗柄[3]，露寒人远鸡相应。

【作者简介】

周邦彦，字美成，号清真居士，钱塘（今浙江杭州）人。精通音律，能自度曲，宋徽宗召为大晟府提举（国家音乐机关主管官），是北宋末年一大词家。他擅长写景咏物，精工词语，擅融化前人诗句入调，善于在铺叙基础上进一步讲求曲折、回环、变化。词语典雅、含蓄，因而博得上层文人的赞赏，被誉为词坛泰斗。今传《片玉集》。

【注释】

① 辘轳：井上的汲水器。　金井：井的美称。　② 炯炯：明亮闪光貌。③ 阑干：横斜的样子。　斗柄：北斗七星的第五至第七的三颗星像古代酌酒所用的斗把，叫作斗柄。斗柄尚见，谓天未破晓。

【评解】

这是一首写离情的词，将依依不舍的惜别之情，表达得历历如绘。破晓时别离情状，缠绵悱恻，写情透骨。别恨如此，遂不知早寒之为苦矣。两人执手相别后，唯见北斗横斜，耳边晨鸡唱晓，内心益觉酸楚。

【集评】

黄氏《蓼园词评》：按首一阕，言未行前闻乌惊漏残，辘轳响而惊醒泪落。次阕言别时情况凄楚，玉人远而惟鸡相应，更觉凄惋矣。

沈际飞《草堂诗余正集》："唤起两眸清炯炯"，形容睡起之妙，良足动人。

王世贞《艺苑卮言》：美成能作景语，不能作情语；能入丽字，不能入雅字，以故价微劣于柳。然至"枕痕一线红生玉"，又"唤起两眸清炯炯，泪花落枕红绵冷"，其形容睡起之妙，真能动人。

唐圭璋《唐宋词简释》：此首写送别，景真情真。"月皎"句点明夜深。"更漏"两句，点明将晓。天将晓即须赶路，故不得不唤人起，但被唤之人，猛惊将别，故先眸清，而继之以泪落，落泪至于湿透红绵，则悲伤更甚矣。以次写睡起之情，最为传神。"执手"句，为门外语别时之情景，"风吹鬓影"，写实极生动。"去意"二句，写难分之情亦缠绵。"楼上"两句，则为人去后之景象。斗斜露寒，鸡声四起，而人则去远矣。此作将别前、方别及别后都写得沉着之至。

少　年　游

周邦彦

并刀如水[①]，吴盐胜雪[②]，纤手破新橙。锦幄初温[③]，兽香不断[④]，相对坐调笙。　　低声问、向谁行宿[⑤]，城上已三更。马滑霜浓，不如休去，直是少人行[6]。

【注释】

①并刀：并州出产的剪刀。　如水：形容剪刀的锋利。　②吴盐：吴地出产的洁白细盐。　③幄：帐。　④兽香：兽形香炉中升起的细烟。　⑤谁行：哪边，谁那里。　⑥直是：就是。

【评解】

这首词乃感旧之作。上片描绘室内情景：破新橙，焚兽香，坐吹笙。这是实写。下片想象室外情景：时已三更，马滑霜浓，行人稀少。前者用实物烘托室内温馨气氛，后者以语言渲染室外寒冷景象，曲折细致地刻画人物的心理状态，表露出彼此相爱的心情，为历来词家所称赏。

【集评】

俞陛云《唐五代两宋词选释》：此调凡四首，乃感旧之作。其下三首皆言别后，以此首最为擅胜。上阕橙香笙语，乃追写相见情事。下阕代纪留宾之言，情深而语俊，宜其别后回思，丁宁片语，为之咏叹长言也。

张端义《贵耳集》：道君（徽宗）幸李师师家，偶周邦彦先在焉，知道君至，遂匿于床下。道君自携新橙一颗，云江南初进来，遂与师师谑语。邦彦悉闻之，檃栝成《少年游》云。淇源按：此系当年传闻，不足为信。

满　庭　芳

周邦彦

夏日溧水无想山作[①]

风老莺雏[②]，雨肥梅子，午阴嘉树清圆[③]。地卑山近，衣润费炉烟。人静乌鸢自乐[④]，小桥外、新绿溅溅[⑤]。凭栏久，黄芦苦竹，疑泛九江船。　　年年，如社燕[⑥]，飘流瀚海[⑦]，来寄修椽[⑧]。且莫思身外[⑨]，长近尊前。憔悴江南倦客，不堪听、急管繁弦。歌筵畔，先安簟枕，容我醉时眠。

【注释】

① 溧水：今江苏省南京市辖区。　② 风老莺雏：幼莺在暖风里长大了。　③ 午阴嘉树清圆：正午的时候，太阳光下的树影，又清晰，又圆正。　④ 乌鸢：即乌鸦。　⑤ 溅溅：流水声。　⑥ 社燕：燕子当春社时节往北飞，秋社时节往南飞，故称社燕。　⑦ 瀚海：指沙漠。　⑧ 修椽：长椽子。燕子寄寓在房梁的长椽上。　⑨ 身外：身外事，指功名利禄。

【评解】

这首词较真实地反映了封建社会里，一个宦途并不得意的知识分子愁苦寂寞的心情。上片写江南初夏景色，将羁旅愁怀融入景中。下片抒飘流之哀。结句以“醉眠”暗示倦客心情。词意蕴藉而余味不尽。

【集评】

沈义父《乐府指迷》：词中多有句中韵，人多不晓，不惟读之可听，而歌时最要叶韵应拍，不可以为闲字而不押。如《满庭芳》过处“年年，如社燕”，“年”字是韵，不可不察也。

沈际飞《草堂诗余正集》：“衣润费炉烟”，景语也，景在“费”字。

陈廷焯《白雨斋词话》：美成词有前后若不相蒙者，正是顿挫之妙。如《满庭芳》上半阕云：“人静乌鸢自乐，小桥外、新绿溅溅。凭阑久，黄芦苦竹，疑泛九江船。”正拟纵乐矣，下忽接云：“年年，如社燕，飘流瀚海，来寄修椽。且莫思身外，长近尊前。憔悴江南倦客，不堪听，急管繁弦。歌筵畔，先安枕簟，容我醉时眠。”是乌鸢虽乐，社燕自若，九江之船，卒未尝泛。此中有多少说不出处，或是依人之苦，或有患失之心，但说得虽哀怨却激烈，沉郁顿挫中别饶蕴藉。后人为词，好作尽头语，令人一览无余，有何趣味？

周济《宋四家词选》：体物入微，夹入上下文，中似褒似贬，神味最远。

黄苏《蓼园词评》：此必其出知顺昌后所作。前三句见春光已去。“地卑”至“九江船”，言其地之僻也。“年年”三句，见宦情如逆旅。“且莫思”句至末，写其心之难遣也。末句妙于语言。

郑文焯《郑校清真集》：案《清真集》强焕序云：溧水为负山之色，待制周公元祐癸酉为邑长于斯，所治后圃有亭曰“姑射”，有堂曰“萧闲”，皆取神仙中事，揭而名之。此云无想山，盖亦美成所居名，亦神仙家言也。

陈洵《海绡说词》：方喜嘉树，旋苦地卑；正羡乌鸢，又怀芦竹；人生苦乐万变，年年为客，何时了乎！“且莫思身外”，则一齐放下。“急管繁弦”，徒增烦恼，固不如醉眠之自在耳。词境静穆，想见襟度，柳七所不能为也。

唐圭璋《唐宋词简释》：此首在溧水作。上片写江南初夏景色，极细密；下片抒飘流之哀，极宛转。“风老”二句，实写景物之美。莺老梅肥，绿荫如幄，其境可思。“地卑”二句，承上，言所处之幽静。江南四月，雨多树密，加之地卑山近，故湿重衣润而费炉烟，是静中体会之所得。“人静”句，用杜诗，增一“自”字，殊有韵味。“小桥”句，亦静境。“凭阑久”，承上。“黄芦”句，用白香山诗，言所居卑湿，恐如香山当年之住湓江也。换头，自叹身世，文笔曲折。叹年年如秋燕之飘流。“且莫思”句，以撇作转，劝人行乐，意自杜诗“莫思身外无穷事，且尽生前有限杯”出。“憔悴”两句，又作一转，言虽强抑悲怀，不思身外，但当筵之管弦，又令人难以为情。“歌筵畔”一句，再转作收。言愁思无已，惟有借醉眠以了之也。

苏 幕 遮

周邦彦

燎沉香[①]，消溽暑[②]。鸟雀呼晴，侵晓窥檐语[③]。叶上初阳干宿雨，水面清圆，一一风荷举。　　故乡遥，何日去？家住吴门[4]，久作长安旅[5]。五月渔郎相忆否？小楫轻舟，梦入芙蓉浦[6]。

【注释】

① 燎：燃。　沉香：水沉木制成的薰香。　② 溽暑：盛夏湿热天气。　③ 侵晓：破晓，天刚亮。　④ 吴门：本为苏州别名，此指古属三吴之地的钱塘（杭州）。　⑤ 长安：借指北宋汴京。　⑥ 芙蓉浦：长着荷花的水边。

【评解】

此词写异地乡思。上片为眼前所见之景。夏雨初晴，风荷飘举，清新宜人。下片由景及情，遥想故乡五月，风光迷人，小楫轻舟，消失于芙蓉浦中。末句“芙蓉”，与上片“风荷”呼应，点明由此及彼、神思奔驰由来，具见经营之妙。

【集评】

俞陛云《唐五代两宋词选释》：“叶上”三句，笔力清挺，极体物浏亮之致。

胡云翼《宋词选》：周邦彦的词向以“富艳精工”著称；这首词前段描绘雨后风荷的神态，后段写小楫轻舟的归梦，清新淡雅，别具一格。

兰 陵 王

周邦彦

柳

柳阴直，烟里丝丝弄碧[①]。隋堤上，曾见几番，拂水飘绵送行色。登临望故国[②]，谁识京华倦客。长亭路，年去岁来，应折柔条过千尺。　　闲寻旧踪迹，又酒趁哀弦，灯照离席。梨花榆火催寒食[③]。愁一箭风快，半篙波暖，回头迢递便数驿[④]，望人在天北。　　凄恻，恨堆积。渐别浦萦回，津堠岑寂[⑤]，斜阳冉冉春无极。念月榭携手，露桥闻笛。沉思前事，似梦里，泪暗滴。

【注释】

① 柳阴直:指隋堤上杨柳排列整齐,阴影很直。　烟:即雾。　丝丝弄碧:柳条随风飞舞,闪弄其嫩绿的姿色。　② 故国:故乡,亦指旧游之地。　③ 梨花榆火催寒食:此次饯别是在梨花盛开的寒食节前。古代寒食节禁火,朝廷于清明赐榆火予百官。　④ 迢递:遥远。　⑤ 津堠:码头上供瞭望歇宿的处所。

【评解】

此词以“柳”为题，托物起兴，抒写离情。全词首段写景，二段写别时的感想，三段写别后的愁怀。通篇构思工巧、严谨，各段之间，既有内在联系，又前后呼应，浑然一体。咏柳和送别巧妙地结合在一起，由虚入实，情景交融，恰当地表达出词人缠绵忧伤的情怀。

【集评】

毛幵《樵隐笔录》：绍兴初，都下盛行周清真咏柳《兰陵王慢》，西楼、南瓦皆歌之，谓之“渭城三叠”。以周词凡三换头，至末段声尤激越，惟教坊老笛师能倚之以节歌者。其谱传自赵忠简家。忠简于建炎丁未九日南渡，泊舟仪真江口，遇宣和大晟乐府协律郎某，叩获九重旧谱，因令家伎习之，遂流传于外。

陈廷焯《白雨斋词话》：美成词极其感慨，而无处不郁，令人不能遽窥其旨。如《兰陵王·柳》云：“登临望故国，谁识京华倦客”二语，是一篇之主，上有“隋堤上，曾见几番，拂水飘绵送行色”之句，暗伏倦客之根，是其法密处。故下文接云：“长亭路，年去岁来，应折柔条过千尺。”久客淹留之感，和盘托出。他手至此，以下便直抒愤懑矣，美成则不然。“闲寻旧踪迹”二叠，无一语不吞吐。只就眼前景物，约略点缀，更不写淹留之故，却无处非淹留之苦。直至收笔云：“沉思前事，似梦里，泪暗滴。”遥遥挽合，妙在才欲说破，便自咽住，其味正自无穷。

周济《宋四家词选》：客中送客，一“愁”字代行者设想。以下不辨是情是景，但觉烟霭苍茫。“望”字、“念”字尤幻。

梁令娴《艺蘅馆词选》引梁启超云：“斜阳”七字，绮丽中带悲壮，全首精神振起。

陈洵《海绡说词》：托柳起兴，非咏柳也。“弄碧”一留，却出“隋堤”;“行色”一留,却出“故国”;“长亭路”复“隋堤上”,“年去岁来”复“曾见几番”,“柔条千尺”复“拂水飘绵”,全为“京华倦客”四字出力。

谭献《复堂词话》:“斜阳冉冉春无极”七字,微吟千百遍,当入三昧,出三昧。

艾治平《宋词名篇赏析》:这首词以柳为题,但它是托柳起兴,用来写离情的,是一首很能代表周邦彦词的特色的作品。

浣 溪 沙

周邦彦

翠葆参差竹径成[①],新荷跳雨碎珠倾[②]。曲阑斜转小池亭。　　风约帘衣归燕急,水摇扇影戏鱼惊。柳梢残日弄微晴。

【注释】

① 翠葆:指草木新生枝芽。　竹径成:春笋入夏已长成竹林。　② 跳雨:形容雨滴打在荷叶上如蹦玉跳珠。

【评解】

此词写夏日乍雨还晴的景色,体物工巧。新竹成林,新荷跳雨,柳梢弄晴,具见新颖别致;至曲阑斜转,风约帘衣,水摇扇影,则人景浑然一体，意趣横生，清新柔丽，委婉多姿。

【集评】

薛砺若《宋词通论》：美成这种小词与任何词家的意境和风格都不相同，虽然都是属于清丽婉柔的一派写法，他于清丽婉柔之外含有一种极细微敏锐的感觉，而以静默自然的意态写出。

俞陛云《唐五代两宋词选释》：通首皆写景，别具一格。字字矜炼，“归燕”二句宛似宋人诗集佳句，虽不涉人事，而景中之人，含有一种闲适之趣。“摇扇”句虽有人在，只是虚写。

花　犯　　周邦彦

咏梅

粉墙低，梅花照眼，依然旧风味。露痕轻缀。疑净洗铅华，无限佳丽。去年胜赏曾孤倚，冰盘同燕喜[①]。更可惜，雪中高树，香篝熏素被[②]。　　今年对花最匆匆，相逢似有恨，依依愁悴[③]。吟望久，青苔上、旋看飞坠。相将[④]见，翠丸荐酒，人正在、空江烟浪里。但梦想、一枝潇洒[⑤]，黄昏斜照水。

【注释】

① 冰盘:果盘。　燕:通“宴”。指喜得梅子以进酒。　② 篝:熏笼。比喻梅花如篝、雪如被。　③ 悴:忧也。　④ 相将:行将。　翠丸:指梅子。　⑤ 潇洒:凄清之意。

【评解】

这首词借咏梅花,抒发自己萍踪无定、离合无常的慨叹。上片从眼前写起,梅花盛开,风情如旧,忆及去年独赏雪中素梅的雅兴。下片仍从今年写起,人将远行,梅花亦似惜别而坠落。待到梅子熟时,自己身在江上,只能遥想潇洒扶疏的梅影。全词句句紧扣梅花,也句句紧扣自己。人与梅花融为一体,委婉地透露自己年来落寞的情怀。作者善于从虚幻处着笔,写得曲折含蓄,余味无穷。

【集评】

黄昇《唐宋诸贤绝妙词选》:此只咏梅花而纡徐反复,道尽三年间事。昔人谓“好诗圆美流转如弹丸”,余于此词亦云。

周济《宋四家词选》:清真词,其清婉者至此,故知建章千门,非一匠所营。

黄苏《蓼园词评》:总是见宦迹无常,情怀落寞耳。忽借梅花以写,意超而思永。言梅犹是旧风情,而人则离合无常。去年与梅共冷淡,今年梅正开而人欲远别,梅似含愁悴之意而飞坠;梅子将圆,而人在空江中,时梦想梅影而已。

谭献《谭评词辨》:“依然”句逆入,“去年”句平出。“今年对花”

句放笔为直干。“吟望久”以下，筋摇脉动。“相将见”二句，如颜鲁公书，力透纸背。

陈洵《海绡翁说词稿》：只“梅花”一句点题，以下却在题前盘旋。换头一笔钩转。“相将”以下，却在题后盘旋。收处复一笔钩转。往来顺逆，磬控自如，圆美不难，难在拙厚。“正在”应“相逢”，“梦想”应“照眼”，结构天然，浑然无迹。

俞陛云《唐五代两宋词选释》：宋词中咏“梅花”者，侔色揣称，各极其工。此词论题旨，在“旧风味”三字而以“去年”、“今年”分前、后段标明之。下阕自“吟望久”至结句，纯从空处落笔，非实赋梅花。闰庵云：“此数语极吞吐之妙。”

夜游宫　　周邦彦

叶下斜阳照水，卷轻浪、沉沉千里。桥上酸风射眸子。立多时，看黄昏，灯火市。　　古屋寒窗低，听几片、井梧飞坠。不恋单衾再三起。有谁知，为萧娘[1]，书一纸。

【注释】

① 萧娘：唐杨巨源《崔娘》诗：“风流才子多春思，肠断萧娘一纸书。”唐人每以“萧娘”作为女子的泛称。

【评解】

周邦彦词“语工而入律”，为后世词人尊崇；其描写爱情，细腻委曲，确有独到之处。本词末三句以前，闲闲写来，乍看似无深意，直至卒章点睛，乃觉通篇有情，无一浪语。

【集评】

周济《宋四家词选》：此亦是层层加倍写法，本只“不恋单衾”一句耳，加上前阕，方觉精力弥满。

薛砺若《宋词通论》：这首《夜游宫》，把秋暮晚景，写得明净如画。即中西最高的诗篇，其写景美妙处，亦不能过此。

一 剪 梅

李清照

红藕香残玉簟秋[1]。轻解罗裳，独上兰舟。云中谁寄锦书来？雁字回时[2]，月满西楼。　　花自漂零水自流。一种相思，两处闲愁。此情无计可消除，才下眉头，却上心头。

【作者简介】

李清照，号易安居士，山东历城（今济南市）人。自幼受文学艺术熏陶。南渡前，家庭生活平静美满。靖康之难后，经历了离乱，丈夫赵明诚病逝，本人流落异地，无依无靠，在孤寂凄苦中度过了晚年。

李清照是诗、词、散文都有成就的作家，而以词的成就最高。她的词在艺术上具有独创性，善于以新颖的形象抒发情感，语言清新明快，流转如珠。不依傍古人，自出机杼。有《李清照集》《漱玉词》。

【注释】

① 玉簟：光华如玉的席子。 ② 雁字：指雁群飞时排成“一”或“人”形。相传雁能传书。

【评解】

这是一首抒写离情别绪的词，重在写别后的相思之情。上片虽没有一个离情别绪的字眼，却句句包孕，极为含蓄。下片则是直抒相思与别愁。词以浅近明白的语言，表达深思挚爱之情，缠绵感人。全词轻柔自然，歇拍三句尤为行家称赏。

【集评】

旧题伊世珍《琅嬛记》：易安结缡未久，明诚即负笈远游。易安殊不忍别，觅锦帕书《一剪梅》词以送之。

王灼《碧鸡漫志》：（易安）作长短句，能曲折尽人意，轻巧尖新，姿态百出。

醉　花　阴

李清照

薄雾浓云愁永昼，瑞脑消金兽[1]。佳节又重阳，玉枕纱厨[2]，半夜凉初透。　　东篱把酒黄昏后。有暗香盈袖。莫道不消魂，帘卷西风，人比黄花瘦。

【注释】

① 瑞脑：龙脑香。　金兽：兽形铜香炉。　② 纱厨：有纱帐的小床。

【评解】

这是一首著名的重阳词。作者在自然景物的描写中，加入自己浓重的感情色彩，使客观环境和人物内心的情绪融和交织。用黄花比喻人的憔悴，以瘦暗示相思之深。上片咏节令，“半夜凉初透”句，尖新在一“透”字。下片“帘卷西风”两句，千古流传，不唯句意秀颖，且以“东篱”“暗香”，为“黄花”预作照应，有水到渠成之妙。

【集评】

胡仔《苕溪渔隐丛话》：“帘卷西风，人比黄花瘦”，此语亦妇人所难到也。

旧题伊世珍《琅嬛记》：易安作此词，明诚叹绝，苦思求胜之，乃忘寝食三日夜，得十五阕，杂易安作以示陆德夫。德夫玩之再三，曰：只有“莫道不消魂”三句绝佳。

王又华《古今词论》引柴虎臣曰：语情则红雨飞愁，黄花比瘦，可谓雅畅。

陈廷焯《云韶集》:无一字不秀雅。深情苦调,元人词曲往往宗之。

唐圭璋《唐宋词简释》:此首情深词苦,古今共赏。起言永昼无聊之情景,次言重阳佳节之感人。换头,言向晚把酒。着末,因花瘦而触及己瘦,伤感之至。尤妙在"莫道"二字唤起,与方回之"试问闲愁知几许"句,正同妙也。

凤凰台上忆吹箫

李清照

香冷金猊[①],被翻红浪,起来慵自梳头。任宝奁尘满[②],日上帘钩。生怕离怀别苦,多少事、欲说还休。新来瘦,非干病酒,不是悲秋。　　休休!这回去也,千万遍阳关,也则难留。念武陵人远[③],烟锁秦楼。惟有楼前流水,应念我、终日凝眸[④]。凝眸处,从今又添,一段新愁。

【注释】

① 金猊:涂金的狮形香炉。　② 宝奁:贵重的镜匣。　③ 武陵:地名。作者借指丈夫所去的地方。　④ 凝眸:注视。

【评解】

这首词真实地抒写了离愁别恨。上片写临别时的心情,下片想象别后情景。人去难留,爱而不见,愁思满怀,无人领会。词中表达感情绵密细致,抒写离情婉转曲折,用语清新流畅,舒卷自如,具有感人的艺术魅力。

【集评】

王又华《古今词论》引张祖望曰:“惟有楼前流水,应念我、终日凝眸。”痴语也。如巧匠运斤,毫无痕迹。

李攀龙《草堂诗余隽》:写其一腔忆别心神,而新瘦新愁,真如秦女楼头,声声有和鸣之奏。

沈际飞《草堂诗余正集》:懒说出,妙。瘦为甚的,尤妙。“千万遍”,痛甚。转转折折,忤合万状。清风朗月,陡化为楚雨巫云;阿阁洞房,立变成离亭别墅。至文也。

杨慎《草堂诗余》:“欲说还休”与“怕伤郎又还休道”同意。

陈廷焯《云韶集》:“新来瘦”三语,婉转曲折,煞是妙绝。

唐圭璋《唐宋词简释》:此首述别情,哀伤殊甚。起三句,言朝起之懒。“任宝奁”句,言朝起之迟。“生怕”二句,点明离别之苦,疏通上文;“欲说还休”,含凄无限。“新来瘦”三句,申言别苦。较病酒悲秋为尤苦。换头,叹人去难留。“念武陵”四句,叹人去楼空,言水念人,情意极厚。末句,补足上文,余韵更隽永。

武陵春　　李清照

风住尘香花已尽[1]，日晚倦梳头。物是人非事事休，欲语泪先流。　闻说双溪春尚好[2]，也拟泛轻舟。只恐双溪舴艋舟[3]，载不动，许多愁。

【注释】

① 尘香:尘土里有落花的香气。　② 双溪:浙江金华市的江名。　③ 舴艋:小船。

【评解】

这是词人避乱金华时所作。她历尽乱离之苦，所以词情极为悲戚。上片极言眼前景物之不堪、心情之凄苦。下片进一步表现悲愁之深重。全词充满"物是人非事事休"的痛苦，表现了她的故国之思。构思新颖，想象丰富，通过暮春景物勾出内心活动，以舴艋舟载不动愁的艺术形象来表达悲愁之多，写得新颖奇巧，深沉哀婉，遂为绝唱。

【集评】

《唐宋词百首详释》:全词婉转哀啼，令人读来如见其人，如闻其声。本非悼亡，而实悼亡，妇人悼亡，此当为千古绝唱。

王方俊《唐宋词赏析》:本词感情深切真挚，构思新颖巧妙，语言浅近而含蓄深沉，无论是直抒愁苦之情或细写内心的微妙变化，都很生动感人。

声 声 慢

李清照

寻寻觅觅，冷冷清清，凄凄惨惨戚戚。乍暖还寒时候，最难将息[①]。三杯两盏淡酒，怎敌他、晚来风急。雁过也，正伤心，却是旧时相识。　　满地黄花堆积，憔悴损，如今有谁堪摘。守着窗儿，独自怎生得黑[②]。梧桐更兼细雨，到黄昏、点点滴滴。这次第[③]，怎一个、愁字了得。

【注释】

① 将息：将养休息。　② 怎生：怎样，怎么。　③ 这次第：这一连串的情况。

【评解】

这是李清照南渡以后的一首震动词坛的名作。通过秋景秋情的描绘，抒发国破家亡、天涯沦落的悲苦，具有时代色彩。在结构上打破了上下片的局限，全词一气贯注，着意渲染愁情，如泣如诉，感人至深。首句连下十四个叠字，形象地抒写了作者的心情。下文“点点滴滴”又前后照应，表现了作者孤独寂寞的忧郁情绪和动荡不安的心境。全词一字一泪，缠绵哀怨，极富艺术感染力。

【集评】

罗大经《鹤林玉露》：起头连叠十四字，以一妇人乃能创意出奇如此。

杨慎《词品》：宋人中填词，易安亦称冠绝，使在衣冠，当与秦

七、黄九争雄，不独雄于闺阁也。其词名《漱玉集》，寻之未得，《声声慢》一词，最为婉妙。

张端义《贵耳集》：此乃公孙大娘舞剑手，本朝非无能词之士，未曾有一下十四叠字者，用《文选》诸赋格。后叠又云："梧桐更兼细雨，到黄昏，点点滴滴。"又使叠字，俱无斧凿痕。更有一奇字云："守着窗儿，独自怎生得黑？""黑"字不许第二人押。妇人有此文笔，殆间气也。

徐釚《词苑丛谈》：首句连下十四个叠字，真似大珠小珠落玉盘也。

刘体仁《七颂堂词绎》：易安居士"最难将息"、"怎一个愁字了得"，深妙稳雅，不落蒜酪，亦不落绝句，真此道本色当行第一人也。

周济《介存斋论词杂著》：李易安之"凄凄惨惨戚戚"，三叠韵，六双声，是锻炼出来，非偶然拈得也。

许昂霄《词综偶评》：此词颇带伧气，而昔人极口称之，殆不可解。

陈廷焯《云韶集》："黑"字警，后幅一片神行，愈唱愈妙。

陆蓥《问花楼词话》：《声声慢》一词，顿挫凄绝。

吴灏《历朝名媛诗词》：易安以词专长，挥洒俊逸，亦能琢炼。其《声声慢》一阕，其佳处在后又下"点点滴滴"四字，与前照应有法，不是草草落句，玩其笔力，本自矫拔，词家少有，庶几苏、辛之亚。

梁绍壬《两般秋雨庵随笔》：李易安词："寻寻觅觅，冷冷清清，凄凄惨惨戚戚”,连上十四叠字,则出奇制胜,真匪夷所思矣。

梁启超《中国韵文里头所表现的情感》:那种茕独恓惶的景况,非本人不能领略,所以一字一泪,都是咬着牙根咽下。

如 梦 令

李清照

昨夜雨疏风骤,浓睡不消残酒。试问卷帘人,却道“海棠依旧”。“知否?知否?应是绿肥红瘦。”①

【注释】

① 绿肥:指枝叶茂盛。 红瘦:谓花朵稀少。

【评解】

这首小词委婉地表达了作者怜花惜花的心情,也流露了内心的苦闷。词中着意人物心理情绪的刻画。以景衬情,委曲精工,轻灵新巧而又凄婉含蓄,极尽传神之妙。

【集评】

黄氏《蓼园词评》:一问极有情,答以“依旧”,答得极淡,跌出“知否”二句来,而“绿肥红瘦”无限凄婉,却又妙在含蓄。短幅中藏无数曲折,自是圣于词者。

胡云翼《宋词选》:李清照在北宋颠覆之前的词颇多饮酒、惜花之作,反映出她那种极其悠闲、风雅的生活情调。这首词在写作上以寥寥数语的对话,曲折地表达出主人公惜花的心情,写得那么传神。"绿肥红瘦",用语简练,又很形象化。

靳极苍《唐宋词百首详解》:这首词用寥寥数语,委婉地表达了女主人惜花的心情,委婉、活泼、平易、精练,极尽传神之妙。

永 遇 乐

李清照

落日熔金[①],暮云合璧[②],人在何处?染柳烟浓。吹梅笛怨[③],春意知几许?元宵佳节,融和天气,次第岂无风雨[④]。来相召、香车宝马,谢他酒朋诗侣。　　中州盛日[⑤],闺门多暇,记得偏重三五[⑥]。铺翠冠儿[⑦],捻金雪柳[⑧],簇带争济楚[⑨]。如今憔悴,风鬟霜鬓,怕见夜间出去。不如向、帘儿底下,听人笑语。

【注释】

① 落日熔金:落日的颜色好像熔化的黄金。　② 合璧:像璧玉一样合成一块。　③ 吹梅笛怨:指笛子吹出《梅花落》曲幽怨的声音。　④ 次第:接着,转眼。　⑤ 中州:这里指北宋汴京。　⑥ 三五:指元宵节。　⑦ 铺翠冠儿:饰

有翠羽的女式帽子。 ⑧ 捻金雪柳:元宵节女子头上的装饰。 ⑨ 簇带:装扮之意。

【评解】

这首词通过南渡前后过元宵节两种情景的对比,抒写离乱之后,愁苦寂寞的情怀。上片从眼前景物抒写心境。下片从今昔对比中抒发国破家亡的感慨,表达沉痛悲苦的心情。全词情景交融,跌宕有致。由今而昔,又由昔而今,形成今昔盛衰的鲜明对比。感情深沉、真挚,语言于朴素中见清新,平淡中见工致。

【集评】

张端义《贵耳集》:易安居士李氏,赵明诚之妻。《金石录》亦笔削其间。南渡以来,常怀京、洛旧事,晚年赋元宵《永遇乐》词云:"落日熔金,暮云合璧。"已自工致。至于"染柳烟轻,吹梅笛怨,春意知几许",气象更好。后叠云:"于今憔悴,风鬟霜鬓,怕见夜间出去。"皆以寻常语度入音律。炼句精巧则易,平淡入调者难。

王士禛《花草蒙拾》:张南湖论词派有二:一曰婉约,一曰豪放。仆谓婉约以易安为宗,豪放惟幼安称首,二安皆吾济南人,难乎为继矣!

刘辰翁《须溪词·永遇乐》小序:余自乙亥上元诵李易安《永遇乐》,为之涕下。今三年矣,每闻此词,辄不自堪,遂依其声,又托之易安自喻,虽辞情不及,而悲苦过之。

李调元《雨村词话》:易安在宋诸媛中,自卓然一家,不在秦七、黄九之下。词无一首不工,其炼处可夺梦窗之席,其丽处直参片玉之班,盖不徒俯视巾帼,直欲压倒须眉。

念奴娇

李清照

萧条庭院,又斜风细雨,重门须闭。宠柳娇花寒食近,种种恼人天气。险韵诗成[①],扶头酒醒[②],别是闲滋味。征鸿过尽,万千心事难寄。　楼上几日春寒,帘垂四面,玉栏干慵倚。被冷香消新梦觉,不许愁人不起。清露晨流,新桐初引[③],多少游春意。日高烟敛,更看今日晴未。

【注释】

① 险韵诗:以冷僻难押的字做韵脚的诗。　② 扶头酒:易醉的酒。③ 初引:初长。《世说新语·赏誉》:“于时清露晨流,新桐初引。”这两句形容春日清晨,露珠晶莹欲滴,桐树初展嫩芽。

【评解】

这首词写雨后春景,抒深闺寂寞之情。上片写“心事难寄”,从阴雨寒食、天气恼人引出以诗酒遣愁。下片说“新梦初觉”,从梦后晓晴引起游春之意。全词以细腻曲折的笔触，通过春景的描写，真切地展示诗人独居深闺的心理情态。语浅情深，清丽婉妙。

【集评】

黄昇《唐宋诸贤绝妙词选》：前辈尝称易安“绿肥红瘦”为佳句。余谓此篇“宠柳娇花”之句，亦甚奇俊，前此未有能道之者。

杨慎《词品》：“清露晨流，新桐初引”，用《世说》入妙。

王世贞《艺苑卮言》：“宠柳娇花”，新丽之甚。

李攀龙《草堂诗余隽》：上是心事，难以言传；下是新梦，可以意会。

彭孙遹《金粟词话》：李易安“被冷香消新梦觉，不许愁人不起”，用浅俗之语，发清新之思，词意并工，闺情绝调。

唐圭璋《唐宋词简释》：此首写心绪之落寞，语浅情深。“萧条”两句，言风雨闭门；“宠柳”两句，言天气恼人。四句以景起。“险韵”两句，言诗酒消遣；“征鸿”两句，言心事难寄，四句以情承。换头，写楼高寒重，玉阑懒倚。“被冷”两句，言懒起而不得不起。“不许”一句，颇婉妙。“清露”两句，用《世说》，点明外界春色，抒欲图自遣之意。末两句宕开，语似兴会，意仍伤极。盖春意虽盛，无如人心悲伤，欲游终懒，天不晴自不能游，实则即晴亦未必果游。

浣 溪 沙

李清照

淡荡春光寒食天[1],玉炉沉水袅残烟[2]。梦回山枕隐花钿[3]。　　海燕未来人斗草[4],江梅已过柳生绵[5]。黄昏疏雨湿秋千。

【注释】

① 淡荡:形容春光疏淡骀荡。　② 沉水:沉香。　③ 花钿:一种花形首饰。　④ 斗草:古代民间的一种游戏,也叫“斗百草”。以草为比赛对象,或对花草名,或斗草的多寡、韧性等。　⑤ 生绵:谓柳树的杨花飘絮。

【评解】

此词上片写春光骀荡,屋内香炉袅烟,人睡初醒;下片淡淡几笔,勾勒寒食节的初春景色与民间习俗,情韵全出。

燕 山 亭

赵 佶

北行见杏花

裁剪冰绡[1],轻叠数重,淡着胭脂匀注。新样靓妆,艳溢香融,羞杀蕊珠宫女[2]。易得凋零,更多少无情风雨。愁苦，闲院落凄凉，几番春暮。　　凭寄离恨重重[3]，这双燕，何曾会人言语！天遥地远，万水千山，知他故宫何处。怎不思量，除梦里、有时曾去。无据[4]，和梦也、新来不做[5]。

【作者简介】

赵佶，即宋徽宗。在位二十五年。靖康二年(1127)，金人陷汴京，他与钦宗和宫室多人被掳北去，过了九年的俘虏生活而死去。他的诗、词、画都有名，又通音律。有《宋徽宗词》。

【注释】

① 冰绡：洁白的绸。　② 蕊珠宫女：指仙女。　③ 凭寄：凭谁寄，托谁寄。　④ 无据：不可靠。　⑤ 和：连。

【评解】

这首词以杏花的美丽易得凋零，抒发作者的身世之感。帝王与俘虏两种生活的对比，使他唱出了痛失家国的哀音。上片描绘杏花开放时的娇艳及遭受风雨摧残后的凋零；下片写离恨，抒发内心的故国之思。词中以花喻人，抒写真情实感，百折千回，悲凉哀婉。

【集评】

唐圭璋《唐宋词简释》：此词为赵佶被俘北行见杏花之作。起首六句，实写杏花。前三句，写花片重叠，红白相间。后三句，写花容艳丽，花气浓郁。“羞杀”一句，总束杏花之美。“易得”以下，转变徵之音，怜花怜己，语带双关。花易凋零一层、风雨摧残一层、院落无人一层，愈转愈深，愈深愈痛。换头，因见双燕穿花，又兴孤栖膻幕之感。燕不会人言语一层、望不见故宫一层、梦里思量一层、和梦不做一层，且问且叹，如泣如诉。总是以心中有万分委屈，故有此无可奈何之哀音，忽吞咽，忽绵邈，促节繁音，回肠荡气。况蕙风云：“真”字是词骨，若此词及后主之作，皆以“真”胜者。

靳极苍《唐宋词百首详解》：对杏花的描写，形神并茂，是诗画同一的不可多得的佳作。

临江仙　　张孝祥

试问梅花何处好？与君藉草携壶[①]。西园清夜片尘无。一天云破碎，两树玉扶疏[②]。　　谁挹昭华吹古调[③]，散花便满衣裾。只疑幽梦在清都[④]。星稀河影转，霜重月华孤。

【作者简介】

张孝祥，字安国，别号于湖居士，蜀简州（今四川简阳）人，后卜居历阳(今安徽和县),遂被认为历阳人。宋高宗时,廷试第一。历任中书舍人、直学士院。在建康留守任内,赞助张浚北伐,受到免职处分。著有《于湖居士乐府》,有《双照楼景刊宋元明词》本,凡四卷。他的词具有深厚的爱国主义色彩,与张元幹是南宋初期词坛双璧。他追踪苏轼,词风豪放,然亦有婉约之作。

【注释】

① 藉草:以草荐地而坐。 ② 玉扶疏:指梅枝舒展。 ③ 擫(yè):用手按压。 昭华:即玉管。 古调:指笛曲《梅花落》。一本作“古怨”。 ④ 清都:指北宋都城汴梁。

【评解】

此词借赏梅抒写爱国情怀。上片写月夜对酒赏梅,是实景;下片写忽听《梅花落》,不禁梦绕清都,是虚景。张孝祥词以雄奇奔放见称,风格近苏轼。但此词却清幽含蓄,虽婉约名家亦不能过,而寄意收复中原,情真调高。

卜 算 子

张孝祥

雪月最相宜,梅雪都清绝。去岁江南见雪时,月底梅花发[①]。 今岁早梅开,依旧年时月。冷艳孤光照眼明，只欠些儿雪[2]。

【注释】

① 月底：月下。　② 些儿：一点儿。

【评解】

素雪、明月、幽梅，三者具，则光景清艳。唯三者难以一时兼备，故今岁与去岁相较，不能无憾。此词即景抒怀，貌似冲淡，却蕴含无限今昔之感。前人谓张孝祥词有“潇散出尘之姿，自在如神之笔”，诚然。

西　江　月

张孝祥

题溧阳三塔寺

问讯湖边春色[1]，重来又是三年。东风吹我过湖船，杨柳丝丝拂面。　　世路如今已惯，此心到处悠然。寒光亭下水如天[2]，飞起沙鸥一片。

【注释】

① 湖：指三塔湖。　② 寒光亭：在三塔寺内。

【评解】

此词系作者重来江南时所作。史称张孝祥“年少气锐”,至作此词时,已历尽宦海风波,熟谙世态炎凉,故触景有感,流露出一种淡然闲适之情。末两句的意境,与晋代诗人陶潜的“采菊东篱下,悠然见南山”相近。

菩 萨 蛮

张孝祥

回文

渚莲红乱风翻雨,雨翻风乱红莲渚。深处宿幽禽,禽幽宿处深。　　淡妆秋水鉴[1],鉴水秋妆淡。明月思人情,情人思月明。

【注释】

① 鉴:照。

【评解】

回文为倒顺、回环可读的一种诗体,虽涉文字游戏,亦颇可见巧思,非娴熟于语言艺术、驾驭自如者则不能为。诗中之回文体,魏晋已有;引入词中,此首是创例。全词八句,上下句均成回文,全词亦可回读,比通常回文诗只能全首回读者更为精巧。

菩　萨　蛮　　张孝祥

诸客往赴东邻之集

庭叶翻翻秋向晚①,凉砧敲月催金剪②。楼上已清寒,不堪频倚栏。　　邻翁开社瓮③,唤客情应重。不醉且无归,醉时归路迷。

【注释】

① 翻翻:飘坠状。　② 凉砧:指捣练之砧。　催金剪:古代缝制寒衣,先捣练帛使柔熟,故句云"催金剪"。　③ 社瓮:社酒之瓮。社,指秋社,古代风俗,于立秋后第五个戊日祭社神酬谢秋收。

【评解】

上片写时令,渲染出晚秋光景,"不堪频倚栏"一句用意深婉;下片写题意"往赴东邻之集","不醉"两句,弥见主人邀客情重,设辞有味。

浣 溪 沙　　苏 庠

书虞元翁画

水榭风微玉枕凉[①]，牙床角簟藕花香[②]。野塘烟雨罩鸳鸯。　　红蓼渡头青嶂远，绿蘋波上白鸥双。淋浪淡墨水云乡[③]。

【作者简介】

苏庠，字养直，澧州（今湖南澧县）人，伯固之子。初以病目，自号眚翁。后徙居丹阳（今属江苏）之后湖，更号后湖病民。绍兴间，居庐山。与徐俯同召不赴。卒年八十余。有《后湖集》。他一生淡于名利，故其词境亦极萧疏，有尘外之音。

【注释】

① 水榭：临水楼台。　② 牙床：雕饰精致的小床。　角簟：以角蒿编织的席子。　③ 淋浪：笔墨酣畅淋漓。

【评解】

这是一首题画小词。它以形象化的文字，再现了原画的色彩、布局和意境，使未睹虞画的读者，犹如身临画前。末句点题，缩结入妙。

鹧　鸪　天　　　　苏　庠

枫落河梁野水秋[①]，淡烟衰草接荒丘。醉眠小坞黄茅店，梦倚高城赤叶楼。　　天杳杳[②]，路悠悠[③]，钿筝歌扇等闲休[④]。灞桥杨柳年年恨，鸳蒲芙蕖叶叶愁[⑤]。

【注释】

① 河梁：桥梁。　② 杳杳：深远幽暗貌。　③ 悠悠：遥远。　④ 钿筝：嵌金为饰之筝。　⑤ 芙蕖：荷花的别名。

【评解】

此词写秋景，抒离情。上片写秋风落叶，淡烟衰草，醉眠小店，梦倚高楼；下片写离别之后，天远路遥，钿筝歌扇，早已捐弃，唯见灞桥杨柳，年年牵恨，鸳浦芙蕖，叶叶含愁。全词情景交融，委婉含蓄。词中佳句深得唐人妙处，为宋词中罕见之作。

昭　君　怨　　　　万俟咏

春到南楼雪尽，惊动灯期花信[①]。小雨一番寒，倚栏干。　　莫把栏干频倚，一望几重烟水。何处是京华？暮云遮。

【作者简介】

万俟(Mòqí)咏,号雅言,自号词隐,四川崇宁人。善词,充任大晟乐府制撰,与晁元礼按月律进词。著有《大声集》,周美成为之作序。黄山谷称赞万俟咏为“一代词人”。王灼记雅言行实云:“万俟咏雅言,元祐诗赋科老手也。”

【注释】

① 灯期:指元宵灯节期间。 花信:指群花开放的消息。

【评解】

这首词描述闺中人春日怨情,也是作者借以自况之作。上片写春候,下片抒怨情,明写春信,暗抒怨情。春雪虽尽,春雨犹寒,花信已传,人事未动,所以倚栏悄然。而“怨”从“莫把”一语传出。倚栏一望,烟水重重,伊人何在?暮云霭霭,京华被遮,不言怨而怨自深。含蓄蕴藉,委曲细腻。

【集评】

黄昇《唐宋诸贤绝妙词选》:雅言之词,词之圣者也。发妙音于律吕之中,运巧思于斧凿之外,平而工,和而雅,比诸刻琢句意而求精丽者远矣。

减字木兰花　　蒋兴祖女

题雄州驿[1]

朝云横度，辘辘车声如水去[2]。白草黄沙[3]，月照孤村三两家。　飞鸿过也，百结愁肠无昼夜。渐近燕山，回首乡关归路难。

【作者简介】

蒋兴祖女，宜兴（属江苏）人。能诗词。据《宋史·忠义传》载，钦宗靖康年间，金兵南侵时，蒋兴祖为阳武县令，在城被围时，坚持抗战，至死不屈，极为忠烈。他的妻、子均死于此。其女年轻貌美，被金兵掳去，押往金人京师——中都（今北京）。途经雄州驿，题《减字木兰花》词于壁。

【注释】

① 雄州：今河北雄县。　② 辘辘：车声。　③ 白草黄沙：指北方边远地区的荒凉景象。

【评解】

此词作者抒写亡国丧家、被掳北行的深哀巨痛，如泣如诉，感人至深。上片写被掳途中的情景，下片写“回首乡关”的悲痛心情。全词情景交融，凄楚哀婉，字字血泪，句句生悲。用语精当，化典自如。

【集评】

况周颐《蕙风词话》：此词寥寥数十字，写出步步留恋、步步凄恻之情。

韦居安《梅磵诗话》：靖康间，金人犯阙，阳武蒋令兴祖死之。其女为贼虏去，题字于雄州驿中，叙其本末，仍作《减字木兰花》词云云。蒋令，浙西人，其女方笄，美颜色，能诗词。

黄　金　缕

秦　觏

妾本钱塘江上住，花落花开，不管流年度。燕子衔将春色去，纱窗几阵黄梅雨。　　斜插犀梳云半吐，檀板轻敲[1]，唱彻黄金缕。梦里彩云无觅处，夜凉明月生南浦。

【作者简介】

秦觏（gòu），字少章，江苏高邮人。少游之弟。元祐六年（1091）进士。调临安主簿。工诗词，颇能继芳其兄，词风相近。无专集流传。

【注释】

① 檀板：即拍板。

【评解】

这首词把人与物、情与景融为一体。上片写梅雨时节的景色；下片写当年相聚的情景，微含惜别之情。全词轻柔婉约，含蓄蕴藉，抒情细腻，描景清丽。

【集评】

薛砺若《宋词通论》：少章词颇能继其兄家风，俨然成了一个嫡传的秦派词学。他的《黄金缕》一阕，尤凄艳婉细，传诵人口。

千秋岁　　谢逸

楝花飘砌[①]，蔌蔌清香细[②]。梅雨过，蘋风起[③]。情随湘水远，梦绕吴峰翠[④]。琴书倦，鹧鸪唤起南窗睡。

密意无人寄，幽恨凭谁洗。修竹畔，疏帘里，歌余尘拂扇，舞罢风掀袂。人散后，一钩新月天如水。

【作者简介】

谢逸，字无逸，北宋临川（今属江西）人。屡举不第，一生没有做官，以诗文自娱。有《溪堂词》。他的词远规花间，近逼温、韦，既具花间之浓艳，复得晏、欧之婉柔。他曾作蝴蝶诗三百多首，中多佳句，故被称为“谢蝴蝶”。现存词六十余首。

【注释】

① 楝(liàn)：落叶乔木，初夏开花。 ② 蔌(sù)蔌：形容楝花落下的声音。 ③ 蘋风：微风。 ④ 吴峰：浙江一带的山。 湘水、吴峰，泛指遥远的山水。

【评解】

这首词通过江南景物的描绘，表现了夏日环境的清幽，隐含着怀人的幽思和闲逸的生活情趣。上片写环境的幽静，委婉地抒写了“梦绕吴峰，情随湘水”的情思；下片从往事的回忆写到眼前的情景，而诗人“密意”深藏，“幽恨”满怀，歌舞散后，唯见远天如水，新月如钩，以景结情，不露痕迹。全词淡淡着笔，轻轻点染，抒情细腻，清新婉丽。

【集评】

薛砺若《宋词通论》：谢逸为花间派唯一的传统人物。在同时和后来的此派词人，都不足望其项背。他既具“花间”之浓艳，复得晏、欧之婉柔；他的最高作品，即列在当时第一流作家中亦毫无逊色。其婉约处不亚少游矣。词中如“鹧鸪唤起南窗睡”，“人散后，一钩新月天如水”等句，清新蕴藉，婉秀多姿，即置在小山、淮海集中，亦为上乘之选。

江城子　　谢逸

题黄州杏花村馆驿壁

杏花村馆酒旗风，水溶溶[①]，飏残红。野渡舟横，杨柳绿荫浓。望断江南山色远，人不见，草连空。　　夕阳楼下晚烟笼，粉香融，淡眉峰。记得年时，相见画屏中。只有关山今夜月，千里外，素光同[②]。

【注释】

① 溶溶：水流动貌。　② 素光：形容月光皎洁。

【评解】

杨柳浓荫，碧水溶溶，野渡无人，山色淡远，杏花村馆，环境清雅。这首词由写景到怀人，由眼前到过去，又由过去写到现在。通过景物描写，抒发作者怀人的幽思。全词情景交融，委婉含蓄，饶有韵致。

【集评】

王弈清等《历代词话》引《复斋漫录》：谢无逸尝过黄州杏花村馆，题《江神子》词于驿壁。过者传写，索笔于驿卒，卒苦之，因以泥涂焉。其为人所赏重可知。

薛砺若《宋词通论》：其婉约处不亚少游矣。“只有关山今夜月，千里外，素光同”等句，清新蕴藉，婉秀多姿。

蝶 恋 花

谢 逸

豆蔻梢头春色浅[1]，新试纱衣，拂袖东风软。红日三竿帘幕卷，画楼影里双飞燕。　　扰鬓步摇青玉碾[2]，缺样花枝，叶叶蜂儿颤。独倚阑干凝望远，一川烟草平如剪[3]。

【注释】

① 豆蔻：植物名，春日开花。诗词中常用以比喻少女。　② 步摇：古代妇女首饰。以下三句皆写妇女的首饰。　③ 烟草：形容草色如烟。

【评解】

这首词明写春景，暗抒怀人之情。上片写景，风和日丽，春光明媚，画楼双燕，帘幕高卷；下片写人，凝妆登楼，倚阑远望，唯见"一川烟草平如剪"。全词含蓄婉转，余意不尽。

【集评】

薛砺若《宋词通论》：此词是何等的轻倩！何等的飘逸！

卜 算 子

杜安世

尊前一曲歌[1]，歌里千重意。才欲歌时泪已流，恨应更、多于泪！　　试问缘何事，不语如痴醉。我亦情多不忍闻，怕和我、成憔悴。

【作者简介】

杜安世，字寿域，京兆(今陕西西安)人。他是北宋一位慢词作家，且能自度新曲。词集有《寿域词》一卷。

【注释】

① 尊前：在酒樽之前。

【评解】

这首词描述一次宴会上的情景，表现了难以诉说的哀愁。上片写歌者的悲凄。尊前一曲，含意千重，未歌而泪先流。下片写听者的深切同情。此情此景，令人不忍闻问。全词通篇抒情，深沉哀婉，含蓄细腻，隐含着离愁别恨。

【集评】

薛砺若《宋词通论》：他的《卜算子》，非深于情思者，绝无如此深刻；非工于描写者，绝无如此自然。

如梦令

王之道

一晌凝情无语，手捻梅花何处。倚竹不胜愁，暗想江头归路。东去,东去,短艇淡烟疏雨。

【作者简介】

王之道,字彦猷,庐州濡须(今安徽合肥)人。宣和进士,历任朝奉大夫。有《相山居士词》。以《如梦令》为最清隽幽倩。

【评解】

这首抒情小词,着意人物心理和情态的刻画,语言精妙,委婉含蓄地抒写了伤离惜别之情。全词融情于景,清新淡雅,平易自然。

如 梦 令

曹 组

门外绿阴千顷,两两黄鹂相应。睡起不胜情[1],行到碧梧金井[2]。人静,人静,风动一枝花影。

【作者简介】

曹组,字元宠,颍昌(今河南许昌)人。宣和三年(1121),登进士第。以阁门宣赞舍人为睿思殿应制,敏于应对。工诗文,每出长短句,脍炙人口。有《箕颍集》。《乐府雅词》录其词三十一首。

【注释】

① 不胜情:此谓禁不住为情思所扰。 ② 金井:指装饰华美的井台。

【评解】

浓荫匝道，黄鹂啭林，点染出一片初夏景象；睡起慵懒，情不自胜，庭前漫步，俨然有一段心事萦绕心头。午后人静，风动花影，愈见环境之幽隐静谧。词人触景有所追忆？或有所期待？不自言明，留予读者以无限想象天地。

【集评】

薛砺若《宋词通论》：元宠词极清幽婉丽，颇具淮海、东堂二家之长。他的《如梦令》、《点绛唇》、《好事近》等词，皆清幽绝尘，柔媚多姿，即列于柳、秦大作家之林，亦毫无逊色。

点绛唇　　曹组

云透斜阳，半楼红影明窗户。暮山无数，归雁愁边去。　　十里平芜[1]，花远重重树。空凝伫[2]，故人何处，可惜春将暮。

【注释】

① 平芜：平旷的原野。　② 凝伫：有所思虑、期待而站立不动。

【评解】

这首词通过春景的描写，抒发作者怀人的情思。上片写景。斜阳穿窗，暮山归雁，已经是黄昏的时候了。下片写惜春怀人之情。平芜远望，树木重重，春色将暮，故人何在？婉转细腻地透露了无限怀念之情。全词清新幽雅，委婉多姿。

【集评】

《松窗录》：曹元宠六举不第，著《铁砚篇》自励。宣和中成进士，有宠于徽宗，曾赏其《如梦令》"风弄一枝花影"句、《点绛唇》"暮山无数，归雁愁边去"句。徽宗又手书眉峰碧词，问其出处，真迹藏其家。

忆　少　年

曹　组

年时酒伴，年时去处，年时春色。清明又近也，却天涯为客。　　念过眼、光阴难再得，想前欢、尽成陈迹。登临恨无语，把阑干暗拍。

【评解】

这首伤春词，实抒念旧怀人之情。上片从"清明又近"，抒写对往事的回忆，不胜今昔之感。开头三句，连用三个“年时”，加重了感情色彩。下片写韶华易逝，光阴难再，往事如过眼云烟，尽成陈迹。无言登楼，益增惆怅；满怀心事，向谁诉说？全词语言平易精练，意境清幽，于淡雅中抒浓郁真挚之情。深沉哀婉，情韵悠长。

人 月 圆

李持正

小桃枝上春风早，初试薄罗衣。年年乐事，华灯竞处[1]，人月圆时。　　禁街箫鼓[2]，寒轻夜永，纤手重携。更阑人散，千门笑语，声在帘帏。

【作者简介】

李持正，字季秉。宋徽宗政和五年（1115）进士，历知德庆、南剑、潮阳三郡，以朝请大夫终。他的词仍有北宋初期自然的情调。

【注释】

① 华灯：彩饰华美的灯。　② 禁：古时称皇帝居住的地方。禁街：即御街。

【评解】

东风轻柔，春上桃枝，元宵灯节又到了。仕女们罗衣新试，携手同游，华灯辉映。这首词的上片写观灯的盛况，下片写节日的欢腾与喜悦。全词情景交融，含蓄蕴藉，生动地表现了节日气氛。

小 重 山

何大圭

绿树莺啼春正浓，钗头青杏小，绿成丛。玉船风动酒鳞红。歌声咽，相见几时重[①]？　车马去匆匆，路随芳草远，恨无穷。相思只在梦魂中。今宵月，偏照小楼东。

【作者简介】

何大圭，字晋之，广德（今属安徽）人。宋徽宗政和年间进士及第。仕为秘书省著作郎。工诗词，他的《小重山》词，极为临邛高耻庵所赞许。

【注释】

① 相见几时重：几时重相见。

【评解】

这首词抒发伤离惜别之情。上片写暮春送别，莺啼歌咽，无限眷恋;下片写别后相思,芳草路远,幽恨无穷,月照小楼,撩人相思。全词以景衬情,思绪绵绵,造语婉妙,余味悠长。

【集评】

杨慎《词品》:临邛高耻庵云:"'玉船风动酒鳞红'句,譬如云锦月钩,造化之巧,非人琢也。"此等句,在天地间有限。

更漏子　　赵长卿

烛消红,窗送白,冷落一衾寒色。鸦唤起,马�行,月来衣上明。　　酒香唇,妆印臂,忆共人人春睡。魂蝶乱,梦鸾孤,知他睡也无?

【作者简介】

赵长卿,自号仙源居士,江西南丰人。《四库提要》云:"长卿恬于仕进,觞咏自娱,随意成吟,多得淡远萧疏之致。"著有《惜香乐府》。其词仿张先、柳永,颇得其神,故能在艳冶中复具清幽之致。生平作品颇多,为柳派一大作家。

【评解】

这首词写离景,抒别情。上片写"一衾冷落"、"月下登程"的凄凉况味;下片写别后的相思相忆,“知他睡也无”,含蕴无限眷恋之情。全词着意抒情而以景相衬,情思缠绵,意境幽凄。

【集评】

薛砺若《宋词通论》:他的词模仿子野、耆卿,颇得其精髓。《更漏子》一阕,写得更明倩可爱。有时且喜用通俗的字句入词,他可以说是耆卿的嫡传。

俞陛云《唐五代两宋词选释》:长卿以宗室之贵,而安心风雅,其词以春、夏、秋、冬四景,编成六卷,为词家所希有。殆其居高声远,较易流传,其《惜香集》中和雅之音也。

潇 湘 夜 雨

赵长卿

斜点银釭[①],高擎莲炬[②],夜深不耐微风。重重帘幕卷堂中。香渐远、长烟袅穟[③],光不定、寒影摇红。偏奇处、当庭月暗,吐焰为虹。　　红裳呈艳[④],丽娥一见,无奈狂踪[⑤]。试烦他纤手,卷上纱笼。开正好、银花照夜,堆不尽、金粟[⑥]凝空。丁宁语[⑦]、频将好事,来报主人公。

【注释】

① 银缸:银灯。 ② 莲炬:指莲花灯。 ③ 袅:烟篆缭绕上腾貌。檖:同“穗”,本为禾穗,这里借指灯烛芯。 ④ 红裳呈艳:形容灯燃得好。 ⑤“丽娥”两句:指飞蛾狂扑灯火。 ⑥ 金粟:指灯花呈金黄色颗粒状。 ⑦ 丁宁语:结灯花时,有小爆炸声,好像叮咛之语。

【评解】

这是一首咏物词。上片写油灯点燃的情景,写出了华灯初张、灯火照明、光焰正旺等情况;下片写灯花结彩,飞蛾扑焰,银花照夜,末以“丁宁语”两句,借俗传喜兆作结。全词语言形象,对仗工丽,描写细腻,意境优美。

【集评】

虢寿麓《历代名家词百首赏析》:这首词正描明朗,侧衬丰腴,语言形象,典故融洽,如盐糖着水,水甜咸而不见盐糖,最为妙品。

柳梢青

赵长卿

过何郎石见早梅[①]

云暗天低。枫林凋翠,寒雁声悲。茅店儿前,竹篱笆后，初见横枝。　　盈盈粉面香肌。记月榭、当年见伊。有恨难传，无肠可断，立马多时。

【注释】

① 何郎石：何郎即梁代诗人何逊，其《咏早梅》诗极有名，石在何处不详。

【评解】

这首词借咏梅而抒怀旧之情。天气渐冷，枫林凋翠，寒雁声悲。而茅店外、竹篱边，出现了梅花的倩影。上片写“初见横枝”的情景。下片所咏，似花似人，亦花亦人，朦胧得妙。“无肠可断”句，命意颖秀，言久已肠断，今则无可复断矣。续以“立马多时”，更见踟蹰怅惘，难以言宣。

如　梦　令

赵长卿

何处一声鸣橹？惊起满川寒鹭。一著画难成，雪霁乱山无数。且住，且住。数遍溪南烟树。

【评解】

冬日汉江上本极静谧，忽然船桨击水，寒鹭惊飞，与积雪的远山相映，平添不少江山生趣。这景色实难描画，遂使诗人留连忘返。末句“数遍溪南烟树”，状不忍遽去之情宛然。

好事近　　吕渭老

飞雪过江来，船在赤栏桥侧[1]。惹报布帆无恙[2]，著两行亲札[3]。　　从今日日在南楼，鬓自此时白。一咏一觞谁共[4]，负平生书册。

【作者简介】

吕渭老（一作滨老），字圣求，嘉兴（今属浙江）人。宋徽宗宣和末年在朝廷里做过小官，南渡后情况不详。所著有《圣求词》。他的词作较平易，但也有刻画工丽、描写生动之作。

【注释】

① 赤栏桥：姜夔《淡黄柳》词序：“客居合肥南城赤栏桥之西。”　② 惹：即偌，犹言如此。无恙：指旅途平安。　③ 著：加上。　亲札：亲笔写的信。　④ “一咏一觞”句：这里谓有谁来一同饮酒赋诗。

【评解】

这是南渡后作者写给友人的一首词。词中写自己在风雪中回到南方，长期闲居家乡，没有志同道合的朋友一起饮酒赋诗，不能为国立功，辜负了平生读书的志气。词虽简短平淡，爱国之情极为深切。

【集评】

赵师岃《圣求词序》：圣求词婉媚深窈，视美成、耆卿伯仲耳。

杨慎《词品》：圣求在宋，不甚著名，而词甚工。

薄　幸

吕渭老

青楼春晚，昼寂寂、梳匀又懒。乍听得、鸦啼莺哢，惹起新愁无限。记年时、偷掷春心，花前隔雾遥相见。便角枕题诗[1]，宝钗贳酒[2]，共醉青苔深院。　怎忘得、回廊下，携手处、花明月满。如今但暮雨，蜂愁蝶恨，小窗闲对芭蕉展。却谁拘管？尽无言、闲品秦筝，泪满参差雁。腰肢渐小，心与杨花共远。

【注释】

① 角枕：角制或用角装饰的枕头。　② 贳(shì)：赊欠。

【评解】

这首词委婉细腻地抒写了别后相思之情。眼前的景色，勾起往事的回忆。上片写当时相会的情景。春心偷掷，花前相见，贯酒题诗，深院共醉。往事历历，萦绕心头。下片写别后的相思相忆。当时廊下携手，花明月满。如今小窗闷坐，无言泪满。“心与杨花共远”，写出了无限相思与眷恋。余味绵绵，耐人寻思。全词着意描绘暮春景色，实抒离别相思之情。从眼前写到过去，又从以往回到眼前，含蓄蕴藉，婉丽多姿。

贺新郎

李　玉

篆缕消金鼎①，醉沉沉、庭阴转午，画堂人静。芳草王孙知何处？惟有杨花糁径②。渐玉枕、瞢腾初醒，帘外残红春已透，镇无聊、殢酒厌厌病③。云鬓乱，未忺整④。　　江南旧事休重省，遍天涯寻消问息，断鸿难倩。月满西楼凭阑久，依旧归期未定。又只恐瓶沉金井，嘶骑不来银烛暗，枉教人立尽梧桐影。谁伴我，对鸾镜。

【作者简介】

李玉，身世不详。《全宋词》存其词一首。

【注释】

① 篆缕:香烟上升如线,又如篆字。金鼎:香炉。　② 糁(sǎn):飘散。③ 殢(tì):困扰;纠缠不清。　④ 忺(xiān):高兴;适意;欲。

【评解】

这是一首春闺怀人之作。上片对景怀人。暮春时节,杨花糁径,春透残红,睹物思人,情不自禁。下片写别后相思。断鸿难倩,归期无定,江南旧事,不堪重省。"枉教人立尽梧桐影",传达出盼归之情,深挚缠绵。全词由室内写到室外,由自己写到对方,风流蕴藉,绮丽多姿。

【集评】

李攀龙《草堂诗余隽》:上有芳草生王孙游之思,下又是银瓶欲断绝之意。

黄昇《玉林词话》:李君之词虽不多见,然风流蕴藉,尽于《贺新郎》一词矣。

沈际飞《草堂诗余正集》:李君止一词,风情耿耿。

黄氏《蓼园词评》:情词旖旎,风骨珊珊,幽秀中自饶隽旨。

陈廷焯《云韶集》:此词绮丽风华,情韵并盛,允推名作。

南　　浦

鲁逸仲

风悲画角，听单于、三弄落谯门[①]。投宿骎骎征骑[②]，飞雪满孤村。酒市渐阑灯火，正敲窗、乱叶舞纷纷。送数声惊雁，乍离烟水，嘹唳度寒云。　　好在半胧淡月，到如今、无处不消魂。故国梅花归梦，愁损绿罗裙[③]。为问暗香闲艳，也相思、万点付啼痕。算翠屏应是，两眉余恨倚黄昏。

【作者简介】

鲁逸仲，姓孔名夷，字方平，号滍皋渔父，宋哲宗元祐中隐士。“鲁逸仲”是其别号也。其词如《惜余春慢》《南浦》等，均录于赵闻礼《阳春白雪》集。

【注释】

① 单于：唐乐曲有《小单于》。　② 骎(qīn)骎：马速行貌。　③ 绿罗裙：家中着绿罗裙之人。

【评解】

这首词抒写作者的思乡情怀。上片写眼前的所见所闻。满村飞雪，数声惊雁，无不撩人乡思。下片抒怀念故乡、想念亲人之情。结语“两眉余恨倚黄昏”，写到家人盼归，更表现了诗人的思乡情怀。全词感情深挚，婉丽含蓄，耐人寻味。

【集评】

黄昇《花庵词选》：词意婉丽，似万俟雅言。

李攀龙《草堂诗余隽》：上是旅思凄凉之景况，下是故乡怀望之神情。

黄氏《蓼园词评》：细玩词中语意，似亦经靖康乱后作也。第词旨含蓄，耐人寻味。

陈廷焯《云韶集》：此词遣词琢句，工绝警绝，最令人爱。韵胜情胜，笔致自佳。“好在”二语真好笔仗。“为问”二语淋漓痛快，笔仗亦佳。

薛砺若《宋词通论》：尤以《南浦》一词为最婉约蕴藉，与少游《满庭芳》诸作尤神似，即置在《淮海集》中，亦为最上乘之作，余子更不足与并论了。

唐圭璋《唐宋词简释》：此首写旅思。上片景，下片情，琢句极警峭。起写风送角声，次写雪满孤村，所闻所见，无非凄凉景象。“酒市”以下，更写晚间灯火与云中雁声，境尤可悲。下片由景入情，乡思最切。“好在”两句，言见月销魂。“故国”两句，忆梅忆人。“为问”两句，承忆梅。“翠屏”两句，承忆人。以己之深愁难释，故思及对方之人，亦应是余恨难消也。

好　事　近　　　　廖世美

夕景

落日水熔金[①]，天淡暮烟凝碧。楼上谁家红袖[②]，靠阑干无力。　　鸳鸯相对浴红衣[③]，短棹弄长笛[④]。惊起一双飞去，听波声拍拍。

【作者简介】

廖世美，生平事迹不详。黄昇《花庵词选》录他的词两首。

【注释】

① 熔金：形容落日照在水里灿烂的颜色。　② 红袖：指女子。　③ 红衣：状鸳鸯彩羽。　④ 短棹：指代小舟，此指舟中之人。

【评解】

这是一首艳词。词中出现两人，一为凭栏女子，一为舟中弄笛人。不图吹箫引凤，却惊鸳鸯飞去。不言他鸟，单言鸳鸯，其微旨可见。

烛影摇红

廖世美

题安陆浮云楼[①]

霭霭春空，画楼森耸凌云渚。紫薇登览最关情[②]，绝妙夸能赋。惆怅相思迟暮，记当日、朱阑共语。塞鸿难问，岸柳何穷，别愁纷絮。　　催促年光，旧来流水知何处？断肠何必更残阳，极目伤平楚。晚霁波声带雨[③]，悄无人、舟横野渡。数峰江上，芳草天涯，参差烟树。

【注释】

① 安陆：今湖北安陆市。　② 紫薇：星名，位于北斗东北。　③ 带雨：韦应物诗："春潮带雨晚来急，野渡无人舟自横。"

【评解】

这首词通过春日晚景的描写，抒发离别相思之情。上片写春日登楼的所见所感。春空霭霭，画楼入云，登高怀远，往事历历，相思之情，不能自已。下片写眼前景色。波声带雨，野渡无人，极目远望，唯见"数峰江上，芳草天涯，参差烟树"。全词意境幽美，情景交融，婉曲新巧，词雅情深。

【集评】

况周颐《蕙风词话》：廖世美《烛影摇红》过拍云："塞鸿难问，岸柳何穷，别愁纷絮。"神来之笔，即已佳矣。换头云："催促年光，旧来流水知何处？断肠何必更残阳，极目伤平楚。晚霁波声带雨，悄无人、舟横野渡。”语淡而情深，令子野、太虚辈为之，容或未必能到。此等词一再吟诵，辄沁人心脾，毕生不能忘。《花庵绝妙词选》中，真能不愧“绝妙”二字，如世美之作，殊不多觏。

如梦令 向镐

野店几杯空酒，醉里两眉长皱。已是不成眠，那更酒醒时候！知否，知否？直是为他消瘦。

【作者简介】

向镐，字丰之，生平不详，河内（今河南沁阳）人。元和江标灵鹣阁本作“向滈”。其《喜乐词》，有江氏本及王鹏运《四印斋汇刻宋元三十一家词》本。他的词以自然为胜，多用俗语入句。

【评解】

这首小令写别后的绵绵相思。分别之后，旅居野店，思乡怀人之情，不能自已。空酒几杯，未能消愁。醉里尚且双眉紧皱，更那堪酒醒时候！全词轻柔雅丽，语浅情深。

点　绛　唇　　　　李　祁

楼下清歌，水流歌断春风暮。梦云烟树，依约江南路。　　碧水黄沙，梦到寻梅处。花无数，问花无语，明月随人去。

【作者简介】

李祁，字萧远，雍丘（今河南杞县）人。生卒年均不详。登进士，官至尚书郎。宋徽宗宣和年间，责监汉阳酒税。工诗词。其词婉约清丽，胜处不减少游。所作见《乐府雅词》。

【评解】

这首词明写春景，暗抒离情。上片写眼前景色。水流歌断，春风又暮，从而引起往事的怀念。下片写梦境。碧水黄沙，梅花无数，而月随人去，花自无语。全词抒情委婉，含蓄蕴藉，幽美清雅，饶有韵致。

【集评】

薛砺若《宋词通论》：其《点绛唇》词，婉约清丽，胜处不减少游。

好　事　近　　　蒋子云

叶暗乳鸦啼，风定老红犹落[1]。蝴蝶不随春去，入薰风池阁。　　休歌金缕劝金卮[2]，酒病煞如昨[3]。帘卷日长人静，任杨花飘泊。

【作者简介】

蒋子云，字元龙，生平不详。工诗词。其《好事近》一阕，颇短倩有致。

【注释】

① 老红：残存的花朵。　② 金卮：金杯。这里指酒。　③ 煞：很、极。

【评解】

这首词着意写景，以抒闲情。上片描写初夏景色，下片抒发闲雅之情。乳鸦、老红、薰风、长日、杨花，皆初夏景象，错综写来，风光迷丽。篇中不露一“夏”字而有夏感，唯以景铺写；偏提一“春”字而无春意，只以春作反衬，春去而夏来也。暗示得妙。卷帘人静，待酒浇愁，可酒病如昨，自无歌劝之必要，充分表现了百无聊赖的闲愁。“蝴蝶”句虽属实写，或有所指，却写得闲淡蕴藉，耐人寻味。

【集评】

俞陛云《唐五代两宋词选释》：当春尽花飞，依然病酒，而绝不作伤春语，如诵渊明诗，气静神恬，令人意远。

菩　萨　蛮　　沈会宗

落花迤逦层阴少[1]，青梅竞弄枝头小。红色雨和烟[2]，行人江那边。　　好花都过了，满地空芳草。落日醉醒间，一春无此寒。

【作者简介】

沈会宗，字文伯，生平不详。工诗词，词集有赵万里《校辑宋金元人词》本，名《沈文伯词》一卷。

【注释】

① 迤逦：曲折连绵。　② 红色雨和烟：形容落花在夕阳辉映中的景色。

【评解】

这首词着意描写暮春景色。落红如雨，青梅似豆。斜阳夕照，遍地芳草。而醉醒之间，“好花都过”，春光已暮。全词通过景物的描绘，委婉含蓄地抒写诗人的惜春情怀。清新和婉，平易自然。

生　查　子　　杨无咎

秋来愁更深，黛拂双蛾浅[1]。翠袖怯天寒，修竹萧萧晚。　　此意有谁知，恨与孤鸿远。小立背西风，又是重门掩。

【作者简介】

杨无咎，字补之，清江（今属江西）人。高宗累征不起，自号清夷长者。其《逃禅词》，有《宋六十家词》本。他的词正如他的人品，高洁清幽，不沾尘俗。

【注释】

① 双蛾：即双眉。

【评解】

这首词上片写景，景中蕴情。翠袖天寒，修竹萧萧，秋色满眼，添人愁思。下片抒情。背立西风，又掩重门，此时心情，有谁得知！全词清疏雅洁，委婉含蓄，抒情细腻，思绪绵绵，余意不尽。

柳　梢　青

杨无咎

茅舍疏篱，半飘残雪。斜卧低枝，可更相宜？烟笼修竹，月在寒溪。　　宁宁伫立移时[①]，判瘦损、无妨为伊。谁赋才情，画成幽思，写入新诗。

【注释】

① 宁宁：宁静之意。　移时：谓少顷。

【评解】

这首咏画词，梅花与人融为一体，既写梅花的精神，也表现了诗人的情操。意境幽美，用语工妙，含蓄蕴藉，构思新颖，耐人寻味。

【集评】

俞陛云《唐五代两宋词选释》：画梅始于五代，皆著色而俪以禽鸟。至逃禅翁始以水墨作花，遂雅逸出群，世称“江西墨梅”，至今片纸兼金，为画苑秘宝。遗词一卷，选家多未登录。其绵丽工炼，则颇似梦窗。

秦　楼　月

范成大

浮云集，轻雷隐隐初惊蛰。初惊蛰，鹁鸠鸣怒[1]，绿杨风急。　玉炉烟重香罗浥[2]，拂墙浓杏燕支湿[3]。燕支湿，花梢缺处，画楼人立。

【作者简介】

范成大，字致能，号石湖居士，吴郡（今苏州市）人。孝宗时出使金国，表现出不畏强暴的凛然气节。官至参知政事。他是南宋著名诗人之一。他的词，所涉及的生活面不及诗歌广阔，文字精美，音节谐婉，与婉约派一脉相通。有《石湖集》。

【注释】

① 鹁鸠：亦称鹁鸪，天将雨，其鸣甚急。 ② 浥：湿润。 ③ 燕支：一种可作胭脂的花。

【评解】

时届惊蛰，雷声隐隐，绿杨随风，浓杏拂墙，燕支重色，处处呈现出春日景色。词末点出“花梢缺处，画楼人立”，顿使景中有人，意境全活。全词抒情含蓄，幽雅和婉。

【集评】

薛砺若《宋词通论》：石湖为南宋大诗人之一。其诗极清疏有致，词亦如之。

秦楼月[1]

范成大

楼阴缺[2]，栏干影卧东厢月[3]。东厢月，一天风露[4]，杏花如雪。 隔烟催漏金虬咽[5]，罗帏黯淡灯花结。

灯花结，片时春梦，江南天阔。

【注释】

① 一本作《忆秦娥》。 ② 楼阴缺：高楼被树荫遮蔽，只露出未被遮住的一角。 ③ 栏干影卧：由于高楼东厢未被树荫所蔽，因此当月照东厢时，栏干的影子就卧倒地上。 ④ 一天：满天。 ⑤ 金虬(qiú)：即铜龙，指计时的漏器上所装的铜制龙头。

【评解】

这首词着重描绘春日晚景，以抒愁情。上片写室外景色。月照东厢，栏干影斜，风露满天，杏花似雪。下片抒写怀人的幽思。罗帏暗淡，金漏声咽，梦境虽好，而片时相会，离愁苦多。全词委婉含蓄，清疏雅洁。

【集评】

俞陛云《唐五代两宋词选释》：上阕言室外之景，月斜花影，境极幽俏。下阕言室内之人，灯昏欹枕，梦更迷茫，善用空灵之笔，不言愁而愁随梦远矣。

唐圭璋《唐宋词选注》："片时春梦"，是说梦中相会，好景苦短。"江南路遥"则指故乡路远，离愁偏多。

郑文焯《绝妙好词校录》：范石湖《忆秦娥》"片时春梦，江南天阔"二语，乃用岑嘉州"枕上片时春梦中，行尽江南数千里"诗意，盖檃括余例也。

眼 儿 媚

范成大

萍乡道中乍晴，卧舆中困甚，小憩柳塘

酣酣日脚紫烟浮[1]，妍暖试轻裘。困人天色，醉人花气，午梦扶头[2]。　　春慵恰似春塘水，一片縠纹愁。溶溶泄泄[3]，东风无力，欲皱还休。

【注释】

① 酣酣：暖意。　② 扶头：酒名。　③ 溶溶泄泄：荡漾貌。

【评解】

这首词通过春景的描绘，抒写人物的内心感受。上片写景。春雨如酥，乍晴骤暖，困人天气，花气袭人。下片通过比喻，抒写人物心情。“春慵恰似春塘水，一片縠纹愁”，又以“欲皱还休”作结。构思新巧，情韵悠长。全词融情于景，细腻柔和，工巧精美。

【集评】

沈际飞《草堂诗余别集》：字字软温，着其气息即醉。

许昂霄《词综偶评》：换头“春慵”紧接“困”字、“醉”字来，细极。

王闿运《湘绮楼词选》：自然移情，不可言说，绮语中仙语也。

俞陛云《唐五代两宋词选释》：上阕“午梦扶头”句领起下文。以下五句借东风皱水，极力写出春慵，笔意深透，可谓入木三分。

点　绛　唇

赵　鼎

香冷金猊[1]，梦回鸳帐余香嫩。更无人问，一枕江南恨！　　消瘦休文，顿觉春衫褪。清明近，杏花吹尽，薄暮东风紧。

【作者简介】

赵鼎，字元镇，号得全居士，解州闻喜（今属山西）人。生于宋神宗元丰八年（1085）。徽宗崇宁五年（1106）进士。元镇为宋代名臣，官至相位。因与秦桧政见不合，被贬岭南，忧愤国事，不食而死。可见其气节人品。他的词多河山故主之思，音节虽婉柔，而意绪则甚凄楚。有《得全居士词》一卷。

【注释】

① 金猊：香炉的一种。其形似狮。

【评解】

这首词写春景，抒离恨。上片写室内情景。香冷金猊，梦回鸳帐，离恨一枕，悄无人问。下片写室外景色。清明节近，杏花随风，薄暮来临，东风渐紧。全词通过景物描写，曲折含蓄地表露了春愁与离恨，委婉柔媚，意境幽美。

踏　莎　行　　　张元幹

芳草平沙[1]，斜阳远树。无情桃叶江头渡。醉来扶上木兰舟，将愁不去将人去[2]。　　薄劣东风，夭斜飞絮。明朝重觅吹笙路。碧云香雨小楼空，春光已到销魂处。

【作者简介】

张元幹，字仲宗，号芦川居士，又号真隐山人，芦川永福（今福建永泰）人。北宋末年之太学生。曾积极赞助李纲抗金。高宗时，因作词送主战派李纲、胡铨，遭秦桧迫害，下狱削籍。著有《芦川词》，词风多样。

【注释】

① 平沙：旷野。　② 将：送。

【评解】

这是一首暮春送别词。上片写江头送别情景。扶醉登舟，人去之后，只有"愁"留了下来。下片写别后情景。落花飞絮，东风薄劣，春光将尽，人去楼空。全词凄婉缠绵，余意不尽。

【集评】

薛砺若《宋词通论》：此词以明畅之笔，写凄婉之思，其风神又宛似永叔、少游矣。

浣 溪 沙　　张元幹

山绕平湖波撼城[1]，湖光倒影浸山青。水晶帘下欲三更。　雾柳暗时云度月，露荷翻处水流萤[2]。萧萧散发到天明[3]。

【注释】

① 波撼城：孟浩然《临洞庭》诗："气蒸云梦泽，波撼岳阳城。"　② 水流萤：月下荷叶露珠闪光，晶莹如萤火。　③ 萧萧：疏散貌。

【评解】

夏夜静谧，散发纳凉，湖光山色，极堪赏玩。词人于水晶帘下观赏既久，乃从四周静境中看出动势。觉湖波之撼城，察山影之浸湖；云遮月则柳暗如雾，荷翻露则细光如萤。静谧世界中变化纷呈，在在醒心娱目。此词佳处即在表达此种静中之动。"雾柳"一联，尤为俊美传神。

【集评】

毛晋《跋芦川词》：芦川词，人称其长于悲愤。及读《花庵》、《草堂》所选，又极妩秀之致，真堪与片玉、白石并垂不朽。

菩 萨 蛮　　　　黄公度

眉尖早识愁滋味，娇羞未解论心事。试问忆人不？无言但点头。　　唤人归不早，故把金杯恼。醉看舞时腰，还如旧日娇。

【作者简介】

黄公度，字师宪，莆田（今属福建）人。宋高宗绍兴八年（1138）进士第一。签书平海军节度判官，累仕至尚书考功员外郎。著有《知稼翁词》，有毛晋《宋六十家词》本。

【评解】

这首词生动地表现了对人的怀念。眉间心上，凝聚着愁情。"无言但点头"、"还如旧日娇"，把相思相忆时的情态刻画得细致入微。全词含蓄蕴藉，婉丽工巧。

【集评】

洪迈《知稼翁集序》：追乐府词章，宛转清丽，读者咀嚼于齿颊间而不能已。

曾丰《知稼翁词序》：清而不激，和而不流。

薛砺若《宋词通论》：黄公度有两个女侍，一曰倩倩，一曰盼盼。在五羊时尝命出以侑酒。故晚年曾作《菩萨蛮》一阕。其婉丽处颇近永叔、少游矣。

婉约词全解

〔典藏版〕

下

惠淇源 选解

复旦大学出版社

采 桑 子　　陆 游

宝钗楼上妆梳晚，懒上秋千。闲拨沉烟，金缕衣宽睡髻偏。　　鳞鸿不寄辽东信[1]，又是经年。弹泪花前，愁入春风十四弦。

【作者简介】

陆游，字务观，自号放翁，越州山阴(今浙江绍兴)人。生于宋徽宗宣和七年(1125)。范成大帅蜀，游为参议官，因爱蜀中风土，故题其生平所作之诗为《剑南诗稿》。他是南宋著名爱国诗人、中国文学史上的大诗人。词作虽不多，但风格多样，既有充满爱国激情的豪放之作，又有婉丽飘逸、感情深挚的词篇。著有《陆放翁全集》。

【注释】

① 鳞鸿:这里泛指书信。　辽东:古代郡名。这里泛指边远地区。

【评解】

这首春愁词，着意写人。上片描写人物情态。梳妆慵晚，懒上秋千，花冠不整，衣宽髻偏。下片抒写相思与离情。原来情绪不佳是因为游人未归，而且又经年没有书信，因而花前弹泪，相思不已。“愁入春风十四弦”，思绪缠绵，情韵无限，写出了相思相爱之深。全词抒情细腻，含蓄凄婉。

【集评】

俞陛云《唐五代两宋词选释》:放翁词多放笔为直干。此词独顿挫含蓄,从彼美一面着想,不涉欢愁迹象,而含凄无限,结句尤余韵悠然,集中所稀有也。

朝中措　陆游

梅

幽姿不入少年场,无语只凄凉。一个飘零身世,十分冷淡心肠。　江头月底,新诗旧梦,孤恨清香。任是春风不管,也曾先识东皇[①]。

【注释】

① 东皇:传说中司春之神。

【评解】

这首咏梅词,虽通篇不见“梅”字,却处处抓住梅花的特点着意描写。作者运用拟人化手法,借梅花以自喻。梅花与人融为一体,把自己的身世之感含蕴其中,寄托遥深。全词寓意深婉含蓄,余味悠长。

【集评】

俞陛云《唐五代两宋词选释》:首二句咏花而见本意,余皆借梅自喻,飘零孤恨,其冷淡绝似寒梅。但梅花虽未逮秾春,而东皇先识,胜于百花,尽有江上芙蓉,一生未见春风者。放翁受知于孝宗,褒其多闻力学,授枢密院编修。虽出知外州,书生遭际,胜于槁项牖下多矣。故其结句自伤亦以自慰也。

浣 溪 沙　　陆 游

和无咎韵[1]

漫向寒炉醉玉瓶[2],唤君同赏小窗明。夕阳吹角最关情。　　忙日苦多闲日少,新愁常续旧愁生。客中无伴怕君行。

【注释】

① 无咎:韩元吉,字无咎,南宋著名诗人。　② 漫向:一本作“懒向”。

【评解】

陆游通判镇江时,韩无咎从江西来镇江探母。陆游与其盘桓两月。这首《浣溪沙》即作于此时。上片表现了二人友情的深挚；下片写客中送客，表现了作者的孤寂心情。全词抒情委婉，真挚感人。

【集评】

俞陛云《唐五代两宋词选释》：首二句委婉有致。“夕阳”句于闲处写情，意境并到。“忙日”、“新愁”二句真率有唐人诗格。结句乃客中送客，人人意中所难堪者，作者独能道出之，殆无咎将有远行也。

朝中措　　陆游

怕歌愁舞懒逢迎，妆晚托春酲[①]。总是向人深处，当时枉道无情。　　关心近日，啼红密诉，剪绿深盟。杏馆花阴恨浅，画堂银烛嫌明。

【注释】

① 春酲(chéng)：春日病酒。酲，病酒，谓经宿饮酒，故曰酲。

【评解】

陆游在蜀期间，曾写作《朝中措》咏梅词三首，此为其中之一。

上片，词人以拟人化手法，抒写梅花因不喜歌舞逢迎，而被视为“无情”。下片写近日啼红剪绿，百花竞艳，莺歌燕舞，春满人间。全词清雅含蓄，委婉多情，亦梅亦人，寄喻殊深。

月 上 海 棠　　陆　游

斜阳废苑朱门闭，吊兴亡、遗恨泪痕里。淡淡宫梅，也依然、点酥剪水①。凝愁处，似忆宣华旧事②。　行人别有凄凉意，折幽香、谁与寄千里。伫立江皋，杳难逢、陇头归骑。音尘远，楚天危楼独倚③。

【注释】

① 点酥：喻美目。　② 宣华：蜀王旧苑。　③ 楚天：古时长江中下游一带属楚，故用以泛指南方的天空。

【评解】

这首词，作者借宫梅的“凝愁忆旧”，抒写自己对成都蜀王旧苑的凭吊。上片从旧苑梅花而引起怀古之情。下片因梅而忆人。“折幽香、谁与寄千里”，表现了诗人“别有凄凉意”。全词凄恻哀婉，幽雅含蓄。

【集评】

俞陛云《唐五代两宋词选释》:词为成都蜀王旧苑而作。苑中有古梅二百余本。不言过客之凭吊兴亡,而凝愁忆旧,托诸宫梅,词境便觉灵秀。下阕因梅花而忆远人,与本题怀古,全不相属。故转头处用“别有凄凉意”之句以申明之,以下即畅发己意矣。蜀王故苑,放翁入蜀时,老木颓垣,尚存残状。余于光绪间入蜀,过成都城外昭觉寺,即词中宣华苑故址,摩诃之池、迎仙之观,及古梅百本,遗迹全消,所余者惟柱础轮囷,散卧于茂林芳草间。词中所谓凭吊朱门斜日,又隔悠悠千载矣。蜀中燕王故宫,海棠极盛,为成都第一。放翁犹及见之,赋《柳梢青》一首,不及此词之佳。

南乡子

陆游

归梦寄吴樯[①],水驿江程去路长[②]。想见芳洲初系缆,斜阳,烟树参差认武昌。　　愁鬓点新霜[③],曾是朝衣染御香。重到故乡交旧少,凄凉,却恐他乡胜故乡。

【注释】

① 吴:泛指南方。樯:桅杆,泛指舟船。　② 驿:古时供传送文书者休息、

换马的处所,这里泛指行程。 ③ 霜:这里指白发。

【评解】

这首词是陆游奉调入京、即将离开成都时的作品,既写出对故乡的怀念,又流露了对成都的无限留恋。上片是想见归途中的情景。水驿江程,芳洲系缆,斜阳夕照,烟树参差。下片推想重返故乡的境况。愁鬓点霜,故交零落,凄凉况味,反觉不如他乡矣。心理刻画,细致入微。全词意境幽美,景色如画,委婉清丽,含凄无限。

【集评】

俞陛云《唐五代两宋词选释》:入手处仅写舟行,已含有客中愁思。"斜阳"二句秀逸入画。继言满拟以还乡之乐,偿恋阙之怀,而门巷依然,故交零落,转不若寂寞他乡,尚无睹物怀人之感,乃透进一层写法。

水 龙 吟 陈 亮

春恨

闹红深处层楼[①],画帘半卷东风软。春归翠陌,平莎茸嫩[2]，垂杨金浅。迟日催花[3]，淡云阁雨[4]，轻寒轻暖。恨芳菲世界，游人未赏，都付与、莺和燕。　　寂寞凭高念远，向南楼、一声归雁。金钗斗草，青丝勒马，风流云散。罗绶分香[5]，翠绡封泪，几多幽怨！正销魂，又是疏烟淡月，子规声断。

【作者简介】

陈亮，字同甫，号龙川，浙江永康人。宋光宗绍熙四年（1193）进士，擢第一，授签书建康府判官厅公事，未到任而卒。同甫才气超迈，喜谈兵，力主抗金，曾几次遭受迫害。他与辛稼轩交往至密，词风亦相近。其爱国壮词豪气磅礴，令人感奋。但他的《水龙吟》《虞美人》等词，则又婉秀疏宕，不以豪壮著称。著有《龙川词》。有《四印斋所刻词》本。

【注释】

① 闹红：一本作“闹花”。形容百花盛开。　② 平莎：平原上的莎草。或说，平整的草。茸嫩：形容初生之草十分柔嫩。　③ 迟日：春日昼长，故曰“迟日”。　④ 阁雨：把雨止住。阁，同“搁”。　⑤ 罗绶：罗带。

【评解】

这首春恨词，上片从写景引向人事。柳媚花娇，草软莎平，淡云微雨，春光宜人。然而这“芳菲世界”却无人游赏，都付与流莺飞燕，实在令人生“恨”。下片写闻“归雁”而“念远”，感今忆昔，“几多幽怨”。这首词的可贵之处，是用“幽秀”之笔，写出了家国之情。正由于笔曲意深，含蓄而味永，艺术效果往往并不在壮怀激烈的言词之下，手法之妙，于此可见。

【集评】

冯金伯《词苑萃编》引《词苑》：陈同父开拓万古之心胸，推倒一世之豪杰，而作词乃复幽秀。

刘熙载《艺概》：同甫《水龙吟》云：“恨芳菲世界，游人未赏，都付与、莺和燕。”言近旨远，直有宗留守大呼渡河之意。

艾治平《宋词名篇赏析》：此词写的不是儿女情的“春恨”，而是“国破山河在，城春草木深”那种“春恨”，它寄寓着祖国南北分裂、国耻未雪、家仇未报的悲愤。这样，便是以“芳菲世界”来比喻沦陷了的中原锦绣河山，而“莺和燕”，则是奸邪小人和卖国求荣之类人物了。

唐圭璋《唐宋词选注》：本词和辛弃疾的名篇《摸鱼儿》是同一风格，若论婉丽含蓄，意境深远，二词也可说是相映生辉。

唐圭璋《唐宋词简释》：此首凭高念远，疏宕有致。起数句，皆写景物。“闹花”两句，写楼高风微。“春归”三句，写平莎垂杨。“迟日”三句，写寒暖不定。“恨芳菲”三句，总束上片，好景无人赏，只与流莺闲燕赏之，可恨孰甚。换头，因雁去而念远。“金钗”三句，言当日之乐事无踪。“罗绶”三句，言别后之幽怨难消。“正销魂”三句，以景结，伤感殊甚。

虞美人

陈亮

东风荡飏轻云缕[1]，时送潇潇雨。水边台榭燕新归，一点香泥[2]，湿带落花飞。　　海棠糁径铺香绣[3]，依旧成春瘦。黄昏庭院柳啼鸦，记得那人，和月折梨花。

【注释】

① 荡飏：即荡扬。　② 一点香泥：或作"一口香泥"。　③ 糁(sǎn)：这里是散落之意。

【评解】

这首词通过景物描写，委婉含蓄地抒写了春愁。上片着意描绘春景。轻云荡飏，东风送雨，落花飘香，双燕衔泥，美景如画，春光宜人。下片对景怀人，以春景映衬春愁。落红糁径，海棠铺绣，深院黄昏，月下忆人，良辰美景，惹人愁思。全词和婉秀丽，意境美，景亦美，表现了陈亮词风的多样化。

点　绛　唇　　陈　亮

咏梅月

一夜相思，水边清浅横枝瘦①。小窗如昼②，情共香俱透。　　清入梦魂，千里人长久。君知否？雨僝云僽③，格调还依旧④。

【注释】

① "水边"句：用林逋《山园小梅》"疏影横斜水清浅，暗香浮动月黄昏"诗意。　② 小窗如昼：形容月光明亮。　③ 雨僝（chán）云僽（zhòu）：指风吹雨打。　僝僽，摧残。　④ 格调：指品格。

【评解】

这首月下咏梅词，以梅言志，借月抒怀。上片写月下梅影，横斜水边。诗人小窗独坐，暗香幽情，交相融合。下片写明月清辉伴我入梦，梦中向千里外的好友致意，并表示即使遭到风雨摧残，高洁的品质也不会改变。全词含蓄委婉，寓意殊深。

如　梦　令　　赵汝茪

小砑红绫笺纸①，一字一行春泪。封了更亲题，题了又还折起。归来？归来？好个瘦人天气。

【作者简介】

赵汝茪(guāng)，字参晦，号霞山，商王元份七世孙，赵善官之幼子（见《宋史·宗室世系表》）。他的词极明艳生动，为风雅派中上驷。有《退斋词》，录于赵万里《校辑宋金元人词》者凡九首。

【注释】

① 砑(yà)：砑石，古人用来磨纸，使之光泽。

【评解】

词中的女子准备好小砑、红绫和笺纸，打算给远方的丈夫写信，催其早归。和泪作书，已觉凄绝，更兼封缄亲题，备极珍重。可就在这一瞬间，她想到写这样的信已不止一次，心上人还不知何时归来，万种怨情，只得埋怨天气。全词只就写信落墨，并未直言别情，但缠绵悱恻之情，已溢于言表。

十样花

李弥逊

陌上风光浓处，第一寒梅先吐。待得春来也，香消减，态凝伫①。百花休漫妒②。

【作者简介】

李弥逊，字似之，吴县（今属江苏苏州）人。宋徽宗大观初登进士第。南渡后，以争和议忤秦桧，乞归田。有《筠溪词》一卷，有《四印斋汇刻宋元三十一家词》本。

【注释】

① 凝伫：形容寒梅庄重挺立。 ② 漫：随意。

【评解】

严冬腊月，乡间小路上一枝寒梅初绽，为人间带来春讯。然而当春回大地、百花竞艳时，它却香消态凝，端庄自重。词人劝百花休漫妒之语，包含着对凌寒开放的早梅的无限赞赏。

踏 莎 行

吕本中

雪似梅花[1]，梅花似雪[2]。似和不似都奇绝。恼人风味阿谁知[3]？请君问取南楼月。 记得去年[4]，探梅时节，老来旧事无人说。为谁醉倒为谁醒？到今犹恨轻离别。

【作者简介】

吕本中，字居仁，号紫微，世称东莱先生，寿州（今安徽寿县）

人。宋高宗绍兴六年(1136)赐进士,累迁中书舍人,兼直学士院,提举太平观。卒谥“文清”,有《东莱集》。赵万里将其词汇辑成卷,名《紫微词》,刊于《校辑宋金元人词》中,凡二十六首。

【注释】

① 雪似梅花:唐东方虬《春雪》:“春雪满空来,触处似花开。” ② 梅花似雪:古乐府:“只言花似雪,不悟有香来。” ③ 阿谁:谁,何人。 ④ 去年:往年。

【评解】

花魂雪魄,冰清玉洁,浑然相似。然对此佳景,更惹相思。因此探梅时节,不禁对景追忆往事,遂别有一番恼人风味萦绕于心。此词写别恨,情从景生,浑然天成,两阕的末句尤为警策。

采 桑 子

吕本中

恨君不似江楼月,南北东西,南北东西,只有相随无别离。 恨君却似江楼月,暂满还亏,暂满还亏①,待得团圆是几时。

【注释】

① 满:指月圆。 亏:指月缺。

【评解】

此词从江楼月联想到人生的聚散离合。月的阴晴圆缺，却又不分南北东西，而与人相随。词人取喻新巧，正反成理。以“不似”与“却似”隐喻朋友的聚与散，反映出聚暂离长之恨，具有鲜明的民歌色彩。全词明白易晓，流转自如，风格和婉，含蕴无限。

【集评】

曾季貍《艇斋诗话》：东莱晚年长短句尤浑然天成，不减唐《花间》之作。

王弈清等《历代词话》引《啸翁词评》：居仁直忤柄臣，深居讲道，而小词乃工稳清润至此。

蝶　恋　花　　杨炎正

别范南伯

离恨做成春夜雨，添得春江，划地东流去[①]。弱柳系船都不住，为君愁绝听鸣橹[②]。　　君到南徐芳草渡[③]，想得寻春，依旧当年路。后夜独怜回首处，乱山遮莫无重数。

【作者简介】

杨炎正，字济翁，庐陵（今江西吉安）人。宋宁宗庆元间进士。曾任大理司直（审判官）。他的词集名《西樵语业》，有《宋六十家词》本。毛晋跋语称他的词“不作娇艳情态”，“俊逸可喜”。

【注释】

① 划地：依旧，还是。 ② 橹：摇船工具。 ③ 南徐：州名，州治在今江苏镇江。

【评解】

这首词描绘春景，抒写离情。上片写惜别。春江水满，离愁千万，弱柳系船，留君不住，因而闻橹声更增添离愁。下片设想别后情景。回望送别之处，唯见乱山重叠，故人安在？全词抒写离愁别绪，细腻委婉，工巧别致。

【集评】

薛砺若《宋词通论》：幽畅婉曲，颇得辛词风趣。

风　入　松

俞国宝

一春长费买花钱，日日醉花边。玉骢惯识西湖路[①]，骄嘶过、沽酒炉前。红杏香中箫鼓，绿杨影里秋千。

暖风十里丽人天，花压鬓云偏[2]。画船载取春归去，余情付、湖水湖烟。明日重扶残醉，来寻陌上花钿[3]。

【作者简介】

俞国宝，临川(今江西抚州市)人。宋孝宗淳熙年间为太学生。有《醒庵遗珠集》。他的词虽不多见，却写得旖旎多姿，极有情致，深受读者喜爱。

【注释】

① 玉骢：白马。 ② 鬓云：像乌云般的发鬓。 ③ 花钿：以金翠珠宝等制成花朵形的首饰。

【评解】

此词记述西湖盛景。上片写游湖的兴致与西湖美景。西湖路上，车马纷繁，红杏香中，笙歌处处，点染了绿杨红杏、歌舞连绵的西湖风光。下片写湖上天气晴和，春光明媚，暖风十里，游人如织，钗光鬓影，花压鬓云。结句“明日重扶残醉，来寻陌上花钿”，运思新巧，情韵无限。通篇旖旎和婉，风雅秀丽。

【集评】

厉鹗《宋诗纪事》引《武林旧事》：淳熙间，德寿三殿游幸湖山。一日，御舟经断桥，旁有小酒肆颇雅洁，中饰素屏，书《风入松》一词于上。光尧驻目，称赏久之，宣问：“何人所作？”乃太学生俞国宝醉笔也。其词云云。上笑曰:“此调甚好,但末句‘明日重携残酒’未免儒酸。”因为改定云“明日重扶残醉”,则迥不同矣。即日命解褐。

沈际飞《草堂诗余正集》:自成馨逸。

况周颐《蕙风词话》:流美。

陈廷焯《云韶集》:“金勒马嘶芳草地,玉楼人醉杏花天”,有此香艳,无此情致。结二语余波绮丽,可谓“回头一笑百媚生”。

唐圭璋《唐宋词简释》:此首记湖上之盛况。起言游湖之豪兴,次言车马之纷繁。“红杏”两句,写湖上之美景及歌舞行乐之实情。换头,仍承上,写游人之钗光鬓影,绵延十里之长。“画船”两句,写日暮人归之情景。“明日”两句结束,饶有余韵。

阮郎归　　曾觌

柳阴庭院占风光,呢喃春昼长[①]。碧波新涨小池塘,双双蹴水忙[②]。　萍散漫,絮飘扬,轻盈体态狂。为怜流去落红香,衔将归画梁。

【作者简介】

曾觌,字纯甫,号海野老农,汴京(今河南开封)人。宋绍兴中,为建王内知客。孝宗受禅,以潜邸旧人,除权知阁门事,后又加少保。著有《海野词》。

【注释】

① 呢喃:燕语。 ② 蹴水:点水,踏水,掠水。

【评解】

这首咏燕词,是作者在宫中侍宴时所作。上片写呢喃双燕蹴水,小池碧波新涨,柳阴庭院,占尽风光。下片写往来双燕衔泥,东风落红飘香,轻盈体态,飞入画梁。全词写景咏物,倩丽新巧,描绘双燕体态,传神入画。

祝英台近 辛弃疾

晚春

宝钗分[1],桃叶渡[2],烟柳暗南浦[3]。怕上层楼,十日九风雨。断肠片片飞红[4],都无人管,倩谁唤、流莺声住。

鬓边觑[5],试把花卜归期,才簪又重数。罗帐灯昏,哽咽梦中语。是他春带愁来,春归何处,却不解、带将愁去。

【作者简介】

辛弃疾，字幼安，号稼轩，山东济南人。其时，济南在金兵统治下，已经十二年。稼轩二十一岁时，参加耿京率领的农民起义军，坚持抗金。随后率部南归。当时南宋朝廷苟安江左，不思恢复，稼轩抗金报国的理想无法实现，满腔爱国热情，便在他的词中强烈地表现出来，成为南宋杰出的爱国词人。刘克庄在《辛稼轩集序》中曾说："公（辛弃疾）所作，大声鞺鞳，小声铿镝，横绝六合，扫空万古，自有苍生以来所无。其秾纤绵密者，亦不在小晏、秦郎之下。"说明了辛词风格的多样化。

【注释】

① 宝钗分：钗为古代妇女簪发首饰，分为两股，情人分别时，各执一股为纪念。宝钗分，即夫妇离别之意。 ② 桃叶渡：在南京秦淮河与青溪合流之处。这里泛指男女送别之处。 ③ 南浦：水边，泛指送别的地方。江淹《别赋》："送君南浦，伤如之何。" ④ 飞红：落花。 ⑤ 觑（qù）：细看，斜视。这三句是说细看鬓边的花儿，拿下来数花片以卜归期，才插上又忘了，因而取下来重数一遍。

【评解】

这首词，作者借"闺怨"以抒情怀。上片着意描绘春景，抒写伤离恨别之情。暮春时节，烟雨凄迷，落红片片，莺啼不止，声声断肠。下片着意写人。分写醒时与梦中，表现了盼归念远之情。花卜归期，音问难通，梦中哽咽，相思不已。春带愁来，却未将愁归去。词中托物起兴，通过春意阑珊、闺怨别情，表达作者对国事的深切关怀与忧虑。全词千回百折，委婉含蓄，悱恻缠绵，细腻传神而余韵悠长，显示出辛词风格的多样性。

【集评】

张侃《拙轩集》：辛幼安《祝英台》云："是他春带愁来，春归何处，又不解、和愁归去。"王君玉《祝英台》云："可堪妒柳羞花，下床都懒，便瘦也、教春知道。"前一词欲春带愁去，后一词欲春知道瘦。近世春晚词少有比者。

谭献《谭评词辨》："断肠"三句，一波三过折。末三句托兴深切，亦非全用直语。

沈谦《填词杂说》：稼轩词以激扬奋厉为工，至"宝钗分，桃叶渡"一曲，昵狎温柔，魂消意尽，才人伎俩，真不可测。

张惠言《词选》：此与德祐太学生二词用意相似。"点点飞红"，伤君子之弃。"流莺"，恶小人得志也。"春带愁来"，其刺赵、张乎？

张炎《词源》：簸弄风月，陶写性情，词婉于诗。盖声出莺吭燕舌间，稍近乎情可也。……辛稼轩《祝英台近》……皆景中带情，而存骚雅。

黄氏《蓼园词评》：按此闺怨词也。史称稼轩人材，大类温峤、陶侃，周益公等抑之，为之惜。此必有所托，而借闺怨以抒其志乎！言自与良人分钗后，一片烟雨迷离，落红已尽，而莺声未止，将奈之何乎？次阕言问卜，欲求会而间阻实多，而忧愁之念将不能自已矣，意致凄婉，其志可悯。史称叶衡入相，荐弃疾有大略，召见，提刑江西，平剧盗，兼湖南安抚。盗起湖、湘，弃疾悉平之。后奏请于湖南设飞虎军，诏委以规画。时枢府有不乐者，数阻挠之，议者以聚敛闻，降御前金字牌停住。弃疾开陈本末，绘图缴进，上乃释然。词或作于此时乎？

青玉案　　辛弃疾

元夕[①]

东风夜放花千树[②]，更吹落、星如雨[③]。宝马雕车香满路。凤箫声动，玉壶光转[④]，一夜鱼龙舞[⑤]。　蛾儿雪柳黄金缕[⑥]，笑语盈盈暗香去[⑦]。众里寻他千百度，蓦然回首[⑧]，那人却在，灯火阑珊处[⑨]。

【注释】

① 元夕：阴历正月十五日为元宵节，是夜称元夕或元夜。　② 花千树：花灯之多如千树开花。　③ 星如雨：指焰火纷纷，乱落如雨。　④ 玉壶：指月亮。　⑤ 鱼龙舞：指舞鱼、龙灯。　⑥ 蛾儿雪柳黄金缕：皆古代妇女的首饰。这里指盛妆的妇女。　⑦ 盈盈：仪态美好的样子。　⑧ 蓦然：突然，猛然。　⑨ 阑珊：零落稀疏的样子。

【评解】

此词极力渲染元宵节观灯的盛况。先写灯火辉煌、歌舞腾欢的热闹场面。花千树,星如雨,玉壶转,鱼龙舞,满城张灯结彩,盛况空前。接着即写游人车马彻夜游赏的欢乐景象。观灯的人有的乘坐香车宝马而来,也有头插蛾儿、雪柳的女子结伴而来。在倾城狂欢之中,词人却着意于观灯之夜,与意中人密约会晤,久望不至,猛见那人却在"灯火阑珊处"。结尾四句,借"那人"的孤高自赏,表明作者不肯同流合污的高洁品格。全词构思新颖,语言工巧,曲折含蓄,余味不尽。

【集评】

彭孙遹《金粟词话》:辛稼轩"蓦然回首,那人却在,灯火阑珊处",秦、周之佳境也。

谭献《谭评词辨》:稼轩心胸,发其才气,改之而下则犷。起二句赋色瑰异,收处和婉。

王国维《人间词话》:古今之成大事业、大学问者,必经过三种之境界:"昨夜西风凋碧树,独上高楼,望尽天涯路。"此第一境也。"衣带渐宽终不悔,为伊消得人憔悴。"此第二境也。"众里寻他千百度,回头蓦见,那人正在,灯火阑珊处。"此第三境也。此等语皆非大词人不能道。然遽以此意解释诸词,恐为晏、欧诸公所不许也。

《唐宋词选析》:人们称赞辛弃疾的豪放沉郁的词作,也赞美他婉约含蓄的词作,这首《青玉案》词就是这后一方面的代表作之一,历来多有美评。它的好,在于创造出了一种境界。

汉宫春　　辛弃疾

立春

春已归来，看美人头上，袅袅春幡。无端风雨，未肯收尽余寒。年时燕子，料今宵、梦到西园。浑未办、黄柑荐酒，更传青韭堆盘[①]。　　却笑东风从此，便熏梅染柳，更没些闲。闲时又来镜里，转变朱颜。清愁不断，问何人、会解连环[②]？生怕见、花开花落，朝来塞雁先还。

【注释】

① 堆盘：古时风俗，于立春日作五峰盘，并以黄柑酿酒，称洞庭春色。

② 解连环：指战国时秦昭王遣使齐国，齐王后解玉连环事。

【评解】

微雨轻寒，春回大地，年时燕子，梦到西园。然而花开花落，春去春来，却使人"改变朱颜"。词人对景感怀，引起了岁月匆匆、功业未成之慨叹。"问何人、会解连环"一句，用古喻今，词人忧国之心，可谓一往情深。

【集评】

周济《宋四家词选》："春幡"九字，情景已极不堪。燕子犹记年时好梦，“黄柑”“青韭”，极写晏安酖毒。换头又提动党祸，结用雁与燕激射，却捎带五国城旧恨。辛词之怨，未有甚于此者。

陈廷焯《云韶集》：何等风韵，起势飘洒。只是凿空写去，《离骚》耶？汉乐府耶？我莫名其妙。稼轩词其源出自楚骚。

俞陛云《唐五代两宋词选释》：上阕铺叙“立春”而已。转头处向东风调笑，已属妙语。更云人盼春来，我愁春至，因其暗换韶光，老却多少朱颜翠鬓，语尤隽妙。然则岁岁之花开花落，春固徒忙，人亦徒增惆怅耳。

醉　太　平

辛弃疾

春晚

态浓意远，眉颦笑浅[①]。薄罗衣窄絮风软，鬓云欺翠卷。　　南园花树春光暖，红香径里榆钱满。欲上秋千又惊懒，且归休怕晚。

【注释】

① 颦：蹙眉。

【评解】

这首春晚词着意描绘人物情态，以景衬人，情景交融。暮春季节，絮飞风软，落花满径，遍地榆钱。此中的人物则是鬓云欺翠，罗衫春暖，“眉颦笑浅”，“态浓意远”。词中委婉地描绘出昼长人倦、懒上秋千的情态。全词工丽和婉，抒情细腻，体现了辛词的又一风格。

【集评】

俞陛云《唐五代两宋词选释》：集中作《金荃》丽句者无多，此作情态俱妍。结句有絮飞春昼，日长人倦之意；且有少陵“一卧沧江惊岁晚”、“孤舟一系故园心”之感。

念　奴　娇

辛弃疾

书东流村壁[1]

野棠花落，又匆匆过了，清明时节。刬地东风欺客梦[2]，一枕云屏寒怯[3]。曲岸持觞[4]，垂杨系马，此地曾轻别。楼空人去，旧游飞燕能说。　　闻道绮陌东头，行人曾见，帘底纤纤月[5]。旧恨春江流不断，新恨云山千叠。料得明朝，尊前重见，镜里花难折。也应惊问：近来多少华发？

【注释】

① 东流：旧县名，在今安徽省东至县。　② 刬地：无端，无缘无故。③ 云屏：云母石制作的屏风；或说云母石制作的枕头。或说云屏指帷帐。④ 曲岸：河岸。　⑤ 纤纤月：古代原形容女子的脚，这里借指美人。

【评解】

淳熙五年（1178）春，辛弃疾从江西豫章调往临安，旅次东流县，题此词于村壁之上，抒写他当时的感受。上片写重过东流时，正是"野棠花落"、清明已过的季节。岁月匆匆，旅舍孤寒，不觉想起了从前在这里的一段令人难忘的往事。如今时移事异，在叙述中寓有词人的无限感慨。下片写此次经过东流的所闻，勾起了旧恨新愁。"近来多少华发"，含蓄蕴藉，情韵悠长。这首词表现了辛词清新婉约的一面。

【集评】

梁令娴《艺蘅馆词选》引梁启超云：此南渡之感。

俞陛云《唐五代两宋词选释》：客途遇艳，瞥眼惊鸿，村壁醉题，旧游回首，乃赋此闲情之曲。前四句写景轻秀，"曲岸"五句寄思婉渺。下阕伊人尚在，而陌头重见，托诸行人，笔致便觉虚灵。"明朝"五句，不言重遇云英，自怜消瘦，而由对面着想，镜里花枝，相见争如不见，老去相如，羞入文君之顾盼。以幼安之健笔，此曲化为绕指柔矣。

西　江　月

辛弃疾

夜行黄沙道中[1]

明月别枝惊鹊[2]，清风半夜鸣蝉。稻花香里说丰年，听取蛙声一片。　　七八个星天外，两三点雨山前。旧时茅店社林边[3]，路转溪桥忽见。

【注释】

① 黄沙：黄沙岭，在江西上饶西。　② “明月”句：苏轼《次韵蒋颖叔》诗：“明月惊鹊未安枝。”别枝，斜枝。　③ 社：土地神庙。古时，村有社树，为祀神处，故曰社林。

【评解】

这首词是辛弃疾贬官闲居江西时的作品，着意描写黄沙岭的夜景。明月清风，疏星稀雨，鹊惊蝉鸣，稻花飘香，蛙声一片。词从视觉、听觉和嗅觉三方面抒写夏夜的山村风光，情景交融，优美如画，恬静自然，生动逼真，是宋词中以农村生活为题材的佳作。

【集评】

唐圭璋等《唐宋词选注》:作者以宁静的笔调描写了充满着活跃气氛的夏夜。一路行来,有清风、明月、疏星、微雨,也有鹊声、蝉声,还闻到了稻花香。走得久了,忽然看到那家熟识的小店,可以进去歇歇脚,愉悦之情,油然而生。

艾治平《宋词名篇赏析》:这是一首笔调灵活,不假雕琢,不事堆砌,语浅味永,摹写逼真的佳作,是一幅颇有审美价值的淡墨画——充满着农村生活气息的夏夜素描。

摸　鱼　儿

辛弃疾

淳熙己亥[①],自湖北漕移湖南[②],同官王正之置酒小山亭,为赋。

更能消、几番风雨,匆匆春又归去。惜春长恨花开早,何况落红无数。春且住,见说道[③]、天涯芳草迷归路。怨春不语,算只有殷勤,画檐蛛网[④],尽日惹飞絮。
长门事[⑤],准拟佳期又误。蛾眉曾有人妒[⑥]。千金纵买相如赋,脉脉此情谁诉。君莫舞,君不见、玉环飞燕皆尘土[7]。闲愁最苦。休去倚危楼，斜阳正在，烟柳断肠处。

【注释】

① 淳熙己亥：宋孝宗淳熙六年(1179)。 ② 漕：转运使的简称。 ③ 见说道：听说。 ④ 画檐蛛网，尽日惹飞絮：喻小人误国。 ⑤ 长门：汉代宫名。汉武帝之陈皇后，失宠住在长门宫，曾送黄金百斤给司马相如，请他代写一篇赋送给汉武帝，陈皇后因而重新得宠。后世随把“长门”作为失宠后妃居处的专用名词。 ⑥ 蛾眉：借指美人。 ⑦ 玉环：唐玄宗贵妃杨氏的小字。飞燕，姓赵，汉成帝的皇后。两人都得宠且善妒嫉。

【评解】

这是辛弃疾词作中的抒情名篇。全篇用比兴手法，抒发自己的忧国之情。上片写暮春时节，几番风雨，落红无数，暗喻南宋朝廷衰败的政局，表达作者收复中原的壮志不得实现的感慨。下片用汉武帝时陈皇后失宠的典故，抒写自己遭受投降派排挤、嫉恨的愤懑，也流露出对南宋朝廷的不满情绪。全词“寓刚健于婀娜之中，行遒劲于婉媚之内”。摧刚为柔，于婉约之中洋溢着爱国激情，形成了独具一格的艺术特色。

【集评】

唐圭璋《唐宋词简释》：此首以太白诗法，写忠爱之忱，宛转怨慕，尽态极妍。起处大踏步出来，激切不平。“惜春”两句，惜花惜春。“春且住”两句，留春。“怨春”三句，因留春不住，故怨春。王壬秋谓“画檐蛛网，指张俊、秦桧一流人”，是也。下片，径言本意。“长门”两句，言再幸无望，而所以无望者，则因有人妒也。“千金”两句，更深一层，言纵有相如之赋，仍属无望。脉脉谁诉，“怨春不语”相应。“君莫舞”两句顿挫，言得宠之人化为尘土，不必伤感。“闲愁”三句，纵笔言今情，但于景中寓情，含思极凄婉。

夏承焘《唐宋词欣赏》：他的豪放激昂的作品固然振奋人心，而婉约含蓄的也同样出色动人。如《摸鱼儿》和《青玉案·元夕》就是。又，本词“肝肠似火，色貌如花”。

陈廷焯《白雨斋词话》：稼轩“更能消几番风雨”一章，词意殊怨，然姿态飞动，极沉郁顿挫之致。又，稼轩词，于雄莽中别饶隽味。……“休去倚危栏，斜阳正在，烟柳断肠处”，多少曲折，惊雷怒涛中时见和风暖日，所以独绝古今，不容人学步。

丑　奴　儿[①]　　辛弃疾

书博山道中壁

少年不识愁滋味，爱上层楼[②]。爱上层楼，为赋新词强说愁。　　而今识尽愁滋味，欲说还休。欲说还休，却道天凉好个秋!

【注释】

① 丑奴儿:即《采桑子》。 ② 层楼:高楼。

【评解】

这首词是作者带湖闲居时的作品,通篇言愁。通过"少年"时与"而今"的对比,表现了作者受压抑、遭排挤、报国无路的痛苦,也是对南宋朝廷的讽刺与不满。上片写少年不识愁滋味。下片写而今历尽艰辛,"识尽愁滋味"。全词构思新巧,平易浅近,浓愁淡写,重语轻说,寓激情于婉约之中。含蓄蕴藉,语浅意深,别具一种耐人寻味的情韵。

【集评】

夏承焘《唐宋词欣赏》:他这首词外表虽则婉约,而骨子里却是包含着忧郁、沉闷不满的情绪。……用"却道天凉好个秋"这样一句闲淡的话,来结束全篇,用这样一句闲淡话来写自己胸中的悲愤,也是一种高妙的抒情法。深沉的感情用平淡的语言来表达,有时更耐人寻味。

张碧波《辛弃疾词选读》:这首词写得委婉蕴藉,含而不露,别具一格。

粉　蝶　儿

辛弃疾

和赵晋臣敷文赋落梅[1]

昨日春如，十三女儿学绣。一枝枝、不教花瘦。甚无情，便下得，雨僝风僽。向园林、铺作地衣红绉。

而今春似，轻薄荡子难久。记前时、送春归后，把春波，都酿作，一江醇酎[2]。约清愁、杨柳岸边相候。

【注释】

① 赵晋臣：赵不迂，字晋臣，是作者的朋友，官至敷文阁学士，故以敷文称之。　② 醇酎(zhòu)：浓酒。

【评解】

这是一首新巧别致的送春词。作者有感于眼前的花落春残，以拟人化手法、形象的比喻，描写了春天将逝、春花难留而产生的愁绪。上片回忆昨日春光烂漫，下片抒写今日春光难留。全词委曲细腻，柔情似水，绮丽婉约，色彩秾丽，比喻新巧，别具特色。

【集评】

《唐宋词选析》：辛弃疾既是叱咤风云的英雄，又是才情横溢，富有创造性的诗人，他把铮铮侠骨，烈烈刚肠，以婉约的语调出之，柔情似水，色笑如花，把豪放与婉约冶为一炉。这首《粉蝶儿》绮丽婉约,同他壮声英概的豪放词比起来,确实别有情味,展现出辛词风格的又一方面。

张碧波《辛弃疾词选读》:这首词比拟形象,语言生动,风格婉约,在辛词中别具一格。

陈廷焯《白雨斋词话》:稼轩《粉蝶儿》起句云:“昨日春如十三女儿学绣。”后半起句云:“而今春似轻薄荡子难久。”两喻殊觉纤陋,令人生厌。后世更欲效颦,真可不必。

艾治平《宋词名篇赏析》:其实两喻是不纤也不陋的。不仅比喻的本身不陋,其含义也颇耐寻味。也是新颖、别致而形象化的。

锦帐春

辛弃疾

席上和杜叔高[①]

春色难留,酒杯常浅。更旧恨新愁相间。五更风,千里梦,看飞红几片,这般庭院。　　几许风流,几般娇懒。问相见何如不见。燕正忙,莺语乱,恨重帘不卷,翠屏平远。

【注释】

① 杜叔高:杜旟之弟,浙江金华人。兄弟五人,俱擅诗词。陈亮云:伯高奔风逸足,而鸣以和鸾。仲高丽句,使晏叔原不得擅美。叔高戈矛森立,有吞虎食牛之气。季高幼高,后先辉映,匪独一门之盛,可谓一时之豪。

【评解】

这首词抒写了作者伤春惜别、往事不堪回首的情怀。上片写庭院春色,几片飞红,勾起了旧恨新愁。下片写当初几般娇嫩,几许风流,而今重帘不卷,旧恨更添新愁。全词委婉细腻,凄恻缠绵,语言工丽,含蕴无限。

【集评】

俞陛云《唐五代两宋词选释》:此词以“旧恨新愁”四字总绾全篇。绝好之春光庭院,而眼前只见几片飞红,况昔梦随风,何堪追忆,旧恨与新愁并写。下阕一重帘幕,如隔蓬山,“别时容易见时难”,则由旧恨而动新愁矣。稼轩伤春、怨别之词,大都有感而发。光绪间王鹏运校刊《稼轩词》十二卷,列之《四印斋集》中,题其后云:“层楼风雨暗伤春,烟柳斜阳独怆神。多少江湖忧乐意,漫呼青兕作词人。”稼轩于千载后,得词苑知音矣。

解　连　环　　高观国

柳

露条烟叶，惹长亭旧恨，几番风月。爱细缕、先窣轻黄[①]，渐拂水藏鸦[②]，翠阴相接。纤软风流，眉黛浅、三眠初歇[③]。奈年华又晚，萦绊游蜂，絮飞晴雪。　　依依灞桥怨别[④]，正千丝万绪，难禁愁绝。怅岁久、应长新条，念曾系花骢[⑤]，屡停兰楫[⑥]。弄影摇晴，恨闲损，春风时节。隔邮亭，故人望断，舞腰瘦怯。

【作者简介】

高观国，字宾王，山阴（今浙江绍兴）人。“南宋十杰”之一，其词集名《竹屋痴语》，有毛刻《宋六十家词》本。他与史达祖交谊颇挚。其词风婉秀淡雅，与卢祖皋相近，俱能自成一家。

【注释】

① 窣：突然出现。　② 拂水藏鸦：形容柳的枝叶渐长。　③ 三眠：《三辅故事》：汉苑有柳如人形，一日三眠三起。　④ 灞桥：在长安东，汉人送客至此桥，折柳赠别。这里泛指送别之处。　⑤ 花骢：骏马。　⑥ 兰楫：这里泛指舟船。

【评解】

这首词咏柳怀人，轻柔细腻。上片着意写柳。露条烟叶，翠阴相接，风流纤软，絮飞如雪。下片因柳怀人。灞桥依依，难禁愁绝，曾系花骢，屡停兰楫，春风时节，故人望断。全词委婉含蓄，情思悠长。

【集评】

俞陛云《唐五代两宋词选释》：凡咏物词，大都先赋物，后言情。此调上阕固专咏柳，下阕因柳感怀，而乃由“柳”字发挥。结句怀友而归至本题，不黏不脱。咏柳题本非难，佳处在细腻熨贴而仍萦拂有情也。

卜 算 子

高观国

泛西湖坐间寅斋同赋[①]

屈指数春来，弹指惊春去[②]。檐外蛛丝网落花，也要留春住。　　几日喜春晴，几夜愁春雨。十二雕窗六曲屏，题遍伤心句。

【注释】

① 寅斋：观国之友。　② 弹指：比喻时间短暂。

【评解】

这首送春词，抒写了伤春惜春的情怀。上片言春之短暂。屈指迎春，弹指春去，画檐蛛网，也留春住。下片抒写伤春愁绪。几日春晴，几夜春雨，春将归去矣！伤春之句，题遍屏窗。全词曲折有致，思绪缠绵，工巧婉丽，饶有韵味。

【集评】

俞陛云《唐五代两宋词选释》：前四句未脱送春恒径，其着意在末句题遍屏窗，可见乱愁无次，不仅伤春也。

鹧鸪天

周紫芝

一点残红欲尽时[①]，乍凉秋气满屏帏。梧桐叶上三更雨，叶叶声声是别离。　调宝瑟[②]，拨金猊[③]，那时同唱鹧鸪词。如今风雨西楼夜[④]，不听清歌也泪垂。

【作者简介】

周紫芝，字少隐，宣城（今属安徽）人。成名甚晚，绍兴中始登进士。其词学晏、欧、柳、秦，造语极聪俊自然，为南渡前后的巨手。高宗绍兴十七年（1147），为枢密院编修官。自号竹坡居士，有《竹坡诗话》。其词集名《竹坡词》，凡三卷，有《宋六十家词》本。

【注释】

① 残红:此指将熄灭的灯焰。　② 调:抚弄乐器。　③ 金猊:狮形的铜制香炉。这句指拨去炉中之香灰。　④ 西楼:作者住处。

【评解】

此词写梧桐秋雨引起的离愁别绪。上片借景抒情。残灯将尽,屏帏乍寒,夜雨梧桐,声声别离。下片写当日的欢乐和今日的凄凉。忆昔伤今,悲不自胜。全词和婉细腻,意境清幽。

【集评】

唐圭璋《唐宋词简释》:此首因听雨而有感。起点夜凉灯残之时,次写夜雨,即用温飞卿词意。换头,忆旧时之乐。"如今"两句,折到现时之悲。"不听清歌也泪垂",情深语哀。

踏　莎　行

周紫芝

情似游丝,人如飞絮。泪珠阁定空相觑[①]。一溪烟柳万丝垂,无因系得兰舟住[②]。　　雁过斜阳,草迷烟渚[③]。如今已是愁无数。明朝且做莫思量,如何过得今宵去。

【注释】

① 觑:细看。指离别前两人眼中含泪,空自对面相看。 ② 无因:没有法子。 ③ 渚:水中小洲。

【评解】

此词抒写离情别绪。上片写离别时的情景。情似游丝,泪眼相觑,一溪烟柳,难系兰舟,写尽了离别况味。下片写别后相思之苦。愁绪无数,无法排遣。全词凄迷哀婉,愁思无限。

【集评】

唐圭璋《唐宋词简析》:此首叙别词。起写别时之哀伤。游丝飞絮,皆喻人之神魂不定;泪眼相觑,写尽两情之凄惨。“一溪”两句,怨柳不系舟住。换头点晚景,令人生愁。末言今宵之难遣,语极深婉。

薛砺若《宋词通论》:此等词都极清倩婉秀,实兼晏、欧、少游、清真数家之长,而能暨于化境者。即列入第一流作家内,亦无愧色。

酷相思

程垓

月挂霜林寒欲坠。正门外、催人起。奈离别[①]、如今真个是。欲住也、留无计,欲去也、来无计。　　马上离魂衣上泪。各自个、供憔悴。问江路梅花开也未。春到也、须频寄,人到也、须频寄。

【作者简介】

程垓,字正伯,号书舟,眉山(今属四川)人,南宋著名作家。他的词集名《书舟词》,有《宋六十家词》本。

【注释】

① 奈:奈何。

【评解】

这首词采用了民歌回环复沓的格调,抒写离别与相思。离别时无计留住,离别后两地相思,只能折梅以寄深情。全词语浅意深,清新别致,不落俗套。

【集评】

毛晋《跋书舟词》:其《酷相思》诸阕,词家皆极欣赏,谓秦七、黄九莫及也。

卜 算 子

程 垓

独自上层楼,楼外青山远。望到斜阳欲尽时,不见西飞雁①。　　独自下层楼，楼下蛩声怨②。待到黄昏月上时，依旧柔肠断。

【注释】

① 西飞雁：从西边飞回之雁（相传雁足能传书）。　② 蛩（qióng）：蟋蟀。

【评解】

这首词抒写离人相思之情。上片写独自登楼，望断青山，直至夕阳西下，却不见归雁传书。下片写独自下楼，而楼下蛩声，黄昏月上，凄凉况味，依旧令人断肠。全词含蓄和婉，意境清幽。

菩　萨　蛮　　　　陈　克

绿芜墙绕青苔院，中庭日淡芭蕉卷。蝴蝶上阶飞，风帘自在垂。　　玉钩双语燕，宝甃杨花转①。几处簸钱声，绿窗春梦轻。

【作者简介】

陈克，字子高，临海（今属浙江）人。宋高宗绍兴中为敕令所删定官，自号赤诚居士，侨居金陵。有《天台集》。其词集名《赤诚集》，有《彊村丛书》本。他的词极工丽，仿《花间集》，颇能得其神韵。

【注释】

① 甃(zhòu):井壁。

【评解】

这首词描绘暮春景色,表现闲适心情。上片写庭院春色,苔深蕉卷,蝶飞帘垂。下片写"绿窗梦轻",因而听到玉钩燕语,几处簸钱。全词寓情于景,温婉柔媚,清新倩丽。

【集评】

陈振孙《直斋书录解题》:子高词格颇高丽,晏、周之流亚也。

周济《介存斋论词杂著》:子高不甚有重名,然格韵绝高,昔人谓"晏、周之流亚"。晏氏父子俱非其敌,以方美成,则又拟于不伦。其温、韦高弟乎?比温则薄,比韦则悍,故当出入二氏之门。

薛砺若《宋词通论》:虽列在《花间》及《珠玉集》中,亦为最上之作。其学古之精醇,可称独步。

唐圭璋《唐宋词简释》:此词写暮春景色,极见承平气象。起两句,写小庭苔深蕉卷。"蝴蝶"两句,写帘垂蝶飞,皆从帘内看出。下片记所闻,燕声、簸钱声,皆从绿窗睡轻听得。通首写景,而人之闲适自如,即寓景中。

谒金门　　陈克

柳丝碧，柳下人家寒食。莺语匆匆花寂寂，玉阶春藓湿[①]。　　闲凭熏笼无力，心事有谁知得？檀炷绕窗灯背壁[②]，画檐残雨滴。

【注释】

① 春藓：苔藓植物的一类。　② 檀炷：焚烧檀香散发的烟雾。

【评解】

此词抒写春情。上片写室外春景。清明时节，杨柳青青，花寂莺语，玉阶藓湿。下片写室内之人。闲凭熏笼，心事满怀，檀炷绕窗，画檐残雨。全词委婉细腻，情景交融，工丽柔媚，余韵悠长。

【集评】

沈雄《古今词话》引卢申之云：最喜子高《菩萨蛮》云："几处簸钱声，绿窗春梦轻。"《谒金门》云："檀炷绕窗灯背壁，画檐残雨滴。"我殊觉其香蒨。

薛砺若《宋词通论》：(此词)系模仿《花间》毫未变体之作。他正值北宋末期与南渡以后，慢词风靡一世的时候，而其作品似乎未曾染受丝毫的时代色彩。这真是一个例外作家了。

点　绛　唇　　汪　藻

新月娟娟，夜寒江静山衔斗①。起来搔首，梅影横窗瘦。　好个霜天，闲却传杯手②。君知否？晓鸦啼后，归梦浓于酒。

【作者简介】

汪藻，字彦章，德兴（今属江西）人。徽宗崇宁中进士，高宗朝累官中书舍人，迁兵部侍郎。后知湖州、徽州、宣州。藻博极群书，老不释卷。"工俪语，所为制词，人多传诵"。有《浮溪集》。《彊村丛书》收浮溪词三首，题婺源汪藻撰。

【注释】

① 山衔斗：北斗星闪现在山间。　② "闲却"句：与末句相应，言无意饮酒。

【评解】

此词上片着重写景。寒夜新月，山衔北斗，搔首怅望，梅影横窗。下片着重写人。"归梦浓于酒"，含蓄蕴藉，耐人寻思。全词借景抒情，情景交融，景物与人融为一体。

【集评】

吴曾《能改斋漫录》：汪彦章在翰苑，屡致言者（为言官所劾）。尝作《点绛唇》词云云。或问曰："归梦浓于酒，何以在晓鸦啼后？"

公曰:“无奈这一队畜生聒噪何!”

南宋人编《草堂诗余》,改“晓鸦”作“乱鸦”,“归梦”作“归兴”,朱彝尊《词综》据吴曾所记改回。

卜算子

徐俯

天生百种愁,挂在斜阳树。绿叶阴阴占得春,草满莺啼处。　　不见凌波步①,空忆如簧语②。柳外重重叠叠山,遮不断、愁来路。

【作者简介】

徐俯,字师川,洪州分宁(今江西修水)人。宋高宗绍兴初赐进士出身,累官端明殿学士,签书枢密院事,权参知政事。有《东湖集》。师川为黄山谷外甥,诗词均能名世。

【注释】

① 凌波:形容美人步履轻逸。　② 如簧语:形容语音美妙动听。　簧,乐器。

【评解】

此词抒写春愁。上片借景抒情。斜阳烟树,绿叶得春,草满莺啼,引起了百种愁思。下片怀人。凌波微步,如簧话语,已被群山隔断,却隔不断“愁来路”。全词婉丽柔媚,愁思绵绵。

【集评】

薛砺若《宋词通论》:其艳冶新倩,实兼少游、方回二家之长。

诉 衷 情

康与之

阿房废址汉荒丘①,狐兔又群游。豪华尽成春梦,留下古今愁。　　君莫上,古原头,泪难收。夕阳西下,塞雁南来,渭水东流!

【作者简介】

康与之,字伯可,号顺庵,滑州(今河南滑县)人。渡江初,以词受知高宗。官郎中。有《顺庵乐府》,见赵万里《校辑宋金元人词》本。他是一个宫廷词人,也是一位柳派的重要作家,词风清婉工丽。

【注释】

① 阿房:宫名。秦始皇营建。

【评解】

这首词吊古伤今,表现了身处偏安局面、不胜今昔之感的情怀。上片从眼前景物写起，阿房废址，汉代荒丘，成了狐兔群游之所。昔日豪华，已成春梦，抚今追昔，不胜悲愁。下片着重抒情。眼前景象，悠悠往事，唯见塞雁南来，渭水东流。黄昏时候，益觉伤感。全词工丽哀婉，情韵悠长。这是康词中较为突出的一首。

【集评】

王弈清等《历代词话》引王性之云：康与之长安怀古《诉衷情》云云。如此等词居然不俗，今有晏叔原亦不得独擅。

淡黄柳　　姜夔

客居合肥南城赤栏桥之西[①]，巷陌凄凉，与江左异。唯柳色夹道，依依可怜。因度此阕，以纾客怀[②]。

空城晓角，吹入垂杨陌[③]。马上单衣寒恻恻[④]，着尽鹅黄嫩绿，都是江南旧相识。　　正岑寂[⑤]，明朝又寒食。强携酒，小桥宅[⑥]。怕梨花落尽成秋色。燕燕飞来，问春何在，唯有池塘自碧。

【作者简介】

姜夔，字尧章，别号白石道人，饶州鄱阳（今属江西）人。一生不曾做官，却曾漫游过长江中下游的两湖和江浙一带，交游广，生活经历丰富。他擅长诗词，精通音律与书法，是南宋词坛上成就较高、较有影响的作家。他以离别相思、纪游咏物或慨叹身世为词的主要题材，也有关心国事、同情人民疾苦的作品。他的词音律和谐，造语凝练，想象丰富，意境清幽。尤擅长托物比兴和景物描写，工丽精致，在宋词发展史上有重要地位。

【注释】

① 客居合肥：时在宋光宗绍熙二年(1191)。 ② 纾(shū)：解除，排除，宽解。 ③ 垂杨陌：杨柳飘拂的小巷。 ④ 恻恻：寒冷凄恻。 ⑤ 岑寂：寂静。 ⑥ 小桥宅：姜夔在合肥恋人的住宅。

【评解】

这是作者的自制曲。通篇写景，而作者寄居他乡，伤时感世的愁怀，尽在不言之中。上片写客居异乡的感受。垂杨巷陌，马上轻寒，边城春色，举目凄凉。而眼前柳色，“鹅黄嫩绿”，却与江南相似。下片写惜春伤春情绪。清明携酒，唯怕花落春去。全词意境凄清冷隽，用语清新质朴。在柳色春景的描写中，作者的万般愁绪、无限哀怨之情，也就巧妙自然、不着痕迹地表现出来。

【集评】

郑文焯《郑校白石道人歌曲》：长吉有“梨花落尽成秋苑”之句，

白石正用以入词，而改一“色”字协韵。当时如清真、方回多取贺诗隽句为字面。

谭献《复堂词话》：白石、稼轩，同音笙磬，但清脆与镗鞳异响，此事自关性分。

黄昇《中兴以来绝妙词选》：词极精妙，不减清真乐府，其间高处，有美成所不能及。

暗　香

姜　夔

辛亥之冬[1]，予载雪诣石湖[2]。止既月[3]，授简索句[4]，且征新声[5]。作此两曲，石湖把玩不已，使工妓隶习之[6]，音节谐婉，乃名之曰“暗香”、“疏影”。

旧时月色，算几番照我，梅边吹笛。唤起玉人，不管清寒与攀摘。何逊而今渐老[7]，都忘却、春风词笔。但怪得[8]、竹外疏花，香冷入瑶席。　　江国，正寂寂，叹寄与路遥，夜雪初积。翠尊易泣[9]，红萼无言耿相忆[10]。长记曾携手处，千树压、西湖寒碧。又片片、吹尽也，几时见得。

【注释】

① 辛亥:光宗绍熙二年(1191)。　② 石湖:在苏州西南,与太湖通。范成大居此,因号石湖居士。　③ 止既月:指住满一月。　④ 简:纸。　⑤ 征新声:征求新的词调。　⑥ 工妓:乐工、歌妓。隶习:学习。　⑦ 何逊:南朝梁诗人,早年曾任南平王萧伟的记室。任扬州法曹时,廨舍有梅花一株,常吟咏其下。后居异地思之,请再往。抵扬州,花方盛开,逊对树彷徨终日。杜甫诗云:"东阁官梅动诗兴,还如何逊在扬州。"　⑧ 但怪得:惊异。　⑨ 翠尊:翠绿酒杯,这里指酒。　⑩ 红萼:指梅花。　耿:耿然于心,不能忘怀。

【评解】

此词咏梅怀人,思今念往。据夏承焘《姜白石词编年笺校》称:"作于辛亥之冬,正其最后别合肥之年",而"时所眷者已离合肥他去"。由此可知是指合肥旧事。上片写"旧时"梅边月下的欢乐,"而今"往事难寻的凄惶,两相对照,因而对梅生"怪",实含无限深情。下片写路遥积雪,江国寂寂,红萼依然,玉人何在!往日的欢会,只能留在"长记"中了。低徊缠绵,怀人之情,溢于言表。全词以婉曲的笔法,咏物而不滞于物,言情而不拘于情;物中有情,情中寓物。情思绵邈,意味隽永。

【集评】

周济《介存斋论词杂著》:惟《暗香》、《疏影》二词,寄意题外,包蕴无穷,可以与稼轩伯仲。

张炎《词源》:白石词如《疏影》、《暗香》等曲,不惟清空,又且骚雅，读之使人神观飞越。

许昂霄《词综偶评》：二词（《疏影》、《暗香》）如绛云在霄，舒卷自如。又如琪树玲珑，金芝布护。

邓廷桢《双砚斋词话》：姜石帚之“长记曾携手处，千树压、西湖寒碧”，一状梅之少，一状梅之多，皆神情超越，不可思议，写生独步也。

周济《宋四家词选》：《暗香》，盛时如此，衰时如此。（案此评上片。）想其盛时，感其衰时。（案此评下片。）

王闿运《湘绮楼词选》：如此起法，即不是咏梅矣。此二词最有名，然语高品下，以其贪用典故也。

郑文焯《郑校白石道人歌曲》：案此二曲为千古词人咏梅绝调，以托喻遥深，自成馨逸。其《暗香》一解，凡三字句逗，皆为夹协。梦窗墨守綦严，但近世知者盖寡，用特著之。

谭献《复堂词话》：石湖咏梅，是尧章独到处。下片“翠尊”二句，深美有骚、辨意。

唐圭璋《宋词三百首笺注》引刘体仁云：落笔得“旧时月色”四字，便欲使千古作者，皆出其下。又云：咏梅嫌纯是素色，故用“红萼”字，此谓之破色笔。又恐突然，故先出“翠尊”字配之；说来甚浅，然大家亦不为，此用意之妙，总使人不觉，则烹锻之功也。

鹧　鸪　天　　姜　夔

元夕有所梦

肥水东流无尽期[1]，当初不合种相思[2]。梦中未比丹青见[3]，暗里忽惊山鸟啼。　　春未绿[4]，鬓先丝，人间别久不成悲。谁教岁岁红莲夜[5]，两处沉吟各自知。

【注释】

① 肥水：源出安徽合肥西南紫蓬山，东流经合肥入巢湖。　② 种相思：种下相思之情。　③ 丹青：泛指画像。　④ 春未绿：本词作于正月，这时气候很冷，草未发芽，所以说春未绿。　⑤ 红莲：指灯。

【评解】

作者曾几度客游合肥，并与一歌妓相爱。当时的欢聚，竟成为他一生颇堪回忆的往事。在记忆中，她的形象十分鲜明。然而伊人远去，后会无期，回首往事，令人思念不已，感慨万千。梦中相见，又被山鸟惊醒，思念之苦，真觉得"当初不合种相思"了。愁思绵绵，犹如肥水东流，茫无尽期。谁使两人年年元宵之夜，各自在心头默默重温当年相恋的情景！词中所流露的伤感与愁思，即是为此而发。全词深情缱绻，缠绵哀婉。

【集评】

陈思《白石道人年谱》：案所梦即《淡黄柳》之小桥宅中人也。

郑文焯《郑校白石道人歌曲》：红莲谓灯，此可与《丁未元日金陵江上感梦》之作参看。

唐圭璋《唐宋词简释》：此首元夕感梦之作。起句沉痛，谓水无尽期，犹恨无尽期。“当初”一句，因恨而悔，悔当初错种相思，致今日有此恨也。“梦中”两句，写缠绵颠倒之情，既经相思，遂不能忘，以致入梦，而梦中隐约模糊，又不如丹青所见之真。“暗里”一句，谓即此隐约模糊之梦，亦不能久做，偏被山鸟惊醒。换头，伤羁旅之久。“别久不成悲”一语，尤道出人在天涯况味。“谁教”两句，点明元夕，兼写两面，以峭劲之笔，写缱绻之深情，一种无可奈何之苦，令读者难以为情。

点绛唇　　姜夔

丁未冬[①]，过吴松作

燕雁无心，太湖西畔随云去。数峰清苦，商略黄昏雨[②]。　第四桥边[③]，拟共天随住[④]。今何许？凭阑怀古，残柳参差舞。

【注释】

① 丁未:宋孝宗淳熙十四年(1187)。　吴松:即今吴江。是年春,姜夔曾由杨万里介绍到苏州去见范成大。　② 商略:商量,酝酿。此处指遥望山峰,雨意很浓。　③ 第四桥:指吴江城外的甘泉桥。郑文焯《绝妙好词校录》:"宋词凡用四桥,大半皆谓吴江城外之甘泉桥……《苏州志》:甘泉桥旧名第四桥。"　④ 天随:晚唐陆龟蒙号天随子,隐居吴江。

【评解】

此词为作者自湖州往苏州,道经吴松所作,乃小令中之名篇。虽只四十一字,却深刻地传递出姜夔"过吴松"时"凭阑怀古"的心情。上片写景。"燕雁"、"数峰",不仅写景状物出色,且用拟人化手法,使静物飞动,向为读者称赞。下片因地怀古。"残柳参差舞",使无情物着有情色,道出了无限沧桑之感。全词委婉含蓄,引人遐想。

【集评】

卓人月《古今词统》:"商略"二字诞妙。

陈廷焯《白雨斋词话》:白石长调之妙,冠绝南宋。短章亦有不可及者,如《点绛唇》云云一阕,通首只写眼前景物,至结处云:"今何许? 凭阑怀古,残柳参差舞。"感时伤事,只用"今何许"三字提唱,"凭阑怀古"下,仅以"残柳"五字咏叹了之,无穷哀感,都在虚处。令读者吊古伤今,不能自止,洵推绝调。

陈思《白石道人年谱》:案此阕为诚斋以诗送谒石湖,归途所作。

俞陛云《唐五代两宋词选释》：欲雨而待“商略”，“商略”而在“清苦”之“数峰”，乃词人幽渺之思。白石泛舟吴江，见太湖西畔诸峰，阴沉欲雨，以此二句状之。“凭阑”二句其言往事烟消，仅余残柳耶？抑谓古今多少感慨，而垂杨无情，犹是临风学舞耶？清虚秀逸，悠然骚雅遗音。

小重山令　　姜　夔

赋潭州红梅[1]

人绕湘皋月坠时[2]，斜横花树小，浸愁漪。一春幽事有谁知？东风冷，香远茜裙归[3]。　　鸥去昔游非，遥怜花可可，梦依依。九疑云杳断魂啼。相思血，都沁绿筠枝[4]。

【注释】

① 潭州：今湖南长沙市。　② 湘：湘江，流经湖南。　皋：岸。　③ 茜：大红色。　④ 沁：渗透。

【评解】

此词以咏梅为题，抒吊古怀人之情。上片写景。首两句点出“潭州”与“梅花”。“东风”两句，因物及人。梅苑人归，蘅皋月冷，一春幽事，有谁得知。下片抒情。鸥去之后，昔游全非，因今思昔，感怀吊古，相思血泪，都沁绿枝。全词即梅即人，亦景亦情，清新雅丽，凄婉工巧。

【集评】

俞陛云《唐五代两宋词选释》：梅苑人归，蘅皋月冷，感怀吊古，愁并毫端。其凄丽之致，颇似东山、淮海。

绮　罗　香　　史达祖

咏春雨

做冷欺花[1]，将烟困柳[2]，千里偷催春暮。尽日冥迷[3]，愁里欲飞还住。惊粉重、蝶宿西园，喜泥润、燕归南浦。最妨它、佳约风流，钿车不到杜陵路[4]。　沉沉江上望极，还被春潮晚急，难寻官渡[5]。隐约遥峰，和泪谢娘眉妩[6]。临断岸、新绿生时，是落红、带愁流处。记当日、门掩梨花，剪灯深夜语[7]。

【作者简介】

史达祖，字邦卿，号梅溪，汴(今河南开封)人。韩侂胄任相，达祖为其堂吏，撰拟文稿。韩伐金失败被诛，达祖受黥刑(面颊刺字)，死于贬所。他的词，轻盈绰约，细腻工巧，清新闲约，长于咏物。有《梅溪词》一卷。

【注释】

① 做冷欺花:春寒多雨，妨碍了花开。 ② 将烟困柳:春雨迷蒙，如烟雾环绕柳树。 ③ 尽日冥迷:整日春雨绵绵。 ④ 钿车:华美的车子。杜陵:汉宣帝陵墓所在地。当时附近一带住的多是富贵之家，故用来借指繁华的街道。 ⑤ 官渡:用公家渡船运送旅客。 ⑥ 谢娘:唐代歌妓，后世泛指歌女。这两句是写烟雨笼罩远处的山峰，像谢娘被泪沾湿的眉毛那样妩媚好看。 ⑦ 剪灯深夜语:李商隐《夜雨寄北》:“何当共剪西窗烛，却话巴山夜雨时。”

【评解】

这首咏物词，以多种艺术手法摹写春雨缠绵的景象。上片写近处春雨。蝶惊粉重，燕喜泥润，佳期被阻，钿车不行。下片写远处春雨。春潮晚急，群山迷蒙，新绿落红，带愁流去。通篇不着“雨”字，却处处贴切题意。用语工丽，意境清幽。

【集评】

周济《介存斋论词杂著》:梅溪甚有心思，而用笔多涉尖巧，非大方家数，所谓“一钩勒即薄者”。梅溪词中喜用“偷”字，足以定其品格矣。

黄昇《花庵词评》:“临断岸”以下数语,最为姜尧章称赏。

李攀龙《草堂诗余隽》:语语淋漓,在在润泽,读此,将诗声彻夜雨声寒,非笔能兴云乎!

黄氏《蓼园词评》:愁雨耶?怨雨耶?多少淑偶佳偶,尽为所误。而伊仍浸淫渐渍,联绵不已。小人情态如是,句句清隽可思。好在结二语,写得幽闲贞静,自有身分,怨而不怒。

许昂霄《词综偶评》:绮合绣联,波属云委。“尽日冥迷”二句,摹写入神。“记当日门掩梨花”二句,如此运用,实处皆虚。

先著、程洪《词洁》:无一字不与题相依,而结尾始出“雨”字,中边皆有。前后两段七字句,于正面尤着到。如意宝珠,玩弄难于释手。

孙麟趾《词径》:词中四字对句,最要凝炼。如史梅溪云:“做冷欺花,将烟困柳。”只八个字,已将春雨画出。

周尔墉《周批绝妙好词》:法度井然,其声最和。

李佳《左庵词话》:史达祖春雨词煞句:“记当日、门掩梨花,剪灯深夜语。”就题烘衬推开去,亦是一法。

俞陛云《唐五代两宋词选释》:此调体物殊工,与碧山之咏蝉,玉田之咏春水,白石之咏蟋蟀,皆能融情景于一篇者。虞山毛晋心醉其《双双燕》词,但“柳昏花暝”自是名句,而全篇多咏燕,仅于结处见意,不若此调之情文并茂也。起三句极春雨之神。四、五句关合听雨之情。“蝶”、“燕”二句从侧面写题,“惊”、“喜”二字为蝶燕设想,殊妙。“佳期”句承愁雨之意,写到怀人,以领起后幅。转头处言临江望远，意境开拓。以山喻眉，以雨喻泪，常语也，眉黛与泪痕合写，便成隽语。上阕言近处庭院之雨，后言远处江湖之雨。“新绿”二句非特江干风景，而送春念远，皆在其中。“落红”句造语尤工。结句听雨西窗，虽意所易到，而回首当年，以“梨花门掩”点染生姿，觉余音绕梁也。

双双燕　史达祖

咏燕

过春社了[1]，度帘幕中间[2]，去年尘冷[3]。差池欲住[4]，试入旧巢相并。还相雕梁藻井[5]，又软语商量不定。飘然快拂花梢，翠尾分开红影[6]。　芳径[7]，芹泥雨润[8]。爱贴地争飞，竞夸轻俊。红楼归晚，看足柳昏花暝。应自栖香正稳[9]，便忘了、天涯芳信[10]。愁损翠黛双蛾[11]，日日画栏独凭。

【注释】

① 春社：春分前后祭社神的日子叫春社。　② 度：飞过。　③ 尘冷：指旧巢冷落，布满尘灰。　④ 差（cī）池：指燕子羽毛长短不齐。　⑤ 相：细看。

藻井:天花板。 ⑥ 红影:指花影。 ⑦ 芳径:花草芳芬的小径。 ⑧ 芹泥:燕子所衔之泥。 ⑨“应自”句:该当睡得香甜安稳。 自,一作“是”。 ⑩ 天涯芳信:指出外的人给家中妻子的信。 ⑪ 翠黛:画眉所用的青绿之色。 双蛾:双眉。

【评解】

这首词作者饱和着感情,描绘了春燕重归旧巢、软语多情、花间竞飞、轻盈俊俏的神态,也抒写了“日日画栏独凭”者所希冀和追求的那种自由、愉快、美满的生活。上片写双燕重归旧巢。下片写双燕飞游的适意和楼中妇女的幽思。全词构思精巧,刻画细腻,形象优美,委婉多姿,清新柔丽,不落俗套,洋溢着生活情趣,使人获得美的享受。

【集评】

黄昇《花庵词选》:形容尽矣。又,姜尧章最赏其“柳昏花暝”之句。

王士禛《花草蒙拾》:仆每读史邦卿咏燕词“又软语商量不定,飘然快拂花梢,翠尾分开红影”,又“红楼归晚,看足柳昏花暝”,以为咏物至此,人巧极天工矣。

沈际飞《草堂诗余正集》:“欲”字、“试”字、“还”字、“又”字,入妙。“还相”“相”字,星相之“相”。

卓人月《古今词统》:不写形而写神,不取事而取意,白描高手。

贺裳《皱水轩词筌》:常观姜论史词,不称其“软语商量”,而赏其“柳昏花暝”，固知不免项羽学兵法之恨。

许昂霄《词综偶评》：清新俊逸，兼有之矣。

戈载《七家词选》：美则美矣，而其韵庚青，杂入真文，究为玉瑕珠颣。

谭献《复堂词话》：起处藏过一番感叹，为“还”字、“又”字张本。“还相”二句，挑按见指法，再搏弄便薄。下片“红楼”句换笔，“应自”句换意，“愁损”二句收足，然无余味。

王国维《人间词话》：贺黄公谓姜论史词，不称其“软语商量”，而称其“柳昏花暝”，固知不免项羽学兵法之恨。然“柳昏花暝”，自是欧、秦辈句法，前后有画工、化工之殊。吾从白石，不能附和黄公矣。

黄氏《蓼园词评》：“栖香”下至末，似指朋友间有不能践言者。

郑文焯《绝妙好词校录》：史梅溪《双双燕》“还相雕梁藻井”，按《表异录》，“绮井”亦名“藻井”，又名“斗八”，今俗曰“天花板也”。

周尔墉《周评绝妙好词》：史生颖妙非常，此词可谓能尽物性。

俞陛云《唐五代两宋词选释》：归来社燕，回忆去年，题前着笔，便恋旋转之地。巢痕重拂，犹征人之返故居，咏燕亦隐含人事。欧阳永叔爱诵咏燕诗“晓窗惊梦语匆匆”句，此词云“商量不定”，为燕语传神尤妙。“芳径”四句赋题正面。“柳昏花暝”传为名句，多少朱门兴废，皆在“看足”两字之中。毛晋云“余幼读《双双燕》词，便心醉梅溪”。于刻《梅溪词》后，特标出之。结句因燕书未达，念及倚阑人，余韵悠然。

唐圭璋《唐宋词简释》:此首咏燕,神态逼真,灵妙非常。“过春社了”三句,记燕来之时。“差池”两句,言燕飞入巢。“还相”两句,摹写燕语。“欲”字、“试”字、“还”字、“又”字皆写足双燕之神。“飘然”两句,写燕飞去,俨然画境。换头承上,写燕之路。“爱贴地”两句,写燕飞之势。“红楼”两句,换笔写燕归。“看足柳昏花暝”一句,说尽双燕游乐之情。“应自”两句,换意写燕双栖,意义完毕。末结两句,推开,特点人事,盖用燕归人未归之意。“独凭”与双栖映射,最为俊巧。

临 江 仙　　史达祖

闺思

愁与西风应有约,年年同赴清秋。旧游帘幕记扬州。一灯人著梦,双燕月当楼。　　罗带鸳鸯尘暗澹[1],更须整顿风流[2]。天涯万一见温柔。瘦应因此瘦,羞亦为郎羞。

【注释】

① 澹:“淡”的异体字。　② 风流:这里指风韵。

【评解】

这是一首闺中怀人词。上片写年年清秋,愁与西风俱来。“一灯人著梦,双燕月当楼”,写出了闺中人孤独寂寞的境况。下片言“罗带鸳鸯,尘灰暗淡”,睹物思人,不胜感怀。“瘦应因此瘦,羞亦为郎羞”,写尽闺中相思之苦。全词抒情委婉,工丽别致。

【集评】

黄昇《中兴以来绝妙词选》引姜夔《梅溪词序》:梅溪词奇秀清逸,有李长吉之韵,盖能融情景于一家,会句意于两得。

王士禛《花草蒙拾》:宋南渡后,梅溪、白石、竹屋、梦窗诸子,极妍尽态,反有秦、李未列者。虽神韵天然处或减,要自令人有观止之叹。正如唐绝句,至晚唐刘宾客、杜京兆,妙处反进青莲、龙标一尘。

夜合花　　史达祖

柳锁莺魂,花翻蝶梦,自知愁染潘郎[①]。轻衫未揽,犹将泪点偷藏。念前事,怯流光,早春窥、酥雨池塘。向消凝里,梅开半面,情满徐妆[②]。　　风丝一寸柔肠,曾在歌边惹恨,烛底萦香。芳机瑞锦,如何未织鸳鸯。人扶醉，月依墙，是当初、谁敢疏狂！把闲言语，花房夜久，各自思量。

【注释】

① 潘郎：潘岳字安仁，荥阳郡中牟（今属河南）人。美姿容，辞藻绝丽，尤善为哀诔之文。《晋书》有传。　② 徐妆：半面妆。《南史·元徐妃传》载："妃以（梁元）帝眇一目，每知帝将至，必为半面妆以俟，帝见则大怒而出。"

【评解】

这首词写景、咏物、抒情融为一体。上片写眼前景，抒心中情。"柳锁莺魂，花翻蝶梦"，愁染潘郎，偷藏泪点。下片写当初曾在歌边惹恨，烛底萦香，如今回首往事，柔肠寸断。全词轻盈绰约，细腻工丽，于柔媚中具艳冶之姿，表现了梅溪词的特色。

夜　行　船　　史达祖

闻卖杏花

不剪春衫愁意态，过收灯[①]、有些寒在。小雨空帘，无人深巷，已早杏花先卖。　　白发潘郎宽沈带[②]，怕看山、忆他眉黛。草色拖裙，烟光惹鬓，长记故园挑菜。

【注释】

① 过收灯：过了灯节。 ② 潘郎：见前词《夜合花》注。

【评解】

本词因闻卖杏花而引起怀人之幽思。上片着意描绘杏花春景。初春季节，微雨轻寒，深巷无人，闻卖杏花。下片写故园之思、怀人之情。常记故园挑菜，忆他眉黛春山，鬓影裙腰，而今潘郎憔悴，往事不堪回首。全词生动而又细腻地描绘了明媚的春光、如丝的细雨、怀人的意态、绵绵的相思，写得工丽倩巧，柔媚多姿。

【集评】

俞陛云《唐五代两宋词选释》：此词着意在结句。杏花时节，正故园昔日挑菜良辰，顿忆鬓影裙腰之当年情侣，乃芳序重临而潘郎憔悴，其感想何如耶？上阕咏卖花，款款写来，风致摇曳。春阴门巷，在幽静境中，益觉卖花声动人凄听也。

薛砺若《词学通论》：其词境之婉约飘逸，则如淡烟微雨，紫雾明霞；其造语之轻俊妩媚，则如娇花映日，绿杨着雨。他将这三春景色写得极细致而逼真。

鹧 鸪 天

史达祖

搭柳栏干倚伫频[1],杏帘胡蝶绣床春。十年花骨东风泪,几点螺香素壁尘。　　箫外月,梦中云,秦楼楚殿可怜身。新愁换尽风流性,偏恨鸳鸯不念人。

【注释】

① 伫:久立,盼望。　频:屡次,多次。

【评解】

这首闺情词,上片写凭栏伫望情景。搭柳栏干,杏帘蝴蝶,楼头伫望,泪洒东风。下片写对景怀人,不胜今昔之感。箫外月,梦中云,回想昔日秦楼楚殿,今日却"换尽风流"。结句"偏恨鸳鸯不念人",愁绪缠绵,余韵不尽。全词和婉工巧,绮丽动人。

【集评】

俞陛云《唐五代两宋词选释》:"花骨"二字颇新,惟《梅溪集》中两用之。"东风"句较《万年欢》调"愁沁花骨"尤为凄艳欲绝。吟此两句,如闻"落叶哀蝉"之歌。昔人咏鸳鸯者,或羡其双飞,或愿为同命,此独言其不复念人,但既言"换尽风流",则绮习划除,愿归枯衲,安用恨为!恨耶情耶?殆自问亦莫辨也。

玉　楼　春　　　　严　仁

春风只在园西畔，荠菜花繁胡蝶乱。冰池晴绿照还空①，香径落红吹已断。　　意长翻恨游丝短，尽日相思罗带缓。宝奁如月不欺人②，明日归来君试看。

【作者简介】

严仁，字次山，号樵溪，邵武（今属福建）人。他与同族严羽、严参并称"邵武三严"。著有《清江欸乃集》。其词工巧艳丽，以写闺情见长。

【注释】

① 晴绿：指池水。　② 奁：镜匣。

【评解】

这首词描绘春景，抒写春愁。上片写庭园春色。西园春风，花繁蝶乱，池水晴绿，落红满径。下片写春闺怀人。尽日相思，罗带渐缓，明镜照愁，盼君速归。通篇构思精巧，婉丽清新，为历代词家所赞赏。

【集评】

黄昇《花庵词选》：次山词极能道闺帏之趣。

陈廷焯《云韶集》：字字秀艳。深情委婉，读之不厌百回。

俞陛云《唐五代两宋词选释》：明镜照愁，常语也。作者"宝奁"七字，古意深思，独标新警。

鹧 鸪 天　　严 仁

一曲危弦断客肠①，津桥捩柁转牙樯②。江心云带蒲帆重，楼上风吹粉泪香。　　瑶草碧，柳芽黄，载将离恨过潇湘。请君看取东流水，方识人间别意长。

【注释】

① 一曲危弦：弹奏一曲。　危：高。　弦：泛指乐器。　② 捩：扭转。　牙樯：饰以象牙的帆樯。

【评解】

这首词着意抒写离愁别恨。上片抒写伤别。离歌一曲，痛断客肠，江心征帆，楼头粉泪，写尽离别况味。下片着重写离恨。兰舟催发，满载离恨，江水东流，别意悠长。通篇悱恻缠绵，工丽柔媚，体现了严仁词作的风格。

【集评】

俞陛云《唐五代两宋词选释》：以“江心”、“楼上”对举，离怀自见。以句法论，在晚唐律诗中亦是佳联。结处“东流水”二句虽从唐人“请君试问东流水，别意与之谁短长”诗句脱化，而用其意作此词结句，颇有远韵。

清　平　乐　　　刘克庄

顷在维扬，陈师文参议家舞姬绝妙，为赋此词。

宫腰束素[①]，只怕能轻举。好筑避风台护取[②]，莫遣惊鸿飞去[③]。　　一团香玉温柔，笑颦俱有风流。贪与萧郎眉语[④]，不知舞错伊州[⑤]。

【作者简介】

刘克庄，字潜夫，号后村，莆田（今属福建）人。宋理宗淳祐中赐同进士出身，官龙图阁直学士，卒谥“文定”。有《后村别调》一卷（见毛氏《宋六十家词》），又名《后村长短句》，见《彊村丛书》。他的词纯学稼轩，为辛派重要作家。

【注释】

① 宫腰：女子细腰。　② 避风台：相传赵飞燕身轻不胜风，汉成帝为筑七宝避风台（见汉伶玄《赵飞燕外传》）。　③ 惊鸿：形容女子体态轻盈。　④ 萧郎：原指未称帝以前的梁武帝萧衍，以后泛指所亲爱或为女子所恋的男子。眉语：以眉之舒敛示意传情。　⑤ 伊州：曲词名，商调大曲。

【评解】

这首词，抒写对美人的思慕。上片写人物的轻盈体态。宫腰束素，轻盈灵巧，翩若惊鸿，纤不耐风。下片写相见时的情景。温柔香艳，颦笑风流，相互眉语，舞错伊州。全词工丽香艳，妩媚风流。

【集评】

俞陛云《唐五代两宋词选释》：上阕惜其轻盈，有杜牧诗“向春罗袖薄，谁念舞台风”之意。下阕窥其衷曲，有李端诗“欲得周郎顾，时时误拂弦”之意。后村词大率与辛稼轩相类，人称其雄力足以排奡，此词独标妩媚，殆以忠简梨涡、欧阳江柳耶？

沈雄《古今词话》引张炎曰：潜夫负一代时名，《别调》一卷，大约直致近俗，效稼轩而不及者。

毛晋《跋后村别调》：所撰《别调》一卷，大率与辛稼轩相类，杨升庵谓其壮语足以立懦，余窃谓其雄力足以排奡云。

冯煦《宋六十一家词选例言》：后村词与放翁、稼轩，犹鼎三足。其生丁南渡，拳拳君国，似放翁；志在有为，不欲以词人自域，似稼轩。

薛砺若《宋词通论》：此词末二语写得亦极隽美，为不经人道者。

生　查　子　　刘克庄

元夕戏陈敬叟

繁灯夺霁华[①]，戏鼓侵明发[②]。物色旧时同，情味中年别。　　浅画镜中眉，深拜楼中月。人散市声收，渐入愁时节。

【注释】

① 霁华：明月。　② 明发：天发明也，即黎明。

【评解】

此词题为元夕戏作，实则抒发人生感慨。上片写元夕之夜，灯繁月明，鼓乐通宵，物色如旧而情味却别，不觉感慨系之。下片写西楼拜月，镜中画眉，待到乐止人散，却又渐入愁乡。全词构思新巧，造语工丽，感情真挚，写景细腻。

【集评】

唐圭璋《宋词三百首笺注》：刘克庄《陈敬叟集序》云：敬叟诗才气清拔，力量宏放，为人旷达如列御寇、庄周；饮酒如阮嗣宗、李太白；笔札如谷子云；草隶如张颠、李潮；乐府如温飞卿、韩致光。余每叹其所长非复一事。为毂城黄子厚之甥，故其诗酷似之云。

俞陛云《唐五代两宋词选释》：后村序《陈敬叟集》云："旷达如列御寇、庄周，饮酒如阮嗣宗、李太白，笔札如谷子云，行草篆隶如张颠、李潮，乐府如温飞卿、韩致光。"推许甚至。此词云戏赠者，殆以敬叟之旷达，而情入中年，易萦旧感，人归良夜，渐入愁乡，其襟怀亦不异常人，故戏赠之。

昭　君　怨　　刘克庄

牡丹

曾看洛阳旧谱，只许姚黄独步①。若比广陵花②，太亏他③。　旧日王侯园圃，今日荆榛狐兔。君莫说中州④，怕花愁。

【注释】

① 姚黄：欧阳修《洛阳牡丹记》："姚黄者，千叶黄花，出于民姚氏家。"　② 广陵花：指芍药。　③ 太亏他：言太委屈了牡丹。　④ 中州：河南省古称，这里指洛阳。

【评解】

这首咏物词，借咏洛阳牡丹，抒写忧国之情。上片言洛阳牡丹，独步天下，胜于扬州的芍药，因此说牡丹"若比广陵花，太亏他"。下片抒写惜花之情。但作者之意却不在此，结句揭示了主旨，名为惜花，实惜中州。旧国旧都的哀愁，借对广陵花、洛阳花的褒贬抑扬表现出来。

青玉案 黄公绍

年年社日停针线[①]，怎忍见、双飞燕。今日江城春已半。一身犹在、乱山深处，寂寞溪桥畔。　春衫着破谁针线，点点行行泪痕满[②]。落日解鞍芳草岸。花无人戴，酒无人劝，醉也无人管。

【作者简介】

黄公绍，字直翁，邵武（今属福建）人。宋度宗咸淳元年（1265）进士。隐居樵溪。著有《在轩词》，有《彊村丛书》本。

【注释】

① 社日：指立春以后的春社。　停针线：《墨庄漫录》说："今人家闺房遇春秋社日，不作组紃，谓之忌作。"唐张籍《吴楚词》："今朝社日停针线。"　② "春衫"两句：春衫已经穿破，这是谁做的针线活呢？这里的"谁针线"与"停针线"相呼应，由着破春衫想起那制作春衫的人，不觉凄然泪下，泪痕沾满了破旧的春衫。

【评解】

此词抒写游子思乡的情怀。上片写游子在深山溪桥边，遥念家乡社日，看到双双飞燕而自伤孤单。下片写游子长期飘流在外，春衫已破，满是泪痕，却还不知归期。末尾连用三个"无人"，点出不仅赏花、饮酒都无心情，甚至醉了也受不到照顾，写尽孤身羁旅的凄凉况味。通篇缠绵凄恻，委婉含蓄。

瑞 鹧 鸪 　赵彦端

榴花五月眼边明，角簟流冰午梦清[1]。江上扁舟停画桨，云间一笑濯尘缨[2]。　主人杯酒流连意，倦客关河去住情。都付驿亭今日水，伴人东去到江城。

【作者简介】

赵彦端，字德庄，号介庵，鄱阳（今属江西）人，魏王廷美七世孙。宋高宗绍兴八年（1138）进士。乾道、淳熙间，以直宝文阁知建宁府。有《介庵集》。

【注释】

① 角簟：角蒿编成的席子。　流冰：形容角簟生凉。　② 濯尘缨：《楚辞·渔父》："沧浪之水清兮，可以濯吾缨。"

【评解】

五月花明，午梦片刻，濯缨清流，情怀何等潇洒，胸襟又何等超脱。主人杯酒留连之意可感，倦客关河去住之情不堪。不言此日情怀难忘，而言倩流水载此情东去江城，委婉有味之至。

浪 淘 沙 　幼 卿

极目楚天空，云雨无踪，漫留遗恨锁眉峰。自是荷花开较晚，孤负东风。　　客馆叹飘蓬[1]，聚散匆匆，扬鞭那忍骤花骢[2]。望断斜阳人不见，满袖啼红。

【作者简介】

幼卿，生平事迹不详。据《能改斋漫录》记载，她生活在宣和年间。

【注释】

① 飘蓬：形容人像蓬草一样飘零无定。　② 花骢：骏马。

【评解】

吴曾《能改斋漫录》：宣和间，有题于陕府驿壁者云：幼卿少与表兄同砚席，雅有文字之好。未笄，兄欲缔姻，父母以兄未禄仕，难其请，遂适武弁。明年，兄登甲科，职教洮房，而良人统兵陕右，相与邂逅于此。兄鞭马略不相顾，岂前恨未平耶？因作《浪淘沙》以寄情云。

此词借景抒情。上片委婉含蓄地写出荷花开晚，“孤负东风”。下片抒发“聚散匆匆”的慨叹，“望断斜阳人不见”，流露了无限眷恋之情。全词缠绵哀怨，真挚动人。

青　玉　案　　石孝友

征鸿过尽秋容谢，卷离恨、还东下。剪剪霜风落平野[1]。溪山掩映,水烟摇曳,几簇渔樵舍。　　芙蓉城里人如画[2],春伴春游夜转夜。别后知他何如也。心随云乱,眼随天断,泪逐长江泻。

【作者简介】

石孝友,字次仲,南昌(今属江西)人。乾道进士,以词名。其词集名《金谷遗音》,有《宋六十家词》本。他的词亦如耆卿、山谷一样,常以俚俗语写男女恋情,亦有清新雅洁之作。

【注释】

① 剪剪:形容风势轻寒。　② 芙蓉城:四川成都的别称,以五代时后蜀孟昶在城上种芙蓉花而得名。

【评解】

此为离芙蓉城东下舟中恋念所欢之词。上片写眼前沿江两岸风景,下片怀旧游而兴无限怅思。“心随云乱”句,摹“心事如波涛”(李商隐诗句)之状,甚有情味。

武林春　　石孝友

走去走来三百里,五日以为期。六日归时已是疑,应是望归时。　　鞭个马儿归去也，心急马行迟。不免相烦喜鹊儿，先报那人知。

【评解】

此词与前首《青玉案》词，同为怀人之作。前一首咏别离，基调凄苦；此首咏短别将会，基调欣悦。词语通俗，极有民歌情味，有早期敦煌曲子词遗风。

卜　算　子

石孝友

见也如何暮，别也如何遽。别也应难见也难，后会难凭据①。　　去也如何去，住也如何住。住也应难去也难，此际难分付。

【注释】

① 难凭据：无把握，无确期。

【评解】

此词以“见”“别”“去”“住”四字为纲领，反复回吟聚短离长、欲留不得的怅惘。前后上下仅更动一两字，拙中见巧，确是言情妙品。可知诗文不必求花描，情之所至，口边语亦自佳。

鹧 鸪 天

石孝友

一夜冰澌满玉壶[①],五更喜气动洪炉[②]。门前桃李知麟集[③],庭下芝兰看鲤趋[④]。　泉脉动,草心苏,日长添得绣工夫。试询补衮弥缝手,真个曾添一线无[⑤]?

【注释】

① 冰澌:冰消融。　② 洪炉:大炉。喻天地造化之功。　③ “门前”句:“桃李”指生徒。麟集:言人才荟萃。　④ “庭下”句:“芝兰”喻兄弟子侄。“鲤趋”言子承父教,语出《论语·季氏》:“鲤趋而过庭。”鲤为孔子之子。　⑤ 添一线:冬至后白昼渐长,古有“吃了冬至面,一日添一线”之谚。

【评解】

这首小词作于冬至前一日,特意胪列佳气,讴歌鼎盛。虽使事用典稍觉板重,毕竟典丽工整,气度自在。

浣 溪 沙

石孝友

集句

宿醉离愁慢髻鬟[①],绿残红豆忆前欢[②]。锦江春水寄书难。　　红袖时笼金鸭暖③，小楼吹彻玉笙寒。为谁和泪倚阑干？

【注释】

① 宿醉：隔夜酒醉。　髻鬟：古代妇女的发髻。　② 红豆：王维《相思》诗："红豆生南国，春来发几枝，愿君多采撷，此物最相思。"　③ 金鸭：鸭形铜香炉。

【评解】

诗有集前人成句而成者，此词亦然。全词六句，分别从韩偓和晏幾道的《浣溪沙》、晏幾道《西江月》、秦观《木兰花》、李璟《浣溪沙》和李煜《捣练子》中各取一句，集合而成。读来宛然妙合，毫无拼凑之痕。

蝶　恋　花

朱淑真

送春

楼外垂杨千万缕，欲系青春，少住春还去。犹自风前飘柳絮①，随春且看归何处。　　绿满山川闻杜宇②，便作无情，莫也愁人苦[3]。把酒送春春不语，黄昏却下潇潇雨[4]。

【作者简介】

朱淑真，号幽栖居士，钱塘（今杭州）人。关于她生活的时代，历来有北宋、南宋两说并存。从作品内容来看，当为北宋末至南宋初人。相传她因婚姻不满，抑郁而死。淑真善绘画，通音律，是婉约派著名女词人。著有《断肠词》，今存词二十余首。

【注释】

① 犹自：仍然。 ② “绿满”句：在漫山遍野茂密的丛林中听见了杜鹃的叫声。 ③ “莫也”句：（鸟儿）莫非也因为人间的愁苦而忧愁吗？ 苦，又作“意”。 ④ 潇潇雨：暴雨、疾雨。潇潇是雨声。

【评解】

这是一首惜春词。上片抒发对春的眷恋之情。楼外的杨柳垂下千万缕柳丝，想把春天系住，可是尽管杨柳多情，春也无意“少住”。柳絮随风，春归何处？下片描绘暮春景致，抒发伤春感怀。绿满山川，杜宇声声，潇潇暮雨，春将归去，令人不胜眷恋。全词意境清幽，抒情委婉，悱恻缠绵，深沉含蓄。

谒 金 门　　朱淑真

春半

春已半，触目此情无限[1]。十二栏干闲倚遍，愁来天不管。　　好是风和日暖，输与莺莺燕燕[2]。满院落花帘不卷，断肠芳草远。

【注释】

① 此情无限：即春愁无限。　② 输与：比不上，还不如。

【评解】

这是一首写闺中春愁的小词。上片写仲春时节，眼前景色，触目生愁。虽“十二栏干倚遍”，也无法排遣春愁。下片写闺中人在这风和日暖的大好春光中，想起了自己所怀念的人，不禁愁绪万端，感到还不如成双成对的鸟儿，因此不愿再看见满院落花和断肠芳草。通篇哀婉细腻，愁思无限。

清 平 乐　　朱淑真

恼烟撩露，留我须臾住。携手藕花湖上路[1]，一霎黄梅细雨。　　娇痴不怕人猜，和衣睡倒人怀。最是分携时候，归来懒傍妆台。

【注释】

① 藕花：即荷花。

【评解】

此词写天真少女与恋人相会的喜悦和离别的惆怅。上片点明留住须臾，故当时携手情景，藕花细雨历历在目。下片追写依恋情态，表现出对爱情的大胆追求；歇拍二句，叙分别时难言的情景，只用“最是”两字，蕴含无限眷恋之情，归来后哪得不怅然若失。词中点缀夏日风光，使形象更为饱满。

眼　儿　媚

朱淑真

风日迟迟弄轻柔[1]，花径暗香流。清明过了，不堪回首，云锁朱楼。　　午窗睡起莺声巧，何处唤春愁？绿杨影里，海棠枝畔，红杏梢头。

【注释】

① 轻柔：形容风和日暖。

【评解】

这首小词,通过春景的描写,婉转地抒发了惜春情绪。上片写风和日丽,百花飘香,而转眼清明已过,落花飞絮,云锁朱楼,令人不堪回首。下片写午梦初醒,绿窗闻莺,声声唤起春愁。结尾三句,构思新巧,含蕴无限。全词语浅意深,辞淡情浓,清新和婉,别具一格。

卜算子

严蕊

不是爱风尘①,似被前缘误②。花落花开自有时,总赖东君主③。　　去也终须去,住也如何住!若得山花插满头,莫问奴归处。

【作者简介】

严蕊,字幼芳,天台营妓。周密《齐东野语》称她"善琴弈、歌舞、丝竹、书画,色艺冠一时。间作诗词,有新语。颇通古今"。徐釚《词苑丛谈》记道学家朱熹以节使行部至台,指前任太守唐仲友与蕊滥,欲治罪。并收蕊入监,备极箠楚,蕊坚不屈服。系狱两月,声价愈腾。未几,朱熹改官,岳霖继任,怜其无辜,判令从良。蕊当场填此词以进。

【注释】

① 风尘:古代称妓女为堕落风尘。　② 前缘:前世的因缘。　③ 东君:司春之神,借指主管妓女的地方官吏。

【评解】

这是严蕊获得释放、出狱时献给岳霖的一首词,反映了作者堕落"风尘"的不幸遭遇与对自由生活的渴望。全词和婉自然,寄喻颇深。

南　乡　子　　孙道绚

春闺

晓日压重檐,斗帐春寒起来忺[1]。天气困人梳洗懒,眉尖,淡画春山不喜添[2]。　　闲把绣丝挦[3],认得金针又倒拈。陌上游人归也未?恹恹[4],满院杨花不卷帘。

【作者简介】

孙道绚,号冲虚居士,黄铢之母,建安(今福建建瓯)人。善诗词,笔力甚高。存词八首。

【注释】

① 斗帐:形状如斗的帐子。　忺(xiān):适意。　② 春山:指女子的眉。③ 挦(xián):摘取。　④ 恹恹:有病或困倦的样子。

【评解】

这首春闺词,抒写了作者伤春念远之情。上片写闺中人的春日慵懒情态。困人天气,倦于梳洗,淡画春山,委婉地表现出苦闷心情。下片写对出游人的惦念。闺中人在百无聊赖中闲挦绣丝,聊做女红,可金针倒拈,全无心思。时已暮春,杨花满院,因游人未归,便不愿卷帘再看。通篇情思缠绵,和婉细腻。

鹧　鸪　天　　　聂胜琼

别情

玉惨花愁出凤城①,莲花楼下柳青青②。尊前一唱阳关曲③,别个人人第五程④。　寻好梦,梦难成,有谁知我此时情。枕前泪共阶前雨,隔个窗儿滴到明。

【作者简介】

聂胜琼(生卒年不详),长安名妓。后嫁李之问。

【注释】

① 玉惨花愁:形容女子愁眉苦脸。 凤城:指北宋都城汴京。 ② 莲花楼:饯饮之处。 ③ 阳关曲:古人送别时唱此曲。 ④ 人人:那个人,指所爱的人。 程:里程,古人称一站为一程。

【评解】

这首词是作者在长安送别李之问时所作。上片写送别情景。出城相送,玉惨花愁,莲花楼下,柳色青青。一曲阳关,离人远去,留下了绵绵相思与怀念。下片写别后凄伤。欲寻好梦,梦又难成,泪湿枕衾,辗转达旦。雨声和泪,滴到天明,相思之情,令人心碎。

据张宗橚《词林纪事》载:之问在中路得之,藏于箧间,抵家为其妻所得。因问之,具以实告。妻善其语句清健,遂出妆奁,资夫取归。

减字木兰花

淮上女

淮山隐隐,千里云峰千里恨。淮水悠悠[①],万顷烟波万顷愁。 山长水远,遮住行人东望眼。恨旧愁新,有泪无言对晚春。

【作者简介】

淮上女，姓名及生平事迹不详。宋宁宗嘉定年间，金兵南侵时被掠去。

【注释】

① 悠悠：遥远。

【评解】

公元1220年左右，金兵继续南侵，赵宋早已将首都南迁到临安。在金兵屡次进犯及狼狈退却之际，多少人民遭受杀害掳掠，淮上女就是其中之一。词写淮上女被掠途中，对故乡山水的依恋。那云雾缭绕的山峰和烟波浩渺的淮水，似乎都充满了愁恨。在漫长的旅途中，她不断回头望故乡，泪眼模糊地对着暮春的晚景，多少新仇旧恨一起涌上了心头。抒情哀婉真挚，反映了社会的动乱与人民的苦难。

采　桑　子

无名氏

年年才到花时候，风雨成旬[1]，不肯开晴，误却寻花陌上人。　　今朝报道天晴也，花已成尘。寄语花神，何似当初莫做春[②]。

【注释】

① 成旬:一作“经旬”,即连续下雨十来天。　② “做春”句:是说当初还不如不要做春。

【评解】

这首小词,从花时风雨、耽误寻花,抒发感怀。年年花期,风雨交加,陌上寻花,皆为所误。待到放晴,花已成尘。因此,还不如当初不要“做春”。全词轻柔含蓄,语浅意深,风格和婉,喻意清新。

满　江　红　　王清惠

太液芙蓉[①],浑不似、旧时颜色[②]。曾记得、春风雨露[③],玉楼金阙[④]。名播兰簪妃后里[⑤],晕潮莲脸君王侧[⑥]。忽一声、鼙鼓揭天来,繁华歇。　　龙虎散,风云灭[⑦]。千古恨,凭谁说。对山河百二,泪盈襟血[⑧]。客馆夜惊尘土梦,宫车晓辗关山月。问嫦娥、于我肯从容[⑨],同圆缺。

【作者简介】

王清惠,南宋度宗昭仪(宫中女官名)。恭帝德祐二年(1276),

临安沦陷后被俘往大都,自请为女道士,号冲华。

【注释】

① 太液芙蓉:太液池本汉代宫中池名,唐代长安大明宫中亦有太液池。这两句是以花比人,说自己本是宫中女官,容貌美丽,现在已面貌憔悴,完全失去旧时的风姿。 ② 浑不似:全不似。 ③ 春风雨露:比喻君恩。 ④ 玉楼金阙:泛指南宋宫殿。 ⑤ 兰簪:本为女子首饰,这里借喻宫中后妃。 簪,一作"馨"。 ⑥ 晕潮:形容脸上泛起羞红的光彩。 ⑦ "龙虎"二句:指王朝覆亡。 ⑧ "对山河"二句:是说险固的山河要塞,已沦入敌手。 ⑨ 从容:舒缓不迫。

【评解】

此词为作者被俘北上途中所作,抒写了国破家亡、今非昔比的哀愁与感伤。上片从眼前景物全非入手,回忆当年在宫中的情况。下片写被俘途中的感慨。据说这首驿中题壁词,当时在中原传诵,颇有影响。

满 庭 芳

徐君宝妻

汉上繁华[1],江南人物[2],尚遗宣政风流[3]。绿窗朱户,十里烂银钩[4]。一旦刀兵齐举,旌旗拥、百万貔貅。

长驱入，歌台舞榭，风卷落花愁[5]。　　清平三百载[6]，典章人物，扫地俱休。幸此身未北，犹客南州[7]。破鉴徐郎何在[8]，空惆怅、相见无由。从今后，梦魂千里，夜夜岳阳楼[9]。

【作者简介】

徐君宝妻，岳州（今湖南岳阳）人。宋末被元将掳掠到杭州，住韩蕲王府（韩世忠旧宅）。元将几次要侮辱她，都被她设法避过。一日元将发怒地表示要用强迫手段，她便说要祭告亡夫，主人答应了。她梳妆焚香，再拜默祝，向南哭泣，题《满庭芳》词于壁上，然后投水而死（见陶宗仪《辍耕录》）。

【注释】

① 汉上：泛指汉水至长江一带。　② 江南人物：指南宋的许多人才。③ 宣政：宣和、政和都是北宋徽宗的年号。这句是指南宋的都市和人物，还保持着宋徽宗时的流风余韵。　④ 烂银钩：光亮的银制帘钩，代表华美的房屋。　⑤ 风卷落花：指元军占领临安，南宋灭亡。　⑥ 三百载：指北宋建国至南宋灭亡。这里取整数。　⑦ 南州：南方，指临安。　⑧ 破鉴：即破镜。　徐郎：指作者丈夫徐君宝。　⑨ 岳阳楼：在湖南岳阳市西，这里指作者故乡。

【评解】

此词的作者是个被元军掳掠、不屈而死的女子。词中先写南宋都会繁华，人才众多，国力也较为富厚；但当元军南侵、长驱直入时，竟如风卷落花，无力抵抗，使人憾恨不已。以下说到自身的遭遇。叹息丈夫不知下落，死前无缘再见一面。自己不能生还故乡，死后魂魄还是恋念着这里。全词凄苦哀怨，抒写对家国的眷恋，对丈夫的挚爱，真切感人。

御街行

无名氏

霜风渐紧寒侵被，听孤雁、声嘹唳[1]。一声声送一声悲，云淡碧天如水。披衣起，告雁儿略住，听我些儿事。

塔儿南畔城儿里，第三个、桥儿外。濒河西岸小红楼[2]，门外梧桐雕砌[3]。请教且与，低声飞过，那里有、人人无寐[4]。

【注释】

① 嘹唳(lì)：指高声鸣叫。 ② 濒：靠近。 ③ 雕砌：雕花的台阶。 ④ 人人：那个人，指所爱之人。

【评解】

这首小词，抒情气氛极浓。作者借与雁儿招呼，娓娓道出内心的真切情意，语浅意深，委婉动人。在碧天如水、霜风凄紧的寒夜，孤雁的哀鸣,引起了游子的无限愁思,不禁披衣起床,嘱咐南飞的雁儿,希望它能低声飞过他爱人住的河边小红楼,因为她在家中也正为相思而彻夜不眠。全词构思新巧别致,抒情真挚细腻。

菩 萨 蛮

无名氏

夫寿妻

秋风扫尽闲花草,黄花不逐秋光老①。试与插钗头,钗头占断秋。　　簪花人有意,共祝年年醉。不用泛瑶觞②,花先着酒香。

【注释】

① 不逐:犹言不随。　② 瑶觞:泛指美酒。

【评解】

秋日黄花,分外馨香。采菊为妇簪头,恩情缠绵如见。菊花相传为益寿之卉,古人尝谓菊酒可以延年,闺中弄花情深,不饮亦醉,不着香艳语而尽得风流。上片"占断秋"三字极为新巧。

长 相 思　　吴淑姬

烟霏霏[1]，雨霏霏，雪向梅花枝上堆。春从何处回？

醉眼开，睡眼开，疏影横斜安在哉？从教塞管催[2]。

【作者简介】

宋代吴淑姬，湖州人。嫁士人杨子治。有《阳春白雪词》五卷。黄昇（花庵）云："淑姬，女流中黠慧者，有词五卷，佳处不减李易安。"

【注释】

① 霏霏：纷飞貌。　② 管：乐器。

【评解】

这首迎春小词，以景衬情，寄喻颇深。春日且至，而窗外烟雨霏霏，雪堆梅枝，不禁想到"春从何处回"！惟愿东风送暖，"塞管"催春，早回大地。全词写景细腻，抒情委婉含蓄。

一 剪 梅　　无名氏

漠漠春阴酒半酣[1]。风透春衫，雨透春衫，人家蚕事欲眠三[2]。桑满筐篮，柘满筐篮[3]。　　先自离怀百不堪。樯燕呢喃[4]，梁燕呢喃[5]，篝灯强把锦书看[6]。人在江南，心在江南。

【注释】

① 漠漠：寂静无声。　② 眠三：即三眠。　③ 柘：亦名“黄桑”，叶可饲蚕，故多桑柘并用。　④ 樯：船上桅杆。　樯燕：旅燕。　⑤ 梁燕：房中梁上之燕。　⑥ 篝灯：把灯烛放在笼中。

【评解】

此词写春日对江南的怀念。暮春时节，风雨交加，春蚕将老，桑柘满篮。这是作者思念中的江南春景。燕子呢喃，增人离愁，撩人相思。点灯细看书信，是从江南寄来，作者的心也飞向了江南。全词多用复叠句式，具有回环往复的特色。语虽重复，含意却并不相同。

风　入　松　　　吴文英

听风听雨过清明，愁草瘗花铭[1]。楼前绿暗分携路[2]，一丝柳，一寸柔情。料峭春寒中酒[3]，交加晓梦啼莺[4]。

西园日日扫林亭，依旧赏新晴。黄蜂频扑秋千索，有当时、纤手香凝。惆怅双鸳不到[5]，幽阶一夜苔生[6]。

【作者简介】

吴文英，南宋词人，字君特，号梦窗，晚号觉翁，四明（今浙江宁波市）人。一生未曾做官，曾在江苏、浙江一带当幕僚。他的词上承温庭筠，近师周邦彦，在辛弃疾、姜夔词之外，自成一格。他的词注重音律，长于炼字，雕琢工丽。张炎《词源》说他的词“如七宝楼台，眩人眼目，拆碎下来，不成片段”。而尹焕《花庵词选引》则认为“求词于吾宋，前有清真，后有梦窗”。吴词多写个人的身世之感，较少反映社会现实的作品。在艺术技巧方面有独到之处。词作有《梦窗甲乙丙丁稿》四卷。

【注释】

① 草:起草。　瘗(yì):埋葬。庾信有《瘗花铭》。　铭:文体的一种。② 分携:分手。　绿暗:形容绿柳成荫。　③ 料峭:形容春天的寒冷。　中酒:醉酒。　④ 交加:形容杂乱。　⑤ 双鸳:指女子的绣鞋，这里兼指女子本人。⑥ 幽阶苔生:苔生石阶，遮住了上面的足印。

【评解】

此词表现暮春怀人之情。上片写伤春怀人的愁思。清明节又在风雨中度过，当年分手时的情景，仍时时出现在眼前。如今绿柳荫浓而伊人安在？回首往事，触目伤怀。词中以柳丝喻柔情。春寒醉酒，莺啼惊梦，已觉愁思难言。下片写伤春怀人的痴想。故地重游，旧梦时温，见秋千而思纤手，因蜂扑而念香凝，更见痴绝。末句“一夜苔生”极言“惆怅”之深，又自含蓄不尽。这首词质朴淡雅，不事雕琢，不用典故。不论写景写情，写现实写回忆，都委婉细腻，情真意切，一改其堆砌辞藻，过分追求典雅的缺点，却又于温柔之中时见丽句，颇具特色。

【集评】

谭献《谭评词辨》：此是梦窗极经意词，有五季遗响。“黄蜂”二句，是痴语，是深语。结处见温厚。

陈洵《海绡说词》云：思去妾也，此意集中屡见。《渡江云》题曰“西湖清明”，是邂逅之始；此则别后第一个清明也。“楼前绿暗分携路”，此时觉翁当仍寓居西湖。风雨新晴，非一日间事，除了风雨，即是新晴，盖云我只如此度日。“扫林亭”，犹望其还，“赏”则无聊消遣，见秋千而思“纤手”，因蜂扑而念“香凝”，纯是痴望神理。“双鸳不到”，犹望其到；“一夜苔生”，踪迹全无，则惟日日惆怅而已。

陈廷焯《云韶集》：情深而语极纯雅，词中高境也。

许昂霄《词综偶评》：结句亦从古诗“全由履迹少，并欲上阶生”化出。

俞陛云《唐五代两宋词选释》：“丝柳”七字写情而兼录别，极深婉之思。起笔不遽言送别，而伤春惜花，以闲雅之笔引起愁思，是词手高处。“黄蜂”二句于无情处见多情，幽想妙辞，与“霜饱花腴”、“秋与云平”皆稿中有数名句。结处“幽阶”六字，在神光离合之间，非特情致绵邈，且余音袅袅也。

唐圭璋《唐宋词简释》：此首西园怀人之作。上片追忆昔年清明时之别情，下片入今情，怅望不已。起言清明日风雨落花之可哀，次言分携时之情浓，“一丝柳，一寸柔情”，则千丝柳亦千丈柔情矣。“料峭”两句，凝炼而曲折，因别情可哀，故藉酒消之，但中酒之梦，又为啼莺惊醒，其怅恨之情，亦云甚矣。“料峭”二字叠韵，“交加”二字双声，故声响倍佳。换头，入今情，言人去园空，我则依旧游赏，而人则不知何往矣。“黄蜂”两句，触物怀人。因园中秋千，而思纤手；因黄蜂频扑，而思香凝，情深语痴。“惆怅”两句，用古诗意，望人不到，但有苔生，意亦深厚。

点绛唇　　吴文英

试灯夜初晴[1]

卷尽愁云，素娥临夜新梳洗[2]。暗尘不起，酥润凌波地。　　辇路重来[3]，仿佛灯前事。情如水，小楼熏被，春梦笙歌里。

【注释】

① 试灯夜：农历正月十四夜。　② 素娥：月。　③ 辇路：帝王车驾经行

之路。

【评解】

此词抒写灯夜感旧之情。上片着意写试灯之夜的景色。愁云卷尽,月明如洗,以拟人手法,描摹精巧传神。下片写辇路笙歌,回首旧游,恍如梦境,无限感伤。全词意境清新,端丽温厚,颇具特色。

【集评】

谭献《谭评词辨》:起稍平,换头见拗怒,“情如水”三句,足当“咳唾珠玉”四字。

俞陛云《唐五代两宋词选释》:此词亦纪灯市之游。雨后月出,以素娥梳洗状之,语殊妍妙。下阕回首前游,辇路笙歌,犹闻梦里,今昔繁华之境,皆在梨云漠漠中,词境在空际描写。

唐圭璋《唐宋词简释》:此首赏灯之感。起言云散月明,次言天街无尘,皆雨后景色。换头,陡入旧情,想到当年灯市之景。“情如”三句,抚今思昔,无限感伤,而琢句之俊丽,似齐梁乐府。

浣 溪 沙

吴文英

门隔花深梦旧游,夕阳无语燕归愁。玉纤香动小帘钩[①]。　落絮无声春堕泪,行云有影月含羞。东风临夜冷于秋。

【注释】

① 玉纤：指女子之手。

【评解】

此为感梦之作。上片写所梦旧游之地、燕归之态，似真似幻，传神于眼；下片抒怀人之情、相思之愁，如泣如诉，缠绵往复。末句尤贵含情言外，渊涵不尽。全词雅丽清新，含蓄蕴藉，耐人寻味。

【集评】

陈廷焯《白雨斋词话》：《浣溪沙》结句贵情余言外，含蓄不尽。如吴梦窗之"东风临夜冷于秋"，贺方回之"行云可是渡江难"，皆耐人玩味。

陈洵《海绡说词》："梦"字点出所见，惟夕阳归燕，玉纤香动，则可闻而不可见矣。是真是幻，传神阿堵，门隔花深故也。"春堕泪"为怀人，"月含羞"因隔面，义兼比兴。东风回睇夕阳，俯仰之间，已为陈迹，即一梦亦有变迁矣。"秋"字不是虚拟，有事实在，即起句之旧游也。秋去春来，又换一番世界，一"冷"字可思。此篇全从张子澄"别梦依依到谢家"一诗化出，须看其游思飘渺、缠绵往复处。

俞陛云《唐五代两宋词选释》：句法将纵还收，似沾非着，以蕴酿之思，运妍秀之笔，可平睨方回，揽裾小晏矣。结句尤凄韵悠然。

唐圭璋《唐宋词简释》：此首感梦之作。起句，梦旧游之处。“夕阳”两句，梦人归搴帘之态。换头，抒怀人之情，因落絮以兴起人之堕泪，因行云以比人之含羞。“东风”句，言夜境之凄凉，与贺方回《浣溪沙》结句“东风寒似夜来些”相同。

望 江 南

吴文英

三月暮，花落更情浓。人去秋千闲挂月，马停杨柳倦嘶风。堤畔画船空。　　恹恹醉[1]，长日小帘栊[2]。宿燕夜归银烛外，流莺声在绿阴中。无处觅残红。

【注释】

① 恹恹：形容精神恍惚困倦。　② 帘栊：挂有珠帘的窗户。

【评解】

暮春三月，春光将尽，所见者唯秋千空挂，倦马嘶风，画舟空泊，人情困慵，宿燕夜归，莺啭绿阴。词以叹息残红难觅作结，回护上片“花落更情浓”句，惜春之情倍浓。

唐多令　　吴文英

惜别

何处合成愁，离人心上秋[1]。纵芭蕉、不雨也飕飕[2]。都道晚凉天气好，有明月，怕登楼。　　年事梦中休[3]，花空烟水流。燕辞归、客尚淹留[4]。垂柳不萦裙带住[5]，漫长是，系行舟。

【注释】

① 心上秋：合起来成一"愁"字。两句点明"愁"字来自惜别伤离。　② 飕飕：风雨声。这句是说即使不下雨，芭蕉仍然发出飕飕的秋声。　③ 年事：往事。这两句是说往事如梦，似花落水流。　④ 燕辞归：曹丕《燕歌行》："群燕辞归雁南翔。"　客：作者自称。淹留：停留。　⑤ 萦：旋绕。　裙带：指别去的女子。

【评解】

本词就眼前之景，抒离别之情。上片写离愁。诗人满怀愁绪，怕在月明之夜，登楼眺望。下片抒发别情。燕已归来，人却淹留他方。全词构思新颖别致，写得细腻入微。语言通俗浅近，颇似民歌小调。

【集评】

沈际飞《草堂诗余正集》：所以感伤之本，岂在蕉雨？妙妙。

王士禛《花草蒙拾》:“何处合成愁,离人心上秋。”滑稽之隽,与龙辅《闺怨》诗:“得郎一人来,便可成仙去”,同是“子夜”变体。

张炎《词源》:此词疏快,却不质实。

陈洵《海绡说词》:玉田不知梦窗,乃欲拈出此阕牵彼就我,无识者群聚而和之,遂使四明绝调,沉没几六百年,可叹!

俞陛云《唐五代两宋词选释》:首二句以“心上秋”合成“愁”字,犹古乐府之“山上复有山”,合成征人之“出”字。金章宗之“二人土上坐”,皆藉字以传情,妙语也。“垂柳”二句与《好事近》词“藕丝缆船”同意。“明月”及“燕归”二句,虽诗词中恒径,而句则颇耐吟讽。张叔夏以“疏快”两字评之,殊当。

夜 游 宫

吴文英

人去西楼雁杳,叙别梦、扬州一觉。云淡星疏楚山晓。听啼鸟,立河桥,话未了。　　雨外蛩声早,细织就、霜丝多少[1]?说与萧娘未知道[2]。向长安,对秋灯,几人老?

【注释】

① 霜丝:指白发。　② 萧娘:唐人泛称女子为萧娘。

【评解】

这首怀人词，上片借梦境，忆往事。别梦依稀，人去雁杳，云淡星疏，楚山天晚。“听啼乌，立河桥，话未了”，往事回首，感慨无限。下片从眼前景物，抒发今昔之感，表现怀人之情。寒蛩凄切，细织霜丝。“向长安，对秋灯，几人老”，既表相思之情，又发今昔之叹。全词柔情似水，往事如梦，委婉细腻，曲折含蓄。

【集评】

陈洵《海绡说词》：楚山梦境，长安京师，是运典；扬州则旧游之地，是赋事；此时觉翁身在临安也。词则沉朴浑厚，直是清真后身。

祝英台近　　吴文英

除夜立春[①]

剪红情，裁绿意[②]，花信上钗股。残日东风，不放岁华去。有人添烛西窗，不眠侵晓，笑声转、新年莺语。

旧尊俎[③]，玉纤曾擘黄柑[④]，柔香系幽素[⑤]。归梦湖边，还迷镜中路。可怜千点吴霜，寒销不尽，又相对、落梅如雨。

【注释】

① 除夜:除夕。　立春:周密《武林旧事》说:“立春前一日,临安府进大春牛,用五色丝彩杖鞭牛,掌管予造小春牛数十,饰彩幡雪柳……后苑办造春盘供进,及分赐……翠缕、红丝、金鸡、玉燕,备极精巧。”　② 红情、绿意:剪彩为红花绿叶,即春幡,可以戴在头上。　③ 尊俎:砧板。　④ 玉纤:如玉般的纤手。擘:剖开。　⑤ 幽素:幽情素心。

【评解】

这首词扣紧“除夜立春”,咏怀节日,更抒发怀人之情。上片写家人除夕守岁以及迎接新春之乐。剪红裁绿,西窗添烛,笑声莺语,迎接新年。下片写立春所用之春盘黄柑,曾是伊人置办,如今春已归来,而伊人不见,相思成梦,眼前唯有落梅成阵。全词构思精巧,委婉含蓄,为古今读者所称赏。

【集评】

彭孙遹《金粟词话》:余独爱其《除夕立春》一阕,兼有天人之巧。

许昂霄《词综偶评》:换头数语,指春盘彩缕也。“归梦”二句从“春归在客先”想出。

陈廷焯《白雨斋词话》:“上”字婉细。

陈洵《海绡说词》:前阕极写人家守岁之乐,全为换头三句追摄远神,与“新腔一唱双金斗”一首同一机杼。彼之“何时”,此之“旧”字,皆一篇精神所注。

重叠金 黄昇

壬寅立秋

西风半夜惊罗扇，蛩声入梦传幽怨①。碧藕试初凉，露痕啼粉香。　　清水凝簟竹，不许双鸳宿。又是五更钟，鸦啼金井桐②。

【作者简介】

黄昇，南宋词人，字叔旸，号玉林，建安（今福建建瓯）人。他淡于功名，不愿仕进，擅写诗词，是一位潇洒的名士。有《散花庵词》一卷，有宋六十家词本。他曾编《花庵词选》。凡二十卷。上部曰《唐宋诸贤绝妙词选》十卷，所录皆北宋以前人词。下部曰《中兴以来绝妙词选》，亦为十卷，纯为南宋作家，与周密《绝妙好词》同为研究南宋词必读之书。

【注释】

① 蛩：蟋蟀。　② 金井：装饰讲究的井台。

【评解】

西风蛩声，入梦幽怨，秋已悄然而至。碧藕试凉，清冰凝簟，气候已截然不同于夏夜。何况五更钟响，井桐鸦啼，在在皆是秋声。季节移人之感，为此词造出一种特有的气氛。

清 平 乐　　黄 昇

宫词

珠帘寂寂，愁背银釭泣。记得少年初选入，三十六宫第一[①]。　当时掌上承恩[②]，而今冷落长门[③]。又是羊车过也[④]，月明花落黄昏。

【注释】

① 三十六宫：言宫殿之多。　② 掌上承恩：传说汉成帝皇后赵飞燕能在掌上舞蹈，极言其体态轻盈。　③ 长门：汉宫名。陈皇后失宠于汉武帝，别居长门宫。其后泛指后妃失宠之意。　④ 羊车：古代皇宫内所乘小车。

【评解】

这首宫词描述一位宫女的境遇。上片从眼前“珠帘寂寂”的凄凉境况，回忆当年“初选入”时“三十六宫第一”的情景。下片抚今追昔。当时承恩，而今冷落，眼前“羊车”又过，令人不胜感慨。“月明花落黄昏”，语意双关，益增惆怅。全词轻柔哀怨，委婉含蓄，写尽封建帝王时代，宫女的不幸与悲哀。

鹊 桥 仙

黄 昇

春情

青林雨歇，珠帘风细，人在绿阴庭院。夜来能有几多寒，已瘦了、梨花一半。　　宝钗无据，玉琴难托，合造一襟幽怨。云窗雾阁事茫茫，试与问、杏梁双燕。

【评解】

本词紧扣“春”字以抒情怀。上片借景抒情。春雨暂歇，珠帘风细，几许夜寒，而人与梨花同瘦矣。下片着意抒情。“宝钗无据，玉琴难托”，一襟幽怨，微露相思。结句“试与问、杏梁双燕”，情思缠绵，余味无穷。

【集评】

俞陛云《唐五代两宋词选释》：“梨花”句不着边际，而自有人同花瘦之意。下阕谓据本难言，心尤难托，况借钗琴寓意，则据托弥难。故结句言虽窗阁分明在眼，而等于云雾茫茫，如此幽怨襟怀，双燕梁间，或可知其仿佛。以幽渺之词寓缠绵之意，乃善赋闲情者。

酹 江 月 黄 昇

夜凉

西风解事，为人间、洗尽三庚烦暑[①]。一枕新凉宜客梦，飞入藕花深处。冰雪襟怀，琉璃世界，夜气清如许。划然长啸，起来秋满庭户。　　应笑楚客才高[②]，兰成愁悴，遗恨传千古。作赋吟诗空自好，不直一杯秋露。淡月阑干，微云河汉，耿耿天催曙。此情谁会，梧桐叶上疏雨。

【注释】

① 三庚：夜半。庚，与“更”通。　② 楚客：屈原。

【评解】

此词写秋夜感怀。上片写清秋夜景。良夜西风，洗尽烦暑，一枕新凉，秋满庭户。下片借景抒情。楚客才高，遗恨千古，作赋吟诗，不直秋露，耿耿秋夜，谁会此情。“梧桐叶上疏雨”，秋风送愁，秋雨潇潇，而谁为知音！语意含蓄，极富情味。全词清新雅洁，寄寓殊深。

【集评】

俞陛云《唐五代两宋词选释》：上阕“梦入藕花”句有清新之思，“冰雪”二句见其雅怀，“长啸”句见其逸气。下阕言哀郢怀湘，非特遗恨难偿，即词赋才名，亦不直一杯秋露，寄慨殊深。结句言会此微旨者，世鲜知音。知者惟梧桐疏雨，其超旷如是，宜楼秋房以“泉石清士”目之。

摸　鱼　儿

何梦桂

记年时、人人何处，长亭曾共尊酒。酒阑归去行人远，折不尽长亭柳。渐白首。待把酒送君，恰又清明后。青条似旧，问江北江南，离愁如我，还更有人否。　留不住，强把蔬盘瀹韭[1]。行舟又报潮候[2]。风急岸花飞尽也，一曲啼红满袖。春波皱，青草外，人间此恨年年有。留连握手。数人世相逢，百年欢笑，能得几回又。

【作者简介】

何梦桂，字岩叟，淳安（今浙江淳安）人，南宋度宗咸淳元年（1265）省试第一，廷试一甲三名。任监察御史。有《潜斋词》一卷，见《四印斋所刻词》。

【注释】

① 瀹：浸渍，煮。　韭：多年生植物，可供蔬食。　② 潮候：潮信。

【评解】

此词抒写忆别与怀人之情。上片着意写离亭送别。把酒送君，长亭折柳，离愁如我，更有何人！下片写留君不住，舟行渐远。人世相逢，能有几度！令人不胜感慨。通篇情辞凄婉，余韵悠长。

【集评】

俞陛云《唐五代两宋词选释》：离亭送友，前后一气挥写，笔健而辞婉，音凄而意达，情文相生，结处更有余慨。梦桂著有《潜斋词》一卷。淳安朝曾登上第。

台　城　路　　王月山

初秋

夜来疏雨鸣金井，一叶舞风红浅。莲渚收香[①]，兰皋浮爽[②]，凉思顿欺班扇。秋光冉冉[③]。任老却芦花，西风不管。清兴难磨，几回有句到诗卷。　　长安故人别后，料征鸿声里，画阑凭遍。横竹吹商[④]，疏砧点月[⑤]，好梦又随云远。闲情似线，共系损柔肠，不堪裁剪。听着寒蛩，一声声是怨。

【作者简介】

王月山，南宋人，身世不详。《全宋词》存其词一首。

【注释】

① 渚：水中小洲，水边。　莲渚：水边莲花。　② 兰皋：有兰草之岸。　③ 冉冉：行貌，渐进之意。　④ 横竹：管乐器笛。　商：五音之一。　⑤ 砧：捣衣石。

【评解】

本词紧扣“初秋”题意，借景抒怀。上片着重写初秋景色。金井夜雨，一叶舞风。秋光冉冉，老却芦花。下片抒怀人之情。故人别后，凭遍画栏，横竹吹商，好梦随云，疏砧点月，愁听寒蛩。通篇凄凉哀怨，和婉工丽，优美含蓄，抒情细腻。

【集评】

俞陛云《唐五代两宋词选释》：起笔用“红浅”及“顿欺”字，即切定“初秋”。乃秋声甫动，已预愁秋老，感流光之过隙，洵秋士之善怀。以下纯是怀人，情深一往，蛩语砧声，仍不脱秋意。

湘春夜月　　黄孝迈

近清明，翠禽枝上消魂。可惜一片清歌，都付与黄昏。欲共柳花低诉，怕柳花轻薄，不解伤春。念楚乡旅宿[1]，柔情别绪，谁与温存？　　空尊夜泣，青山不语，残照当门。翠玉楼前[2]，惟是有、一陂湘水[3]，摇荡湘云。天长梦短，问甚时、重见桃根[4]？者次第[5]、算人间没个并刀[6]，剪断心上愁痕。

【作者简介】

黄孝迈，字德夫，号雪舟，南宋词人。有《雪舟长短句》一卷。刘克庄暮年曾为作序，对他的词作极为赞赏，认为“叔原、方回不能加其绵密”。

【注释】

① 楚乡：指长江以南一带。　② 翠玉楼：指装饰着绿色玉石的高楼。③ 湘水：在湖南境内。　④ 桃根：桃叶，晋王献之妾，其妹名桃根。这里借指所恋之人。　⑤ 者次第：这许多情况。　⑥ 并刀：并州产快剪刀。杜甫诗：“焉得并州快剪刀，剪取吴淞半江水。”

【评解】

此词有所寄托。作者以拟人化手法，抒写忧心国事而无人了解的心情。上片言翠鸟苦于清歌无人领会，柳花又不解自己的伤春之意，还有谁体贴自己的柔情。下片借景抒怀。青山不语，残月当门，不知何时，重见桃根，哪得并刀剪断愁痕。这里明写离愁，暗抒因国事日非而悲恨落泪的情怀。全词写得清丽绵密，委婉含蓄。

【集评】

万树《词律》：此调他无作者，想雪舟自度，风度婉秀，真佳词也。或谓首句"明"字起韵，非也，如此佳词，岂有借韵之理！

查礼《铜鼓书堂遗稿》：情有文不能达、诗不能道者，而独于长短句中，可以委宛形容之，如黄雪舟自度《湘春夜月》云云。雪舟才思俊逸，天分高超，握笔神来，当有悟入处，非积学所到也。刘后村跋雪舟乐章，谓其清丽，叔原、方回不能加，其绵密，骎骎秦郎"和天也瘦"之作。后村可为雪舟之知音。

梁令娴《艺蘅馆词选》引麦孟华云：时事日非，无可与语，感喟遥深。

唐圭璋《唐宋词简释》：此首抒羁旅之感，上下片作法皆是即景生情。上片由闻入情，下片由见入情，文笔宛妙。时近清明，闻翠禽已消魂，而黄昏清歌更不堪闻。"欲共"两句，自为呼应，韵致最胜。"念楚乡"三句，揭出旅况。换头宕开，实写眼前所见之青山残照。湘水湘云，境既空阔，情亦凄悲。"天长"两句，叹相见无期。"谁与温存"与"甚时重见"两问，有浅深之别。末句，总申愁情，与白石之"算空有并刀，难剪离愁千缕"，结句相同。

宝 鼎 现　刘辰翁

春月[①]

红妆春骑[②]，踏月影、竿旗穿市[③]。望不尽、楼台歌舞，习习香尘莲步底[④]。箫声断、约彩鸾归去[⑤]，未怕金吾呵醉[⑥]。甚辇路、喧阗且止[⑦]，听得念奴歌起[⑧]。
父老犹记宣和事[⑨]，抱铜仙[⑩]、清泪如水。还转盼、沙河多丽[⑪]。滉漾明光连邸第[⑫]，帘影冻、散红光成绮[⑬]。月浸葡萄十里[⑭]，看往来、神仙才子，肯把菱花扑碎。
肠断竹马儿童[⑮]，空见说、三千乐指[⑯]。等多时春不归来，到春时欲睡。又说向、灯前拥髻，暗滴鲛珠坠[⑰]。便当日、亲见霓裳[⑱]，天上人间梦里。

【作者简介】

刘辰翁，字会孟，号须溪，庐陵（今江西吉安）人。理宗景定三年（1262）考进士时，因廷试对策忤权臣贾似道，被列入丙等。任濂溪书院山长（主持人）。宋亡，隐居不仕。有《须溪集》。他生当宋亡之时，痛悼山河破碎，百姓流离，词多悲咽凄苦，不胜怨愤，也流露出词人深挚的故国之思、黍离之悲，是遗民词中之优秀作品。

【注释】

① 春月：元宵节。　② 春骑：指游春的车马。　③ 竿旗：竿上所挂的旗。

穿市:穿过市中街道。 ④ 习习:本指微风,习习香尘是指尘土飞扬。莲步:女子的行步足迹。 ⑤ 彩鸾:这里指游春女子。 ⑥ 金吾:官名,掌管京城的守卫防务。 ⑦ 甚:为什么。 辇路:皇帝车马经过的道路。 喧阗:人声喧闹。⑧ 念奴:唐玄宗天宝年间名妓,善歌。这里借指歌女。 ⑨ 宣和:宋徽宗年号。⑩ 铜仙:即金铜仙人。这里借指亡国恨。 ⑪ 沙河:即沙河塘,在钱塘南五里。田汝成《西湖游览志余》说:"沙河塘,宋时居民甚盛,碧瓦红檐,歌管不绝。" 多丽:形容沙河的繁华。 ⑫ 滉漾:即汪洋,形容水势很大。 滉漾明光:指明亮的灯光反映在水面上闪烁不停。邸第:富贵之家的住宅。 ⑬"帘影"两句:是说帘影投在水上,波平则凝止不动,波动时随着闪闪发光的水面形成各种涟漪。⑭ 葡萄:形容水的颜色深碧如葡萄。 ⑮ 竹马儿童:指出生于宋亡后的儿童。竹马:以竹杖当马。 ⑯ 三千乐指:三百人的乐队。指,用来计算人数(每人有十指)。 ⑰ 拥髻:表示愁苦。《飞燕外传·伶玄自叙》:"通德(伶玄妾)占袖,顾视烛影,以手拥髻,凄然泣下,不胜其悲。" 鲛珠:泪下如珍珠。 ⑱ 霓裳:即唐代名曲《霓裳羽衣曲》。借以指宋代的歌舞。

【评解】

此词作于元大德元年(1297),距宋亡已二十年,表达了作者悲恸祖国恢复无望的凄苦情怀。全词共分三叠。上片述当日元夕之盛。红妆春骑,千旗穿市,踏月花影,游人众多,而琼楼入云,歌舞连宵,写尽当日盛况。中片写父老记忆中之宣和旧事。朱邸豪华,沙河多丽,散红成绮,灯月交辉。下片写眼前之冷落悲凉。回忆旧游,往事如烟,灯前忆想,黯然神伤。通篇凄凉哀婉,真挚感人。

【集评】

冯金伯《词苑萃编》引张孟浩曰：刘辰翁作《宝鼎现》词，时为大德元年，自题曰丁酉元夕，亦义熙旧人只书甲子之意，其词有云："父老犹记宣和事，抱铜仙、清泪如水。"又云："肠断竹马儿童，空见说、三千乐指。"又云："向灯前拥髻，暗滴鲛珠坠。便当日亲见霓裳，天上人间梦里。"反反覆覆，字字悲咽，真孤竹、彭泽之流。

杨慎《词品》：词意凄婉，与《麦秀》歌何殊？

陈廷焯《云韶集》：通篇镂金错采，绚烂极矣，而一二今昔之感处，尤觉韵味深长。

俞陛云《唐五代两宋词选释》：刘在宋末隐遁不仕，此为感旧之作。上段先述元夕之盛，中段从父老眼中曾见宣和往事，朱邸豪华，铜街士女，只赢得铜仙对泣，已极伤怀。下阕言大好春色而畏逢春色，有怀莫诉，归向绿窗人灯前掩泪，尤为凄黯。余早岁曾见东华灯市火树银花之盛，五十年来桑海迁流，亦若刘须溪之"梦里霓裳"矣。

唐圭璋《唐宋词简释》：此首铺写当年月夜游赏之乐，而一二字句钩勒今情，即觉兴衰迥异，凄动心目。第一片，极写当年游人之众、楼台之丽与歌舞之盛。第二片，更记当年灯月交辉之美。第三片，回忆旧游，恍如一梦，灯前想像，不禁泪堕。

永　遇　乐　　刘辰翁

余自乙亥上元诵李易安《永遇乐》①,为之涕下。今三年矣,每闻此词,辄不自堪。遂依其声②,又托之易安自喻,虽辞情不及③,而悲苦过之。

璧月初晴④,黛云远淡⑤,春事谁主。禁苑娇寒⑥,湖堤倦暖⑦,前度遽如许⑧。香尘暗陌⑨,华灯明昼,长是懒携手去。谁知道,断烟禁夜⑩,满城似愁风雨。　　宣和旧日⑪,临安南渡,芳景犹自如故⑫。缃帙流离⑬,风鬟三五⑭,能赋词最苦。江南无路⑮,鄜州今夜⑯,此苦又谁知否。空相对,残釭无寐,满村社鼓⑰。

【注释】

① 乙亥:即宋恭帝德祐元年(1275),宋亡前一年。　上元:即元宵节。② 依其声:按照李清照原词的声律填词。　③ 辞情:指文辞情采。　④ 璧月:圆月。璧,圆形的玉。　⑤ 黛云:青绿色的云。　⑥ 禁苑:皇家园林。　娇寒:轻寒。　⑦ 倦暖:暖和得使人思睡。　⑧ 前度:暗用刘禹锡《重游玄都观》"前度刘郎今又来"诗意。　遽:忽然。　⑨ 香尘暗陌:尘雾遮暗了街道,指车马众多。　⑩ 断烟:炊烟断,是指京城里居民很少。　禁夜:禁止夜行。　⑪ 宣和:宋徽宗年号。　⑫ 芳景:风景。　⑬ 缃帙(zhì):浅黄色书套。这里指书籍。⑭ 风鬟三五:李清照《永遇乐》词中有"风鬟雾鬓"。三五,正月十五,即元宵节。　⑮ 江南无路:指写本词时宋亡已久,江南一带都陷入敌手。　⑯ 鄜州:

杜甫《月夜》诗:“今夜鄜州月,闺中只独看。”作者此时亦离家在外,故借杜甫思念鄜州的妻子来说明自己的心情。　⑰ 釭:灯。　社鼓:节日祭神的鼓声。

【评解】

本词作者在宋亡前一年,曾因诵李清照怀念京洛旧事的《永遇乐》词,而为之涕下。三年之后,每听到李清照的这首词,便触动自己的亡国之痛。本词从回忆临安盛时来反衬目前国亡家破的心情。上片回忆临安盛时,香暗尘陌、华灯明昼的情景,面对眼前“断烟禁夜”的境况,不胜今昔之感。下片从李清照《永遇乐》词对宣和旧事的怀念,写到南宋亡后的无限感慨。全词感情真挚,凄伤哀怨。

兰　陵　王

刘辰翁

丙子送春[1]

送春去,春去人间无路。秋千外、芳草连天,谁遣风沙暗南浦[2]。依依甚意绪?漫忆海门飞絮[3]。乱鸦过,斗转城荒,不见来时试灯处[4]。　　春去,谁最苦?但箭雁沉边[5],梁燕无主[6]。杜鹃声里长门暮[7]。想玉树凋土[8],泪盘如露[9]。咸阳送客屡回顾[10],斜日未能度。

春去,尚来否。正江令恨别[11],庾信愁赋[12]。苏堤尽日风和雨。叹神游故国[13],花记前度[14]。人生流落,顾孺子,共夜语[15]。

【注释】

① 丙子:即宋恭帝德祐二年(1276)。 ② 风沙:比喻敌人。 南浦:泛指送别之地,这里借指江南水乡。 ③ 海门飞絮:指南下的幼帝。海门,海边。 ④ 斗转:北斗转则春回。 试灯:正月十五灯节前预赏灯节。 ⑤ 箭雁:被箭射中受伤的雁。这句指被俘虏的南宋君臣。 ⑥ 梁燕:梁上寻觅旧巢的燕子。这句指留在临安等地散落无主的士大夫。 ⑦ 长门:汉武帝时,陈皇后贬居的冷宫。这里借指宋亡后临安的宫殿。 ⑧ 玉树凋土:《晋书·庾亮传》:"亮将葬,何充会之,叹曰:'埋玉树于土中,使人情何能已!'"这里是指那些为国牺牲的人。 ⑨ 泪盘如露:指汉武帝在建章宫前造神明台,上有铜人手托承露铜盘。魏明帝命人把铜人从长安搬到洛阳,在拆卸时据说铜人眼中流下泪来。这里以铜人泪滴露盘表示亡国之痛。 ⑩ 咸阳送客:李贺在《金铜仙人辞汉歌》中说:"衰兰送客咸阳道,天若有情天亦老。"这里借以说明被俘人员的故国之思。 ⑪ 江令:江淹。他曾被黜任建安吴兴令。见《梁书·江淹传》。他著有《别赋》。 ⑫ 庾信:梁朝庾信出使北周,被留在北方不回,著有《愁赋》。这两句是说南宋士大夫被俘北上,满怀离愁别恨。 ⑬ 神游故国:被俘北上的人不可能南归,对故国的繁华只能神游而已。 ⑭ 花记前度:唐刘禹锡于宪宗元和年间从贬所被召回长安,因游玄都观赏桃花作诗,被执政者认为意有怨刺而又把他远贬。刘于十四年后又回长安重游旧地,作《重游玄都观诗》:"百亩庭中半

是苔，桃花净尽菜花开。种桃道士归何处，前度刘郎今又来。”这句是指离散各地的人，回到沦陷之后的临安，见昔日如花美景已荡然无存，不禁目击心伤。

⑮ 孺子：指作者的儿子。以上三句是说因故国沦亡而流落山中，只能和儿子夜语，共诉胸中哀痛之情。

【评解】

宋恭帝德祐二年三月，临安被元军攻破，恭帝及太后等被俘往北方。本词作于暮春，以送春为题，暗抒亡国之恨。全词共三叠，均从“春去”开头。上片写人间无路，春将何归，风沙南浦，海门飞絮，故国陷落，幼帝飘海，前途难料。中片写春去之后，谁最凄苦，暗指南宋君臣被俘，去国离乡，无限伤凄。下片问春去后，能否再来，暗示恭帝被掳，不得南归，南宋恢复无望。作者神游故都，空忆繁华，不胜天涯流落之感。

【集评】

卓人月《词统》：“送春去”二句悲绝，“春去谁最苦”四句凄清，何减夜猿；第三叠悠扬悱恻，即以为《小雅》、《楚骚》可也。

张宗橚《词林纪事》：按樊榭论词绝句，“‘送春’苦调刘须溪”，信然。

陈廷焯《云韶集》：题是送春，词是悲宋，曲折说来，有多少眼泪。

俞陛云《唐五代两宋词选释》：虽以“送春”标题，每段首句皆以春去作起笔，而其下则鸦过荒城，风沙迷目，不仅灯火阑珊之感。次段“杜鹃”句以下，长门日暮，悲玉树之凋残；后段“苏堤”句以下，故国神游，忆花枝于前度，其思乡恋阙，抚事怀人，百愁并集，不独“送春”也。清真倚此调，其次段、后段，皆在中权笔有顿挫。此作亦在中枢以“杜鹃”、“苏堤”句作换转之笔，乃句意并到之作。

唐圭璋《唐宋词简释》：此首题作送春，实寓亡国之痛。三片皆重笔发端振起，以下曲折述怀，哀感弥深。“秋千外”三句，承“无路”，写出一片凄迷景色。“依依”句，顿宕。“漫忆”数句，大笔驰骤，叹当年之繁华已无觅处。第二片，历数春之燕与杜鹃，以衬人之伤春。第三片，叹故国好春，空余神游。末言人生流落之可哀。

花　犯　　周　密

水仙花

楚江湄[1]，湘娥再见[2]，无言洒清泪，淡然春意。空独倚东风，芳思谁寄？凌波路冷秋无际。香云随步起，漫记得、汉宫仙掌[3]，亭亭明月底。　冰弦写怨更多情，骚人恨，枉赋芳兰幽芷。春思远，谁叹赏、国香风味[④]？相将共、岁寒伴侣，小窗静，沉烟熏翠被。幽梦觉、涓涓清露，一枝灯影里。

【作者简介】

周密，字公谨，号草窗，又号弁阳啸翁、箫斋、四水潜夫，济南（今属山东）人。曾担任过义乌县令。宋亡后，不肯出来做官，寓居杭州。诗、词、书、画均有较深造诣，生平著述甚多，有《蜡屐集》《齐东野语》《癸辛杂识》《浩然斋雅谈》《弁阳客谈》《武林旧事》《澄怀录》《云烟过眼录》等书。他的词，风格和吴文英（梦窗）相近，在文学史上并称"二窗"。他编选的《绝妙好词》，选录南宋词三百八十五首，对后人有较大的影响。

【注释】

① 湄：岸边。　② 湘娥：湘妃，喻水仙花。　③ 汉宫仙掌：汉武帝作柏梁、铜柱、承露仙人掌之属，见《汉书・郊祀志》。　④ 国香：兰为国香，此谓水仙为国香。

【评解】

这首咏花词，咏物抒怀。上片写花之丰神姿容。犹如湘娥再见，无言洒泪，春意淡然，空倚东风，芳思谁寄！下片抒写诗人惜花心情。天香国色，花无人赏，实令骚人深恨。唯有自己与花相共，结为岁寒伴侣。全词亦花亦人，委婉含蓄，情意缠绵，饶有韵致。

【集评】

周济《宋四家词选》：草窗长于赋物，然惟此及琼花二阕，一意盘旋，毫无渣滓。他人纵极工巧，不免就题寻典，就典趁韵，就韵成句，堕落苦海矣。特拈出之，以为南宋诸公针砭。

唐圭璋《唐宋词简释》：此首上片写花，下片写人惜花，轻灵宛转，韵致胜绝。起写花之姿容，继写花之内情，后写花之丰神。换头以下，惜花无人赋，花无人赏。“相将共”以下，拍到己身。上是花伴人，下是人赏花，将人与花写得缱绻缠绵，令人玩味不尽。

玉京秋　　周密

长安独客，又见西风，素月、丹枫，凄然其为秋也。因调夹钟羽一解。

烟水阔，高林弄残照，晚蜩凄切[①]。碧砧度韵，银床飘叶[②]。衣湿桐阴露冷，采凉花、时赋秋雪[③]。叹轻别，一襟幽事，砌虫能说。　　客思吟商还怯，怨歌长、琼壶暗缺[④]。翠扇恩疏[⑤]，红衣香褪，翻成消歇。玉骨西风，恨最恨、闲却新凉时节。楚箫咽，谁寄西楼淡月。

【注释】

① 蜩(tiáo):蝉。　② 银床:井阑如银,因称银床。　③ 秋雪:指芦花。　④ 琼壶暗缺:晋王敦酒后,咏魏武乐府:“老骥伏枥,志在千里。烈士暮年,壮心不已。”以如意击唾壶为节,壶口尽缺(见《世说新语·豪爽》)。　⑤ 翠扇恩疏:班婕妤《怨诗行》有“裁成合欢扇,团团似明月”。

【评解】

此词抒写清秋感怀。上片通过写景,微抒别恨。高林残照,晚蜩凄切,一襟幽怨,砌虫诉说。下片抒情,将别恨层层深入。客思怯吟,怨歌悠长,翠扇恩疏,红衣香褪。时光如流,前事消歇,令人不胜怅恨。全词凄婉含蓄,曲折有致。

【集评】

陈廷焯《云韶集》:此词精金百炼,既雄秀,又婉雅,几欲空绝古今。一“暗”字,其恨在骨。

谭献《谭评词辨》:南渡词境高处,往往出于清真。“玉骨”二句,髀肉之叹也。

唐圭璋《唐宋词简释》:此首感秋而赋。起点晚景,次写夜景。“叹轻别”三句,入别恨。下片,承别恨层层深入。“客思”两句,恨客居之无俚。“翠扇”两句,恨前事之消歇。“玉骨”两句,恨时光之迅速。末揭出凄寂之感。

四 字 令　　周 密

拟花间

眉消睡黄，春凝泪妆。玉屏水暖微香[①]。听蜂儿打窗。　　筝尘半床[②]，绡痕半方。愁心欲诉垂杨，奈飞红正忙[③]。

【注释】

① 玉屏：玉饰屏风。　② 筝：古乐器。　③ 飞红：这里指落花。

【评解】

此词“拟花间”，极为神似。上片写愁人心绪。玉屏香暖，蜂儿打窗，眼前春色，乱人心绪。下片着意写愁。垂杨落花，飘零风雨，愁绪满怀，为谁低诉！全词缠绵哀怨，含情无限。

【集评】

俞陛云《唐五代两宋词选释》：蜂儿打窗与春色恼人、莺啼惊梦，皆在幽静境中扰乱愁人心绪。下阕写愁，用两半字，便觉含情无限。“垂杨”二句飘零风雨，自顾不遑，何暇听人之低鬟诉怨耶！此词神似《花间》。

解 连 环　　张 炎

孤雁

楚江空晚[①]。怅离群万里，恍然惊散[②]。自顾影、欲下寒塘[③]，正沙净草枯，水平天远。写不成书[④]，只寄得、相思一点。料因循误了[⑤]，残毡拥雪[⑥]，故人心眼。

谁怜旅程荏苒[⑦]。漫长门夜悄，锦筝弹怨。想伴侣、犹宿芦花，也曾念春前，去程应转。暮雨相呼，怕蓦地、玉关重见[⑧]。未羞他、双燕归来，画帘半卷。

【作者简介】

张炎，字叔夏，号玉田，又号乐笑翁。祖居陕西凤翔，寓居临安。宋亡后，张炎漂泊流荡，曾经到大都（今北京市）谋求官职，失意而归。有《山中白云词》留传后世，存词三百余首，其中有些寄寓着对国家命运和个人身世的感慨。他还著有论词的专著《词源》，对后世词人有一定影响。

【注释】

① 楚：泛指南方。　② 恍（huǎng）然：惆怅失意的样子。　③ 欲下寒塘：受惊离群成为孤雁，欲飞下寒塘又顾影而自伤孤单。唐崔涂《孤雁》诗："暮雨相呼疾，寒塘欲下迟。"　④ 写不成书：雁群在飞行时，常排列成行，队行如字。孤雁在天上只有一点，排不成字，而只能带回来一点相思之意。　⑤ 因循：拖延。

⑥ 残毡拥雪:指汉苏武被匈奴所拘的故事。 ⑦ 荏苒:展转。指时光流逝。
⑧ 怕蓦(mò)地:倘忽然。 玉关:玉门关。

【评解】

这首词,通过描写离群孤雁,抒发羁旅之愁,漂泊之怨。字里行间,蕴含着国破家亡的哀思。上片写孤雁离群失侣的孤凄之感与相思之情。下片将人与雁的羁旅哀怨之情,一并写出。词中无一字直说题面,却又处处与题意相绾合,喻意贴切,曲折有致。张炎词,原以咏物称著词坛,更因此词而获“张孤雁”之雅称。全词文笔婉曲,工致入化,情思绵邈,深挚感人。

【集评】

许昂霄《词综偶评》:“写不成书”二句奇警。“暮雨相呼”一句,“暮雨相呼疾,寒塘欲下迟。”唐崔涂《孤雁》诗也。

谭献《谭评词辨》:起是侧入而气伤于僄。“写不成书”二句,若槜李之有指痕;“想伴侣”二句,清空如话;“暮雨”二句,若浪花之圆蹴,颇近自然。

李佳《左庵词话》:“写不成书,只寄得、相思一点。”沈昆词:“奈一绳雁影,斜飞点点,又成心字。”周星誉词:“无赖是秋鸿,但写人人,不写人何处。”三词咏雁字各具巧思,皆不落恒蹊。

孔克齐《至正直记》:钱塘张叔夏尝赋《孤雁》词,有“写不成书,只寄得、相思一点”,人皆称之曰“张孤雁”。

俞陛云《唐五代两宋词选释》:《孤雁》与《春水》词皆玉田少年

擅名之作，晚年无此精湛矣。孔行素称玉田以此词得名，人以“张孤雁”称之。“写不成书”二句写“孤”字入妙，即怀人之作，亦极缠绵幽渺之思，况咏孤雁，人雁双关，允推绝唱。下阕“伴侣”以下数语替孤雁着想，沙岸芦花，念其故侣，空际传情，不让唐人“暮雨相呼疾，寒塘欲下迟”之句。借喻人事，亦停云之谊，故剑之思也。结句以双燕相形，别饶风致，且自喻贞操也。

唐圭璋《唐宋词简释》：此首咏孤雁。“楚江”两句，写雁飞之处。“自顾影”三句，写雁落之处。“离群”、“顾影”，皆切孤雁。“写不”两句，言雁寄相思，写出孤雁之神态。“料因循”两句，用苏武雁足系书事，写出人望雁之切。换头，言雁声之悲。“想伴侣”三句，悬想伴侣之望己。“暮雨”两句，言己之望伴侣。末以双燕衬出孤雁之心迹。

高 阳 台　　张 炎

西湖春感

接叶巢莺[①]，平波卷絮[②]，断桥斜日归船[③]。能几番游，看花又是明年。东风且伴蔷薇住，到蔷薇、春已堪怜。更凄然、万绿西泠[4]，一抹荒烟。　　当年燕子知何处，但苔深韦曲[5]，草暗斜川[6]。见说新愁[7]，如今也到鸥边[8]。无心再续笙歌梦，掩重门、浅醉闲眠。莫开帘，怕见飞花，怕听啼鹃。

【注释】

① 接叶巢莺：莺儿将巢筑在密集的叶丛里。　② 平波卷絮：轻絮飞落湖上，被微波缓缓地卷入水中。　③ 断桥：在孤山侧面白沙堤东，里湖和外湖之间。　④ 西泠(líng)：桥名，在孤山下，将里湖和后湖分开。　⑤ 韦曲：在陕西长安城南皇子陂西，唐时韦氏世居此地，故名韦曲。　⑥ 斜川：在江西庐山市、都昌之间。陶渊明有《游斜川》诗，写斜川的风景。　⑦ 见说：听说。　⑧ 鸥边：即白鸥。

【评解】

本词借咏西湖抒写亡国哀思。上片写暮春景色。密叶藏莺，平波卷絮，曾几何时，春光已老。眼前万绿西泠，一抹荒烟，更觉凄然。下片抒情。当年燕子，飞往何处！但是苔深韦曲，草暗斜川，回首往事，已成旧梦。昔日笙歌，无心再续，飞花啼鹃，亦不愿闻见。作者之满怀愁绪可以想见。全词低徊往复，凄凉幽怨。

【集评】

陈廷焯《白雨斋词话》：玉田《高阳台》一章，凄凉幽怨，郁之至，厚之至，与碧山如出一手，乐笑翁集中亦不多觏。

谭献《谭评词辨》:“能几番”二句,运掉虚浑。“东风”二句,是措注,惟玉田能之,为他家所无。换头见章法,玉田云:“最是过变不可断了曲意”是也。

梁令娴《艺蘅馆词选》引麦孟华云:亡国之音哀以思。

沈祥龙《论词随笔》:词贵愈转愈深,稼轩云:“是他春带愁来,春归何处,却不解带将愁去。”玉田云:“东风且伴蔷薇住,到蔷薇、春已堪怜。”下句即从上句转出,而意更深远。

俞陛云《唐五代两宋词选释》:夏闰庵云:“此词深婉之至,虚实兼到,集中压卷之作。”起二句写春景,工炼而雅。“看花”二句已表出春感。“东风”二句以才人遘末造,即饮香名,已伤迟暮,与残春之蔷薇何异。“凄然”三句与“燕子”四句,皆极写其临流凭吊之怀。“新愁”二句怅王孙之路泣,何等蕴藉。“笙歌”以下五句梦断朝班,心甘退谷,本欲以“闲眠浅醉”,送此余生,鹃啼花落,徒恼人怀耳!

唐圭璋《唐宋词简释》:此首西湖春感,沉哀沁人。“接叶”三句,平起,点明地时景物。“能几番”两句,陡转,叹盛时无常,警动之至。“东风”两句,自为开合,寄慨亦深。“更”字进一层写景,“万绿”八字,写足湖上春尽,一片惨淡迷离之景。换头承上,提问燕归何处。“但”字领两句,叹春去、燕去,繁华都歇。“见说”两句,以鸥之愁衬人之愁。“无心”两句,实写人之愁态。江山换劫,闭门醉眠,此心真同槁木死灰矣。末以撇笔作收,飞花、啼鹃,徒增人之愁思,故不如不闻不见也。

清 平 乐

张 炎

平原放马

辔摇衔铁[①]，蹴踏平原雪[②]。勇趁军声曾汗血[③]，闲过升平时节。　　茸茸春草天涯，涓涓野水晴沙[④]。多少骅骝老去[⑤]，至今犹困盐车。

【注释】

① 辔：缰绳。　衔铁：俗称马嚼子。　② 蹴(cù)：踢、踩。　③ 趁：追逐，奔驰之意。　汗血：古代良马名。传说日行千里，流汗如血。　④ 涓涓：流水声。　野水：野外小河的流水。　晴沙：天气晴朗，河水清澈，阳光照耀，连水底的沙都可看见。　⑤ 骅骝：名马，千里马。

【评解】

这首咏物词，通过对马的描写，抒发作者的感慨。上片写此马当年曾平原踏雪，勇趁军声，而今却闲度时光，弃置不用。下片写冬去春来，时光如流，不少“骅骝”骏马，至今犹困盐车。全词含蓄蕴藉，喻意深刻，而作者怀才不遇、有志难申的感慨，也尽在不言之中。

渡　江　云　　　　张　炎

山阴久客，一再逢春，回忆西杭，渺然愁思

山空天入海，倚楼望极，风急暮潮初。一帘鸠外雨①，几处闲田，隔水动春锄。新烟禁柳，想如今、绿到西湖。犹记得、当年深隐，门掩两三株。　　愁余。荒洲古溆②，断梗疏萍，更漂流何处。空自觉、围羞带减，影怯灯孤。长疑即见桃花面③，甚近来、翻笑无书。书纵远，如何梦也都无。

【注释】

① 鸠外雨：春雨。　② 溆：水浦。　③ 桃花面：唐崔护诗："人面桃花相映红。"

【评解】

此词为伤离念远之作。上片写山阴风景，抒故国之思。一帘鸠雨，几处春耕，客中逢春，引起对故乡的怀念。下片抒怀忆友。久客他乡，飘萍无定，围羞带减，影怯烟孤。别后不仅无书，至今"梦也都无"。全词哀怨缠绵，宛转曲折，清丽雅洁，舒卷自如。

【集评】

许昂霄《词综偶评》：曲折如意。

俞陛云《唐五代两宋词选释》：通首警动，无懈可击。前三句写山阴临江风景。以下三句兼状乡居。“隔水动春锄”五字有唐人诗味。“新烟”四句因客里逢春，回思故园。下阕写客怀而兼忆友。夏闰庵评此词云：“宛转关生，情真景真。”此等词与屯田、片玉沆瀣一气，不得谓南宋人不如北宋也。

唐圭璋《唐宋词简释》：此首伤离念远。起写倚楼所见远景，次写倚楼所见近景。“新烟”两句，念及西湖风光之好。“犹记得”两句，念及旧居之适。下片抒情，纯以咏叹出之。“愁余”四句，叹己之飘流无定。“空自觉”两句，叹己之日愈销减。“长疑”两句，叹别久无书。末句，就无书反诘无梦，层层深婉。

薛砺若《宋词通论》：他一生最好浪游，曾远上燕、蓟，往来于浙东西，尤留恋心醉于西子湖畔。他的词极空灵清丽，集中绝无拙滞语。……如天际浮云，随风舒卷，确能自成一格。

谒金门　　卢祖皋

闲院宇，独自行来行去。花片无声帘外雨，峭寒生碧树[①]。做弄清明时序[②]，料理春酲情绪。忆得归时停棹处，画桥看落絮。

【作者简介】

卢祖皋,字申之,又字次夔,号蒲江,永嘉(今浙江永嘉)人。南宋宁宗庆元五年(1199)进士,为将作少监,嘉定十六年(1223),权直学士院。词集名《蒲江词》,有毛刻《宋六十家词》本,凡二十五首,颇多佳作,能得少游神韵。

【注释】

① 峭寒:严寒。 ② 做弄:故意播弄。

【评解】

这首小令,写惜春伤别情绪。上片写庭院春景。帘外细雨,落花无声,独自徘徊,寒生碧树。下片抒情。清明时节,风雨无情,忆得归时,画桥停棹,正满眼落花飞絮,春将尽矣。全词婉秀淡雅,柔媚多姿,表现了"蒲江词"的风格。

南 乡 子

孙惟信

璧月小红楼[1],听得吹箫忆旧游。霜冷阑干天似水,扬州,薄幸声名总是愁[2]。 尘暗鷫鹴裘,裁剪曾劳玉指柔。一梦觉来三十载,风流,空对梅花白了头。

【作者简介】

孙惟信，字季蕃，号花翁，宋代开封（今属河南）人。曾游江南，留寓苏、杭较久。其生平仅此尚可考证。著有《花翁词》，刊于《校辑宋金元人词》中，凡十一首。刘后村曾志其墓。

【注释】

① 璧月：月圆如璧。　璧，平圆形，中心有孔的玉器。　② 薄幸声名：唐杜牧诗："十年一觉扬州梦，赢得青楼薄幸名。"　薄幸：薄情。

【评解】

此词对景抒情，不胜今昔之感。上片从眼前景物，引起往事的回忆。小楼璧月，听箫忆旧，天阔似水，阑干霜冷，扬州薄幸，总是哀愁。下片抒发感慨。一梦觉来，三十余载，昔日风流，旧事成空，如今白头，空对梅花。全词风雅自然，婉媚多姿，哀怨缠绵，饶有韵致。

月上瓜洲　　张　辑

江头又见新秋，几多愁。塞草连天，何处是神州[①]？

英雄恨，古今泪，水东流。惟有渔竿，明月上瓜洲。

【作者简介】

张辑，字宗瑞，号东泽，南宋鄱阳（今属江西）人。有词集名《东泽绮语债》，原为二卷，今仅存一卷，有《彊村丛书》本。他的诗词均衣钵白石，而又效仿苏、辛，故其词既风雅婉丽，又复“幽畅清疏”，形成了自己的风格。

【注释】

① 神州：指中国，此指京都。

【评解】

此词通篇借景抒情，蕴含着无限凄凉感时之意。上片触景伤情，引起了故国之思。江头新秋，又带来几多新愁。塞草连天，神州何处？写出了对故国的无限忧思。下片抒发感慨。古今多少英雄泪，都随江水东流去。眼前只有瓜洲明月、江上渔竿，感时伤事，不尽欲言。全词含蓄蕴藉，感情真挚，委婉细腻，风雅自然。

桂 枝 香

张 辑

梧桐雨细，渐滴作秋声，被风惊碎。润逼衣篝[1]，线袅蕙炉沉水[2]。悠悠岁月天涯醉，一分秋，一分憔悴。紫箫吹断,素笺恨切,夜寒鸿起。　　又何苦、凄凉客里,负草堂春绿,竹溪空翠。落叶西风,吹老几番尘世。从前谙尽江湖味[3],听商歌[4],归兴千里。露侵宿酒,疏帘淡月,照人无寐。

【注释】

① 衣篝:薰衣用的竹笼。　② 蕙炉:香炉。　③ 谙:熟悉,知道。　④ 商歌:悲凉低沉的歌。

【评解】

此词写秋景,抒客怀。上片言眼前秋色,动人离愁。梧桐细雨,滴碎秋声,紫箫吹断,夜寒鸿起,悠悠岁月,天涯游子。下片写客中凄凉,辜负了草堂春绿、竹溪空翠。落叶西风,吹老尘世,商歌一曲,归兴千里,疏帘淡月,照人无寐。全词婉丽风雅,饶有韵致。

点　绛　唇

周　晋

午梦初回,卷帘尽放春愁去。昼长无侣,自对黄鹂语。　　絮影蘋香,春在无人处。移舟去,未成新句,一研梨花雨[1]。

【作者简介】

周晋,字叔明,号啸斋,济南(今属山东)人。周密之父。宋理宗绍定四年(1231)宰富阳。他的词录于周密的《绝妙好词》仅三首,皆清新自然,风调与孙惟信极相近,均系学少游而少变其音吐者。

【注释】

① 研:通“砚”。

【评解】

这首小令,抒写惜春情绪,而能不落俗套。上片抒情。小楼人静,午梦初回,珠帘高卷,尽放春愁,昼长无伴,独对黄鹂,意境极为优美。下片从眼前景物,透露出惜春情绪。絮影蘋香,暂留春住,移舟寻春,新句未成,却是“一研梨花雨”,结句蕴含着无限情韵。全词写得清新别致,委婉含蓄,辞语工丽,柔和自然。与秦少游词风相近。

贺　新　郎

蒋　捷

梦冷黄金屋[1]。叹秦筝[2]、斜鸿阵里[3],素弦尘扑。化作娇莺飞归去,犹认纱窗旧绿。正过雨、荆桃如菽[4]。此恨难平君知否，似琼台、涌起弹棋局⑤。消瘦影，嫌明烛。

鸳楼碎泻东西玉⑥。问芳踪、何时再展，翠钗难卜⑦。待把宫眉横云样⑧，描上生绡画幅⑨。怕不是、新来妆束。彩扇红牙今都在，恨无人、解听开元曲⑩。空掩袖，倚寒竹⑪。

【作者简介】

蒋捷，字胜欲，阳羡（今江苏宜兴）人。南宋度宗咸淳十年(1274)进士。自号竹山。入元后隐居不仕。有《竹山词》。他的词在宋亡以后，充满着沉痛的故国之思，特别是写兵乱之后，家破国亡、漂泊流浪的苦况，思想意义较为深刻。其词音调谐畅，炼字精深，别具风格。

【注释】

① 黄金屋：指南宋临安故宫。 ② 秦筝：古代乐器。 ③ 斜鸿阵里：指秦筝弦柱斜列如飞雁，所以说“斜鸿阵里”。张先《生查子》词：“雁柱十三弦，一一春莺语。” ④ 荆桃如菽(shū)：野桃长得像豆一样。 ⑤ 琼台：琼玉砌成的台，这里指宫殿，代表南宋王朝。 弹棋：古代博戏，汉武帝时已有。⑥ 鸳楼：酒楼。 东西玉：指酒器。见《词统》：“山谷诗：‘佳人斗南北，美酒玉东西。’” 注曰：酒器也。 ⑦ 翠钗难卜：翠玉钗难以占卜伊人踪迹。⑧ 宫眉横云：双眉如纤云横陈额前。 ⑨ 生绡：薄纱。 ⑩ 开元曲：盛唐歌曲，这里借指南宋盛时。 开元，唐玄宗年号。 ⑪ 倚寒竹：杜甫诗“天寒翠袖薄，日暮倚修竹”。

【评解】

这首感旧词，作者以隐喻手法，抒写内心深沉的亡国之恨。上片写梦回故国，叹尘封秦筝，化娇莺归去，犹认绿窗。感世局改移，此恨难平，唯有帘外疏雨、灯前瘦影，曲折地透露了亡国的哀痛。下片以鸳楼碎玉、芳踪何在，暗喻国家灭亡，并以无人解听两宋盛时的音乐为遗憾。如今彩扇红牙虽在，而人事全非，家国之痛，此恨绵绵。全词曲折缠绵，凄凉哀怨，辞语精雅，余味不尽。

【集评】

谭献《谭评词辨》：瑰丽处鲜妍自在，然辞藻太密。

陈廷焯《云韶集》：处处飞舞，如奇峰怪石，非平常蹊径也。

唐圭璋《唐宋词简释》：此首感旧词，极吞吐之妙。发端言梦冷尘扑，是一凄凉境界。“化作”两句，承上言筝声，仍扣住旧境，语甚奇警。“正过雨”句，顿住，点雨景。“此恨”四句，叹世局改移，令人恨极而瘦。换头，伤旧游难寻。“待把”二字，与“怕不是”呼应，词笔曲折，言描画倩影不能逼肖也。“彩扇”两句，再用曲笔，言知音已杳，物是人非也。末以美人自喻，倍见孤臣迟暮之感。

一　剪　梅　　　蒋　捷

再过吴江[①]

一片春愁待酒浇，江上舟摇，楼上帘招。秋娘渡与泰娘桥[②]，风又飘飘，雨又潇潇。　　何日归家洗客袍？银字筝调[③]，心字香烧[④]。流光容易把人抛，红了樱桃，绿了芭蕉。

【注释】

① 吴江：今江苏地名，属苏州，在太湖之东。　② 秋娘渡与泰娘桥：吴江两津渡名。　③ 银字筝：管乐器的一种。　调：弄。　④ 心字香：杨慎《词品》："所谓'心字香'者，以香末萦篆成心字也。"

【评解】

此词抒写春舟乡愁。上片着意抒写客愁。风雨吴江，一片春愁。留滞津渡之间，无限漂泊之苦，欲借酒消愁，而不可得。下片写离情与乡思。想到家中，调筝焚香，春光无限，而今流光似水，又是一年，不知何时才能归家团聚。结句"红了樱桃，绿了芭蕉"，构思新巧，辞语工丽，为古今词家传诵之名句。通篇洗炼缜密，流动自然。

【集评】

毛晋《跋竹山词》：竹山词语语纤巧，字字妍倩。

《四库全书总目·竹山词提要》：其词练字精深，调音谐畅，为倚声家之矩矱。

刘熙载《艺概》：蒋竹山词洗炼缜密，语多创获。其志视梅溪较贞，视梦窗较清。刘文房为五言长城，竹山其亦长短句之长城欤！

沈雄《古今词话》：其词章之刻入纤艳，非游戏余力为之者，乃有时故作狡狯耳。

虞 美 人

蒋 捷

听雨

少年听雨歌楼上，红烛昏罗帐。壮年听雨客舟中，江阔云低，断雁叫西风[1]。　　而今听雨僧庐下[2]，鬓已星星也[3]。悲欢离合总无情，一任阶前，点滴到天明。

【注释】

① 断雁：离群孤雁。　② 僧庐：僧房。　③ 星星：形容头上白发。

【评解】

此词通过听雨，概括写出作者少年、壮年、晚年三个时期不同的感受，生动地反映出年龄不同，听到雨声时的心情也不同。上片先写少年不谙世事，歌楼听雨，烛昏罗帐，尽情欢乐时的密意柔情；再写壮年对世事的阅历已深，客舟听雨，断雁西风，江阔云低，开阔深沉的情怀。下片写“而今听雨”。作者晚年，历尽沧桑，人生悲欢离合，入眼成空，寄寓僧房，听阶前雨声，一无所动，任它“点滴到天明”。全词曲折含蓄，意境深幽，耐人寻味。

女冠子　　蒋捷

元夕

蕙花香也，雪晴池馆如画。春风飞到，宝钗楼上①，一片笙箫，琉璃光射②，而今灯漫挂。不是暗尘明月③，那时元夜。况年来、心懒意怯，羞与蛾儿争耍④。　江城人悄初更打，问繁华谁解，再向天公借⑤。剔残红灺⑥，但梦里隐隐，钿车罗帕⑦。吴笺银粉砑⑧，待把旧家风景⑨，写成闲话。笑绿鬟邻女⑩，倚窗犹唱，夕阳西下⑪。

【注释】

① 宝钗楼:本为咸阳酒楼,这里泛指酒楼。 ② 琉璃:指灯。周密《武林旧事》:“又有幽坊静巷好事之家,多设五色琉璃泡灯,更自雅洁。” ③ 暗尘明月:扬起的飞尘遮住了明月光辉,指车马众多。 ④ 蛾儿:即闹蛾,妇人所戴彩花。 ⑤ “再向天公借”两句:是说谁能再向天公借来旧日的繁华呢。 ⑥ 灺(xiè):同“炧”,烧残烛灰。 ⑦ 钿车:华丽的车子。 罗帕:香罗手帕。 ⑧ 吴笺:吴地出产的笺纸。 砑(yà):碾。 银粉砑:碾上银粉,使之发光。 ⑨ 旧家:故国。 ⑩ 绿鬓:黑发,形容年轻。 ⑪ 夕阳西下:范周《宝鼎现》咏元夕词,开头几句是:“夕阳西下,暮霭红隘,香风罗绮。”这里是说深夜听邻女唱宋时的元夕词,凄楚之感涌上心头。

【评解】

此词咏元夕,抒发感慨。上片先写当年元夕盛况。笙箫嘹亮,灯光明灿。再写“而今”灯儿零乱,心懒意怯,不胜今昔之感。下片抒发作者的感慨。繁华已随流水去,有谁能再向天公借来?旧日风光,已成梦幻,只待用吴笺银粉,写成“闲话”。听到邻女唱宋代的元夕词,无限故国之思浮上心头,令人不胜感慨。通篇借景抒情,思绪缠绵,含蕴无限。

【集评】

周密《武林旧事》:元夕张灯,邸第好事者闲设雅戏、烟火,花边水际,灯烛灿然,游人士女纵观,则迎门酌酒而去。又有幽坊静巷好事之家,多设五彩琉璃泡灯,更自雅洁,靓妆笑语,望之如神仙。……元夕节物，妇人皆戴珠翠、闹蛾、玉梅、雪柳、菩提叶、灯球、锁金合、蝉貂袖、项帕，而衣多尚白，盖月下所宜也。

陈廷焯《白雨斋词话》：极力渲染，“而今”二字，忽然一转，有水逝云卷、风驰电掣之妙。

唐圭璋《唐宋词简释》：此首元夕感赋。起六句，极力渲染昔时元夕之盛况。“蕙花”两句，写月光；“春风”四句，写灯光、中间人影、箫声，盛极一时。“而今”二字，陡转今情，哀痛无比。时既非当时之时，人亦非当时之人，故无心闲赏元夕。换头六句，皆今夕冷落景象。人悄灯残，此情真不堪回首。“吴笺”以下六句，一气舒卷，言我自伤往，而人犹乐今，可笑亦可叹也。

青 玉 案

张 榘

被檄出郊，题陈氏山居[①]

西风乱叶溪桥树，秋在黄花羞涩处。满袖尘埃推不去。马蹄浓露，鸡声淡月，寂历荒村路。　　身名都被儒冠误[②]，十载重来慢如许。且尽清樽公莫舞。六朝旧事，一江流水，万感天涯暮。

【作者简介】

张榘,字方叔,号芸窗,南宋润州(今江苏镇江)人。有《芸窗词》一卷,见毛晋《宋六十家词》本。他的词极清丽流转,为历来词家所称赏。

【注释】

① 檄:古代官方文书,多作征召、晓谕等用。 ② 儒冠:儒生戴的帽子。唐代杜甫诗:"纨袴不饿死,儒冠多误身。"后世泛指读书人。

【评解】

此词通过秋景的描写,抒发作者十年仕宦的感慨。上片着重写景。西风乱叶,黄花羞涩;尘埃满袖,马蹄露浓;鸡声淡月,村路寂寂。此景此情,能无感触!下片着重抒情。六朝旧事,一江流水,万感交集,儒冠误身。

【集评】

毛晋《跋芸窗词》:如"正挑灯、共听夜雨"(《摸鱼儿》),幽韵不减陆放翁;如"小楼燕子话春寒"(《浪淘沙》),艳态不减史邦卿;至如"秋在黄花羞涩处"(《青玉案》),又"苦被流莺,蹴翻花影,一阑红露"(《水龙吟》)等语,直可与秦七、黄九相雄长。

眼儿媚　　洪咨夔

平沙芳草渡头村，绿遍去年痕。游丝下上，流莺来往，无限销魂①。　　绮窗深静人归晚，金鸭水沉温②。海棠影下，子规声里③，立尽黄昏。

【作者简介】

洪咨夔，字舜俞，号平斋，於潜（今浙江临安西）人。宋宁宗嘉泰元年（1201）进士，累官刑部尚书，翰林学士。端平三年（1236）卒，谥“忠文”，有《平斋词》一卷，见毛氏《宋六十家词》本。他的词以淡雅见长。

【注释】

① 销魂：为情所感，若魂魄离散。　② 金鸭：金属之鸭形香炉。唐戴叔伦《春怨》诗：“金鸭香消欲断魂，梨花春雨掩重门”。　③ 子规：杜鹃鸟。

【评解】

此词通过春景的描写，透露出怀人之情。上片写明媚春景。平沙芳草，又似去年，绿遍原野。眼前流莺往来，令人无限销魂。下片抒怀人之情。绮窗深静，盼人速归。海棠影下，子规声里，立尽黄昏，思念之情，缠绵真挚。全词构思新巧，景色绮丽，柔媚含蓄，极有情致。

眉　妩　　王沂孙

新月

渐新痕悬柳[①]，淡彩穿花[②]，依约破初暝[③]。便有团圆意[④]，深深拜[⑤]，相逢谁在香径。画眉未稳，料素娥、犹带离恨。最堪爱、一曲银钩小[⑥]，宝帘挂秋冷[⑦]。　千古盈亏休问。叹慢磨玉斧[⑧]，难补金镜[⑨]。太液池犹在[⑩]，凄凉处、何人重赋清景。故山夜永[⑪]，试待他、窥户端正[⑫]。看云外山河，还老桂花旧影[⑬]。

【作者简介】

王沂孙，字圣与，号碧山，又号中仙，又号玉笥山人。会稽（今浙江绍兴）人。宋亡后，与周密、张炎等同结词社。词集名《碧山乐府》，又名《花外集》。他擅长咏物词，其中所寄寓的家国之恨，以隐晦曲折的方式表达出来，如秋蝉哀鸣，充满凄苦幽怨。

【注释】

① 新痕：一弯新月。　② 淡彩：淡淡的月色。　③ 依约：仿佛。　初暝：指天刚黑下来。　④ 团圆意：开始有团圆的迹象。　⑤ 深深拜：指拜月祝祷。李端《新月》诗："开帘见新月，即便下阶拜。细语人不闻，北风吹裙带。"　⑥ 一曲银钩：银色帘钩，指一弯新月。　⑦ 宝帘：这里借指夜幕。　⑧ 慢：同"谩"，徒然之意。　玉斧：相传汉代吴刚学仙时有过失，罚他砍月中桂树，树随砍随合

(见《酉阳杂俎》)。 ⑨ 金镜:指月亮。 李贺《七夕》诗:“天上分金镜,人间望玉钩。” ⑩ 太液池:本汉唐宫内池名,这里泛指宋宫苑池沼。宋太祖时宰相卢多逊有《咏月》诗:“太液池头月上时,晚风吹动万年枝。何人玉匣开金镜,露出清光些子儿。” ⑪ 故山:故国。 夜永:夜长。 ⑫ 端正:形容月已正圆。韩愈《和崔舍人咏月二十韵》:“三秋端正月,今夜出东溟。” ⑬ 云外山河:《酉阳杂俎》说:“佛氏谓月中所有,乃大地山河影。”还老桂花影:一作“还老尽、桂花影”。这两句是说月圆时可以看到故国山河的全影和桂花的旧影。

【评解】

此词咏物而有所寄托,发其弦外之音。上片刻画新月,人月兼写。新痕悬柳,淡彩穿花,由一弯预示团圆,从拜月暗示心愿,以“画眉”体现离恨,言“最爱”衬其美艳。下片对月抒怀。宝帘秋冷,新月难圆,千古盈亏,金镜难补,寄寓金瓯难整之意。月照山河,遗恨绵绵。通篇于吟风弄月中,透露出家国之恨,犹如清风明月之夜,传来幽怨凄恻之音。工丽淡雅,毫无生涩痕迹可寻。

【集评】

邓廷祯《双砚斋笔记》:王圣与工于体物,而不滞色相。

王鹏运《花外集跋》:碧山词颉颃双白,揖让二窗,实为南宋之杰。

谭献《谭评词辨》:圣与精能,以婉约出之,以诗派律之,大历诸家,去开、宝实未远,玉田正是劲敌,但士气则碧山胜矣。“便有”三句,寓意自深,音辞高亮,欧、晏如《兰亭》真本,此仅一翻。后半阕蹊径显然。

张惠言《词选》：碧山咏物诸篇，并有君国之忧。此喜君有恢复之志，而惜无贤臣也。

陈廷焯《白雨斋词话》：王碧山词，品最高，味最厚，意境最深，力量最重。感时伤世之言，而出以缠绵忠爱，诗中之曹子建、杜子美也。词人有此，庶几无憾。

周济《介存斋论词杂著》：中仙最多故国之感，故着力不多，天分高绝，所谓意能尊体也。

陈廷焯《云韶集》："千古"句忽将上半阕意一笔撇去，有龙跳虎卧之奇。结更高简。

俞陛云《唐五代两宋词选释》：上阕赋本题，人与月兼写，描摹工雅，若一串牟尼，粒粒皆含精采。下阕故国之念甚深，"云外山河"，尚留"旧影"，而新亭举目，朝市全非，纵有吴刚"玉斧"，焉能补破碎金瓯耶！

唐圭璋《唐宋词简释》：此首，上片刻画新月，下片就月抒感。起三句，写新月极细，"新痕"、"淡彩"、"初暝"，皆不能分毫移动，一"渐"字传神亦佳。"便有"三句，用李端诗意，言人拜新月。"画眉"两句，体会新月似离恨。"最堪怜"两句，更特写新月之美。换头句，纵笔另开，词旨悲愤。新月难圆，即寓金瓯难整之意。"太液池"两句，吊月怀古，不尽凄恻。"故山"两句转笔，望明月之圆。末句，拍合上句，伤心月照山河，余恨无限。

齐 天 乐　　王沂孙

蝉

一襟余恨宫魂断[①]，年年翠阴庭树。乍咽凉柯[②]，还移暗叶，重把离愁深诉。西窗过雨，怪瑶佩流空，玉筝调柱[③]。镜暗妆残[④]，为谁娇鬓尚如许[⑤]。　铜仙铅泪似洗[⑥]，叹移盘去远，难贮零露。病翼惊秋，枯形阅世[⑦]，消得斜阳几度。余音更苦。甚独抱清商[⑧]，顿成凄楚。谩想薰风[⑨]，柳丝千万缕。

【注释】

① 宫魂断：传说齐王后怨王而死，尸变为蝉，见马缟《中华古今注》。蝉为宫中王后魂魄所化，故称为宫魂。　② 凉柯：初秋的树枝。　③ 调柱：调弄乐器弦柱。　④ 镜暗妆残：这里暗喻秋蝉。镜暗，一作“镜掩”。　⑤ 娇鬓：指女子发鬓薄如蝉翼。　⑥ 铜仙铅泪：指魏明帝拆迁托承露盘的铜人，铜人眼中流泪。铅泪，泪流得像铅水一样，形容泪水很多。　⑦ 枯形阅世：枯败的形骸还经历着人世的沧桑。　⑧ 甚：正。　⑨ 谩：徒然。　薰风：南风。

【评解】

此词明咏秋蝉，暗抒故国沧桑之感。上片以拟人手法，写蝉鸣庭树，深诉离愁。镜暗妆残，娇鬓为谁！委婉曲折，亦蝉亦人。下片由蝉饮露水联系到铜仙铅泪，暗示亡国之痛。如今病翼惊秋，枯形阅世，独抱清商，余音更苦。结尾回忆薰风吹拂，鸣于万缕柳丝的盛时，不胜今昔之感。全词凄凉哀婉，曲折含蓄，闲雅工丽。

【集评】

陈廷焯《白雨斋词话》：字字凄断，却浑雅不激烈。

周济《宋四家词选序论》：此家国之恨。……碧山胸次恬淡，故黍离、麦秀之感，只以唱叹出之，无剑拔弩张习气。咏物最争托意隶事处，以意贯串，浑化无痕，碧山胜场也。

端木子畴《张惠言〈词选〉评》：详味词意，殆亦黍离之感耶！宫魂字点出命意，乍咽还移，慨播迁也。“西窗”三句，伤敌骑暂退，燕安如故。“镜暗”二句，残破满眼，而修容饰貌，侧媚依然。衰世臣主，全无心肝，千古一辙也。“铜仙”三句，宗器重宝，均被迁夺。“病翼”三句，更是痛哭流涕，大声疾呼，言海岛栖流，断不能久也。“余音”三句，遗臣孤愤，哀怨难论也。“谩想”二句，责诸臣到此，尚安危利灾，视若全盛也。

谭献《复堂词话》：此是学唐人句法、章法。“庾郎先自吟愁赋”，逊其蔚跂。

唐圭璋《唐宋词简释》：此首咏蝉，盖咏残秋哀蝉也。妙在寄意沉痛，起笔已将哀蝉心魂拈出，故国沧桑之感，尽寓其中。“乍咽”三句，言蝉之移栖，即喻人之流徙。“西窗”三句，怪蝉之弄姿揭响，即喻人之醉梦。“镜暗”两句，承“怪”字来，伤蝉之无知，即喻人之无耻，真见痛哭流涕之情矣。换头，叹盘移露尽，蝉愈无以自庇，喻时易事异，人亦无以自容也。“病翼”三句，写蝉之难久，即写人之难久。“余音”三句，写蝉之凄音，不忍重听，即写人之宛转呼号，亦无人怜惜也。末句，陡着盛时之情景，振动全篇。太白《越中怀古》有“宫女如花满春殿，只今惟有鹧鸪飞”诗，盖上极盛而下极衰，而此则上极衰而下极盛，反剔一句，亦自警动。

高　阳　台　　王沂孙

和周草窗寄越中诸友韵①

残雪庭阴，轻寒帘影，霏霏玉管春葭②。小帖金泥③，不知春在谁家。相思一夜窗前梦，奈个人④、水隔天遮。但凄然，满树幽香，满地横斜。　　江南自是离愁苦，况游骢古道⑤，归雁平沙。怎得银笺，殷勤与说年华⑥。如今处处生芳草，纵凭高、不见天涯⑦。更消他⑧，几度东风，几度飞花。

【注释】

① 周草窗：即周密。　② 玉管：玉制的管状乐器。　春葭：春天初生的芦

苇。古时为了预测天气,将苇芦烧成灰,放在律管内,到了某一节气,相应律管内的灰就会自行飞出(见《后汉书·律历志》)。 ③ 小帖金泥:唐代进士及第,以泥金书帖向家中报登科之喜(见《卢氏杂记》)。 ④ 个人:那个人。 ⑤ 游骢:指旅途上的马。骢,泛指马。 ⑥ 银笺:泛指精美的信笺。年华:时光。 ⑦ 不见天涯:苏轼《蝶恋花》词:"枝上柳绵吹又少,天涯何处无芳草。"以上两句,反用苏轼词意,是说处处生满芳草,即使登高也望不见天边。指春将残而人不见。 ⑧ 更消他:禁不起。 这两句是说春意阑珊,那里还经得住东风频吹,落花乱舞。

【评解】

此词通过春景的描绘,抒写对友人的怀念。上片写初春景色,抒发怀友之情。庭院还余残雪,轻寒时袭帘幕,而春已来临。一夜相思,只余窗前绮梦,那人却远在天涯。凄然四顾,但见满树梅花,满地疏影。下片借游骢归雁抒写离愁。人在江南已为离愁所苦,又何况"游骢古道,归雁平沙"! 春意阑珊,更那堪"几度东风,几度飞花"。全词情致缠绵,含蕴无限。

【集评】

况周颐《蕙风词话》:结笔低徊掩抑,荡气回肠。

陈廷焯《云韶集》:上半阕是叙其远游未还,悬揣之词。数语是怀西麓正面。下半阕是言其他日归后情事,逆料之词。

谭献《谭评词辨》:"相思"句点逗清醒,换头又是一层钩勒。《词品》云"反虚入浑","如今"二句是也。

王闿运《湘绮楼词选》:此等伤心语,词家各自出新,实则一意,比较自知文法。

张惠言《词选》:此伤君臣晏安,不思国耻,天下将亡也。

俞陛云《唐五代两宋词选释》:碧山与公谨并负时名,其交友多词坛遗逸,故公谨寄词,切时雨停云之感。碧山和之,亦有屋梁落月之思。此词前半首平叙初春怀友,其经意在后半首以蕴藉之笔,致缠绵之怀。"芳草天涯"句忧生念乱,情见乎辞。结句更有"来轸方遒"之慨。

附周密原词:小雨分江,残寒迷浦,春容浅入蒹葭。雪霁空城,燕归何处人家?梦魂欲渡苍茫去,怕梦轻、还被愁遮。感流年,夜汐东还,冷照西斜。　　凄凄望极王孙草,认云中烟树,鸥外平沙。白发青山,可怜相对苍华。归鸿自趁潮回去,笑倦游、犹是天涯。问东风,先到垂杨,后到梅花?

醉落魄　　管鉴

春阴漠漠[1],海棠花底东风恶。人情不似春情薄。守定花枝,不放花零落。　　绿尊细细共春酌[2],酒醒无奈愁如昨。殷勤待与东风约。莫苦吹花,何似吹愁却!

【作者简介】

管鉴，字明仲，宋龙泉（今属浙江）人。有《养拙堂词》一卷，见《四印斋宋元三十一家词》。

【注释】

① 漠漠：弥漫的样子。唐韩愈诗："漠漠轻阴晚自开。" ② 绿尊：酒樽。

【评解】

这首小词抒写惜春情绪。上片从眼前景色写起。春阴漠漠，海棠花底，东风狂恶。诗人守定花枝，不放零落，表现了一片惜花护花心情。下片抒写伤春情绪。绿樽共饮，酒醒还愁，说与东风，且莫吹花，不如吹将愁去。结语含蕴无限，耐人寻思。全词构思新颖，造语精巧，委婉含蓄，优美柔和。

如　梦　令

杨冠卿

满院落花春寂，风紧一帘斜日。翠钿晓寒轻，独倚秋千无力。无力，无力，蹙破远山愁碧[1]。

【作者简介】

杨冠卿，字梦锡，宋代江陵（今属湖北）人。有《客亭类稿》十五卷。词集一卷，名《客亭乐府》，有《彊村丛书》本。

【注释】

① 蹵：同“蹴”，踢，踏也。

【评解】

这首小令，描绘春景，抒写春愁。暮春季节，风卷斜阳，落红满院，翠钿轻寒，独倚秋千。结句“蹵破远山愁碧”，蕴含无限情韵。通篇融情于景，借景抒情，风格和婉，意境优美。

谒金门

汪 莘

帘漏滴，却是春归消息。带雨牡丹无气力，黄鹂愁雨湿。　　争着洛阳春色，忘却连天草碧。南浦绿波双桨急[1]，沙头人伫立。

【作者简介】

汪莘，字叔耕，休宁（今属安徽）人。宋宁宗嘉定间曾叩阍上疏，不报。后筑室柳溪，号方壶居士。有《方壶存稿》及《方壶诗余》二卷，有《彊村丛书》本。他的词极潇洒明净。

【注释】

① 南浦:泛指面南的水边。

【评解】

这首小令,抒写暮春怀人之情。上片写暮春景色。牡丹带雨,黄鹂含愁,春将归去。下片抒写怀人之情。眼前春色,使人忘却了连天草碧。南浦桨急,伫立沙头,情思无限。本词融情于景,情景交融,曲折含蓄,婉媚新倩,精巧工丽。确是一首美妙的短歌。

行 香 子

汪 莘

腊八日与洪仲简溪行,其夜雪作

野店残冬,绿酒春浓[1],念如今、此意谁同?溪光不尽,山翠无穷。有几枝梅,几竿竹,几株松。　篮舆乘兴[2],薄暮疏钟,望孤村、斜日匆匆。夜窗雪阵,晓枕云峰。便拥渔蓑,顶渔笠,作渔翁。

【注释】

① 绿酒:美酒。因酒上浮绿色泡沫,故称。　② 篮舆:竹轿。

【评解】

此词写偕友冬日山行的野趣逸兴。小店暂歇,春酒一杯,沿途的溪山间不时夹带着几枝幽梅、几竿孤竹、几株苍松,清旷疏朗之气宜人。暮宿孤村,又逢寒风飘絮,夜雪扑窗。天明后带上渔具,兴致勃勃地去"独钓寒江雪",有胸中万虑俱息之感。

唐多令　　刘过

安远楼小集[①],侑觞歌板之姬黄其姓者[②],乞词于龙洲道人,为赋此《唐多令》。同柳阜之、刘去非、石民瞻、周嘉仲、陈孟参、孟容,时八月五日也。

芦叶满汀洲,寒沙带浅流。二十年、重过南楼。柳下系舟犹未稳,能几日、又中秋。　　黄鹤断矶头[③],故人今在否?旧江山、浑是新愁[④]。欲买桂花同载酒,终不似、少年游。

【作者简介】

刘过,字改之,号龙洲道人,宋吉州太和(今江西泰和县)人。曾经上书朝廷,陈述恢复中原的计划,未被采用。放浪于江湖之间，曾为辛弃疾之座上客。他的词，有些专学稼轩，而有些小令则多韵协语俊，婉转多姿。有《龙洲集》《龙洲词》。

【注释】

① 安远楼：又名南楼，在武昌。　小集：小宴。　② 侑觞：劝酒。歌板：执板奏歌。　③ 黄鹤矶：武昌西有黄鹤矶，上有黄鹤楼。　④ 浑是：全是。

【评解】

从词前小序，知此词是宴席上为歌女而作。描述重过南楼时的心情，且曲折含蓄地表达了对国家破碎的忧郁。上片写重过南楼之所见所感。登楼远眺，芦叶满目，流沙生寒。抚今追昔，时移事异，不胜感慨。下片抒发感慨。昔日游乐地，故人今在否？欲邀二三知己，载酒同乐，却是“旧江山浑是新愁”，而“终不似，少年游”。意念深厚，耐人寻思。全词深沉哀婉，吞吐曲折，含蕴不尽。

【集评】

李佳《左庵词话》：轻圆柔脆，小令中工品。

沈际飞《草堂诗余正集》：情畅语俊，韵协音调。

黄氏《蓼园词评》：按宋当南渡，武昌系与敌分争之地，重过能无今昔之感？词旨清越，亦见含蓄不尽之致。

谭献《谭评词辨》：雅音。

李攀龙《草堂诗余隽》：因黄鹤楼再游而追忆故人不在，遂举目有江山之感，词意何等凄怆！”又“系舟未稳”，“旧江山、都是新愁”，读之下泪。

先著、程洪《词洁》：与陈去非“杏花疏影里，吹笛到天明”并数百年来绝作，使人不复敢以花间眉目限之。

俞陛云《唐五代两宋词选释》：胜地重经，旧情易感，况二十年之久，故友凋零，新愁重叠，人何以堪！结句感喟尤深，章良能所谓旧游可寻，而少年心难觅也。

唐圭璋《唐宋词简释》：此首安远楼小集词，词旨豪逸。起两句点景，“二十年”一句点时，已极显今昔之感。“柳下”三句，更申言时光之速。“犹未”与“又”字呼应，尤觉宛转。下片，追忆故人不在，“旧江山、浑是新愁”，缀语亦俊。“欲买”两句，直抒胸臆，跌宕昭彰。冯梦华谓龙洲学稼轩，“得其豪放，未得其宛转”。然若此首，固豪放宛转，兼得稼轩之神者。

醉太平　　刘过

情深意真，眉长鬓青。小楼明月调筝，写春风数声。

思君忆君，魂牵梦萦[1]。翠绡香暖云屏[2]，更那堪酒醒。

【注释】

① 梦萦：梦魂萦绕。　② 翠绡：绿色轻纱。绡，生丝织成的绢。

【评解】

这首春日怀人的小令，上片描写人物情态。青鬓修眉，态浓意远，小楼调筝，明月满窗，“春风数声”，情韵无限。下片写相思相忆之情。朝思暮想，魂牵梦萦，翠绡香暖，那堪酒醒。全词轻倩柔媚，曲折有致。

【集评】

俞陛云《唐五代两宋词选释》：宋子虚称改之“以气义撼当世，其词激烈”，“为天下奇男子”。若此调之绵丽多情，《唐多令》之低回善感，颇与《画眉》、《天仙》诸咏相似，不仅能作豪放语也。

小　重　山

章良能

柳暗花明春事深，小阑红芍药，已抽簪。雨余风软碎鸣禽[1]，迟迟日，犹带一分阴。　往事莫沉吟，身闲时序好，且登临。旧游无处不堪寻，无寻处，惟有少年心。

【作者简介】

章良能，字达之，宋代丽水(今属浙江)人，居吴兴。宋淳熙五年(1178)进士，除著作佐郎，宁宗朝官至参知政事。间作小词，极有思致。

【注释】

① 碎鸣禽:唐杜荀鹤诗:“风暖鸟声碎，日高花影重。”

【评解】

这首咏春小词，语言清浅，喻意较深。上片描绘春光春色。柳暗花明，春满人间，小阑芍药，雨后鸣禽，春光明媚，景色宜人。下片抒发韶华易逝、青春难寻的喟叹。不必沉吟往事，且趁大好春光，登临游赏。旧游易寻而“少年心”已无处可寻矣。结句含蕴无限，感喟殊深。全词和婉工丽，曲折含蓄，优美动人。

【集评】

陈霆《渚山堂词话》:语意甚婉约，但鸣禽曰碎，于理不通，殊为语病。唐人句云:“风暖鸟声碎。”然则何不曰“暖风娇语碎鸣音”也。

唐圭璋《唐宋词简释》:此首上景下情，作法明晰，意致清婉。起言春深花发，次言雨后鸟鸣。“风软碎鸣禽”，用杜荀鹤“风暖鸟声碎”诗。换头，抒及时行乐之意。“旧游”两句，以转笔作收，倍觉沉痛。

谒 金 门

李好古

花过雨,又是一番红素[①]。燕子归来衔绣幕[②],旧巢无觅处。　　谁在玉楼歌舞[③]?谁在玉关辛苦[④]?若使胡尘吹得去[⑤],东风侯万户。

【作者简介】

李好古,南宋末年人,籍贯、事迹及生卒年均不详。自署乡贡免解进士,自称"江南客"。有《碎锦词》。

【注释】

① 红素:花的颜色红白相间。　② 衔绣幕:燕子衔泥在帘幕间穿过。　③ 玉楼:华丽的楼房。　④ 玉关:玉门关,在今甘肃敦煌市西。这里是借指国防前线。　⑤ 胡尘:外族发动的战争。胡,这里指蒙古族。尘,战争的烟尘。

【评解】

这首词通过对中原故土的怀念,抒发作者感伤国事、为国家前途忧虑的思想感情,同时流露出对腐败无能的南宋统治集团的不满。上片写春天到来,燕子寻觅旧巢的情景,委婉曲折地道出了由于中原沦陷,自己无法返回家乡的悲苦心情。下片谴责腐朽的南宋统治者,表达自己渴望收复中原的急切心情。全词感情深挚浓郁,婉转含蓄,设喻新巧,较有感染力。

清　平　乐

李好古

瓜洲渡口[①]，恰恰城如斗[②]。乱絮飞钱迎马首，也学玉关榆柳[③]。　　面前直控金山[④]，极知形胜东南。更愿诸公着意，休教忘了中原。

【注释】

① 瓜洲：在今江苏扬州市邗江区南。　② 城如斗：指城形如北斗。　③ 玉关：泛指边塞。　④ 直控金山：是说瓜洲直接控制镇江金山，是东南的要冲。

【评解】

作者经过瓜洲时，但见平沙浅草，征途茫茫，有感而作此词。南宋时，瓜洲渡是金兵南侵的冲要之地，所以这个“乱絮飞钱”的南方小镇，如今已成了从前的边塞玉门关。词中说瓜洲南控金山，形势十分重要，作者提醒朝廷诸公加意经营，不要忘了中原地区。全词融写景、抒情、议论为一体，语言工丽精练。

喜　迁　莺

许　棐

鸠雨细，燕风斜[①]，春悄谢娘家[②]。一重帘外即天涯，何必暮云遮[③]。　　钏金寒，钗玉冷[④]，薄醉欲成还醒。

一春梳洗不簪花，孤负几韶华[5]。

【作者简介】

许棐，字忱父，海盐（今属浙江）人。宋理宗嘉熙中居于秦溪，自号梅屋。多与江湖派诗人交往，诗风亦相近。存词十八首，都是小令。著作有《梅屋诗稿》及《梅屋诗余》。

【注释】

① “鸠雨”两句：形容燕子和鸠鸟在斜风细雨中来回飞翔。 ② 谢娘：指思妇。 ③ 暮云：黄昏时天上的云霞。以上两句是说咫尺天涯。两人相隔虽只一重帘子，却无法相见，不必有断肠人在天涯之叹。 ④ “钏金”二句：即金钏寒，玉钗冷，形容春寒。 ⑤ 孤负：即辜负。韶华：美好的春光。

【评解】

这首闺怨词，上片先从景物写起，细雨斜风，鸠燕飞翔，春已悄然来临。然后写人，幽居闺中，与心上人一帘相隔，咫尺天涯，不得相会。下片写金钏寒，玉钗冷，独处闺中，辜负了大好春光。幽恨满怀，即使有酒也难消解。通篇清丽婉转，幽怨缠绵。

后 庭 花

许 棐

一春不识西湖面，翠羞红倦[1]。雨窗和泪摇湘管[2]，意长笺短。　　知心惟有雕梁燕，自来相伴。东风不管琵琶怨[3]，落花吹遍。

【注释】

① “一春”二句：是说一春未曾出游，想来湖上已是叶密花谢，春意阑珊。② 湘管：用湘竹做管的毛笔。　③ 琵琶怨：琵琶奏出幽怨的歌曲。

【评解】

这首小词抒发了幽居孤凄、伤春念远之情。上片写春光虚度，独居深闺，西子湖上，该已是“翠羞红倦，春意阑珊”了。西窗握管，不禁泪洒锦笺。下片写闺中缺少知音，唯有梁燕相伴。东风不管琵琶传出的伤春相思之曲，仍然将枝头上的花儿吹落满地。通篇缠绵哀怨，凄切感人。

生　查　子

金章宗

软金杯

风流紫府郎[1]，痛饮乌纱岸。柔软九回肠，冷怯玻璃盏。　　纤纤白玉葱[2]，分破黄金弹。借得洞庭春[3]，飞上桃花面。

【作者简介】

金章宗，即完颜璟，世宗嫡孙，于大定二十九年(1189)嗣位，在位二十九年。《词林纪事》根据《归潜志》载：金章宗天资聪悟，诗词多有可称者。其《宫中》绝句云："五云金碧拱朝霞，阁楼峥嵘帝子家。三十六宫帘尽卷，东风无处不扬花。"其词有《软金杯》等名篇。

【注释】

① 紫府：道家称仙人所居。这里泛指宫廷。　② 玉葱：形容美女之手。③ 洞庭春：名酒。亦名"洞庭春色"。

【评解】

这首咏物小词，写得很有特色。上片写仙郎风流痛饮，金杯柔软可爱。下片写纤手斟酒，一杯"洞庭春"，飞上桃花面。全词柔和细腻，曲折有致。

人　月　圆　　吴　激

南朝千古伤心事[①]，犹唱后庭花[②]。旧时王谢、堂前燕子，飞向谁家[③]。　　恍然一梦，仙肌胜雪[④]，宫鬓堆鸦[5]。江州司马,青衫泪湿,同是天涯[6]。

【作者简介】

吴激,字彦高,自号东山,金建州(今福建建瓯)人。宋宰相栻之子,米芾之婿。官翰林待制。金熙宗皇统初,出知深州(治今河北深州南)。著有《东山集》。

【注释】

① 南朝:一称六朝,即相继建都于建康(今南京市)的吴、东晋、宋、齐、梁、陈六个朝代。 伤心事:亦作“伤心地”。 ② 后庭花:词曲名。 ③ “旧时”三句:系化用刘禹锡诗句“旧时王谢堂前燕,飞入寻常百姓家”而成。 ④ 仙肌胜雪:形容美人的肌肤比雪还白。 ⑤ 宫鬓堆鸦:形容宫中美人的鬓发颜色像鸦羽,故曰“堆鸦”。 ⑥ “江州”三句:系融化白居易诗句“座中泣下谁最多,江州司马青衫湿”、“同是天涯沦落人,相逢何必曾相识”而来。

【评解】

此词怀古感事。作者本为宋人,盖有伤于北宋王朝之覆灭,南宋偏安江左,中原恢复无望。上片痛国家沦陷,下片悲人民流离。南朝诸代,国祚短促,相继灭亡,本属伤心之事。而统治者不以此为鉴,还在唱《后庭花》那样的靡靡之音,荒淫无度,宜其有重蹈覆辙之祸。当日中州甲第,久易主人;南国佳人,香消尘梦。商女琵琶,弹不尽沦落天涯;司马衫袖,湿多少同情眼泪。盛衰之相因,古今所同慨。此词化用唐人诗句,最为突出。借前人的现成语,写自己的心里话,不独句调浑成,演唱顺口,亦且由彼及此,语境殊深。

【集评】

张宗棣《词林纪事》引《容斋题跋》:先公在燕山,赴北人张总侍御家集。出侍儿佐酒,中有一人,意状摧抑可怜。叩其故,乃宣和殿小宫姬也。坐客翰林直学士吴激,赋长短句纪之,闻者挥涕。

张宗棣《词林纪事》引《归潜志》:彦高词集篇数虽不多,皆精微尽善。虽多用前人诗句,其剪裁缀点若天成,真奇作也。先人尝云:"诗不宜用前人语。若夫乐章,则剪截古人语亦无害,但要能使尔。如彦高《人月圆》,半是古人句,其思致含蕴甚远,不露圭角。"

诉 衷 情

吴 激

夜寒茅店不成眠,残月照吟鞭。黄花细雨时候,催上渡头船。　　鸥似雪,水如天,忆当年。到家应是,童稚牵衣,笑我华颠[①]。

【注释】

① 华颠:头上白发。

【评解】

此词写旅途中思念家乡的急切心情。归心如箭,遂一夜无眠，启程时犹有残月，临渡时已细雨霏霏。旅途景物，略不关情，盖一心已在思量归家后光景。“童稚”两句，有“近乡情更怯”之感。

鹧鸪天　　蔡松年

赏荷

秀樾横塘十里香[1]，水光晚色静年芳。燕支肤瘦薰沉水[2]，翡翠盘高走夜光。　　山黛远，月波长，暮云秋影照潇湘。醉魂应逐凌波梦，分付西风此夜凉。

【作者简介】

蔡松年，字伯坚，金词人。父蔡靖，官真定判官，遂为真定（今河北正定）人。累官吏部尚书，参知政事。进拜右丞相。《中州乐府》云：蔡丞相镇阳别业，有萧闲堂，自号萧闲老人，百年以来乐府，推伯坚与吴彦高，号吴蔡体。著有《萧闲公集》。

【注释】

① 樾：树荫，道旁林荫树。　② 燕支：即胭脂。

【评解】

周紫芝《竹坡诗话》云：金九主百一十八年间，独蔡松年丞相乐府与吴彦高东山乐府脍炙艺林，推为吴蔡体。本词以拟人手法，咏荷抒怀。上片写“水光晚色”，十里荷香，花如胭脂，叶似翡翠。下片写暮云秋影，月照潇湘，魂逐凌波，西风夜凉。全词意境清幽，辞语工丽，抒情细腻，婉艳多姿。

【集评】

王若虚《滹南诗话》：萧闲乐善堂赏荷词：“胭脂肤瘦熏沉水，翡翠盘高走夜光。”世多称之。此句诚佳，然莲体实肥，不宜言瘦。予友彭子升易“腻”字，此似差胜。

鹧 鸪 天

刘 著

雪照山城玉指寒，一声羌管怨楼闲[①]。江南几度梅花发，人在天涯鬓已斑。　　星点点，月团团，倒流河汉入杯盘[②]。翰林风月三千首[③]，寄与吴姬忍泪看[④]。

【作者简介】

刘著，生卒年不详，字鹏南，晚号玉照老人，舒州皖城（今安徽潜山）人。政和、宣和年间（1111—1125），登进士第。入金，历仕州县。年六十余，始入翰林，充修撰。出守武遂，官终忻州刺史。事见《中州集》卷二。词存《鹧鸪天》一首。

【注释】

① 羌管：即羌笛，西北羌族之乐器。 ② “倒流”句：夸张地写月下畅饮，酒如天河倒流入杯。 ③ “翰林”句：用欧阳修《赠王安石》诗句，此以李白自况。 ④ 吴姬：泛指江南美女。

【评解】

雪照山城，玉指生寒，一声羌笛，更引起对江南的怀念。江南已梅开几度，而人在天涯，鬓发已斑，何堪羁旅之苦，无限怀远之情。“羌管”与“玉指”相衬，用字工巧。下片写星月之夜，痛饮浇愁，逆想如将万种幽怨诉之于诗，吴姬亦当和泪而读。与上片掩映，益增凄切。

【集评】

陈廷焯《闲情集》：风流酸楚。

乌夜啼

刘 迎

离恨远萦杨柳，梦魂长绕梨花。青衫记得章台月[①]，归路玉鞭斜。　　翠镜啼痕印袖，红墙醉墨笼纱。相逢不尽平生事，春思入琵琶。

【作者简介】

刘迎，字无党，号无净居士，东莱（今山东莱州）人。金世宗大定十三年（1173），因荐书封策，为当时第一。明年登进士第。官豳王府记室，改太子司经。金显宗特亲重之。有诗文乐府，号《山林长语》。

【注释】

① 章台：秦、汉宫名。此处当指妓女所居。

【评解】

此词委婉地写出了春夜怀人的幽思。上片借景抒情。离恨萦怀，梦魂长绕，柳色青青，月照梨花，眼前景色，撩人春思。下片着意抒怀。啼痕印袖，醉墨笼纱，偶然相逢，不尽欲言。结句“春思入琵琶”，给全词增添无限情韵。

【集评】

徐釚《词苑丛谈》：中州乐府，颇多深裘大马之风。惟刘迎《乌夜啼》最佳，词云……予观谢无逸《南柯子》后半云：“金鸭香凝袖，铜荷烛映纱。风蟠宫锦小屏遮。夜静寒生，春笋理琵琶。”风调仿佛。才人之见，殆无分于南北也。

谒金门　王庭筠

双喜鹊，几报归期浑错[1]。尽做旧愁都忘却[2]，新愁何处著。　瘦雪一痕墙角，青子已妆残萼[3]。不道枝头无可落[4]，东风犹作恶。

【作者简介】

王庭筠，字子端，河东（今属山西）人。金大定十六年（1176）举进士，官至翰林修撰。工诗词，书画亦精美。自号南华山主，或称黄华老人。著有文集四十卷，今佚。《中州乐府》收其词十二首。

【注释】

① 浑：都。　② 尽做：尽管。　③ "瘦雪"二句：形容花被风吹落，如雪残存，而青子已装点余萼。　④ 不道：不料。

【评解】

这首词，首句以双鹊报喜，几番出错起兴。"尽做"句，退一步说，愈见旧思新愁无法排遣。所谓新愁，即下片所言春残花尽，而风犹不止。"不道枝头无可落，东风犹作恶"，给全词增添无限意。

【集评】

况周颐《蕙风词话》：金源人词，伉爽清疏，自成格调。唯王黄华小令，间涉幽峭之笔，绵邈之音。《谒金门》后段云："瘦雪一痕墙角……"歇拍二句，似乎说尽"东风犹作恶"。就花与风之各一面言之，仍犹各有不尽之意。“瘦雪”字新。

凤　栖　梧

赵　可

霜树重重青嶂小，高栋飞云，正在霜林杪。九日黄花才过了，一尊聊慰秋容老。　　翠色有无眉淡扫[1]，身在西山，却爱东山好。流水极天横晚照，酒阑望断西河道[2]。

【作者简介】

赵可，字献之，山西高平人。金贞元二年（1154）进士。官至翰林直学士。风流有文采，诗、乐府，皆传于世。著有《玉峰散人集》。

【注释】

① “翠色”句：言远山如翠眉，在若有若无之中。　② 西河道：即河西走廊，今甘肃省黄河以西一带。

【评解】

此词即今所称《蝶恋花》调之正体。宋人作此调者，以东坡“天涯何处无芳草”一阕最有情味。赵可此词，首句与下片均从山色着墨，令人恍觉“秋容”竟是山容。东坡词结句“多情却被无情恼”，人在词外；此首结句“酒阑望断西河道”，人在词中。

玉漏迟　　元好问

咏杯

淅江归路杳[1]，西南却羡，投林高鸟[2]。升斗微官，世累苦相萦绕。不似麒麟殿里[3]，又不与、巢由同调[4]。时自笑，虚名负我，半生吟啸[5]。　扰扰马足车尘[6]，被岁月无情，暗消年少。钟鼎山林[7]，一事几时曾了？四壁秋虫夜雨，更一点、残灯斜照。清镜晓，白发又添多少？

【作者简介】

元好问，字裕之，号遗山，太原秀容（今山西忻州）人。金宣宗兴定五年（1221）中进士，历任金朝南阳等县县令，官至尚书省左司员外郎。金亡不仕，回乡从事著述，编纂了金代史料《壬辰杂编》和金诗总集《中州集》。他的词多取法苏辛豪放之风，亦不废婉约风格。在金词中，其成就较高。有《元遗山诗集》《遗山乐府》。

【注释】

① 淅江：即今河南淅川。　② 高鸟：暗指高人隐士。　③ 麒麟殿：即麒麟阁。汉宣帝曾画功臣霍光、张安世、赵充国、苏武等十一人于其上。　④ 巢由：巢父、许由，皆古之高士。　⑤ 吟啸：悲慨声。　⑥ 扰扰：纷扰。　⑦ 钟鼎山林：钟鼎，指富贵。山林，指隐逸。

【评解】

这是一首抒怀词。上片先写对故国有可望而不可即之叹，次言对功名仕宦有味同嚼蜡之嗟，再写隐显莫是、啼笑皆非的矛盾心情。下片叹时光流逝，马足车尘，青春消尽，山林钟鼎，事无了期。夜雨秋虫，残灯独对，晓添白发，对镜生愁。俯仰之间，怅恨何已。全词除“四壁”两句正面写景外，都属叙事、抒情。文笔婉曲，有行云流水之妙。

【集评】

张炎《词源》：遗山词，深于用事，精于炼句，有风流蕴藉处，不减周、秦。

虞 美 人

元好问

槐阴别院宜清昼，入座春风秀。美人图子阿谁留？都是宣和名笔[①]，内家收[②]。　　莺莺燕燕分飞后，粉淡梨花瘦。只除苏小不风流[③]。斜插一枝萱草，凤钗头。

【注释】

① 宣和名笔：北宋宣和年间的名画。　宣和，宋徽宗年号。　名笔，名画

家的手笔。 ② 内家:皇家。 ③ 苏小:钱塘名妓。

【评解】

此词咏美人图。上片写槐阴清昼,入座春风,美人图子,宣和名笔。下片是对画中人的咏叹。莺燕分飞,粉淡花瘦,而凤钗斜插,苏小风流。全词委婉含蓄,意境清幽。

【集评】

陶宗仪《南村辍耕录》:蕴藉可喜。

渔 家 傲

段克己

诗句一春浑漫与[1],纷纷红紫俱尘土[2]。楼外垂杨千万缕。风落絮,栏干倚遍空无语。 毕竟春归何处所,树头树底无寻处。唯有闲愁将不去。依旧住,伴人直到黄昏雨。

【作者简介】

段克己,字复之,号遁斋,稷山(今属山西)人。金朝进士。入元不仕。著有《遁斋乐府》一卷。

【注释】

① 浑:简直;全。　② 红紫:指落花,或当另有寄喻。

【评解】

此词从眼前春景,抒写惜春情绪,寄喻无限故国之思。上片写暮春时节,柳丝飞絮,落花成尘。栏干倚遍,空无一语,惆怅满怀,无处诉说。下片写春归无处寻觅,唯有闲愁将不去,依旧伴人住。春雨绵绵,直到黄昏。全词思绪缠绵,婉转工丽,含蓄蕴藉,寄喻殊深。结尾一句,为全词增添无限情韵。

朝　中　措

完颜璹

襄阳古道灞陵桥[1],诗兴与秋高。千古风流人物,一时多少雄豪。　霜清玉塞[2],云飞陇首[3],风落江皋[4]。梦到凤凰台上[5],山围故国周遭。

【作者简介】

完颜璹,字子瑜,金世宗之孙,越王之长子。据《归潜志》云,璹虽系贵族,而一室萧然,琴书满案。所居有樗轩,又有如庵。自号樗轩老人。其诗号《如庵小稿》。

【注释】

① 襄阳:今湖北襄阳市。灞陵桥:在陕西西安东。 ② 玉塞:玉门关。 ③ 陇首:亦称陇坻、陇坂,为陕西宝鸡与甘肃交界处险塞。 ④ 江皋:江边。 ⑤ 凤凰台:在江苏南京。

【评解】

此词实为怀古之作。词中所举襄阳古道、灞桥、玉塞、陇首、凤凰台,均是前人送别、登临、歌咏之地,故怀古情调极浓。上片末二句用苏轼词语,下片末句用刘禹锡诗语,均不露凑泊之迹,反增高古。

【集评】

元好问编《中州集》:密国公琦,百年以来,宗室中第一流人也。少日,学诗于朱巨观,学书于任君谟,遂有出蓝之誉。文笔亦委曲能道所欲言。

浣 溪 沙

无名氏

五里竿头风欲平,张帆举棹觉船轻。柔橹不施停却棹[①],是船行。 满眼风波多陕灼[②],看山恰似走来迎。子细看山山不动,是船行。

【注释】

① 橹、棹:均为划船工具。　② 陕灼:即陕输,亦即闪灼,不定貌。

【评解】

此词上下片均以“是船行”作断语,描写舟行时心理上之错觉。上片言顺风张帆,风力虽微,借水流之势而船自行。下片言如山逆舟行方向而进之幻觉,更为乘舟者所常有,故读来倍觉亲切有味。

临　江　仙　　张弘范

忆旧

千古武陵溪上路[①],桃源流水潺潺[②]。可怜仙侣剩浓欢。黄鹂惊梦破,青鸟唤春还[③]。　　回首旧游浑不见,苍烟一片荒山。玉人何处倚栏干。紫箫明月底[④],翠袖暮云寒。

【作者简介】

张弘范,字仲畴,定兴(今属河北)人。元朝中统初,授行军总管。累官镇国上将军、蒙古汉军都元帅,赠银青荣禄大夫、平章政事。能文善武,兼擅诗词,为元朝武将中不可多得者。

【注释】

① 武陵溪:泛指清净幽美、避世隐居之地。 ② 桃源:陶渊明《桃花源记》称晋太元中武陵渔人进入桃花源。 ③ 青鸟:《山海经》中西王母所使之青鸟。后来借指使者。 ④ 紫箫:紫色箫。戴叔伦《相思曲》:"紫箫横笛寂无声。"

【评解】

此词抒情气氛极浓。武陵路上,依然桃源流水。仙侣去后,留下绵绵相思。虽然黄鹂惊梦,青鸟唤春,而旧游安在!回首往事,感慨万千。眼前唯有苍烟一片,荒山横目,玉人何处!结尾两句,情思缠绵,余意无限。通篇情深意挚,曲折婉转,柔和含蓄,意境幽美。

【集评】

沈雄《古今词话》:风调不减晏小山。

《梅墩词话》:录仲畴《临江仙》词,以见元之武臣有能词者。

青　玉　案

顾德辉

春寒恻恻春阴薄[①]。整半月,春萧索[②]。晴日朝来升屋角,树头幽鸟,对调新语,语罢双飞却。 红入花腮青入萼[③]。尽不爽[④],花期约。可恨狂风空自恶,晓来一阵，晚来一阵，难道都吹落？

【作者简介】

顾德辉，一名阿瑛，字仲瑛，元代昆山（今属江苏）人。举茂才，署会稽教谕，辟行省属官，皆不就。避张士诚之召见，断发庐墓，自称金粟道人。《语林》云："顾仲瑛风流文雅著称东南，才情妙丽。"著有《玉山草堂集》。

【注释】

① 恻恻：凄清。　薄：侵迫。　② 萧索：萧条，冷落。　③ 花腮：即花靥。　④ 不爽：不失约，不违时。

【评解】

半月春阴，一朝放晴，幽鸟对语，双双飞去。全是眼前景，拈来却涉笔成趣。花虽开罢结实，绿肥红瘦，不爽季节之序，但狂风可恶，岂欲尽数吹落？南唐后主《乌夜啼》："林花谢了春红，太匆匆。常恨朝来寒雨晚来风"，为此词末四句所本。

【集评】

况周颐《蕙风词话》：顾仲瑛《青玉案》歇拍"可恨狂风空自恶，晓来一阵，晚来一阵，难道都吹落"云云，即坠元词藩篱。再稍纤弱，即成曲矣。元明人词亦复不无可采，视抉择何如耳。

蝶恋花 顾德辉

三月二十日，陈浩然招游观音山，宴张氏楼。徐姬楚兰佐酒，以琵琶度曲。郯云台为之心醉。口占戏之。

春江暖涨桃花水。画舫珠帘，载酒东风里。四面青山青似洗，白云不断山中起。　过眼韶华浑有几[①]。玉手佳人，笑把琵琶理。枉杀云台标内史，断肠只合江州死[②]。

【注释】

① 韶华：美好时光。　② “断肠”句：用白居易《琵琶行》诗意。

【评解】

这是一首在宴饮游乐中即席所赋之词，即景抒情，情景交融。上片着意描绘春景。桃花水暖，春江泛舟，四面青山，白云环绕。美景良辰，助人游兴。下片着意写人。佳人玉手，笑理琵琶，云台内史，为之心醉。此词虽为戏作，不难看出作者出色的艺术才能。

【集评】

沈雄《古今词话》：昆山顾阿瑛好游，每出，必以笔墨自随。一日，同陈浩然游支硎山，饮于张氏楼。徐姬楚兰佐酒，以琵琶度曲，座客郯云台为心醉。阿瑛口占《蝶恋花》戏之，有云“玉手佳人”云云，一时争传唱之。

点 绛 唇　　曾允元

一夜东风，枕边吹散愁多少。数声啼鸟，梦转纱窗晓[1]。　　来是春初，去是春将老。长亭道[2]，一般芳草，只有归时好。

【作者简介】

曾允元，字舜卿，号鸥江，元江西太和（今泰和县）人。生平事迹不详。

【注释】

① 梦转：犹梦觉。　② 长亭：古时十里一长亭，五里一短亭，为饯别、暂歇之处。

【评解】

此词写闺情，新颖别致，不落俗套。一夜东风，原应罗愁织恨，而词中却说“枕边吹散愁多少”。“来是春初，去是春将老”往往引起人们叹春惜花，无限感伤，而词中偏说“只有归时好”。在即将结束羁旅生活、踏上归程的征人眼中，长亭道上的芳草也在分享着他内心的喜悦。全词清丽婉约，情景交融。

【集评】

况周颐《蕙风词话》：曾鸥江《点绛唇》后段云：“来是春初……只有归时好。”看似毫不吃力，政恐南北宋名家未易道得，所谓自然从追琢中出也。

蝶恋花　　刘　铉

送春

人自怜春春未去，萱草石榴，也解留春住。只道送春无送处，山花落得红成路。　　高处莺啼低蝶舞，何况日长，燕子能言语。付与光阴相客主①，晴云又卷西边雨②。

【作者简介】

刘铉，字鼎玉，生平事迹无考。见《元草堂诗余》。

【注释】

① 相客主：即互为客主。此句意谓对于光阴来说，春去夏来，犹如送往迎来，客主易位。　② “晴云”句：刘禹锡《竹枝词》：“东边日出西边雨，道是无晴却有晴。”此句即暗用其意，谓春去亦非无情。

【评解】

这是一首送春词，却无惯常的伤感情绪。开篇即说人自怜春而春实未去，它被留在萱草丛中、石榴花间；继又说送春无处，而山花落红即其归处，似乎巧妙地解答以往诗词中“春归何处”的疑问。下片更以莺啼蝶舞、日长燕语谓夏之代春看似无情，实却有情。处处别开生面，给人以新鲜之感。

乌夜啼　　刘铉

石榴

垂杨影里残红，甚匆匆。只有榴花全不怨东风[①]。

暮雨急，晓霞湿，绿玲珑。比似茜裙初染一般同[②]。

【注释】

① 不怨东风：言春日百花为东风吹落，石榴入夏而开，故不怨。　② 比似：好像，犹如。　茜裙：用茜草根染成的红裙。

【评解】

春去夏来，落红无数，而石榴花却在此时怒放，暮雨晓露，绿叶愈加玲珑剔透，新花更是如茜初染，勃发出无限生机。末句“初染”与首句“残红”相对应，时序荏苒之意宛在。

南乡一剪梅　　虞集

招熊少府

南阜小亭台[①]，薄有山花取次开[②]。寄语多情熊少府[3]，晴也须来，雨也须来。　　随意且衔杯[4]，莫惜春衣坐绿苔。若待明朝风雨过，人在天涯，春在天涯。

【作者简介】

虞集，字伯生，号邵庵，又号道园，江西崇仁人。宋宰相虞允文五世孙。元成宗时任国子助教，累官翰林直学士。是当时文坛大家，著有《道园学古录》《道园学古续录》。

【注释】

① 南皋：南边土山。　② 薄：少。　取次：任意，随便。　③ 熊少府：虞集好友，生平不详。　④ 衔杯：此处指饮酒。

【评解】

此词为作者晚年回乡后所作。上片先写家乡南皋有小亭台，山花取次开放，婀娜多姿，因此邀请好友前来游赏，不要辜负大好春光。“多情”一词，道出了彼此间深厚的友谊。“晴也须来，雨也须来”，表示了邀请之恳切。下片劝好友到来之后，可以开怀畅饮，随意踏青。若待天晴之后再来，则“人在天涯，春在天涯”，已经时过境迁了。全词通俗平易，流转自然。感情真挚，清新雅洁。

风 入 松　　虞 集

寄柯敬仲

画堂红袖倚清酣，华发不胜簪。几回晚直金銮殿，东风软、花里停骖①。书诏许传宫烛，香罗初剪朝衫。

御沟冰泮水挼蓝②，飞燕语呢喃。重重帘幕寒犹在，凭谁寄、银字泥缄。为报先生归也，杏花春雨江南。

【注释】

① 骖：同驾一车的三匹马。这里泛指马。　② 泮：溶解。《诗·邶风·匏有苦叶》："士如归妻，迨冰未泮。"　挼（ruó）：揉搓。

【评解】

陶宗仪《辍耕录》云："吾乡柯敬仲先生，际遇文宗，起家为奎章阁鉴书博士，以避言路居吴下。时虞邵庵先生在馆阁，赋《风入松》长短句寄博士云云，词翰兼美，一时争相传刻。"全词抒写了对柯敬仲的敬爱。"杏花春雨江南"乃词中名句，历来为词家所称赏。通篇和婉清雅，辞语工丽。

【集评】

瞿佑《归田诗话》：虞邵庵在翰林，有诗云："屏风围坐鬓毵毵，银烛烧残照暮酣。京国多年情尽改，忽听春雨忆江南。"又作《风入松》词云云，盖即诗意也。但繁简不同尔。曾见机坊以词织成帕，为时所贵重如此。张仲举词云:“但留意江南,杏花春雨,和泪在罗帕。”即指此也。

渡江云　　吴澄

揭浩斋送春和韵

名园花正好,娇红殢白[①],百态竞春妆。笑痕添酒晕,丰脸凝脂,谁与试铅霜。诗朋酒伴,趁此日流转风光。尽夜游不妨秉烛,未觉是疏狂[②]。　　茫茫。一年一度,烂漫离披[③],似长江去浪。但要教啼莺语燕,不怨卢郎。问春春道何曾去,任蜂蝶飞过东墙。君看取,年年潘令河阳[④]。

【作者简介】

吴澄,字幼清,抚州崇仁(今属江西)人。元武宗至大年间(1308—1311)出任国子监丞,后官翰林学士。追封临川郡公。学者称草庐先生。

【注释】

① 娇红殢(tì)白:形容百花繁茂。　② 疏狂:狂放不羁貌。　③ 离披:散

乱貌。　④ 潘令河阳:晋潘岳,为河阳令。后世泛指妇女所爱之男子。

【评解】

这首送春词,虽对春光无限眷恋,却无伤春情绪。上片写名园百花盛开,娇红㛹白,争荣斗艳。诗朋酒伴,不负大好春光,秉烛夜游。下片写春去茫茫,一年一度,但令莺燕不怨,任蜂蝶飞过东墙。结句新颖,情韵无限。通篇工丽典雅,和婉含蓄,历来为词家所称赏。

【集评】

王弈清等《历代词话》引《词苑》:吴草庐以理学名,其和揭浩斋送春《渡江云》,流传一时。

夺　锦　标　　　　张　埜

七夕

凉月横舟,银河浸练,万里秋容如拭[①]。冉冉鸾骖鹤驭[②],桥倚高寒,鹊飞空碧。问欢情几许?早收拾、新愁重织。恨人间、会少离多,万古千秋今夕。　谁念文园病客[③]?夜色沉沉,独抱一天岑寂。忍记穿针亭榭[④],

金鸭香寒，玉徽尘积[5]。凭新凉半枕，又依稀、行云消息。听窗前、泪雨浪浪[6]，梦里檐声犹滴。

【作者简介】

张埜，字埜夫，号古山，元代邯郸（今属河北）人。官翰林修撰。工词，著有《古山乐府》。

【注释】

① 拭：抹，擦。 ② 冉冉：慢行貌。 ③ 文园：指司马相如，他曾为孝文园令。这里作者借以自指。 ④ 穿针：《荆楚岁时记》："是夕（七夕）妇女穿七孔针以乞巧。" ⑤ 玉徽：琴名。 ⑥ 浪浪：流貌。

【评解】

此词咏七夕。上片遥念仙侣欢会。先写新秋夜色：凉月横舟，银河浸练，碧空如洗。次写双星相会：桥倚高寒，鹊飞碧空，绵绵离恨，欢情几许，千秋今夕。下片抒发感怀。夜色沉沉，独感岑寂，回忆昔日，亭榭穿针，金鸭香袅。而今玉徽尘积，新凉半枕，窗外泪雨，檐前犹滴，不禁感慨万千。全词构思精巧，抒情细腻，情景交融，真挚感人。

小　栏　干　　　萨都剌

去年人在凤凰池[1]，银烛夜弹丝。沉水香消[2]，梨云梦暖，深院绣帘垂。 今年冷落江南夜，心事有谁知。杨柳风柔，海棠月澹，独自倚栏时。

【作者简介】

萨都剌，字天锡，号直斋，回族，以世勋镇守云代，遂居雁门（今山西代县）。元泰定四年（1327）中进士。擢御史于南台，后为河北廉访司经历。著有《雁门集》。

【注释】

① 凤凰池：亦称凤池，禁苑中池沼。魏晋南北朝时，设中书省于禁苑，掌管机要，故称中书省为凤凰池。唐宋诗文中，又多以凤凰池指宰相。 ② 沉水：沉香的别名。

【评解】

这是一首抒怀小词，通过今昔对照，抒发感慨。上片回忆过去的生活境况。银烛弹丝，沉水香消，梨云梦暖，绣帘低垂。下片写眼前情景。冷落江南夜，心事无人知。杨柳风柔，海棠月澹，独自倚栏。意境清幽，耐人寻味。

【集评】

王弈清等《历代词话》引《词苑》：天锡《小栏干》词，笔情何减宋人。

陌上花　　张翥

有怀

关山梦里，归来还又、岁华催晚。马影鸡声，谙尽倦邮荒馆[①]。绿笺密记多情事[②]，一看一回肠断。待殷勤寄与，旧游莺燕[③]，水流云散。　　满罗衫是酒，香痕凝处，唾碧啼红相半。只恐梅花，瘦倚夜寒谁暖？不成便没相逢日[④]，重整钗鸾筝雁[⑤]。但何郎[⑥]，纵有春风词笔，病怀浑懒。

【作者简介】

张翥，字仲举，晋宁（今山西临汾）人。元初以隐逸荐为国子助教，官至翰林学士承旨。曾参修宋、辽、金三史。其词婉约风流，在浅深浓淡之间，号称绝唱。有《蜕岩词》二卷。

【注释】

① 谙：熟悉。　② 绿笺：即绿头笺，是一种笺首饰绿色的纸。　③ 莺燕：借指歌妓。　④ “不成”句：不信没有重逢的日子。　⑤ 钗鸾筝雁：指梳妆与弹筝。　钗鸾：即鸾钗，钗之珍贵者。　筝雁：乐器。　⑥ 何郎：指何逊。

【评解】

这是一首怀旧词。上片写岁暮归来之所思。先写岁暮归来。次写追思旅况。再写过去笺记，“一看一回肠断”，不忍重看。末写旧游星散，无从联系。下片写所眷恋之人。先写当年酒绿灯红，歌舞腾欢。次写独怜梅花寒瘦。再写盼能重见。末言恨未寄诗。词中绮靡香艳，色彩鲜明，辞语工丽，抒情委婉。

摸　鱼　儿　　张　翥

送春

涨西湖、半篙新雨，曲尘波外风软[①]。兰舟同上鸳鸯浦[②]，天气嫩寒轻暖。帘半卷，度一缕、歌云不碍桃花扇。莺娇燕婉。任狂客无肠[③]，王孙有恨，莫放酒杯浅。

垂杨岸，何处红亭翠馆？如今游兴全懒。山容水态依然好，惟有绮罗云散[④]。君不见，歌舞地、青芜满目成秋苑。斜阳又晚。正落絮飞花，将春欲去，目送水天远。

【注释】

① 曲尘：指淡黄色。　② 鸳鸯浦：地名，在慈利县治北。昔人诗："桃花浪暖鸳鸯浦，柳絮风轻燕子岩。"　③ 狂客无肠：即断肠之意。　④ 绮罗云散：指歌妓舞女们已散去。

【评解】

这首送春词，上片写西湖泛舟。新雨初晴，西湖水涨，兰舟载酒，宾朋宴饮，莺娇燕婉。下片送春抒怀。山容水态依然，而绮罗云散，游兴全懒，春色正阑。全词风流婉丽，有南宋词人风格。

太常引

刘燕哥

饯齐参议归山东

故人送我出阳关[1]，无计锁雕鞍[2]。今古别离难，兀谁画、娥眉远山。　　一尊别酒，一声杜宇，寂寞又春残。明月小楼间，第一夜、相思泪弹。

【作者简介】

刘燕哥，元代著名歌妓。生平事迹不详。

【注释】

① 阳关：泛指送别之地。　② 锁雕鞍：意谓留住。

【评解】

这首送别小词，表现了作者无限惜别之情。上片写别离之难。

无计留君住，只得送君去，临别依依，眷恋之情，溢于言外。下片设想别后的刻骨相思。小楼明月，寂寞春残，夜弹相思泪，情思缠绵，不忍离别。全词宛转柔媚，情韵无限，意境幽美，语言自然。

【集评】

张宗橚《词林纪事》引《青泥莲花记》：刘燕哥善歌舞。齐参议还山东，刘赋《太常引》以饯云云，至今脍炙人口。

一 络 索　　陈凤仪

蜀江春色浓如雾，拥双旌归去①。海棠也似别君难，一点点、啼红雨。　　此去马蹄何处，向沙堤新路。禁林赐宴赏花时②，还忆着、西楼否。

【作者简介】

陈凤仪，成都乐妓。生平事迹不详。

【注释】

① 旌：旗的通称。　② 禁林：翰林院的别称。

【评解】

这首送别词，宛转含蓄，情意绵长。上片写送别时的情景。蜀江春浓，双旌归去。作者不言自己留恋难舍，而说海棠也似别君难，点点啼红雨，衬托作者惜别之情更深。下片叮咛别后且勿相忘。“禁林赐宴赏花时，还忆着、西楼否”，情深意挚，尽在不言中。

【集评】

沈雄《古今词话》：陈凤仪、刘燕哥，皆乐妓也。陈有送别《一络索》词云云，刘有饯齐参议《太常引》云云，皆传唱一时。

玉　蝴　蝶

无名女子

为甚夜来添病，强临宝镜，憔悴娇慵。一任钗横鬓乱，永日熏风①。恼脂消、榴红径里，羞玉减、蝶粉丛中。思悠悠，垂帘独坐，倚遍熏笼②。　　朦胧。玉人不见，罗裁囊寄，锦写笺封。约在春归，夏来依旧各西东。粉墙花影来疑是，罗帐雨梦断成空。最难忘，屏边瞥见，野外相逢。

【注释】

① 熏风：南风。　② 熏笼：作熏香及烘干之用。唐白居易《后宫词》：“红颜未老恩先断，斜倚熏笼坐到明。”

【评解】

此词写春闺怀人。上片言闺中无聊，强临宝镜，憔悴娇慵，懒于梳妆，垂帘独坐，倚遍熏笼。下片写怀人之情。玉人不见，锦书频寄，约在春归，今已入夏，不见归来。粉墙花影，罗帐梦断，添人愁思。“最难忘”三句，写出了作者的一片深情与相思之苦。全词抒情宛转柔媚，构思精巧细腻。

【集评】

徐釚《词苑丛谈》：武林卓珂月云：此词当时甚为马东篱、张小山诸君所服。

浣 溪 沙

刘 基

语燕鸣鸠白昼长，黄蜂紫蝶草花香。沧江依旧绕斜阳[①]。　　泛水浮萍随处满，舞风轻絮霎时狂。清和院宇麦秋凉[②]。

【作者简介】

刘基，字伯温，处州青田（今属浙江）人。元末进士，任江西高安县丞，后弃官归里。明太祖（朱元璋）起事定括苍，聘至金陵，佐太祖定天下，任御史中丞，封诚意伯。博通经史，诗文闳深顿挫，自成一家。有《诚意伯刘文成公集》。

【注释】

① 沧江:泛指江,因江水是青苍色而称。 ② 麦秋:指农历四五月,为麦收季节。汉蔡邕《月令章句》:“百谷各以其初生为春,熟为秋,故麦以孟夏为秋。”

【评解】

燕语鸠鸣,蜂蝶带香,江绕夕阳,水满浮萍,轻絮舞风,一派初夏时的自然风光。末句点出麦熟,使人联想起收获的欢娱。

【集评】

沈雄《古今词话》:杨守醇曰:子房不见词章,玄龄仅办符檄,文成勋业灿然,可谓千古人杰。小词亦见一斑。

如梦令 刘基

一抹斜阳沙觜[①],几点闲鸥草际。乌榜小渔舟[②],摇过半江秋水。风起,风起,棹入白蘋花里[③]。

【注释】

① 沙觜:沙洲口。 ② 乌榜:游船。 ③ 棹:船桨,此指船。

【评解】

残阳一抹，闲鸥几点，景极悠远淡雅；秋水荡舟，风起白蘋，更是风韵别具，令人神怡。此词短小精致，意境美，文辞亦美，堪称明词中之佳作。

眼 儿 媚

刘 基

秋思

萋萋烟草小楼西，云压雁声低。两行疏柳，一丝残照，万点鸦栖。　　春山碧树秋重绿，人在武陵溪[1]。无情明月，有情归梦[2]，同到幽闺。

【注释】

① 武陵溪：此用陶渊明《桃花源记》故事，借指爱人在远方。　② 归梦：指远游人惦念家里的魂梦。

【评解】

此词咏闺中秋思。上片写楼头秋色。草绿原野，念游人之不归；雁唳长空，伤音书之莫至。依依衰柳，一抹斜阳，万点寒鸦，千山栖宿。下片写秋闺念远。秋日风物，凄凉萧瑟，况树又重绿，而游人滞留不归，绵绵相思，何时能已。眼前明月照空，魂梦遥牵，有情无情，并到幽闺，岑寂之感，更复何如。全词绵丽清雅，委婉多姿。

菩萨蛮　　杨基

水晶帘外娟娟月[1]，梨花枝上层层雪。花月两模糊，隔窗看欲无。　　月华今夜黑，全见梨花白。花也笑姮娥[2]，让他春色多。

【作者简介】

杨基，字孟载，号眉庵，明长洲(今江苏苏州)人。洪武中官至山西按察使。被谗夺官，罚服劳役，死于工所。以诗著称，兼工书画。著有《眉庵集》。

【注释】

① 娟娟：形容月色美好。　② 姮娥：即嫦娥。

【评解】

这首小词即景抒情。上片写月光与花色相映，如白雪莹莹，但隔窗望去，隐隐约约，难以分辨，美在扑朔迷离之中。下片写夜黑梨白，花色独明，美在对比分明中。末二句，设想花笑嫦娥不如己多占春色，更见逸思天外之妙。

浣 溪 沙

杨 基

上巳

软翠冠儿簇海棠[1]，研罗衫子绣丁香[2]。闲来水上踏青阳[3]。 风暖有人能作伴，日长无事可思量。水流花落任匆忙。

【注释】

① 软翠冠儿：指用花草编成的头饰。 ② 研罗：光滑的丝绸。 ③ 青阳：春天。《尔雅·释天》："春为青阳。"

【评解】

农历三月三日为古上巳节，是时倾城于郊外水边洗濯，祓除不祥。《论语》谓："暮春者，春服既成，浴乎沂，风乎舞雩。"晋时曲水流觞，至唐赐宴曲江，倾都修禊踏青，均是此意。此词所写，正是这一古老风俗沿袭至明代的情况。全词情景交融，自然流畅。

浣 溪 沙　　汤胤勣

燕垒雏空日正长[1]，一川残雨映斜阳。鸬鹚晒翅满鱼梁[2]。　　榴叶拥花当北户，竹根抽笋出东墙。小庭孤坐懒衣裳[3]。

【作者简介】

汤胤勣，字公让，濠州（今安徽凤阳）人。工诗词，为景泰（明代宗朱祁钰年号）十才子之一。官至指挥佥事。后带兵分守孤山堡战死。著有《东谷集》十卷。

【注释】

① 燕垒：燕窠。　雏空：谓乳燕已经长成，飞离燕窠。　② 鸬鹚：一种能捕鱼的水鸟。　鱼梁：捕鱼水堰，又称鱼床。　③ 懒衣裳：谓时已天暖，无须多添衣裳。

【评解】

此词借景抒怀，清雅别致，独具风格。古人作诗填词，多重锻字炼句，有时一字见新，全篇为之生色。此首“榴叶拥花”的“拥”字，也甚为人称道，以为表现出榴花的真面貌。其与杜甫《返照》诗“归云拥树失山村”，方岳《梦寻梅》诗“黄叶拥篱埋药草”，虽同用“拥”字，却能各臻其妙。

【集评】

况周颐《蕙风词话》：清润入格。“拥”字炼，能写出榴花之精神。

中　秋　月

徐有贞

中秋月，月到中秋偏皎洁。偏皎洁[1]，知他多少，阴晴圆缺。　阴晴圆缺都休说，且喜人间好时节。好时节，愿得年年，常见中秋月。

【作者简介】

徐有贞，初名珵，字元玉，江苏吴县（今江苏苏州）人。明宣德八年（1433）登进士第，佐英宗复辟，官至兵部尚书兼华盖殿大学士，封武功伯。平生深究经济之学，对于天文、地理、兵法、水利、阴阳、方术之书，无不博览。著有《武功集》。

【注释】

① 皎洁：形容月光明亮。

【评解】

此词之声律，上片全同《忆秦娥》，下片只末句多一字。作者使下片首句与上片末句顶针，复以下片末句与上片首句衔接，往复回环，有如回文。虽稍伤纤巧，但亦颇见匠心。

青 玉 案

文徵明

庭下石榴花乱吐，满地绿阴亭午[1]。午睡觉来时自语。悠扬魂梦，黯然情绪，蝴蝶过墙去。　骎骎娇眼开仍㴲[2]，悄无人至还凝伫。团扇不摇风自举。盈盈翠竹，纤纤白苎[3]，不受些儿暑[4]。

【作者简介】

文徵明，字徵仲，号衡山居士，明代长洲(今江苏苏州)人。以贡生入都，授翰林待诏。诗文书画皆工，而画尤胜。诗以娟秀见称，其词与诗风格近似，但也偶有雄壮之作。著有《甫田集》。

【注释】

① 亭午：正午。　② 骎(qīn)骎：形容眼光急迫不安。　㴲：滞涩。　③ 苎(zhù)：苎麻，多年生草本植物。　④ 些儿：一点儿。

【评解】

此词着意描绘夏景，抒写闺中人的生活情态。夏日亭午，如火的榴花和满地绿荫给庭院带来特异的气氛，使人如痴如醉。闺中人午睡刚醒，娇眼朦胧，喃喃自语，情困意慵。一阵清风吹来，扇不摇而自凉。翠竹白苎亭亭玉立，摇曳多姿，丝毫没有感到暑意。作者工画，故以画家之笔，勾勒人物景象，确是词中有画。全词纤丽娟秀，妩媚多姿。

踏 莎 行　　陈 霆

晚景

流水孤村，荒城古道，槎牙老木乌鸢噪[1]。夕阳倒影射疏林，江边一带芙蓉老[2]。　　风瞑寒烟，天低衰草，登楼望极群峰小。欲将归信问行人，青山尽处行人少。

【作者简介】

陈霆，字声伯，浙江德清人。明弘治十五年(1502)进士及第，官刑科给事中。博学多闻，工诗词、古文。著有《水南稿》《渚山堂词话》等。

【注释】

① 槎牙：错杂不齐貌。　鸢：俗称鹞鹰。　② 芙蓉老：荷花凋残。

【评解】

此词题为《晚景》，写景多运化前人诗词中成句，流转自然一如己出，而创意不足。词中写登楼晚眺，周遭风景在目，但词人意不在赏玩秋光，而在问行人归信。不意“青山尽处行人少”，遂只得注目于远近风物。通篇委婉含蓄，耐人寻思。

鹧鸪天　　杨慎

元宵后独酌

千点寒梅晓角中，一番春信画楼东。收灯庭院迟迟月，落索秋千翦翦风[①]。　　鱼雁杳[②]，水云重，异乡节序恨匆匆。当歌幸有金陵子[③]，翠斝清尊莫放空[④]。

【作者简介】

杨慎，字用修，号升庵，明四川新都人。正德六年(1511)举进士第一。授翰林修撰。著有《升庵集》八十一卷，《外集》一百卷，《遗集》二十六卷。其《丹铅杂录》等最为著称。其词风颇富丽婉曲。

【注释】

① 落索：冷落萧索。　翦翦：形容风轻微而带寒意。　② 鱼雁：指书信。　③ 金陵子：歌女。　④ 斝(jiǎ)：古代酒器。

【评解】

此词写元宵节后的独酌思乡。“迟迟月”与“翦翦风”，点缀出早春夜晚的清寒，也烘托出怀乡的愁绪。末两句以歌酒故作宽解，更见乡愁的深挚婉曲。

浣 溪 沙 夏 言

庭院沉沉白日斜，绿阴满地又飞花。瞢腾春梦绕天涯[①]。　　帘幕受风低乳燕[②]，池塘过雨急鸣蛙。酒醒明月照窗纱。

【作者简介】

夏言，字公瑾，号桂洲，江西贵溪人。明正德十二年(1517)进士及第，世宗(朱厚熜)朝参预机务，居首辅。为严嵩所嫉，诬陷而死。以词曲擅名。有《桂洲集》《近体乐府》等。

【注释】

① 瞢腾：睡梦迷糊朦胧。　② 受风：被风吹动。

【评解】

庭院日斜，绿荫花飞，帘低乳燕，池塘鸣蛙，正是春深夏浅，宜人天气。作者扶醉一梦，梦觉已月上纱窗。其中"瞢腾春梦绕天涯"一语，透露出渴望摆脱世务羁绊的心情，但写来曲折委婉，余韵不尽。

忆 江 南 王世贞

歌起处，斜日半江红。柔绿篙添梅子雨[①]，淡黄衫耐藕丝风[2]。家在五湖东[3]。

【作者简介】

王世贞,字元美,号凤洲,自称弇州山人,明代太仓(今属江苏)人。嘉靖二十六年(1547)进士及第。官至刑部尚书。诗文与李攀龙齐名,同为明代文坛“后七子”领袖。晚年诗词以平淡自然为主。著有《弇州山人四部稿》《续稿》。

【注释】

① 梅子雨:初夏江淮一带连续阴雨,因时值梅子黄熟,故称梅雨或黄梅雨。 ② 藕丝风:喻风力纤细如藕丝,太湖多莲藕,故以之作比。 ③ 五湖:太湖。

【评解】

此词着意描写梅雨时节太湖日落前的秀丽景色,色彩淡雅优美,尤具水乡情调。其中“柔绿篙添梅子雨,淡黄衫耐藕丝风”一联,对仗工稳,造语清新,极堪吟味。

长相思

俞彦

折花枝,恨花枝,准拟花开人共卮[1],开时人去时。

怕相思，已相思，轮到相思没处辞，眉间露一丝。

【作者简介】

俞彦，字仲茅，江苏上元(今江苏南京)人。明万历二十九年(1601)进士及第。历官光禄寺少卿。长于词，尤工小令，以淡雅见称。词集已失传，仅见于各种选本中。

【注释】

① 准拟:打算，约定。　卮:酒杯。

【评解】

这首小令从花枝写到人间的相思。上片写折花枝、恨花枝，因为花开之日，恰是人去之时，已见婉折。下片谓怕相思却已相思，且其情难言，唯露眉间，愈见缠绵。全词清新淡雅，流转自然，富有民歌风味。

【集评】

王士禛《花草蒙拾》:俞仲茅小词云:“轮到相思没处辞，眉间露一丝”，视易安“才下眉头，却上心头”，可谓此儿善盗。然易安亦从范希文“都来此事，眉间心上，无计相回避”语脱胎，李特工耳。

沈雄《古今词话》引《词衷》云:少卿刻意填词，工于小令，持论极严，且以刻烛赓唱为奇，不无率露语。至其备审源委，不趋佻险而遵雅淡，独见典型。

摊破浣溪沙　　陈继儒

初夏夜饮归

桐树花香月半明，棹歌归去蟪蛄鸣[①]。曲曲柳湾茅屋矮，挂鱼罾[②]。　笑指吾庐何处是？一池荷叶小桥横。灯火纸窗修竹里，读书声。

【作者简介】

陈继儒，字仲醇，号眉公，明代华亭（今上海松江）人。绝意仕途，隐居昆山，专心著述。工诗善文，短翰小词，极有风致。又善书画。著作有《眉公全集》《晚香堂小品》等。《明史》有传。

【注释】

① 棹：船桨，此指船。　蟪蛄：蝉科昆虫，初夏鸣。　② 鱼罾：渔网。

【评解】

这是一首记游小词。上片写初夏之夜，月色溶溶，桐花飘香。词人驾一叶扁舟，驶过曲折的柳湾和挂着渔网的茅屋，听棹歌声远，蟪蛄幽鸣，愈显出夜色静谧柔美。下片以设问句点出有一池荷叶的桥边，从竹林中透出灯火和读书声的地方，正是词人结庐之处。画意浓郁，诗情荡漾，将读者引入优美淡雅、动静谐处的意境。全词清新柔和，流丽自然。

【集评】

沈雄《柳塘词话》:陈眉公早岁隐于九峰,工书画。……其小词潇洒,不作艳语。

阮　郎　归

张大烈

立夏

绿阴铺野换新光,薰风初昼长。小荷贴水点横塘[①],蝶衣晒粉忙[②]。　　茶鼎熟,酒卮扬[③],醉来诗兴狂。燕雏似惜落花香,双衔归画梁。

【作者简介】

张大烈,字言冲,钱塘人。明天启七年(1627)举人,余不详。

【注释】

① 点:点缀。　② 晒粉:蝴蝶在阳光下扇动双翼,如晒翅粉。　③ 酒卮:酒杯。

【评解】

绿荫遍野,风暖昼长,横塘新荷,花丛蝶忙,一片初夏时节的景象宛然在目。仰看雏燕惜花,双衔归梁,恍觉物各有情,不禁酒后诗兴大发。词以写景为主,而作者兴会亦在其中。

点绛唇　　陈子龙

春日风雨有感

满眼韶华①,东风惯是吹红去②。几番烟雾③,只有花难护。　　梦里相思,故国王孙路④。春无主,杜鹃啼处,泪染胭脂雨⑤。

【作者简介】

陈子龙,字人中,号大樽,松江华亭(上海松江)人。崇祯十年(1637)进士。官至兵科给事中。清兵入关,他坚持抗清,被俘后,不屈而死。他的词在缠绵宛转中寄托了爱国深情。龙榆生《近三百年名家词选》中说:"词学衰于明代,至子龙出,宗风大振,遂开三百年来词学中兴之盛。"著有《湘真阁》诸稿,词风婉丽。

【注释】

① 韶华:指春光。　② 惯:照例。　③ 烟雾:这里形容春雨潇潇,烟雾茫茫。　④ 王孙路:指归路。　王孙,泛指贵族子弟。　⑤ "杜鹃啼"二句:鹃啼

凄厉，能动旅人归思。又传其啼至哀，能至血出。

【评解】

此词借惜花怀人，叹亡国之哀痛与复国之不易。可能作于南京陷落，转战于江浙期间。上片写大好春光遭受风雨摧残。下片抒发亡国的哀痛与复国的愿望。词中东风吹红，几番风雨，春花难护，暗喻明朝江山大势已去；而梦中相思，故国难归，杜鹃啼血，则寄托了作者深沉的民族情感。全词迭用比兴，风格婉丽。

【集评】

沈雄《古今词话》：大樽文宗两汉，诗轶三唐，苍劲之色，与节义相符，乃《湘真词》一集，风流婉丽如此。传称河南亮节，作字不胜罗绮；广平铁石，赋心偏爱梅花。吾于大樽益信。

《倚声集》王士禛评云：词至《云门》、《湘真》诸集，言内意外已无遗义，柴虎臣所云“华亭肠断，宋玉魂销”。所微短者，长篇不足耳。

画　堂　春　　陈子龙

雨中杏花

轻阴池馆水平桥，一番弄雨花梢。微寒著处不胜娇，此际魂销。　　忆昔青门堤外[1]，粉香零乱朝朝。玉颜寂寞淡红飘[2]，无那今宵[3]。

【注释】

① 青门：汉长安东南门，本名霸城门，因其色青，故俗呼为青门。　② 玉颜：指杏花。　③ 无那：无奈。

【评解】

此词写雨中杏花，全篇不露一个“杏”字，却处处见出杏花的特征和精神。上片传其神，下片绘其貌，神貌兼备，风神绰约。全词工丽婉媚，风雅多姿。

【集评】

《倚声集》王士禛评云：字字雨中杏花，嫣然欲绝。

诉衷情　　陈子龙

春游

小桃枝下试罗裳，蝶粉斗遗香。玉轮碾平芳草[1]，半面恼红妆[2]。　　风乍暖，日初长，袅垂杨。一双舞燕，万点飞花，满地斜阳。

【注释】

① 玉轮：犹华车。　② “半面”句：史载梁元帝徐妃，以帝眇一目，故每以半面妆迎驾，帝见则大怒而去。

【评解】

桃下试裳而至蝶粉斗香，可见其春服艳丽，所绣花朵几能乱真，轮碾芳草而红妆半露，情态如画。风暖日长，垂杨袅袅，正是纵情逸兴之时；双燕飞花，满地斜阳，又暗示良辰难久，美景不长。全词工丽婉媚，情景交融。

【集评】

《倚声集》王士禛评云：清真能作景语，不能作情语。至大樽而情景相生，令人有后来之叹。

谒　金　门

陈子龙

五月雨

莺啼处，摇荡一天疏雨。极目平芜人尽去[1]，断红明碧树。　　费得炉烟无数，只有轻寒难度。忽见西楼花影露，弄晴催薄暮。

【注释】

① 平芜：平原。

【评解】

词题为“五月雨”，正面着墨不多，而以景物变化与人的感受从旁映衬，写得洒脱自如。结尾点出薄暮之时，恍见花影微露，正是春夏间雨霁转晴特征。

【集评】

《倚声集》邹祗谟评云：缥缈澹宕，全见用笔之妙。

婆罗门引　　夏完淳

春尽夜

晚鸦飞去，一枝花影送黄昏。春归不阻重门[①]。辞却江南三月，何处梦堪温？更阶前新绿，空锁芳尘。　随风摇曳云，不须兰棹朱轮[②]。只有梧桐枝上，留得三分。多情皓魄[3]，恐明宵、还照旧钗痕。登楼望、柳外销魂。

【作者简介】

夏完淳，原名复，字存古，松江华亭（上海松江）人。清兵南侵，完淳坚决抗清，被俘就义。遗作甚多，有《代乳集》《玉樊堂集》《夏内史集》《南冠草》等。其诗、词、文均有较高成就。

【注释】

① 不阻重门：即不为重门所阻。 ② 兰棹朱轮：指游船、游车。 ③ 皓魄：指月亮。

【评解】

在明末文坛上，夏完淳是一位少年诗人、抗清志士。其诗词作品多寓时事之叹，慷慨悲壮。这首以“春尽夜”为题的词，表面全是写景，但联系明朝将亡的形势，细味“辞却江南三月，何处梦堪温”诸句，工丽婉曲，语极含蓄，当是有所寄托。

卜 算 子

夏完淳

秋色到空闺，夜扫梧桐叶。谁料同心结不成，翻就相思结[1]。　　十二玉阑干，风动灯明灭。立尽黄昏泪几行，一片鸦啼月。

【注释】

① 同心结：古人用彩丝缠绕作同心之结，以喻两情绸缪之意。

【评解】

这首小词，通篇抒写闺怨，而香草美人，却寄托遥深。“立尽黄昏泪几行”，寄寓着国破家亡的身世之感。全词委婉凄恻，曲折含蓄。

【集评】

沈雄《柳塘词话》：夏存古《玉樊堂词》……见其词致，慷慨淋漓，不须易水悲歌，一时凄感，闻者不能为怀。

浣　溪　沙

叶小鸾

初夏

香到酴醾送晚凉[1]，荇风轻约薄罗裳[2]。曲阑凭遍思偏长。　　自是幽情慵卷幌[3]，不关春色恼人肠。误他双燕未归梁。

【作者简介】

叶小鸾，字琼章，明末吴江（今江苏苏州吴江区）人。工诗词，多佳句，能模山水，写落花，皆有韵致。十七岁许昆山张立平为妻，未嫁而卒。著有《疏香阁词》。

【注释】

① 酴醾：一种初夏开花的观赏植物。　② 荇：荇菜。《诗经・周南・关雎》："参差荇菜，左右流之。"　③ 慵：懒散。　幌：布幔，此指窗帘。

【评解】

初夏傍晚，酴醾飘香，荇风轻约，词人曲阑凭遍，情思悠长，以至忘了卷帘，耽搁了双燕归梁。全词着墨纤细，抒怀曲婉，表现出女词人体物的精微和咏物的巧思。

生　查　子

吴伟业

旅思

一尺过江山①，万点长淮树②。石上水潺潺，流入青溪去[3]。　六月北风寒，落叶无朝暮。度樾与穿云[4]，林黑行人顾。

【作者简介】

吴伟业，字骏公，号梅村，江南太仓（今属江苏）人。明崇祯四年（1631）进士及第。清世祖招为国子监祭酒。著有《梅村词》二卷。

【注释】

① 一尺：形容远山低矮。　② 长淮：淮河。　③ 青溪：三国时吴国所凿东渠，经今南京入秦淮河。　④ 度樾：经过树荫遮蔽之处。樾，道旁成荫树木。

【评解】

此词通过写景抒发旅思。远山丛树，渐去渐远，身旁清冽的泉水从石上潺潺流过，汇入青溪。虽是六月盛夏，度樾穿云于阴森的山道，仍觉风寒林黑，晨昏难辨。未明写“旅思”，而“旅思”自见。

【集评】

沈轶刘、富寿荪《清词菁华》：《梅村词》小令托兴浑远，可直逼《花间》。

忆 秦 娥

方以智

花如雪，东风夜扫苏堤月①。苏堤月，香销南国，几回圆缺？　钱塘江上潮声歇②，江边杨柳谁攀折？谁攀折，西陵渡口③，古今离别。

【作者简介】

方以智，字密之，号鹿起，安徽桐城人。明崇祯十三年(1640)进士，官检讨。为江南四公子之一。入清为报恩寺僧，法名弘智。有《浮山词》。

【注释】

① 苏堤：苏轼为太守时，筑杭州西湖苏堤。　② 钱塘江：浙江西流至萧山以下称钱塘江，经海宁注入杭州湾。　③ 西陵渡：在今浙江杭州对江萧山境内。

【评解】

作者生当明季，少年时参加复社，与侯方域等有"明季四公子"之称。此词写风扫苏堤，香销南国，月有圆缺。继写钱塘潮歇，江柳无人攀折，有一时群芳俱歇之慨，可以看出作者之寄意。"西陵渡口，古今离别"，抒发了无限感慨，也给全词增添无限情韵。

清 平 乐

王夫之

咏雨

归禽响暝[①]，隔断南枝径。不管垂杨珠泪迸，滴碎荷声千顷。　随波赚杀鱼儿[②]，浮萍乍满清池。谁信碧云深处，夕阳仍在天涯？

【作者简介】

王夫之，字而农，号姜斋，湖南衡阳人。明崇祯十五年(1642)举人。明亡，应南明桂王之召，授官行人。后隐居衡山石船山，杜门不出，学者称船山先生。生平著作甚多。有《船山遗书》三百二十四卷。

【注释】

① 暝：指空濛灰暗的天色。　② 赚杀：赚煞，意谓逗煞。言雨滴水面，鱼儿疑为投食，遂被赚接喋。

【评解】

此词题为咏雨，而通篇均由景物从旁烘托，不露"雨水"二字，而又处处见出雨水，是其高妙处。归禽响暝，有山雨欲来之势；垂杨泪迸，荷声千顷，正见风狂雨骤；鱼儿逐波，浮萍满池，写尽池水渐长之势。末两句故设一问，亦对雨常情，颇具雅趣。全词清丽雅洁，意境极美。

更　漏　子　　王夫之

本意

斜月横，疏星炯①，不道秋宵真永②。声缓缓，滴泠泠③，双眸未易扃④。　　霜叶坠，幽虫絮，薄酒何曾得醉！天下事，少年心，分明点点深。

【注释】

① 炯：明亮。 ② 永：漫长。 ③ 滴泠泠：指漏壶滴水之声。 ④ 扃：门上钮环，喻闭门，引申为闭眼。

【评解】

作者借“更漏”以抒情怀。词中写长夜不能入睡，为更漏声所恼，眼看着“斜月横，疏星炯”，感到“秋宵真永”。辗转反侧之状，溢于言表。末三句感怀家国身世，更觉情意深挚，含蕴不尽。

【集评】

沈轶刘、富寿荪《清词菁华》：夫之词语深辞隐，故国之思，贯串始终。《更漏子》“天下事，少年心，分明点点深”，语愈隐而意愈显。

蝶恋花　　宋琬

旅月怀人

月去疏帘才几尺。乌鹊惊飞[1]，一片伤心白。万里故人关塞隔，南楼谁弄梅花笛[2]？　蟋蟀灯前欺病客。清影徘徊，欲睡何由得？墙角芭蕉风瑟瑟，生憎遮掩窗儿黑。

【作者简介】

宋琬，字玉叔，号荔裳，一号无今，山东莱阳人。清顺治四年进士(1647)及第。官户部主事、四川按察使。著有《安雅堂文集》《二乡亭词》。

【注释】

① 乌鹊惊飞：曹操诗："月明星稀，乌鹊南飞，绕树三匝，无枝可依。"

② 梅花笛：笛曲中梅花引。李白诗："一为迁客去长沙，西望长安不见家。黄鹤楼中吹玉笛，江城五月落梅花。"《落梅花》即《梅花落》，笛曲名，一名《梅花引》。

【评解】

此词抒写月夜怀人的羁旅生活，透露出作者烦乱不安的心绪。上片写对景怀人。月近疏帘，乌鹊惊飞，南楼笛声，故人万里。下片写旅中情景。灯下蟋蟀凄鸣，欲睡何由可得！墙角风吹芭蕉，可憎遮黑窗儿。全词情景交融，委婉细腻，曲折含蓄，或当有所寄托。

【集评】

谭献《箧中词》：忧谗。

忆 秦 娥

宋徵舆

杨花

黄金陌[①]，茫茫十里春云白[②]。春云白，迷离满眼，江南江北。　　来时无奈珠帘隔，去时着尽东风力。东风力，留他如梦，送他如客[③]。

【作者简介】

宋徵舆，字辕文，号直方，松江华亭（今上海松江）人。清顺治四年（1647）进士及第，官至都察院副都御史。著有《海闾香词》《林屋诗文稿》。

【注释】

① 黄金陌：指江南开满金黄色菜花的田间小路。　② 春云白：形容杨花

飘白，如春云回荡。 ③ 他：指杨花。

【评解】

此词题为杨花，作者哀杨花，亦是自哀。白絮随风东西，漫无依托，常使人想起飘忽不定的人生。作者从杨花联想到自己，字里行间隐约流露出内心的感慨。委婉含蓄，耐人寻味。

【集评】

谭献《箧中词》：身世可怜。

玉　楼　春　　宋徵舆

燕

雕梁画栋原无数，不问主人随意住。红襟惹尽百花香[1]，翠尾扫开三月雨[2]。　　半年别我归何处？相见如将离恨诉。海棠枝上立多时，飞向小桥西畔去。

【注释】

① 红襟：指燕子前胸的红羽毛。 ② 翠尾：史达祖《双双燕》："翠尾分开红影。"

【评解】

此词咏物抒情，委婉细腻。燕子秋去春来，喜寻旧巢，使人有春燕怀恋旧主人之想。故进而猜想，在三月的轻风细雨中，带着花香归来，立在海棠枝上，似乎要向旧主人诉说半年来的离愁别恨。作者以移情法写燕，神情入妙，颇见新巧。

【集评】

谭献《箧中词》：探喉而出。

春　光　好　　吴　绮

迎春

春来也，是何时？没人知。先到玉儿头上[①]，袅花枝。　　十二画楼帘卷，红妆笑语参差[②]。争向彩幡成队去[③]，看朱衣[④]。

【作者简介】

吴绮，字茵次，号听翁，一号蘼叟，别号红豆词人，江苏江都（今江苏扬州）人。生于明万历四十七年（1619），卒于康熙三十三年（1694）。贡生。官浙江湖州府知府。著有《艺香词钞》四卷。

【注释】

① 玉儿:南齐东昏侯潘妃小字玉儿,古因称女子小字玉奴。 ② 红妆:指女子。 ③ 彩幡:古代春节剪彩成幡,做庭户装饰或妇女头饰。 ④ 朱衣:相传宋代欧阳修知贡举,阅卷时,觉座后有一朱衣人,逢其点头者文章便入格。此借指春闱中式者。

【评解】

这首迎春词章法别致,构思新颖。春已悄悄来到人间。来是何时?却无人知。词中不言陌头杨柳,枝上杏花,却说年轻女子头上先已花枝袅袅。她们一边打扮,一边说笑,成群结队地争着去看那些新考中的青年才士。此词以欢快而又含蓄、热闹而又风雅的情趣,烘衬出春已降临人间。

惜 分 飞　　吴 绮

寒夜

昨晚西窗风料峭[①],又把黄梅瘦了。人被花香恼,起看天共青山老。　　鹤叫空庭霜月小,夜来冻云如晓。谁信多情道[②],相思渐觉诗狂少。

【注释】

① 料峭:风寒貌。 ② “谁信”句:犹口语“谁讲(我)多情”,实为反语。

【评解】

此词咏寒夜之苦,故首句点出“昨晚”。次叙夜起看天,鹤唳空庭,霜月冻云,只觉满目凄凉,中心愁结,遂致诗兴全无。“天共青山老”一句,反用“天若有情天亦老”句意,有此恨绵绵之痛。全词幽怨含蓄,表现了作者“惊才绝艳”。

荷 叶 杯

毛奇龄

五月南塘水满,吹断,鲤鱼风[①]。小娘停棹濯纤指[②],水底,见花红。

【作者简介】

毛奇龄,原名甡,字大可,又字初晴、齐于,别号河右,学者称西河先生,浙江萧山人。清康熙十八年(1679),举博学鸿词,授翰林院检讨。预修《明史》。精音律,工诗词。著作有《桂枝词》六卷。《毛检讨词》收入《西河全集》。

【注释】

① 鲤鱼风：九月之风。 ② 棹：船桨。 濯：洗涤。

【评解】

此词写南塘泛舟时的情景。池塘水满，风暖鱼跃，泛舟的少妇在停棹戏水之际，无意间透过清澈明净的池水，看到了一朵飘落水底的红花。作者撷取这一小景入词，极具情趣。“鲤鱼风”本指九月之风，用于仲夏，亦见通脱新鲜。

【集评】

龙榆生《近三百年名家词选》：奇龄小令学《花间》，兼有南朝乐府风味，在清初诸作者，又为生面独开也。

相见欢

毛奇龄

花前顾影粼粼[1]，水中人。水面残花片片、绕人身。

私自整，红斜领，茜儿巾[2]。却讶领间巾里、刺花新[3]。

【注释】

① 粼粼：水清澈而微湍。 ② 茜：茜草根红，可为染料，此指绛色。③ 讶：惊奇，此处意为令人心动。

【评解】

此词以景衬人，景与人融为一体。构思新巧，极富生活情趣。花影斑斑，清水粼粼，映衬着女子娟秀的体貌。花片人面在水中融合、荡开，色彩缤纷，妖冶多姿。女子颔首整衣，显出了领间襟里所绣的新式花朵。全词清新婉丽，曲折有致。

【集评】

陈廷焯《白雨斋词话》：运思多巧。

卜 算 子

董以宁

雪江晴月

明月淡飞琼，阴云薄中酒。收尽盈盈舞絮飘，点点轻鸥咒。　　晴浦晚风寒，青山玉骨瘦。回看亭亭雪映窗，淡淡烟垂岫。

【作者简介】

董以宁，字文友，号宛斋，江苏武进（今江苏常州）人。康熙初，与邹祗谟齐名。他精通音律，尤工填词，善极物态。著有《蓉渡词》。

【评解】

此词为回文，倒读为另一词调《巫山一段云》：“岫垂烟淡淡，窗映雪亭亭。看回瘦骨玉山青，寒风晚浦晴。　　咒鸥轻点点，飘絮舞盈盈。尽收酒中薄云阴，琼飞淡月明。”虽为文字游戏性质，但回环读来，不露生凑之迹，作者驾驭文字的才能，亦颇可观。

临　江　仙　　陈维崧

寒柳

自别西风憔悴甚，冻云流水平桥。并无黄叶伴飘飘。乱鸦三四点，愁坐话无憀[①]。　　云压西村茅舍重，怕他榾柮同烧[②]。好留蛮样到春宵[③]。三眠明岁事[④]，重斗小楼腰。

【作者简介】

陈维崧，字其年，号迦陵，江苏宜兴人。少负才名，而考试不中，曾南北漫游。康熙十八年(1679)，举博学鸿词科，授翰林院检讨。维崧学识渊博，诗文俱佳，词的成就更大。他用过的词调极多，填词一千六百余阕，词量之多，清代几乎无人超过。被前人称为阳羡派的领袖（宜兴，汉时称阳羡）。词宗苏辛。著有《陈迦陵诗文词集》《湖海楼词集》。

【注释】

① 无憀：无聊赖，精神无所依托之状。 ② 榾(gǔ)柮(duò)：柴疙瘩。③ 蛮样：白居易称其家妓小蛮腰细善舞，有“杨柳小蛮腰”句，故称柳条为“蛮样”。末句“腰”字，亦承此意。 ④ 三眠：喻柳条在春风中起伏之状，典出《三辅旧事》。

【评解】

此词咏寒柳而通篇不出一“柳”字，已觉难能；下阕“榾柮”与“蛮样”并列，化俗为雅，尤为可贵。

【集评】

蒋景祁《陈检讨词钞序》：读先生之词者，以为苏、辛可，以为周、秦可，以为温、韦可，以为《左》、《国》、《史》、《汉》、唐宋诸家之文亦可。盖既具什伯众人之才，而又笃志好古，取裁非一体，造就非一诣，豪情艳趋，触绪纷起，而要皆含咀酝酿而后出。以故履其阈，赏心洞目，接应不暇；探其奥，乃不觉晦明风雨之真移我情。噫，其至矣！

沁　园　春　　陈维崧

咏菜花

极目离离[1]，遍地濛濛，官桥野塘。正杏腮低亚，添他旖旎[2]；柳丝浅拂，益尔轻飏。绣袜才挑，罗裙可择，小摘情亲也不妨。风流甚，映粉红墙低，一片鹅黄[3]。
曾经舞榭歌场，却付与空园锁夕阳。纵非花非草，也来蝶闹；和烟和雨，惯引蜂忙。每到年时，此花娇处，观里夭桃已断肠。沉吟久，怕落红如海，流入春江。

【注释】

① 离离：繁茂貌。　② 旖旎：繁盛。轻盈柔顺。　③ “鹅黄”句：指菜花之娇嫩。

【评解】

此词咏菜花，并未明言“菜花”，却处处把菜花写得明丽鲜艳，娇娜多姿，贴切而又传神。上片描绘旖旎春光，大地美景。先写杏腮低亚，柳丝浅拂，作为衬托，再写菜花“映粉红墙低，一片鹅黄”。下片写其娇艳。“纵非花非草，也来蝶闹；和烟和雨，惯引蜂忙。”此花娇处，能使观里夭桃断肠。结句更渲染出春光无限。全词工丽别致，曲尽其妙，鲜艳明媚，含蓄蕴藉。

虞　美　人　　陈维崧

无聊

无聊笑捻花枝说，处处鹃啼血。好花须映好楼台，休傍秦关蜀栈战场开[①]。　倚楼极目添愁绪，更对东风语：好风休簸战旗红[②]，早送鲥鱼如雪过江东[③]。

【注释】

① 秦关蜀栈：指川陕战场。陕西古为秦地，多关隘，所以说秦关。蜀栈，蜀中的栈道，为蜀地古代在峭岩陡壁上凿孔、架木、铺板而成的空中通道。② 簸：这里指摇荡。　③ 鲥鱼：属于海产鱼类，春季到我国珠江、长江、钱塘江等河流中产卵。

【评解】

此词以幽默的笔调，反映作者反对战争、忧虑国事的心情，含蓄地表达了对统治阶级的不满。上片写作者无聊捻花，自言自语，抒发胸中的郁闷。下片通过与东风对话，隐约透露出对统治阶级的不满。全词把花与东风拟人化，颇具浪漫主义色彩，笔法新颖，同时也反映出作者孤独惆怅的心情。

好 事 近

陈维崧

夏日史蘧庵先生招饮,即用先生喜予自吴阊过访原韵[①]。

分手柳花天,雪向晴窗飘落[②]。转眼葵肌初绣,又红敧栏角[③]。　　别来世事一番新,只吾徒犹昨[④]。话到英雄失路,忽凉风索索[⑤]。

【注释】

① 吴阊:即苏州。 ② 雪:指柳絮。 ③ 葵肌初绣:谓初开的葵花,像绣成的花朵那样美。 红敧栏角:谓栏角花事正盛。敧(qī),倾斜。 ④ 吾徒:吾辈,指作者与史蘧庵辈。 犹昨:依然如故。 ⑤ 失路:犹言不得进身之路,以致穷愁潦倒。 索索:指风声。

【评解】

此词重在抒怀。上片写景。窗外柳絮飘落,转眼葵花新开,栏角花事正盛。下片抒发感慨。“只吾徒犹昨”,写出了怀才不遇者的无限感慨。结尾二句,尤为读者传诵之名句,含蕴不尽之意,留给读者寻味。全词情景交融,委婉含蓄。

桂 殿 秋

朱彝尊

思往事,渡江干,青蛾低映越山看[1]。共眠一舸听秋雨,小簟轻衾各自寒[2]。

【作者简介】

朱彝尊,字锡鬯,号竹垞,浙江秀水(今浙江嘉兴)人。康熙十八年(1679),以布衣应博学鸿词考试,授官翰林院检讨。他博学多才,诗、词、文并工,是浙西词派领袖。曾与陈维崧合刻一稿,名为《朱陈村词》,并称"朱陈"。他还纂辑唐宋金元词五百余家为《词综》,为词学研究和创作提供了重要资料。著有《曝书亭集》。

【注释】

① 青蛾:双关词,可状女子之眉,亦可喻远山。 ② 簟:竹席。

【评解】

此词为忆旧而作,故起句点明"思往事"。"青蛾""越山"相映,人中有物,物中有人,最为隽妙。共眠一舸而各据衾簟,事后追思,似有无限惋惜之情。这首小词委婉含蓄,饶有余韵。

霜天晓角　　朱彝尊

晚次东阿[①]

鞭影匆匆，又铜城驿东[②]。过雨碧罗天净，才八月，响初鸿。　　微风何寺钟？夕曛岚翠重。十里鱼山断处[③]，留一抹，枣林红。

【注释】

① 东阿：今属山东。　② 铜城驿：在东阿县北四十里。　③ 鱼山：又称鱼条山，在东阿县西八里。

【评解】

此词写途中马上耳目所接，天净、鸿鸣、钟响、夕曛，莫不匆匆一时过去，无意于渲染，而色彩缤纷。下片“夕曛”句以下，均写落日，缴足“晚次”题意。“留一抹，枣林红”，色彩绚丽，意境幽美。

高　阳　台　　朱彝尊

吴江叶元礼，少日过流虹桥，有女子在楼上，见而慕之，竟至病死。气方绝，适元礼复过其门，女之母以女临终之言告叶，叶入哭，女目始瞑。友人为作传，余记以词。

桥影流虹[1]，湖光映雪，翠帘不卷春深。一寸横波[2]，断肠人在楼阴。游丝不系羊车住[3]，倩何人、传语青禽[4]？最难禁，倚遍雕阑，梦遍罗衾[5]。　　重来已是朝云散，怅明珠佩冷，紫玉烟沉。前度桃花，依然开满江浔[6]。钟情怕到相思路，盼长堤、草尽红心。动愁吟，碧落黄泉，两处难寻。

【注释】

① 桥影流虹：即指流虹桥。　② 横波：形容眼神流动。　③ 羊车：古代一种制作精美的车，又称画轮车。　④ 传语青禽：指传递口信给爱情的仙鸟。青禽：即青鸟。　⑤ 罗衾：绫罗被子。　⑥ 江浔：江边。

【评解】

这首词艺术地再现了序中所述故事凄婉动人的意境，也表现了作者的同情。上片描述少女在楼上见到叶生之后的爱慕与相思。下片写少女因相思而死之后，叶生的悲悼、怅恨以及作者的无限同情。全词隽丽缱绻，凄婉动人。

【集评】

沈轶刘、富寿荪《清词菁华》：朱词以《高阳台》“桥影流虹”为代表，所谓春容大雅，万变不离其宗者，可以尽朱之能事矣。

谭献《箧中词》：遗山、松雪所不能为。

卖花声

朱彝尊

雨花台[①]

衰柳白门湾[②]，潮打城还[③]。小长干接大长干[④]。歌板酒旗零落尽，剩有渔竿。　　秋草六朝寒，花雨空坛。更无人处一凭阑。燕子斜阳来又去，如此江山。

【注释】

① 雨花台：在南京聚宝门外聚宝山上。相传梁云光法师在这里讲经，感天雨花，故称雨花台。 雨，降落。　② 白门：本建康（南京）台城的外门，后来用为建康的别称。　③ 城：这里指古石头城，在今南京清凉山一带。　④ 小长干、大长干：古代里巷名，故址在今南京城南。

【评解】

此词从南京的萧条景象，侧面反映清兵南侵对这座名城的破坏。江山依旧，人事已非，追怀往事，不胜感慨。上片描写南京的衰败零落。下片吊古伤今，抒发感怀，字字蕴含着兴亡之慨。全词哀婉抑郁，清丽自然。

【集评】

谭献《箧中词》：声可裂竹。

一 叶 落

朱彝尊

泪眼注[1]，临当去，此时欲住已难住。下楼复上楼，楼头风吹雨。风吹雨，草草离人语[2]。

【注释】

① 注：倾泻。 ② 草草：杂乱纷纭。

【评解】

这首小令，写夫妻相别情景。眷恋之情，化为热泪，倾注如雨。说不尽“草草离人语”，生动地勾出了临别时难分难舍之状。全词意境清雅，缠绵婉约，饶有韵味，颇有南唐北宋之风。

长亭怨慢　　朱彝尊

雁

结多少、悲秋俦侣[1]，特地年年，北风吹度。紫塞门孤[2]，金河月冷[3]，恨谁诉？回汀枉渚[4]，也只恋、江南住。随意落平沙，巧排作参差筝柱[5]。　别浦[6]，惯惊移莫定，应怯败荷疏雨。一绳云杪[7]，看字字、悬鍼垂露[8]。渐欹斜、无力低飘[9]，正目送、碧罗天暮。写不了相思，又蘸凉波飞去。

【注释】

① 俦侣：伴侣。　② 紫塞：指长城，此处泛指北方塞外。　③ 金河：指秋空。古代以阴阳五行解释季节演变，秋属金，所以称秋空为金河。　④ 汀：水边平地。　渚：水中小洲。　回，枉：弯曲的形状。　⑤ 筝柱：指筝上的弦柱，此处用以形容大雁飞行的队形。　⑥ 浦：水滨。　⑦ 一绳云杪(miǎo)：形容大雁排成一字形飞向天边。　杪，梢。　⑧ 鍼：同“针”。　⑨ 欹斜：倾斜不平。

【评解】

这首咏物词，借咏大雁南飞，抒发作者亡国与身世之感。上片写雁儿被迫从塞北飞往江南的情景。北风凛冽，金河月冷，云中结伴，巧排筝柱，飞往江南。下片寄托了作者的无限感慨。作者观察细致，体物入微。全词委婉含蓄，寄喻殊深。在咏物词中，确是佳品。

【集评】

陈廷焯《白雨斋词话》：感慨身世，以凄切之情，发哀婉之调，既悲凉，又忠厚，是竹垞直逼玉田之作，集中亦不多见。

忆 少 年

朱彝尊

飞花时节，垂杨巷陌，东风庭院。重帘尚如昔，但窥帘人远。　　叶底歌莺梁上燕，一声声伴人幽怨。相思了无益，悔当初相见。

【评解】

这首小词，宛转曲折地描写了春日怀人之情，作者把景与人融为一体。垂杨巷陌，东风庭院，又到飞花时节。重帘如昔，而窥帘人已远，勾起了绵绵情思。歌莺舞燕，更添幽怨。既然今日相思无益，悔当初不该相见。全词工丽和婉，情思缠绵。

潇　湘　神　　屈大均

零陵作

潇水流，湘水流①，三闾愁接二妃愁②。潇碧湘蓝虽两色，鸳鸯总作一天秋。

【作者简介】

屈大均，原名绍隆，字翁山，广东番禺人。与陈恭尹、梁佩兰并称“岭南三大家”。明亡时，年仅十五岁。清兵南侵，坚决抗清。失败后，削发为僧。其诗富有民族意识，著有《道援堂集》《九歌草堂集》。

【注释】

① 潇湘：潇水出自湖南宁远九嶷山，流至零陵，与由广西兴安流来的湘水会合，称潇湘。　② “三闾”句：三闾指三闾大夫屈原。二妃指传说中舜帝的二妃娥皇、女英。舜南巡死于苍梧，二妃哭死于江湘之间。屈原流放沅湘，其《九歌》咏及湘夫人，故云愁接愁。

【评解】

此词借咏潇湘抒发感怀。当是有所寄托。零陵为潇湘会流之地，两水乍合，颜色分明。词中以鸳鸯不辨水色，自亦不能发思古之幽情，烘出三闾、二妃史事，以抒感慨。

梦 江 南

屈大均

红茉莉，穿作一花梳[1]。金缕抽残蝴蝶茧[2]，钗头立尽凤凰雏[3]。肯忆故人姝[4]。

【注释】

① "穿作"句：穿茉莉花成串做头饰。 ② 蝴蝶茧：古代妇女的一种发式。 ③ "钗头"句：喻茉莉花串饰在钗头，状如小凤凰展翅。 ④ 姝：美好。

【评解】

词中写女子对镜精心梳妆打扮，为的是要让人记起她的艳美姣好。然细味词意，与唐人诗中"妆罢低声问夫婿，画眉深浅入时无"相仿，当有其寓意在。

【集评】

况周颐《蕙风词话》：哀感顽艳，亦复可泣可歌。

生 查 子

彭孙遹

旅夜

薄醉不成乡[1]，转觉春寒重。枕席有谁同？夜夜和愁共。　　梦好恰如真，事往翻如梦。起立悄无言，残月生西弄[②]。

【作者简介】

彭孙遹（yù），字骏孙，号羡门，浙江海盐人。顺治十六年(1659)进士。康熙十八年(1679)举博学鸿词第一，官至吏部右侍郎。著有《延露词》《金粟词话》等。

【注释】

① 乡：指醉乡。　② 西弄：西巷。

【评解】

彭孙遹词多写艳情，尤工小令，有"吹气如兰彭十郎"之美誉。此词自写欲求梦而先借酒力，但薄醉仍难入梦，一直写到梦中和梦醒。意境幽清，情致婉然。下片"梦好却如真，事往翻如梦"两句，从李商隐诗"回肠九回后，犹有剩回肠"翻出，而更具哲理，耐人寻味。

【集评】

谭献《箧中词》：唐调。

陈廷焯《白雨斋词话》：彭羡门词，意境较厚，但不甚沉着，仍是力量未足。

沈轶刘、富寿荪《清词菁华》：孙遹词品，侧艳蒙讥。然如所编数阕，亦殊有清致，无碍其为团云手。

浣 溪 沙　　王士禛

红桥[①]

北郭清溪一带流[②]，红桥风物眼中秋。绿杨城郭是扬州。　　西望雷塘何处是[③]？香魂零落使人愁。淡烟芳草旧迷楼[④]。

【作者简介】

王士禛，字贻上，号阮亭，别号渔洋山人，山东新城（今治山东桓台新城镇）人。顺治十五年（1658）进士，授扬州推官，迁至刑部尚书。他是清初诗坛领袖，以抒情写景的短篇见长，以余力填词，善写小令。著有《衍波词》。

【注释】

① 红桥：在江苏扬州，明末建成。桥上朱栏数丈，周围荷香柳色，为扬州一景。　② 一带：形容水状似带。　③ 雷塘：在扬州城外，隋炀帝葬处。　④ 迷楼：隋炀帝在扬州所筑宫室，千门万户，曲折幽邃，人入之迷不能出，因名之曰迷楼。

【评解】

作者任扬州推官时，曾与友人修禊红桥，经常泛舟载酒于桥下。此词除欣赏红桥美景外，还寄托怀古伤今之情。词中怀古之情寓于景物之中，情景交融，妙笔感人。

【集评】

唐允甲《衍波词序》：贻上束其鸿博淹雅之才，作为花间隽语，极哀艳之深情，穷倩盼之逸趣。

陈廷焯《白雨斋词话》：渔洋词含蓄有味。

蝶恋花

王士禛

和漱玉词

凉夜沉沉花漏冻[①]，攲枕无眠，渐听荒鸡动。此际闲愁郎不共，月移窗罅春寒重[②]。　忆共锦裯无半缝，郎似桐花，妾似桐花凤。往事迢迢徒入梦，银筝断绝连珠弄[③]。

【注释】

① 漏：古代计时器。　② 罅：缝隙。　③ 连珠弄：曲调名。河间杂弄有《连珠弄》。

【评解】

此词抒写闺中怀人之情。上片写别后相思，彻夜无眠况味。

凉夜沉沉，漏声断续，月移窗罅，料峭春寒，欹枕无眠，渐闻鸡声。此时情景，郎岂得知！下片从对往事的回忆写到眼前的感伤。忆共锦衾，亲密无间，而往事迢迢，徒入梦境，梦醒之后，益增相思与感喟。全词抒情委婉细腻，含蕴不尽。而“郎花妾凤”，历来为人们传诵，乃词人之绝唱。

浣 溪 沙

王士禛

红桥

白鸟朱荷引画桡[①]，垂杨影里见红桥。欲寻往事已魂销。　　遥指平山山外路[②]，断鸿无数水迢迢[③]。新愁分付广陵潮[④]。

【注释】

① 桡：船桨，此指船。　② 平山：指平山堂，扬州游览胜地。　③ 断鸿：失群的孤雁。　④ 广陵：即扬州。

【评解】

此词写舟中观看红桥景色，抒发怀古之幽思。上片写美景诱人。白鸟朱荷，碧波荡漾，画舫悠游，光艳照人。面对绿柳红桥，不禁思绪万千，回顾往事，怎不令人黯然销魂！下片借眼前景物，抒发感怀。放眼远望，平山山外路漫漫，江潮汹涌水迢迢。无数失群孤雁，空中徘徊。这凄凉景色，勾起了无数新愁，无法排遣，只好付于广陵潮水。通篇含蓄有神韵。

【集评】

朱孝臧《彊村语业·望江南》：消魂极，绝代阮亭诗。见说绿杨城郭畔，游人争唱冶春词。把笔尽凄迷。

菩　萨　蛮

顾贞观

山城夜半催金柝①，酒醒孤馆灯花落。窗白一声鸡，枕函闻马嘶②。　　门前乌柏树，霜月迷行处。遥忆独眠人，早寒惊梦频。

【作者简介】

顾贞观，字华峰，江苏无锡人。康熙五年(1666)中举人，为国史院典籍。善填词，为清代词坛大家，是纳兰性德的好友，词风亦相近。重白描，不喜雕琢、用典，以情取胜，真切感人。著有《弹指词》。

【注释】

① 金柝(tuò):古代军中巡夜所击之器,即刁斗,此指夜间更声。　② 枕函:即枕头。

【评解】

此词描写作者深夜羁旅孤馆,遥忆地下亡人的寂寞、凄凉况味。上片写羁旅山城,思念亲人,辗转不寐的情景。夜半金柝,孤馆灯花,窗外渐白,鸡鸣马嘶,写尽彻夜无眠况味。下片写孤馆凄凉,愁梦频惊,月色朦胧,树影惨淡,使人愈觉伤凄。这首小令,神韵甚佳,颇有情致。

步　蟾　宫　　顾贞观

闰六月七夕

玉纤暗数佳期近[①],已到也、忽生幽恨。恨无端、添叶与青梧[②],倒减却[③]、黄杨一寸。　天公定亦怜娇俊[④],念儿女,经年愁损。早收回、溽暑换清商[⑤],翻借作、兰秋重闰[⑥]。

【注释】

① 玉纤:指女子之手。 ② “添叶”句:梧桐秋日落叶,有“一叶知秋”之说。今遇闰六月,则使梧桐落叶延迟,故云添叶。 ③ “倒减却”句:据《本草纲目》载:“其(黄杨)性难长,俗说岁长一寸,遇闰则退。” ④ 娇俊:指青年男女姣好的容貌。 ⑤ 清商:天高气爽的秋季。 ⑥ “翻借作”句:谓闰六月已行秋令,可借作七月,使七月有重闰。

【评解】

七月初七,是牛郎、织女二星一年一度相会的日期。时值闰年,因而可以看作有两个七夕,词人便设想,这是天公出于对经年因分离而愁损的儿女的爱怜。构思既巧,词亦隽雅。

金　缕　曲　　顾贞观

寄吴汉槎宁古塔[①],以词代书。时丙辰冬[②],寓京师千佛寺,冰雪中作。

季子平安否[③]?便归来、平生万事,那堪回首!行路悠悠谁慰藉[④],母老家贫子幼。记不起、从前杯酒。魑魅搏人应见惯[⑤],总输他、覆雨翻云手[⑥]。冰与雪,周旋久。

泪痕莫滴牛衣透[7]。数天涯、依然骨肉，几家能彀[8]？比似红颜多命薄，更不如今还有。只绝塞、苦寒难受。廿载包胥承一诺[9]，盼乌头马角终相救[10]。置此札，君怀袖。

【注释】

① 吴汉槎(chá)：是吴兆骞的字。清顺治十四年(1657)，吴兆骞因江南科场案件牵连，谪戍宁古塔(今黑龙江宁安)。顾贞观与吴是好友，当时顾在纳兰性德家教书，写此词表示对朋友的同情与慰藉。纳兰性德见词泣下，遂求情于其父纳兰明珠(宰相)，吴兆骞遂被赦回。《金缕曲》共二首，选一首。 ② 丙辰：这里指康熙十五年(1676)。 ③ 季子：春秋时，吴王寿梦之子季札，有贤名，因封于延陵，遂号称“延陵季子”，后来常用“季子”称呼姓吴的人。 ④ 行路：这里指与己无关的路人。 ⑤ 魑魅：鬼怪。 ⑥ 覆雨翻云手：形容反复无常。 ⑦ 牛衣：这里指粗劣的衣服。 ⑧ 彀：同“够”。 ⑨ 廿载：自吴兆骞坐江南科场案至此，整整二十年。 包胥承一诺：春秋时，伍子胥避害自楚逃吴，对申包胥说：“我必覆楚。”申包胥答：“我必存之。”后伍子胥引吴兵陷楚都郢，申包胥入秦求兵，终复楚国(参看《史记》)。 ⑩ 乌头马角：战国末，燕太子丹为质于秦，求归。秦王说：“乌头白，马生角，乃许耳！”太子丹仰天长叹，乌头变白，马亦生角(参看《史记》)。

【评解】

这首词表达了作者对朋友远谪的深切关怀、同情和慰藉。上片写对友人的问候、同情。“季子平安否”，不是一般寒暄，而是对谪戍远方至友的深切关怀。“冰与雪”，暗喻自己与吴兆骞，都是在清朝严酷的统治下辗转反侧。下片劝慰好友并写自己全力相救的赤诚之心。“置此札，君怀袖”，劝友人以此信为安慰，放宽心，解忧愁。全词表现了朋友之间的真挚情感。在那黑暗的社会里，这种友谊，更觉难能可贵。在艺术手法上，通篇如话家常，宛转反复，心迹如见，一字一句，真挚感人。

【集评】

谭献《箧中词》：使人增朋友之重，可以兴矣！

陈廷焯《白雨斋词话》：纯以性情结撰而成，悲之深，慰之至，丁宁告戒，无一字不从肺腑流出，可以泣鬼神矣！

误　佳　期

汪懋麟

闺怨

寒气暗侵帘幕，孤负芳春小约[①]。庭梅开遍不归来，直恁心情恶[②]。　　独抱影儿眠，背看灯花落[③]。待他重与画眉时[④]，细数郎轻薄[⑤]。

【作者简介】

汪懋麟，字季角，号蛟门，江苏江都（今江苏扬州）人。康熙六年

(1667)进士,官至刑部主事。入史馆,充纂修官。著有《锦瑟词》三卷。

【注释】

① 孤负:一作“辜负”,对不住良辰美景或他人的好意。 ② 恁:那么。 ③ 背看灯花:不看灯花。相传油灯芯将烬,结成花朵形,是有喜事来临的吉兆。但闺中人屡见灯花,并不见心上人回来,因而不再看它。 ④ 画眉:汉代京兆尹张敞为妇画眉故事。 ⑤ 细数:列举诸事责怪他。

【评解】

此词上片伤久别。寒气暗侵,徒负芳春,庭梅开遍,恨久别不归,此心情之所由恶也。下片怨独居。抱影独眠,灯花空结,现况实感无聊。而画眉有待,来日必将细数其轻薄无情。一片痴情,百般刻画,谱入弦管,凄怨动人。

长 相 思

纳兰性德

山一程,水一程,身向榆关那畔行[①]。夜深千帐灯。

风一更,雪一更,聒碎乡心梦不成[②]。故园无此声。

【作者简介】

纳兰性德,字容若,满族人,太傅明珠长子。聪敏好学,二十一岁中进士,官至一等侍卫。与当时才子顾贞观、秦松龄、陈维崧等结为挚友。他在清初词坛上,起了联络海内词客的重要作用。三十一岁病逝。其词风格接近李煜,有"清朝李后主"之称。所写词清丽婉约,格高韵远,颇具特色。著有《通志堂集》《饮水集》。

【注释】

① 榆关:山海关。　那畔:那边,此处指关外。　② 聒:喧扰,嘈杂。

【评解】

此词当写于作者从京城(北京)赴关外盛京(沈阳)途中,描写羁旅荒凉的塞外、思念故乡的孤寂情怀。上片写长途跋涉的情景。"山一程,水一程",写出了长途跋山涉水之苦,更衬出对家园的留恋。下片写旅中风雪,更添乡愁。通篇低徊宛转,抑郁蕴藉,而语言平易,流丽自然。

【集评】

顾贞观《通志堂词序》:容若天资超逸,翛然尘外,所为乐府小令,婉丽凄清,使读者哀乐不知所主,如听中宵梵呗,先凄婉而后喜悦。

冯金伯《词苑萃编》引顾贞观语:容若词一种凄惋处,令人不能卒读。

谭献《箧中词》引周之琦语:格高韵远,极缠绵婉约之致。

王国维《人间词话》:纳兰容若以自然之眼观物,以自然之舌言情。……故能真切如此,北宋以来,一人而已!

河传　纳兰性德

春浅，红怨，掩双环[1]。微雨花间，昼闲。无言暗将红泪弹。阑珊[2]，香销轻梦还。　斜倚画屏思往事，皆不是，空作相思字。记当时，垂柳丝，花枝，满庭蝴蝶儿。

【注释】

① 双环：门上双环，此代指门。　② 阑珊：稀疏零落。

【评解】

此词写微雨湿花时节，闺中女子的一段难以诉说的柔情。微雨花间，门掩双环，香消梦还，弹泪无言。下片前三句叹往事皆非，空作相思。后四句言当时与所爱者相会之情景，又浮现在眼前。全词以形象出之，极缠绵婉约之致。

蝶恋花　纳兰性德

辛苦最怜天上月，一昔如环[1]，昔昔长如玦。若似月轮终皎洁，不辞冰雪为卿热。　无那尘缘容易绝[2]，燕子依然，软踏帘钩说。唱罢秋坟愁未歇[3]，春丛认取双栖蝶[4]。

【注释】

① 昔:同“夕”。 ② 无那:无奈。 ③ 唱罢秋坟:用李贺《秋来》“秋坟鬼唱鲍家诗,恨血千年土中碧”句意。 ④ “春丛”句:化用梁山伯、祝英台死后化蝶的故事。

【评解】

这是一首悼亡词。作者在《沁园春》一词的小序中曾写道:“丁巳重阳前三日,梦亡妇澹妆素服,执手哽咽,语多不复能记,但临别有云:‘衔恨愿为天上月,年年犹得向郎圆。’”此词即先从“天上月”写起。“一昔如环,昔昔长如玦”,包蕴了无限的哀伤与怀念,表达了对亡妻的真挚爱恋。下片以燕子的欢悦呢喃,反衬自己的忧愁悲哀,并化用“双栖蝶”的典故,表达了他与亡妻的爱情生死不渝。

这首词把作者内心对爱妻的悲悼之情尽情表露,不做作,无雕饰,缠绵凄切,感人至深。

如　梦　令

纳兰性德

正是辘轳金井,满砌落花红冷[①]。蓦地一相逢[②],心事眼波难定。谁省?谁省?从此簟纹灯影[③]。

【注释】

① 砌:台阶。 ② 蓦地:忽然。 ③ 簟:竹席。

【评解】

此词写青年男女一见钟情的情景。初见的地点,是在围着栏杆的金井边,那正是落花满阶的暮春时节。他们突然相见了,从此以后,意惹情牵,再也不能忘怀。“从此簟纹灯影”,留下了无限相思。簟波席纹之中,灯光烛影之下,她的身影宛然在目,萦绕心头。全词感情真挚,取意新颖,生动地表现了初恋时的心情,体现出纳兰词风的特色。

【集评】

况周颐《蕙风词话》:(性德词)纯任性灵,纤尘不染。

徐乾学《纳兰性德墓志铭》:清新秀隽,自然超逸。

沈轶刘、富寿荪《清词菁华》:(性德)小令为有清一代冠冕,奇情壮采,一往无前。

临 江 仙　　纳兰性德

寒柳

飞絮飞花何处是?层冰积雪摧残,疏疏一树五更寒。

爱他明月好，憔悴也相关[1]。　　最是繁丝摇落后，转教人忆春山[2]。湔裙梦断续应难[3]。西风多少恨，吹不散眉弯。

【注释】

① 关：这里是关切、关怀之意。　② 最是：特别是。繁丝：指柳丝的繁茂。这两句里柳丝和春山，都暗喻女子的眉毛。　③ 湔裙梦断：意思是涉水相会的梦断了。湔裙：溅湿了衣裙。李商隐在《柳枝词序》中说：一男子偶遇柳枝姑娘，柳枝表示三天后将涉水溅裙来会。此词咏柳，故用此典故。

【评解】

此词既咏经受冰雪摧残的寒柳，也咏一位遭到不幸的人。通篇句句写柳，又句句写人，物与人融为一体，委婉含蓄，意境幽远。确是一首成功之作。

【集评】

陈廷焯《白雨斋词话》：余最爱其《临江仙》云："疏疏一树五更寒。爱他明月好，憔悴也相关。"言之有物，几令人感激涕零。容若词亦以此篇为压卷。

相　见　欢　　纳兰性德

落花如梦凄迷，麝烟微[1]。又是夕阳潜下小楼西。

愁无限，消瘦尽，有谁知？闲教玉笼鹦鹉念郎诗。

【注释】

① 麝烟：麝香。

【评解】

此词仅描写闺中人教鹦鹉念诗的细节，便把思妇的心情和盘托出。她镇日思念心上人，而又不能离开深闺，闲得无聊，只好调弄鹦鹉，教其念诗；而所念的，正是他的诗。“闲教玉笼鹦鹉念郎诗”，既是消遣，又是怀念，感情细腻婉曲，含蕴无限情韵。风格绮丽，凄婉缠绵。

沁 园 春

纳兰性德

丁巳重阳前三日[①]，梦亡妇澹妆素服，执手哽咽，语多不复能记。但临别有云：“衔恨愿为天上月，年年犹得向郎圆。”妇素未工诗，不知何以得此也。觉后感赋。

瞬息浮生，薄命如斯，低徊怎忘？记绣榻闲时，并吹红雨[②]，雕阑曲处，同倚斜阳。梦好难留，诗残莫续，赢得更深哭一场。遗容在，只灵飙一转[③]，未许端详。

重寻碧落茫茫[4]，料短发，朝来定有霜。便人间天上，尘缘未断，春花秋月，触绪还伤。欲结绸缪[5]，翻惊摇落[6]，两处鸳鸯各自凉！真无奈，把声声檐雨，谱出回肠[7]。

【注释】

① 丁巳:即康熙十六年,公元1677年,时纳兰性德二十三岁。 ② 红雨:这里指落花。 ③ 灵飙:神风。 ④ 碧落:天界。《度人经》注:“东方第一天,有碧霞遍满,是云碧落。” ⑤ 绸缪:缠绵的情缘。 ⑥ 摇落:原指木叶凋落,这里是亡逝之意。 ⑦ “把声声檐雨”两句:意思是让檐前滴滴淅淅的雨声,谱写出我内心的痛苦。 回肠,弯曲的肠子。过去多以肠子的屈曲纡回比喻愁怀萦绕。

【评解】

此词感情真挚，哀婉缠绵，悱恻动人。诗人怀念亡妻，心情极为悲伤。他叹息爱妻早亡，回忆过去夫妻的恩爱生活，叙述丧妻后自己的痛苦。对着妻子的遗像，似乎觉得灵风飘动，思绪悠悠，想到天上寻找，又想到“料短发，朝来定有霜”。即使在人间天上，两情如一，但眼前人亡物在，触景伤情。“真无奈，把声声檐雨，谱出回肠”，抒写了诗人的无限伤凄，为全词更添情韵。

【集评】

黄天骥《纳兰性德和他的词》：表现其“自然之情”，是纳兰性德创作的立足点。正因如此，尽管他有时文心周折婉曲，立意新颖精巧，但人们依然感受到他感情的真朴，依然能够透过绮丽的衣装，看到诗人跳动着的“赤子之心”。

阮　郎　归　　佟世南

杏花疏雨洒香堤，高楼帘幕垂。远山映水夕阳低，春愁压翠眉①。　　芳草句，碧云辞，低徊闲自思。流莺枝上不曾啼，知君肠断时。

【作者简介】

佟世南，字梅岑，清满洲（辽东）人。善填词，长于小令，修辞婉丽，意境幽美，曲折含蓄，词风与纳兰性德相近。著有《东白堂词》。

【注释】

① 翠眉：即翠黛。古代女子用螺黛（一种青黑色矿物颜料）画眉，故称眉为“翠黛”。

【评解】

此词描写暮春季节，深闺思远的心情。上片以景衬情。杏花飘落，如疏雨洒在湖边的长堤上，散发着芳香。“高楼帘幕垂”，明写景物，暗写人物的思想、神态和感情。下片以联想古诗词的意境，写思妇的春愁。全词含蓄蕴藉，清新婉约。

南乡子

龚翔麟

集调名

拨棹蓦山溪，月上瓜州杨柳枝。金盏玉人歌解佩，一片子，绿盖舞风轻簇水。

【作者简介】

龚翔麟，字天石，号蘅圃，浙江仁和（今杭州市）人。康熙二十年（1681）副贡。官监察御史。著有《红藕庄词》。

【评解】

此词集合《拨棹》《蓦山溪》《月上瓜州》《杨柳枝》《金盏》《玉人歌》《解佩》《一片子》《绿盖舞风轻》《簇水》十个词牌名而成。妙在作者不另加辞语，而文理顺遂，且亦颇具月夜拨棹、听歌临风的意趣。此体在词作中别具一格，与回文、药名、嵌字、离合等体一样，也是颇见巧思的文字游戏，具有一定的艺术性。

菩 萨 蛮

龚翔麟

题画

赤泥亭子沙头小，青青丝柳轻阴罩。亭下响流澌[1]，衣波双鹭鹚[2]。　　田田初出水，菡萏念娇蕊[3]。添个浣衣人，红潮较浅深。

【注释】

① 澌：解冻时流动的水。“澌”通“嘶”。　流澌：流水声。　② 鹭鹚：水鸟。　③ 菡萏：荷花。

【评解】

这首题画词写得生动逼真。上片写画中美景。青青柳丝，赤泥小亭，亭下流水，鹭鹚对浴。下片写荷花与人交相辉映。把物与人融为一体，为全画增添无限情韵。全词意境幽美，工丽新巧。

眼 儿 媚

厉 鹗

一寸横波惹春留[1]，何止最宜秋。妆残粉薄，矜严消尽，只有温柔。　　当时底事匆匆去[2]？悔不载扁舟[3]。分明记得，吹花小径[4]，听雨高楼。

【作者简介】

厉鹗，字太鸿，号樊榭，浙江钱塘（今杭州市）人。康熙庚子（1720）中举，乾隆元年（1736）荐举博学鸿词，不售，遂不复出。爱山水，尤工诗余，擅南宋诸家之胜。著有《秋林琴雅》四卷、《樊榭山房词》二卷、续词一卷、集外词一卷。

【注释】

① 横波：喻目光。　② 底事：何故。　③ 载扁舟：犹言同行。　④ 吹花：犹言迎风，语出《诗·郑风·箨兮》："风其吹女。"与下句"听雨"对仗。

【评解】

此词通过往事的回忆，抒写怀人之情。小径迎风，高楼听雨，此情最堪回味。但佳人已去，追想当日温柔，徒增怅惘。"矜严消尽"一句，画出了这位"佳人"并非一味温柔，颇能传神地点出该女子的性格。全词工丽和婉，语俊境美。

谒 金 门

厉 鹗

七月既望，湖上雨后作

凭画槛，雨洗秋浓人淡。隔水残霞明冉冉[①]，小山三四点。　　艇子几时同泛？待折荷花临鉴[②]。日日绿盘疏粉艳[③]，西风无处减。

【注释】

① 冉冉：袅袅升动貌。　② 临鉴：对镜。　③ 绿盘：喻荷叶。

【评解】

厉鹗词以典丽见长，此词"秋浓人淡"、"绿盘疏粉艳"两句，尤为颖异尖新。上片是人看景，清远空灵之极；下片是景中人，遐想绮旎。全词清雅婉丽，意境幽美，风味在清真、白石之间。

【集评】

陈廷焯《白雨斋词话》：中有怨情，意味便厚，否则无病呻吟，亦可不必。

梁令娴《艺蘅馆词选》引徐紫珊云：樊榭词生香异色，无半点烟火气，如入空山，如闻流泉，真沐浴于白石、梅溪而出之者。

齐 天 乐　　　　厉 鹗

秋声馆赋秋声

簟凄灯暗眠还起，清商几处催发[①]。碎竹虚廊，枯莲浅渚，不辨声来何叶。桐飙又接[②]。尽吹入潘郎[③]，一簪愁发。已是难听，中宵无用怨离别。　　阴虫还更切切。玉窗挑锦倦，惊响檐铁[④]。漏断高城，钟疏野寺，遥送凉潮呜咽。微吟渐怯。讶篱豆花间，雨筛时节。独自开门，满庭都是月。

【注释】

① 清商:原为古五音之一,此处指秋风。　② 飙:泛指风。　③ 潘郎:指晋潘岳。　④ 檐铁:檐马,亦谓之风铃、风马儿,悬于檐下,风起则铮鏦有声。

【评解】

此词着意描写秋声。上片写入夜风声,"几处催发",使人难于入睡。下片写檐铁惊响,野寺钟疏,虫声切切,凉潮呜咽。独自开门,唯见满庭月光。结句极富诗情画意。全词从所闻到所见和所思,生动逼真而又细致入微,使人如临其境。

【集评】

梁令娴《艺蘅馆词选》引陈玉几曰:樊榭词清真雅正,超然神解。如金石之有声，而玉之声清越；如草木之有花，而兰之花芬芳。

陈廷焯《白雨斋词话》：樊榭词拔帜于陈、朱之外，窈曲幽深，自是高境。……樊榭措词最雅，学者循是以求深厚，则去姜、史不远矣。

相 见 欢

周稚廉

小鬟衫着轻罗，发如螺①。睡起钗偏髻倒唤娘梳。
心上事，春前景，闷中过。打叠闲情别绪教鹦哥②。

【作者简介】

周稚廉，字冰持，华亭（今上海松江）人。康熙时诸生。有《容居堂词》一卷。

【注释】

① 螺：螺髻，古代女子的发式。 ② 打叠：收拾，安排。

【评解】

此词着意描写人物情态。小鬟睡起，钗偏髻倒，娇憨之态可掬，神情逼真，如在眼前。全词委婉含蓄而又新巧自然。

【集评】

沈轶刘、富寿荪《清词菁华》：稚廉于词坛小有名而毁多誉少。

《相见欢》一阕，状双髻憨态可掬，在有意无意间，传神恰到好处，不可谓非妙手。

相见欢　顾彩

秋风吹到江村，正黄昏。寂寞梧桐夜雨不开门。

一叶落，数声角，断羁魂。明日试看衣袂有啼痕①。

【作者简介】

顾彩，字天石，一字湘槎，号补斋，别号梦鹤居士，江苏无锡人。生活于康乾时期，著有《鹤边词》一卷。

【注释】

① 袂：衣袖。

【评解】

这首小词抒写秋夜相思。梧桐夜雨，秋风落叶，数声画角，欲断羁魂。结句“明日试看衣袂有啼痕”，宛转含蓄地透露了相思之情。全词缠绵婉曲，清雅自然。

【集评】

沈轶刘、富寿荪《清词菁华》：彩词轻俊中时有妙解。

满 江 红

郑 燮

思家[1]

我梦扬州，便想到扬州梦我。第一是隋堤绿柳，不堪烟锁。潮打三更瓜步月[2]，雨荒十里红桥火[3]。更红鲜冷淡不成圆，樱桃颗。　　何日向，江村躲；何日上，江楼卧。有诗人某某，酒人个个。花径不无新点缀，沙鸥颇有闲功课。将白头供作折腰人，将毋左[4]。

【作者简介】

郑燮，字克柔，号板桥，江苏兴化人。乾隆元年（1736）进士，官山东潍县知县。因得罪上司，他就"扯碎状元袍，脱却乌纱帽"（《道情十首》），重回扬州卖画。他是著名画家，"扬州八怪"之一。诗、词、书法均佳。词作有《板桥词钞》一卷。

【注释】

① 思家：这里指扬州。　② 瓜步：瓜步山，在六合东南，南临大江。③ 红桥：在扬州城西北二里，是扬州游览胜地。　④ "将白"二句：是说以白发苍苍的自已，做一个没有出息的人，这将不是不合适的计划吧。　折腰人：此处是作者自谦，也是愤激之反语。　左：左计，不适当的策划。

【评解】

此词抒写了对扬州的怀念，也透露了对仕宦生活的厌倦。上片着意描写扬州风景名胜，令人神往。下片抒写对重返扬州的生活展望。全词平易浅近而内涵丰富，感情真挚，颇具特色。

唐多令 曹雪芹

柳絮

粉堕百花洲[1]，香残燕子楼[2]。一团团、逐队成球。飘泊亦如人命薄，空缱绻[3]，说风流[4]。　　草木也知愁，韶华竟白头。叹今生、谁舍谁收！嫁与东风春不管[5]，凭尔去，忍淹留！

【作者简介】

曹雪芹，名霑，字梦阮，号雪芹、芹圃、芹溪，是我国伟大的现实主义作家，《红楼梦》的作者，兼善诗、词、戏曲。在《红楼梦》中，他常常通过诗词塑造人物形象，突出人物性格，具有极高的艺术性。

【注释】

① 粉堕：形容柳絮飘落。　百花洲：指百花盛开处。　② 燕子楼：相传是唐代女子关盼盼所居之处。这是泛指女子所居的“绣楼”。　③ 缱绻：情意深挚，难舍难分。　④ 说风流：意即空有风流之名。　⑤ “嫁与东风”句：柳絮被

东风吹落，春天不管。自喻无家可依，青春将逝而无人同情。

【评解】

曹雪芹巧妙地通过林黛玉对柳絮的吟咏，抒写对未来悲剧的预感：自己的命运也将要像柳絮那样飘泊不定，不知是“谁舍谁收”。“嫁与东风春不管，凭尔去，忍淹留！”倾诉了无依无靠、无力掌握自己命运的悲哀。全词以拟人化手法，抒写内心的孤独与悲伤，凄楚哀婉，感人至深。

南　乡　子　　　　高　鹗

戊申秋隽，喜晤故人

甘露洒瑶池[①]，洗出新妆换旧姿。今日方教花并蒂，迟迟[②]，终是莲台大士慈[③]。　　明月照相思，也得姮娥念我痴。同到花前携手拜，孜孜[④]，谢了杨枝谢桂枝[⑤]。

【作者简介】

高鹗，字兰墅，别号红楼外史，祖籍辽宁铁岭，清兵入关后，流寓北京。汉军镶黄旗内务府人。乾隆五十三年(1788)中举后，又终于金榜题名，中了进士。喜填词，词风颇近五代花间。著有《高兰墅集》《砚香词》。他曾与程伟元补订《红楼梦》后四十回。

【注释】

① 甘露:古人认为国君德至大,和气盛,则甘露降。 瑶池:古代传说中西王母所居宫阙中的地方,这里似指宫廷。 ② 迟迟:久远。 ③ 莲台:佛教用语,莲华之台座。 大士:菩萨之通称。 ④ 孜孜:殷勤恭谨貌。 ⑤ 杨枝:佛徒净齿之具。 桂枝:唐以来传说月中有桂,登科为月中折桂枝。本句语意双关:因佛门助他与故人畹君相会,故谢杨枝;又庆幸中举,故谢桂枝。

【评解】

此词写乾隆五十三年秋,高鹗中顺天乡举时与恋人畹君久别相会的情景。作者科举得意之时,又与所恋之人久别重逢,天从人愿,字里行间透露出由衷的欣喜之情。全词写得情真意挚,缱绻缠绵,雅丽和婉。

苏幕遮　　高鹗

送春

日烘晴,风弄晓,芍药荼蘼[1],是处撄怀抱[2]。倦枕深杯消不了,人惜残春,我道春归好。　　絮从抛,莺任老，拼作无情[3]，不为多情恼。日影渐斜人悄悄，凭暖栏杆，目断游丝袅。

【注释】

① 荼蘼：名花。 ② 撄：触动。 ③ “拼作无情”句：当是反用苏轼《蝶恋花》的“笑渐不闻声渐悄，多情却被无情恼”。

【评解】

此词抒写了作者对春归的看法。眼前春光明媚，春花撩人，而“人惜残春，我道春归好”，一任絮飞莺老，“拼作无情，不为多情恼”。全词写得新颖别致，艳丽多姿而又不落俗套。

青 玉 案

高 鹗

丝丝香篆浓于雾[1]，织就绿阴红雨。乳燕飞来傍莲幕[2]，杨花欲雪，梨云如梦，又是清明暮。 屏山遮断相思路，子规啼到无声处。鳞瞑羽迷谁与诉[3]？好段东风，好轮明月，尽教封侯误。

【注释】

① 香篆：香上刻有记时间的篆文。此处言燃着后的香篆，散出比雾还浓

的烟。 ② 莲幕:亦作“莲花幕”。唐韩偓《寄湖南从事》诗:“莲花幕下风流客,试与温存谴逐情。” ③ 鳞瞑羽迷:这句的意思是鱼雁瞑迷,不能为我传书,思念之情向谁诉说呢?

【评解】

此词抒写闺中怀人之情。上片写景。香篆雾浓,“织就绿阴红雨”。燕傍莲幕,杨花似雪,梨云如梦,清明即将过去。下片写春闺怀人。鱼雁鲜通,此情谁诉?辜负了春风明月、大好时光,于是“悔教夫婿觅封侯”的思想感情,便自然地流露出来。全词委婉缠绵,秾艳多姿。

玉 楼 春

吴翌凤

空园数日无芳信,恻恻残寒犹未定。柳边丝雨燕归迟,花外小楼帘影静。 凭栏渐觉春光暝[1],怅望碧天帆去尽。满堤芳草不成归[2],斜日画桥烟水冷。

【作者简介】

吴翌凤,字伊仲,号枚庵,江苏吴县(今江苏苏州)人。嘉庆时之诸生,客游楚南,垂老始归。所撰《吴梅村诗集笺注》,能正旧注之失,盛行于世。著有《与稽斋丛稿》《曼香词》等。

【注释】

① 暝:幽晦,昏暗。　② 隄:同“堤”。

【评解】

此词上片写景,下片写人,景与人融为一体。春寒料峭,双燕归迟,柳边丝雨,花外小楼,帘影人静。凭栏怅望,征帆去尽,只见芳草满堤,画桥水冷。全词工巧和婉,清新雅丽,语言美,意境亦美。

【集评】

谭献《箧中词》:俊绝。

沈轶刘、富寿荪《清词菁华》:翌凤词时出奇意,自然流丽。

临　江　仙

吴翌凤

客睡厌听深夜雨,潇潇彻夜偏闻。晨红太早鸟喧群。雾痕才着树,山意未离云。　　梅粉堆阶慵不扫[1],等闲过却初春。谢桥新涨碧粼粼。茜衫毡笠子[2],已有听泉人。

【注释】

① 慵:懒。　② 茜衫:红衫。

【评解】

此词上片写雨后春景。夜雨初晴，群鸟声喧，霁痕着树，山未离云。下片写雨后听泉。已过初春，落梅满阶，谢桥新涨，碧波粼粼，茜衫毡笠，听泉有人。全词幽雅清新，流丽自然，表现了作者超然的风度与韵致。

【集评】

沈轶刘、富寿荪《清词菁华》:《临江仙》“客睡厌听深夜雨”一阕，丰神高朗，超绝时流，其结句风格，直入北宋矣。

长　相　思　　　　吴锡麒

以书寄西泠诸友[①]，即题其后

说相思，问相思，枫落吴江雁去迟[②]。天寒二九时。

怨谁知？梦谁知？可有梅花寄一枝？雪来翠羽飞[③]。

【作者简介】

吴锡麒，字圣徵，号穀人，钱塘(今浙江杭州)人。乾隆四十年(1775)中进士，官至国子监祭酒。著有《有正味斋词》。

【注释】

① 西泠:西泠桥,在杭州西湖。　② 吴江:地名,在江苏南部,今为苏州市吴江区。亦为吴淞江的别称。　③ 翠羽:翡翠鸟。

【评解】

这是一首题赠词。上片就枫落吴江,感物思人,点出天寒和相思。相传雁能传书,故写实景而意含双关。下片倾诉思念的深情,切盼友人讯息。末句当是想象中的西泠雪景,与"枫落吴江"回映,倍增两地相思之苦。全词情真意切,宛转有致。

临　江　仙　　　　吴锡麒

夜泊瓜洲

月黑星移灯屡闪,依稀打过初更[1]。清游如此太多情。豆花凉帖地,知雨咽虫声。　　渐逼疏蓬风淅淅[2],几家茅屋都扃[3]。茨菇荷叶认零星。不知潮欲落,渔梦悄然生。

【注释】

① 依稀:仿佛。 ② 淅淅:微风声。 ③ 扃:关闭。

【评解】

此词首两句点明时刻,以下写景,呈现出一片朦胧夜色。荒村人静,遂觉茨菇荷叶,凡舟中所能辨识者莫不饶有诗趣。“渔梦”语双关,可解作静极欲眠,亦可释为隐遁之想。“凉帖地”之“凉”字,“咽虫声”之“咽”字,均可见作者体物炼字之工。

【集评】

沈轶刘、富寿荪《清词菁华》:锡麒骈文与诗,均乏空灵高致,惟词却能萧疏流利,如秋雨梧桐。

少 年 游　　吴锡麒

江南三月听莺天,买酒莫论钱。晚笋余花,绿阴青子,春老夕阳前。　　欲寻旧梦前溪去,过了柳三眠。桑径人稀,吴蚕才动[1],寒倚一梯烟。

【注释】

① 吴蚕:吴地盛养蚕,因称良蚕为吴蚕。

【评解】

江南三月，红瘦绿肥，莺啼蝶飞，春光老去。欲寻旧梦，再到前溪，柳过三眠，桑径人稀。结句“寒倚一梯烟”，极有情致，耐人寻味。全词风流秀逸，流丽自然。

菩 萨 蛮

吴锡麒

春波软荡红桥水，多时不放莺儿起。一样夕阳天，留寒待禁烟[1]。　已是人消瘦，只此情依旧。可奈别离何，明朝杨柳多。

【注释】

① 禁烟：寒食节。古代逢此节日，禁止烟爨。亦称禁火。

【评解】

此词写春怨。上片写景。春波软荡，碧水红桥。下片写人因别离而消瘦，情思缠绵，温柔含蓄。全词轻柔俊雅，别样风流。

浪 淘 沙　　左 辅

曹溪驿折桃花一枝[①]，数日零落，裹花片投之涪江，歌此送之。

水软橹声柔，草绿芳洲。碧桃几树隐红楼。者是春山魂一片[②]，招入孤舟。　乡梦不曾休，惹甚闲愁？忠州过了又涪州[③]。掷与巴江流到海[④]，切莫回头。

【作者简介】

左辅，字仲甫，一字蘅友，号杏庄，江苏阳湖（今江苏常州）人。乾隆五十八年（1793）进士。曾在安徽任知县。官至湖南巡抚。著作有《念宛斋词》一卷及《念宛斋诗、古文、书牍》等。

【注释】

① 曹溪驿：与下文忠州、涪州均在今重庆市。　② 者是：这是。　春山魂：指桃花。　③ 忠州：今重庆市忠县。　涪州：今重庆市涪陵区。　④ 巴江：指长江川东一段。

【评解】

此词写乡思之情。词人羁旅巴山蜀水之间，故以桃花一枝掷入巴江，希望它带着自己的悠悠乡梦流向大海。全词写得宛转含蓄，或当另有寓意。

【集评】

谭献《箧中词》：所感甚大。

虞美人影　　侯文曜

松峦峰[1]

有时云与高峰匹，不放松峦历历[2]。望里依岩附壁，一样黏天碧。　　有时峰与晴云敌，不许露珠轻滴。别是娇酣颜色，浓淡随伊力。

【作者简介】

侯文曜，字夏若，江苏无锡人。著有《鹤闲词》《巫山十二峰词》各一卷。

【注释】

① 松峦峰：山名，浙江遂昌、河北平泉、辽宁锦州等地均有之，此处可能指浙江。　② 历历：清楚貌。

【评解】

此词咏山岚云雾变幻奇观。上片以云为主，下片以山为主。各以“有时”二字作领，叙次井然，奕奕有神。全词以拟人手法，写得清新别致，和婉多姿。

点绛唇　　凌廷堪

春眺

青粉墙西，紫骝嘶过垂杨道[1]。画楼春早，一树桃花笑。　　前梦迷离[2]，人远波声小。年时到，越溪云杳，风雨连天草。

【作者简介】

凌廷堪，字次仲，安徽歙县人。乾隆五十八年(1793)进士，官宁国府教授。著有《梅边吹笛谱》二卷。

【注释】

① 紫骝：良马名。　② 迷离：模糊。

【评解】

此词抒写春日感怀。上片写眼前景色。垂杨道上，紫骝嘶过；画楼春早，一树桃花。下片抒怀人之情。前梦迷离，征帆远去，波声渐小，芳草连天，越溪云杳。全词曲折含蓄，和婉工丽。

【集评】

沈轶刘、富寿荪《清词菁华》：廷堪精研音律，填词持律独细，惟郑文焯差堪同语。《点绛唇》气韵高妙，卓然双绝。

相　见　欢

张惠言

年年负却花期[①]！过春时，只合安排愁绪送春归[②]。

梅花雪，梨花月，总相思。自是春来不觉去偏知。

【作者简介】

张惠言，原名一鸣，字皋文，江苏武进人。嘉庆四年(1799)进士，官翰林院编修。著有《茗柯文集》及《茗柯词》。为常州词派之开山。

【注释】

① 负却：犹辜负。　② 只合：只得，只当。

【评解】

此词写春过惜春。作者以惋惜的心情埋怨自己年年错过花期，看似信手拈来，却是耐人寻味。“春来不觉去偏知”一句，更揭示了人之常情，即诸事往往在时过境迁之后，才倍觉珍贵。春如此，人生亦如此。全词语浅意深，新颖自然。

【集评】

谭献《箧中词》：信手拈来。

风 流 子

张惠言

出关见桃花

海风吹瘦骨，单衣冷、四月出榆关。看地尽塞垣[①]，惊沙北走，山侵溟渤[②]，叠障东还[③]。人何在？柳柔摇不定，草短绿应难。一树桃花，向人独笑，颓垣短短，曲水湾湾。　　东风知多少？帝城三月暮，芳思都删[④]。不为寻春较远，辜负春阑[⑤]。念玉容寂寞[⑥]，更无人处，经他风雨，能几多番？欲附西来驿使[⑦]，寄与春看。

【注释】

① 塞垣：指塞外，古代称长城以北为塞外。　垣：墙。　② 溟渤：指渤海。侵：近。　③ 叠障：此处指长城。　叠，重叠。　障，指在边塞险要处作防御用的城堡。　还，环。　④ 删：削除。　⑤ 春阑：春残。　⑥ 玉容：指桃花。⑦ 欲附：打算托附。

【评解】

此词描写塞外天寒春晚的情景。京师已是春意阑珊，而关外仍是“柳柔”“草短”，只有“一树桃花，向人独笑”。词中有意用“一树桃花”反衬关外天冷花稀的荒凉景色。上片写在关外见到桃花的欣喜心情。下片由塞北的桃花，联想到京城春色已暮，于是更增惜春之意。全词取材新颖，构思精巧，起伏跌宕，委婉曲折。“一树桃花，向人独笑”尤为传神之笔。

【集评】

沈轶刘、富寿荪《清词菁华》：惠言为常州词派之创始人，变浙东末流，归于风雅，厥功甚伟。

忆王孙　　钱枚

短长亭子短长桥，桥外垂杨一万条。那回临别两魂销，恨迢迢，双桨春风打暮潮。

【作者简介】

钱枚，字枚叔，号谢庵，浙江杭州人。嘉庆四年（1799）进士。官吏部主事。诗词兼善，著有《微波词》一卷。

【评解】

此词构思新颖，词风自然流畅，层层写来，极富情韵。

【集评】

沈轶刘、富寿荪《清词菁华》：枚词笔长于逐层推演，渐进益深，具有剥蕉抽茧功夫。如《忆王孙》，正是此种笔法之具体表现，故是中期词坛能手。

虞美人

董士锡

韶华争肯偎人住[1]？已是滔滔去。西风无赖过江来[2]，历尽千山万水几时回？　　秋声带叶萧萧落，莫响城头角！浮云遮月不分明，谁挽长江一洗放天青？

【作者简介】

董士锡，字晋卿，一字埙甫，江苏武进人。嘉庆副贡生。从其舅张惠言学，工古文、诗、赋，兼善填词。著有《齐物论斋集》，其中有《齐物论斋词》一卷。

【注释】

① 韶华：光阴。　② 无赖：调皮，狡猾，这里是对西风的拟人描写。

【评解】

秋之为气悲，但亦不知悲从何来，于是怨西风，惧角鸣，恨浮云遮月，总之均是莫可名状的惆怅。此词即表达此种悲秋的困惑之情。虽是文人感时兴悲的积习所致，但也确是人生中常见的普遍情绪，为抒情文学所不废。

木 兰 花 慢　　董士锡

武林归舟中作

看斜阳一缕，刚送得，片帆归。正岸绕孤城，波回野渡，月暗闲堤。依稀是谁相忆？但轻魂如梦逐烟飞。赢得双双泪眼，从教涴尽罗衣[①]。　　江南几日又天涯，谁与寄相思？怅夜夜霜花，空林开遍，也只侬知。安排十分秋色，便芳菲总是别离时。惟有醉将醽醁[②]，任他柔橹轻移[③]。

【注释】

① 涴(wò)：污染。　② 醽(líng)醁(lù)：名酒。　③ 柔橹：船桨，也指船桨轻划声。

【评解】

此词抒写舟中感怀。上片写舟中所见所感，着意景物描写。一缕斜阳，送却归帆，岸绕孤城，波回野渡，月暗闲堤，惟觉轻魂如梦，不禁泪涴罗衣。下片写所感所思，着意写人。结句“惟有醉将醽醁，任他柔橹轻移”，生动地描写了人物心情。全词轻柔宛转，缠绵含蓄，辞语工丽，意境亦美。

减字木兰花　　项鸿祚

春夜闻隔墙歌吹声

阑珊心绪[①],醉倚绿琴相伴住。一枕新愁,残夜花香月满楼[②]。　　繁笙脆管,吹得锦屏春梦远。只有垂杨,不放秋千影过墙。

【作者简介】

项鸿祚,字莲生,原名继章,改名廷纪,浙江钱塘(今浙江杭州)人。道光十二年(1832)中举,卒于道光十五年。文人祚薄,哀动词坛。鸿祚一生,大似纳兰性德。他与龚自珍同时,为“西湖双杰”。著有《忆云词甲乙丙丁稿》四卷。

【注释】

① 阑珊:衰残。此处形容人物情绪。　② 残夜:夜将尽。

【评解】

残夜花香,月满西楼,醉倚绿琴,无人相伴,一枕新愁,心绪阑珊。而繁笙脆管,隔墙传来,使人难以入梦。结句“只有垂杨,不放秋千影过墙”,含蓄地透露了诗人“一枕新愁”,辗转反侧的忧郁情怀。这首小令,细腻地抒写了作者此时的情怀,缠绵委婉,意境清新,词中有画,画中寄情。

【集评】

谭献《箧中词》:莲生,古之伤心人也! 荡气回肠,一波三折,有白石之幽涩而去其俗,有玉田之秀折而无其率,有梦窗之深细而化其滞,殆欲前无古人。……以成容若之贵,项莲生之富,而填词皆幽艳哀断,异曲同工,所谓别有怀抱者也。

清　平　乐

项鸿祚

池上纳凉

水天清话[①],院静人销夏。蜡炬风摇帘不下,竹影半墙如画。　　醉来扶上桃笙[②],熟罗扇子凉轻。一霎荷塘过雨,明朝便是秋声。

【注释】

① 清话:清新美好。　② 桃笙:指竹席。据说四川阆中万山中,有桃笙竹,节高而皮软,杀其青可作簟,暑月寝之无汗,故人呼簟为桃笙。

【评解】

此词写夏夜在庭院荷塘边乘凉的情景。上片写夜的宁静清幽,下片刻画乘凉时的心情。夏末纳凉,临水扶醉,听荷塘一阵雨过,想到过了今夜,这声音即将变作秋声,自是词人体物感时情怀,然于闲适中亦微含愁意。作者善于以传神之笔,抓住刹那间的愁情,描绘出如画的境界。

【集评】

沈轶刘、富寿荪《清词菁华》:鸿祚词境,萧凉哀怨,好不胜情。

太 常 引

项鸿祚

客中闻歌

杏花开了燕飞忙,正是好春光。偏是好春光,者几日[①]、风凄雨凉。　　杨枝飘泊[②],桃根娇小[③],独自个思量。刚待不思量,吹一片、箫声过墙。

【注释】

① 者:犹“这”。　② 杨枝:唐诗人白居易侍妾樊素,因善歌《杨柳枝》得名。　③ 桃根:晋代王献之妾桃叶之妹。

【评解】

项鸿祚被人称为“别有怀抱者”,其词往往一波三折,“辞婉而情伤”。此词上片先写杏放燕飞，春光大好，继以“偏是”转至“风凄雨凉”。下片写柳飘桃小，独自思量，继以“刚待”折入“箫声过墙”，委婉曲折，乍断又继。末三句意与李清照《一剪梅》“此情无计可消除，才下眉头，却上心头”正同。

蝶 恋 花　　周 济

柳絮年年三月暮，断送莺花，十里湖边路。万转千回无落处，随侬只恁低低去[①]。　满眼颓垣欹病树[②]，纵有余英，不直封姨妒[③]。烟里黄沙遮不住，河流日夜东南注。

【作者简介】

周济，字保绪，号未斋，一号止庵，别号介存居士，江苏荆溪（今江苏宜兴）人。嘉庆十年（1805）进士。官淮安府学教授。著有《介存斋词》。

【注释】

① 恁：如此。　② 欹：斜，倾倒。　③ 封姨：风神，泛指风。

【评解】

此词写暮春景色，抒惜春情怀。暮春三月，柳絮纷飞，万转千回，落向何处？眼前春老花残，颓垣病树，时光如流水，“日夜东南注”。全词构思精巧，含蕴颇深，语言美，意境亦美。

【集评】

蒋敦复《芬陀利室词话》：读之，是真得“意内言外”之旨。

如　梦　令　　龚自珍

紫黯红愁无绪，日暮春归甚处？春更不回头，撇下一天浓絮[①]。春住！春住！黦了人家庭宇[②]。

【作者简介】

龚自珍，一名巩祚，字尔玉，一字璱人，号定盦，别号羽琌山民，浙江仁和（今杭州）人。道光九年（1829）进士。官礼部主事。生平著作甚富，有《定盦诗文集》《定盦词》等。

【注释】

① 浓絮：指柳絮。　② 黦（yuè）：色败坏，污迹。　五代韦庄《应天长》词：“想得此时情切，泪沾红袖黦。”

【评解】

东君无情，一时间姹紫嫣红皆黯然失色。而春光却不顾人们的挽留和叹息,仍抛下满天白絮,径自离去,以至作者急得连声呼唤"春住",惜春之情,溢于言表。

【集评】

谭献《复堂日记》:词绵丽沉扬,意欲合周、辛而一之,奇作也。

浪 淘 沙

龚自珍

写梦

好梦最难留,吹过仙洲,寻思依样到心头[①]。去也无踪寻也惯,一桁红楼[②]。　　中有话绸缪[③],灯火帘钩,是仙是幻是温柔。独自凄凉还自遣,自制离愁。

【注释】

① 依样:照原样。句意即欲重温旧梦。　② 一桁:一排。桁犹"行"。③ 绸缪(móu):犹缠绵,形容情深意挚。

【评解】

梦境在古代诗词中往往写得生动逼真,瑰丽多姿。诗人把现实生活中无法倾诉的痴情,运用"写梦"的艺术手法,真实地展现出来。这首小词,即是作者自写旧日的艳遇。下片首三句,当是重温旧梦。歇拍为“梦醒”时语,不论其有无寄托,均可称为佳作。

【集评】

谭献《箧中词》:定公能为飞仙、剑客之语,填词家长爪梵志也。昔人评山谷诗,“如食蝤蛑,恐发风动气”,予于定公词亦云。

减字木兰花　　龚自珍

偶检丛纸中,得花瓣一包,纸背细书辛幼安“更能消几番风雨”一阕,乃是京师悯忠寺海棠花,戊辰暮春所戏为也,泫然得句。

人天无据,被侬留得香魂住[①]。如梦如烟,枝上花开又十年!　　十年千里,风痕雨点斓斑里。莫怪怜他,身世依然是落花。

【注释】

① 香魂:指落花。

【评解】

十年一梦,落花犹存,回首往事,感慨万千。此词作者借咏落花以抒怀。“风痕雨点斓斑里，身世依然是落花。”委婉多情，含蕴无限。虽是一首小词，却写得真挚感人，情韵悠长，在感情上引起读者的共鸣，在艺术上给人以美的享受。

好　事　近　　周之琦

杭苇岸才登[1]，行入乱峰层碧。十里平沙浅渚，又渡头人立。　　笋将摇梦上轻舟[2]，舟尾浪花湿。恰好乌篷小小[3]，载一肩秋色。

【作者简介】

周之琦，字稚圭，号耕樵，一号退庵，河南祥符（今河南开封）人。嘉庆十三年(1808)进士。官至广西巡抚。有《心日斋词》。其第一种为《金梁梦月词》。其风格与元张翥相近。

【注释】

① 杭苇：语出《诗·卫风·河广》：“一苇杭之。”苇原指草束，引申为小舟。杭，通“航”。　② 笋将：语出《公羊传·文公十五年》：“笋将而来也。”笋，竹舆。③ 乌篷：小船，船篷竹编，漆成黑色，故称。

【评解】

此词描写秋日旅行，舟行后乘舆，舆行后又乘舟，点染途中山水景物，遂觉无枯寂之色。“恰好乌篷小小，载一肩秋色。”情景俱佳，极富情致。全词写秋景而不落俗套，独具特色。

【集评】

黄燮清《词综续编》：《金梁梦月词》浑融深厚，语语藏锋，北宋瓣香，于斯未坠。

沈轶刘、富寿荪《清词菁华》：之琦为清词中期转变前锋。《金梁梦月词》曾震撼一时。写景笔随意转，或凉沁肌骨，或响遏云雷，极驱使控纵之能事。

卜算子

蒋春霖

燕子不曾来，小院阴阴雨。一角阑干聚落花，此是春归处。　　弹泪别东风，把酒浇飞絮。化了浮萍也是愁[1]，莫向天涯去。

【作者简介】

蒋春霖，字鹿潭，江苏江阴人。后居扬州。生于嘉庆二十三年(1818)，卒于同治七年(1868)，早年工诗，中年一意于词。著有《水云楼词》。

【注释】

① 化了浮萍:《本草》谓浮萍季春始生,或云为杨花所化。

【评解】

燕子未来,小院阴雨,落花委地,春归冥然,景象已十分凄清;更兼之东风飞絮,把酒弹泪,愈见身世飘零之感。此词上片着意描写残春景色,下片侧重抒写愁情。状物逼真,风格凄婉,具有较强的艺术感染力。

【集评】

陈廷焯《白雨斋词话》:鹿潭穷愁潦倒,抑郁以终,悲愤慷慨,一发于词,如《卜算子》云云,何其凄怨若此。

浪　淘　沙

蒋春霖

云气压虚阑,青失遥山,雨丝风絮一番番。上巳清明都过了[①],只是春寒。　　华发已无端[②],何况花残?飞来胡蝶又成团。明日朱楼人睡起,莫卷帘看。

【注释】

① 上巳:阴历三月上旬的巳日。古代郑国风俗,三月上巳,至溱、洧二水执兰招魂,祓除不祥。 ② 无端:无故。

【评解】

此词上片写雨丝风絮,春寒不断;下片折入雨后花残,飞蝶成团,亦是伤春之意。其中可能寄寓作者“感时伤事”“人才惰窳”之叹,前人曾有评论。

【集评】

谭献《箧中词》:郑湛侯为予言此词本事,盖感兵事之连结,人才之惰窳而作。

朱孝臧手批《箧中词》:水云词,尽人能诵其隽快之句,嘉、道间名家,可称巨擘。

鹧 鸪 天

蒋春霖

杨柳东塘细水流,红窗睡起唤晴鸠。屏间山压眉心翠,镜里波生鬓角秋。 临玉管[1],试琼瓯[2],醒时题恨醉时休。明朝花落归鸿尽,细雨春寒闭小楼。

【注释】

① 玉管:毛笔的美称。 ② 琼瓯:美酒。

【评解】

此词借景抒情。上片写景。东塘杨柳,春波细流,红窗睡起,枝上鸣鸠,山压翠眉,鬓角生秋。下片抒情。时临玉管,或试琼瓯,醒时题恨,醉时便休。“明朝落花归鸿尽,细雨春寒闭小楼。”既为全词添姿生色,又在有意无意之间微露惜春之意。通篇工丽精巧,委婉含蓄,极有情致。

【集评】

谭献《箧中词》:字字用意,气体甚高,不易到也。

谭献《复堂日记》:阅蒋鹿潭《水云楼词》,婉约深至,时造虚浑,要为第一流矣。

浣 溪 沙

薛时雨

舟泊东流

一幅云蓝一叶舟,隔江山色镜中收[1]。夕阳芳草满汀洲[2]。 客里莺花繁似锦,春来情思腻于油。兰桡扶梦驻东流[3]。

【作者简介】

薛时雨，字慰农，一字澍生，晚号桑根老农，安徽全椒人。咸丰三年(1853)进士，官杭州知府，兼督粮道，代行布政、按察两司事。著有《藤香馆词》，收入《西湖橹唱》《江舟欸乃》两种。

【注释】

① 镜：谓水明如镜。　② 汀洲：水边或水中平地。　③ 兰桡：装饰华美的舟船。　东流：安徽东流县，现与至德合并为东至县。

【评解】

在蓝天白云和绿水碧波之间，一叶小舟悠然而来，远山倒映在水中，夕阳洒满岸边芳草。舟中人不禁为繁花似锦的春色深深陶醉，于是驻桡于东流。末句“扶梦”二字颖异可喜。

临　江　仙

薛时雨

大风雨过马当山[1]

雨骤风驰帆似舞，一舟轻度溪湾。人家临水有无间。江豚吹浪立[2]，沙鸟得鱼闲。　　绝代才人天亦喜，借他只手回澜[3]。而今无复旧词坛。马当山下路，空见野云还。

【注释】

① 马当山：在安徽东至县西南，北临长江。　② 江豚：亦称江猪，哺乳纲，鼠海豚科，体形似鱼。常见于长江口，亦溯江而上，见于宜昌、洞庭湖等处。③ 只手回澜：唐韩愈《进学解》："回狂澜于既倒。"

【评解】

此词写过马当山情景。一舟轻度，雨骤风驰，片帆似舞。江豚吹浪，沙鸟得鱼，景色如画。下片对景慨叹词坛无人。"马当山下路，空见野云还"，情景俱佳，且颇自负。

【集评】

谭献《箧中词》：结响甚遒。

金　缕　曲　　俞　樾

次女绣孙，倚此咏落花，词意凄惋。有云："叹年华，我亦愁中老。"余谓少年人不宜作此，因广其意，亦成一阕。

花信匆匆度。算春来、瞢腾一醉[1]，绿阴如许。万紫千红飘零尽，凭仗东风送去。更不问、埋香何处。却笑痴儿真痴绝，感年华、写出伤心句。春去也，那能驻？

浮生大抵无非寓。慢流连、鸣鸠乳燕，落花飞絮。毕竟韶华何尝老，休道春归太遽[2]。看岁岁、朱颜犹故。我亦浮生蹉跎甚[3]，坐花阴、未觉斜阳暮。凭彩笔，绾春住[4]。

【作者简介】

俞樾，字荫甫，号曲园居士，浙江德清人。道光三十年(1850)进士，官翰林院编修，提督河南学政。一生著述不倦。著有《春在堂全集》五百余卷，附《春在堂词录》。

【注释】

① 瞢腾：朦胧迷糊。 ② 遽：疾，速。 ③ 蹉跎：失时，虚度光阴。④ 绾：旋绕打结。

【评解】

此词惜春抒怀。上片写絮飞花落，春归匆匆。痴儿有感年华，写出伤心句。下片作者广其意。休道春归太遽，凭彩笔玉管，绾留春住。通篇清新雅致，别具风格。

小　重　山　　张景祁

几点疏雅卷柳条。江南烟草绿，梦迢迢。十年旧约断琼箫[①]。西楼下，何处玉骢骄[②]？　酒醒又今宵。画屏残月上，篆香销[③]。凭将心事记回潮。青溪水，流得到红桥[④]。

【作者简介】

张景祁，原名左钺，字孝威，号蘩甫，一号蕴梅，别署新蘅主人，浙江钱塘（今杭州）人。同治十三年（1874）进士，官福建连江知县。晚岁由福建渡台湾，宦游淡水、基隆等地。著有《新蘅词》六卷，外集一卷。

【注释】

① 琼箫：乐器。　② 玉骢：马的美称。　③ 篆香：指盘香或香的烟缕。　④ 红桥：与上句“青溪”相对映。

【评解】

此词对景抒情，委婉含蓄。上片写雨眷柳条，江南草绿，十年旧约，玉骢何处？令人梦魂萦绕。下片写酒醒今宵，月上画屏，如潮心事，波翻浪回。“青溪水，流得到红桥”，含蓄蕴藉，情味隽永。全词抒情细腻，景物美，意境亦美。

【集评】

谭献《箧中词续》：高寻欧、晏，参异己之长。

叶衍兰《新蘅词序》：《新蘅词》选调必精，摛辞必炼，有石帚之清峭而不偏于劲，有梅溪之幽隽而不失之疏，有梦窗之绵丽而不病其秾，有玉田之婉约而不流于滑，寻声于清浊高下之别，审音于舌腭唇齿之分，剖析微茫，力追正始。

临江仙　　谭献

和子珍

芭蕉不展丁香结，匆匆过了春三①。罗衣花下倚娇憨。玉人吹笛，眼底是江南。　　最是酒阑人散后，疏风拂面微酣。树犹如此我何堪②？离亭杨柳，凉月照毵毵③。

【作者简介】

谭献，原名廷献，字涤生，更字仲修，号复堂，浙江仁和(今杭州)人。同治六年(1867)举人。官安徽，历知歙县、全椒、合肥、宿松诸县。于词学致力颇深，曾选清人词为《箧中词》六卷，续四卷。

著有《复堂词》三卷。

【注释】

① 春三：春季的第三个月。　② “树犹”句：《世说新语》载桓温北征，见旧日所栽柳已十围，慨叹：“树犹如此，人何以堪！”　③ 毵（sān）毵：枝条细长貌。

【评解】

春去匆匆，笛声悠悠，已觉幽情难遣，何况酒阑人散，柳风拂面，离亭凉月，此景何堪！词人既伤春归，复怨别离，更感叹年华流逝，惆怅之情，遂不能已于词。

【集评】

陈廷焯《白雨斋词话》：语极清隽，琅琅可讽，“玉人吹笛”二语，尤为警绝。

蝶　恋　花

谭　献

庭院深深人悄悄，埋怨鹦哥，错报韦郎到[①]。压鬓钗梁金凤小[②]，低头只是闲烦恼。　　花发江南年正少，红袖高楼，争抵还乡好？遮断行人西去道，轻躯愿化车前草。

【注释】

① 韦郎:古代女子对男子的爱称。 ② 金凤:古代妇女的头饰。

【评解】

这是一首春闺思远词。上片从景到人。深院寂静,埋怨鹦鹉,错报郎归,引起烦恼。下片着意抒情。红袖高楼,不如还乡好。"轻躯愿化车前草",表现了真挚的怀人之情。全词委婉细腻,清新雅丽。

【集评】

陈廷焯《白雨斋词话》:"庭院深深人悄悄……低头只是闲烦恼。"传神绝妙。下云:"花发江南年正少……轻躯愿化车前草。"沉痛已极,真所谓情到海枯石烂时也。

叶恭绰《广箧中词》:正中、六一之遗。

陈廷焯《白雨斋词话》:复堂词品骨甚高,源委悉达。窥其胸中、眼中,下笔时匪独不屑为陈、朱,尽有不甘为梦窗、玉田处。所传虽不多,自是高境。……仲修小词绝精,长调稍逊,盖于碧山深处,尚少一番涵咏功也。

相　见　欢　　　庄　棫

深林几处啼鹃，梦如烟。直到梦难寻处倍缠绵。

蝶自舞，莺自语，总凄然。明月空庭如水似华年。

【作者简介】

庄棫，字中白，丹徒（今江苏镇江市）人。生于道光十年（1830）。官主事，后校书淮南、江宁各书局。著有《中白词》四卷、《蒿庵遗稿》等。

【评解】

这首抒情小词写得情景交融，含蕴无限。春魂夏梦，因深林几处啼鹃而倍感缠绵；莺语蝶舞，使人于明月空庭之夜，更觉年华如水之凄切。庄棫词宗张惠言，为常州词派之后劲。

【集评】

陈廷焯《白雨斋词话》：用意、用笔，超越古今，能将骚、雅真消息吸入笔端，更不可以时代限也。

谭献《箧中词》：闺中之思，灵均之遗则，动于哀愉而不能自已，中白当曰："非我佳人，莫之能解也。"

定风波　　庄棫

为有书来与我期[①]，便从兰杜惹相思[②]。昨夜蝶衣刚入梦，珍重，东风要到送春时。　　三月正当三十日，占得，春光毕竟共春归。只有成阴并结子，都是，而今但愿著花迟。

【注释】

① 期：邀约。　② 兰杜：兰草和杜若，均为香草。

【评解】

此词着意抒情，写人物而以景物相衬，于情景交融中微露惜春怀人之意。含蓄委婉，轻柔细腻，往往语意双关，耐人寻味。

【集评】

陈廷焯《白雨斋词话》：蒿庵词有看似平常而寄兴深远，耐人十日思者，如《定风波》云云，暗含情事，非细味不见。

又曰：蒿庵词穷源竟委，根柢槃深，而世人知之者少。余观其词，匪独一代之冠，实能超越三唐、两宋，与风、骚、汉乐府相表里，自有词人以来，罕见其匹。而究其得力处，则发源于《国风》、《小雅》，胎息于淮海、大晟，而寝馈于碧山也。

点 绛 唇

王鹏运

饯春

抛尽榆钱[①]，依然难买春光驻。饯春无语，肠断春归路。　　春去能来，人去能来否？长亭暮[②]，乱山无数，只有鹃声苦。

【作者简介】

王鹏运，字幼遐，一字鹜翁，晚号半塘僧鹜，广西临桂（今属桂林）人。同治九年（1870）举人。官礼科给事中。曾汇刻《花间集》以迄宋、元诸家词为《四印斋所刻词》。其词学承常州派余绪而发扬光大之，以开清季诸家之盛。有《庚子秋词》、《半塘定稿》二卷、《剩稿》一卷等。

【注释】

① 榆钱：即榆荚。　② 长亭：古时道旁十里一长亭，五里一短亭，用以暂歇与饯别。

【评解】

榆钱非钱，春归亦无路，惟文学乃能以虚构之钱与路，将抽象事物表现为具体可感之形象。上片咏春光难驻，正借词人造语之新颖，方予人以深刻印象。下片“春去能来，人去能来否”两句，将词意转深一层，点出离愁比春归更令人凄苦，遂使“饯春”有了双重含义。

【集评】

叶恭绰《广箧中词》：幼遐先生于词学独探本原，兼穷蕴奥，转移风会，领袖时流，吾常戏称为桂派先河，非过论也。

沈轶刘、富寿荪《清词菁华》：鹏运为清末四家先导，上承嘉道之敝，下开同光变革之风，文廷式、朱祖谋、况周颐，皆受其指授。

浣　溪　沙　　王鹏运

题丁兵备丈画马[1]

苜蓿阑干满上林[2]，西风残秣独沉吟。遗台何处是黄金[3]？　空阔已无千里志[4]，驰驱枉抱百年心。夕阳山影自萧森。

【注释】

① 丁兵备：丁日昌，兵备指其任苏松太道。后官至江苏巡抚。　② 上林：上林苑，汉代长安苑囿，汉武帝自西域引入苜蓿，植于上林苑以饲马。　③“遗台”句：用郭隗说燕昭王千金购马骨故事。昭王后筑黄金台以待贤。　④ 空阔：反用杜甫《房兵曹胡马诗》“所向无空阔”句。

【评解】

此词借咏马自诉怀才不遇，用典自然。“空阔已无千里志，驰驱枉抱百年心”，亦马亦人，语意双关，抒写了内心的感慨。“夕阳山影自萧森”，飘逸、空灵，为全词增添情致。

好　事　近　　文廷式

湘舟有作

翠岭一千寻[①]，岭上彩云如幄[②]。云影波光相射，荡楼台春绿。　　仙鬟撩鬓倚双扉，窈窕一枝玉。日暮九疑何处[③]？认舜祠丛竹[④]。

【作者简介】

文廷式，字道希，一字芸阁，号葆岩，别号纯常子，江西萍乡人。光绪十六年(1890)进士及第。授翰林院编修，官至侍读学士。其于清代浙西、常州两词派之外，独树一帜。著有《云起轩词钞》一卷。

【注释】

① 寻：古代以八尺为寻。　② 幄：帷幕。　③ 九疑：九嶷山，在湖南省，

相传为舜的葬地。 ④ 舜祠丛竹：指湘妃竹。相传舜死后，娥皇、女英二妃哀泣，泪滴于竹，斑斑如血。

【评解】

这首小令写水光山色，极为艳丽。翠岭彩云，波光荡绿，加上意想中窈窕如玉的仙女，构成一幅充满神幻色彩的画面，又洋溢着怀古的悠思。全词意境新颖，造语工巧，美艳多姿，极富情韵。

【集评】

王濬手批《云起轩词钞》：秾绝！

《学衡杂志》第二十七期载胡先骕《评云起轩词钞》：《云起轩词》，意气飙发，笔力横恣，诚可上拟苏、辛，俯视龙洲。其令词秾丽婉约，则又直入《花间》之室。盖其风骨遒上，并世罕睹，故不从时贤之后，局促于南宋诸家范围之内，诚如所谓美矣善矣。

祝英台近　　文廷式

剪鲛绡[1]，传燕语，黯黯碧云暮。愁望春归，春到更无绪。园林红紫千千，放教狼藉[2]，休但怨、连番风雨。

谢桥路，十载重约钿车[3]，惊心旧游误。玉佩尘生，此恨奈何许！倚楼极目天涯，天涯尽处，算只有、濛濛飞絮。

【注释】

① 鲛绡:轻纱,相传为鲛人所织之绡。 ② 狼藉:散乱不整貌。 ③ 钿车:饰以金花之车。

【评解】

此词借春景以抒怀。连番风雨,红紫狼藉,极目天涯,唯见濛濛飞絮。回首旧游,令人心惊,不禁感慨万千。全词含蓄蕴藉,寄寓殊深。写景抒情,细腻逼真,极有感染力。

【集评】

王闿运手批《云起轩词钞》:"愁望"以下,其怨愈深,后片讽刺不少。

叶恭绰《广箧中词》:与稼轩"宝钗分"同为感时之作。

天　仙　子　　文廷式

草绿裙腰山染黛①,闲恨闲愁侬不解。莫愁艇子渡江时,九鸾钗②,双凤带,杯酒劝郎情似海。

【注释】

① 黛:青黑色。 ② 九鸾钗:古代女子头饰。

【评解】

此词抒写爱情,清新流畅,灵活自然,别具风格,不落俗套,颇有民歌风味。

临 江 仙

李慈铭

癸未除夕作

翠柏红梅围小坐,岁筵未是全贫。蜡鹅花下烛如银[①]。钗符金胜[②],又见一家春。　　自写好宜祛百病[③],非官非隐闲身[④]。屠苏醉醒已三更[⑤]。一声鸡唱,五十六年人。

【作者简介】

李慈铭,字爱伯,号莼客,浙江会稽(今浙江绍兴)人。光绪六年(1880)进士及第。官山西道监察御史。著有《霞川花隐词》。

【注释】

① 蜡鹅花:古代年节以蜡捏成或以蜡涂纸剪成凤凰为饰物,蜡鹅花当即此类。 ② 钗符金胜:均为女子发饰,菱形者称方胜,圆环者称圆胜。 ③ 好宜:旧俗除夕写"宜春帖"或吉利语以祈福。 ④ "非官"句:李慈铭于清光绪间在京任闲职,不掌政务,读书著作遣日。 ⑤ 屠苏:古俗,除夕合家饮屠苏酒以避疫,屠苏为茅庵,相传屠苏中一仙人居庵作酒,故以为名。

【评解】

此词咏除夕合家"岁筵",喜气洋洋。"一声鸡唱,五十六年人",鸡鸣添岁,写得质朴而富于情味。

【集评】

沈轶刘、富寿荪《清词菁华》:慈铭词坚峭佚荡,拔萃当时。小令最隽美,如春云曳空,淡不留滓。

浣　溪　沙　　郑文焯

从石楼、石壁往来邓尉山中[①]

一半黄梅杂雨晴,虚岚浮翠带湖明[②]。闲云高鸟共身轻。　山果打头休论价,野花盈手不知名。烟峦直是画中行。

【作者简介】

郑文焯，字俊臣，号小坡，又号叔问，晚号大鹤山人，又号冷红词客，奉天铁岭（今属辽宁）人。流寓吴越间。光绪元年（1875）中举。官内阁中书。著有《樵风乐府》九卷、《词源斠律》等。

【注释】

① 石楼、石壁、邓尉山：均在江苏苏州西南，因汉代邓尉隐居于此而得名。② 虚岚浮翠：形容远山倒影入湖。　湖：指太湖。

【评解】

此词上片咏梅子半黄，乍晴还雨，往来于邓尉山中，眼前虚岚浮翠，显出湖光格外明净，闲云与高鸟齐飞，令人心旷神怡。下片咏山行时野果打头，野花盈手，烟雾缭绕，此身如在画中。全词烘托出清醇的山林气息，而词人欣愉之情也跃然纸上。

【集评】

俞樾《瘦碧词序》：君词体洁旨远，句妍韵美。

叶恭绰《广箧中词》：叔问先生，沉酣百家，撷芳漱润，一寓于词，故格调独高，声采超异，卓然为一代家。读者知人论世，方益见其词之工。

乌 夜 啼　　朱孝臧

同瞻园登戒坛千佛阁[①]

春云深宿虚坛，磬初残[②]。步绕松阴双引出朱阑[③]。
吹不断，黄一线，是桑干[④]。又是夕阳无语下苍山。

【作者简介】

朱孝臧，一名祖谋，字古微，号沤尹，又号彊村，浙江归安（今浙江湖州）人。光绪九年（1883）进士及第。官至礼部右侍郎。著有词集《彊村语业》二卷。身后，其门人龙榆生为补刻一卷，入《彊村遗书》中。

【注释】

① 瞻园：指张仲炘（xīn），有《瞻园词》。　戒坛：寺名，在北京门头沟区。
② 磬：一种乐器。　③ 双引：谓两人携手同行。　④ 桑干：桑干河。

【评解】

此词写佛阁之高，先云“春云深宿”，是仰视；继说“吹不断，黄一线，是桑干”，是俯视。写天色将晚，先从“磬初残”的听觉入手，继由“夕阳无语下苍山”的视觉下笔，不仅两两相衬，富于变化，而且粗线勾勒，造句奇特，将登临所见尽置眼底。意境开阔，描述精妙，的是佳作。

【集评】

夏敬观《忍寒词序》:侍郎词蕴情高夐,含味醇厚,藻采芬溢,铸字造辞,莫不有来历,体涩而不滞,语深而不晦,晚亦颇取东坡以疏其气。

王国维《人间词话》:彊村学梦窗,而情味较梦窗反胜,盖有临川、庐陵之高华,而济以白石之疏越者。学人之词,斯为极则。

清平乐

朱孝臧

夜发香港

舷灯渐灭,沙动荒荒月[①]。极目天低无去鹘,何处中原一发[②]? 江湖息影初程,舵楼一笛风生。不信狂涛东驶,蛟龙偶语分明。

【注释】

① 荒荒:月色朦胧。 ② “极目”二句:化用苏轼《澄迈驿通潮阁》“杳杳天低鹘没处,青山一发是中原”诗句意。

【评解】

此词上片写船发香港时的夜景。舷灯渐灭,月色朦胧,极目远望,景色疏淡空旷。下片记水上夜行。狂涛东驶,龙语分明,舵楼一笛风生,光景幽隐而深邃。

【集评】

沈轶刘、富寿荪《清词菁华》:祖谋之为词,运意最精,凝神入化,及其下笔,篇章句字,无不穷工极变,尽掩众长。读之却又轻松流转,力避晦涩,初不着力,其妙处正在此。

转 应 曲

王敬之

寒梦,寒梦,梦被诗魔调弄[①]。醒来吟落灯花[②],灯暗纸窗月斜。月斜,月斜,巷口柝声敲歇[③]。

【作者简介】

王敬之,字宽甫,王念孙次子,江苏高邮人。咸丰贡生。官户部主事。著有词集《三十六湖渔唱》。

【注释】

① 调弄:调侃嬉弄,纠缠。 ② 吟落灯花:喻苦吟多时。 ③ 柝声:打更声。

【评解】

此词描写寒夜苦吟,构思新颖,造语工巧,极有情致。

【集评】

沈轶刘、富寿荪《清词菁华》:敬之词专攻姜夔,小令得其逸炼,长调得其疏越,时有俊气,未极清虚。

南乡子　　陈洵

己巳三月[①],自郡城归乡,过区莘吾西园话旧

不用问田园[②],十载归来故旧欢[③]。一笑从知春有意[④],篱边,三两余花向我妍[⑤]。　　哀乐信无端,但觉吾心此处安。谁分去来乡国事[⑥],凄然,曾是承平两少年。

【作者简介】

陈洵,字述叔,广东新会(今属江门市)人。生于清同治十年(1871),晚年任中山大学教授。著有《海绡词》。

【注释】

① 己巳:公元1929年。　② 不用问田园:不用求田问舍。《三国志·魏书·陈登传》载刘备批评许汜说:"君求田问舍,言无可采。"　③ 故旧:老朋友。　④ 从知:从来知道。　⑤ 余花:剩在枝头上的花。　⑥ 谁分去来乡国事:谁分,谁能判别。　分,判别。《易传·说卦》:"分阴分阳。"　去来,谓过去未来。

乡国，家乡。

【评解】

此词抒写重返家乡时的悲欢心情，真挚动人，极有情味。上片写老大还乡，朋辈欢聚之乐。下片写俯仰今昔时的心情。“哀乐信无端”，除了乐，还有哀。当年作者与区搴吾均为少年，家乡尚是承平之世；而今重见，则世事日非，不禁为之凄然。

【集评】

朱孝臧手批《海绡词》云：海绡词神骨俱静，此真能火传梦窗者。

又云：善用逆笔，故处处见腾踏之势，清真法乳也。

又云：卷二多朴遬之作，在文家为南丰，在诗家为渊明。

叶恭绰《广箧中词》：述叔词最为彊村翁所推许，称为一时无两。述叔词固非襞积为工者，读之，可知梦窗真谛。

苏　武　慢　　况周颐

寒夜闻角

愁入云遥，寒禁霜重，红烛泪深人倦。情高转抑，思往难回，凄咽不成清变[①]。风际断时，迢递天涯，但闻更点。枉教人回首，少年丝竹，玉容歌管。　　凭作出、百绪凄凉，凄凉惟有，花冷月闲庭院。珠帘绣幕，可有人听？听也可曾肠断？除却塞鸿[2]，遮莫城乌[3]，替人惊惯。料南枝明月，应减红香一半。

【作者简介】

况周颐，原名周仪，字夔笙，号蕙风词隐，广西桂林人。清光绪五年(1879)举人，官内阁中书。工填词，与王鹏运、朱孝臧、郑文焯称清末四大家。著有《蕙风词》《蕙风词话》。

【注释】

① 变：变声，当指七音中的变徵、变宫。　② 塞鸿：边塞的鸿雁。　③ 遮莫：俚语，意为"尽教"。

【评解】

此词抒写寒夜闻角声时的感受。况周颐在《蕙风词话》中说：余少作《苏武慢·寒夜闻角》云："凭作出、百绪凄凉，凄凉惟有，花冷月闲庭院。珠帘绣幕，可有人听？听也可曾肠断？"半塘翁最为击节。比阅方壶词《点绛唇》云："晓角霜天，画帘却是春天气。"意与余词略同，余词特婉至耳。

【集评】

王国维《人间词话》：境似清真，集中他作，不能过之。

叶恭绰《广箧中词》："珠帘绣幕"三句，乃夔翁所最得意之笔。

金 缕 曲

梁启超

丁未五月归国[1],旋复东渡,却寄沪上诸子

瀚海飘流燕[2],乍归来、依依难认,旧家庭院。惟有年时芳俦在[3],一例差池双剪[4]。相对向、斜阳凄怨。欲诉奇愁无可诉,算兴亡、已惯司空见[5]。忍抛得,泪如线。　故巢似与人留恋。最多情、欲黏还坠,落泥片片。我自殷勤衔来补,珍重断红犹软[6]。又生恐、重帘不卷。十二曲阑春寂寂[7],隔蓬山[8]、何处窥人面?休更问,恨深浅。

【作者简介】

梁启超,字卓如,号任公,广东新会(今属江门市)人。清光绪十五年(1889)举人。戊戌变法失败后,逃亡日本。辛亥革命后,曾拥护袁世凯,出任司法总长。后又讨袁。晚年在清华大学任教。著有《饮冰室词》。

【注释】

① 丁未:光绪三十三年(1907)。梁启超于戊戌变法失败后,逃往日本。越九年(丁未)归国,其时国事日非。次年(1908)再度东渡,是年光绪帝病死。② 瀚海:浩瀚的海。周邦彦《满庭芳》词:“年年,如社燕。飘流瀚海,来寄修椽。” ③ 俦:同辈之人。 ④ 差池双剪:燕尾如剪。《诗 · 邶风 · 燕燕》:“燕燕

于飞，差池其羽。” ⑤ 已惯司空见：即司空见惯。唐刘禹锡为苏州刺史，李司空绅罢镇，慕禹锡名，邀饮，命妓侑酒，刘于席上赋诗云：“高髻云鬟宫样妆，春风一曲杜韦娘。司空见惯浑闲事，断尽苏州刺史肠。” ⑥ 断红：指落花。 ⑦ 十二曲阑：花蕊夫人费氏《宫词》：“锁声金掣阁门环，帘卷真珠十二栏。”阑，通“栏”。 ⑧ 蓬山：即蓬莱，神山名。

【评解】

此词作者以瀚海飘流燕自喻，抒发对国事的感慨。上片“依依难认，旧家庭院”，写作者东渡归来时心情。“年时芳俦”至“泪如线”写当年变法同伴像“差池双剪”的燕子，“相对向”而无限凄怨。下片抒发感慨，含蓄蕴藉，语意双关。

【集评】

叶恭绰《广箧中词》：深心托豪素。

解 连 环

麦孟华

酬任公[①]，用梦窗别石帚韵[②]

旅怀千结，数征鸿过尽，暮云无极。怪断肠、芳草萋萋，却绿到天涯，酿成春色。尽有轻阴，未应恨、浮云西北[3]。只鸾钗密约[4]，凤屧旧尘[5]，梦回凄忆。　　年华逝波渐掷。叹蓬山路阻，乌盼头白[6]。近夕阳、处处啼鹃，更划地乱红[7]，暗帘愁碧。怨叶相思[8]，待题付、西流潮汐。怕春波、载愁不去，恁生见得[9]？

【作者简介】

麦孟华，字孺博，号蜕庵，广东顺德（今属佛山市）人。光绪十九年（1893）举人。著有《蜕庵词》一卷。

【注释】

① 任公：梁启超号。　② 梦窗：吴文英号。　石帚：南宋词人姜石帚。　③ 浮云西北：曹丕诗："西北有浮云，亭亭如车盖。"　④ 鸾钗：妇女首饰。　⑤ 凤屧（xiè）：绣凤的鞋荐。屧，亦可解作屐。　⑥ 乌盼头白：燕太子丹质于秦，秦王对他无礼。太子丹求归，秦王曰："待乌头白，马生角，当放子归。"　⑦ 划地：平地。　⑧ "怨叶相思"三句：用御沟题红典故。计有功《唐诗纪事》：卢渥应举之岁，偶临御沟，见一红叶上有绝句，置于巾箱。……卢后任范阳日，获其退宫人，睹红叶，验其书，无不惊讶。诗曰："流水何太急？深宫尽日闲。殷勤谢红叶，好去到人间。"　⑨ 恁生见得：如何见得。恁生，怎生。

【评解】

此词咏梁启超和戊戌变法事，婉转缠绵，寄喻殊深。"鸾钗密约，凤屧旧尘，梦回凄忆"，托情男女，实指君臣间之关系。"蓬山路阻"三句，喻君臣分手，不得再见。"近夕阳"三句，以暮春黄昏光景比喻国运。全词含蓄蕴藉，真挚感人。

【集评】

沈轶刘、富寿荪《清词菁华》:孟华与梁启超、朱祖谋等交游甚笃,提倡改革。中年遽逝,未竟其志。其《解连环》香草新愁,寄怨特深。

点绛唇

王国维

厚地高天,侧身颇觉平生左。小斋如舸,自许回旋可。　　聊复浮生[①],得此须臾我[②]。乾坤大,霜林独坐,红叶纷纷堕。

【作者简介】

王国维,字伯隅、静安,号观堂,浙江海宁人。光绪年间,曾以诸生留学日本。归国后,从事中国戏曲史和词曲研究,著有《宋元戏曲考》和《人间词话》等。晚年任清华大学研究院教授。1927年,自沉于北京颐和园昆明湖。有《观堂长短句》《海宁王静安先生遗书》等。

【注释】

① 浮生:老庄以人生在世,虚浮无定。后世相沿称人生为浮生。　② 须臾:片刻。

【评解】

此词抒写了作者的生活感受，含蓄蕴藉，寄喻颇深。小斋如舸，自身能够回旋即可。聊复浮生，又得此片刻自由，天地之大，独坐霜林。结句“红叶纷纷堕”，更为全词增添无限情韵。

【集评】

沈轶刘、富寿荪《清词菁华》：国维专攻经史，兼事考古，俱有卓识。于词则工小令，微嫌摹多创少。

点 绛 唇

王国维

屏却相思①，近来知道都无益。不成抛掷，梦里终相觅。　　醒后楼台，与梦俱明灭②。西窗白，纷纷凉月③，一院丁香雪。

【注释】

① 屏却：放弃。　② “醒后楼台”二句：谓梦中虚构的空中楼阁，醒后还若明若灭，隐约可见。　③ 纷纷凉月：形容丁香院落的月色。杜甫诗：“绨衣挂萝薜，凉月白纷纷。”

【评解】

此词抒写为相思缠扰的惆怅心情,委婉曲折,新颖别致。上片写明知相思无益,决心将其放弃,但相思又难“抛掷”,所以“梦里终相觅”。下片写醒后情景:梦中楼台,还隐约可见,若明若灭。最后以景作结,用月下丁香烘托人物的孤寂与惆怅。

【集评】

樊志厚《人间词甲稿序》:读君自所为词,则诚往复幽咽,动摇人心,快而能沉,直而能曲,不屑屑于言词之末,而名句间出,往往度越前人。至其言近而指远,意决而辞婉,自永叔以后,殆未有工如君者也。

菩萨蛮　　秋瑾

寄女伴

寒风料峭侵窗户,垂帘懒向回廊步。月色入高楼,相思两处愁。　聊将心上事,托付浣花纸。若遇早梅开,一枝应寄来!

【作者简介】

秋瑾,字璿卿,号竞雄,又称鉴湖女侠,浙江山阴(今绍兴)人。光绪年间留学日本,参加反清革命。归国后,与徐锡麟分头准备发动皖、浙两省起义,殉难于绍兴。有《秋瑾遗集》。

【评解】

此词不仅抒写了作者对女友的怀念,更表现了对国事的关心。词中语意双关,寄喻颇深。"若遇早梅开,一枝应寄来",含蕴无限,极富情味。全词独具风格,不落俗套。

醉 太 平

王蕴章

西湖寻梦

炉烟一窗,瓶花一床,更添十里湖光,对南屏晚妆。　　藕风气香,竹风韵凉,等他月照回廊,浴鸳鸯一双。

【作者简介】

王蕴章,字莼农,别号西神残客,江苏无锡人。生于清光绪十年(1884),辛亥革命后,曾任商务印书馆编辑、新闻报馆秘书等职。

卒于 1942 年。著有《秋平云室词》。

【评解】

此词写西湖晚景，抒闲适情趣。上片写炉烟瓶花，晚对南屏，十里湖光，景物宜人。下片抒闲适之情。竹风韵凉，藕荷清香，月照回廊，“浴鸳鸯一双”。全词清新婉丽，幽美自然。

【集评】

沈轶刘、富寿荪《清词菁华》：蕴章学识淹博，长于骈文诗词书法，妙绝精工。流寓上海，卖文自给。晚岁潦倒，不能自全以死。其词酷似张炎。《醉太平》造语俊逸。

图书在版编目(CIP)数据

婉约词全解:上下册:典藏版/惠淇源选解. —上海: 复旦大学出版社, 2024.1
(中华经典全解典藏)
ISBN 978-7-309-17043-6

Ⅰ.①婉… Ⅱ.①惠… Ⅲ.①婉约派-词(文学)-诗歌欣赏-中国-古代 Ⅳ.①I207.23

中国国家版本馆 CIP 数据核字(2023)第 210531 号

婉约词全解(典藏版)(上下册)
惠淇源　选解
责任编辑/宋文涛

复旦大学出版社有限公司出版发行
上海市国权路 579 号　邮编: 200433
网址: fupnet@fudanpress.com　http://www.fudanpress.com
门市零售: 86-21-65102580　团体订购: 86-21-65104505
出版部电话: 86-21-65642845
上海盛通时代印刷有限公司

开本 890 毫米×1240 毫米　1/32　印张 21.125　字数 416 千字
2024 年 1 月第 1 版
2024 年 1 月第 1 版第 1 次印刷

ISBN 978-7-309-17043-6/I・1375
定价: 98.00 元